CB073369

MATE O MENSAGEIRO

Da Autora:

O Vencedor

O Enforcado

Mate o Mensageiro

TAMI HOAG

MATE O MENSAGEIRO

Tradução
Ricardo Rosenbusch

BERTRAND BRASIL

Copyright © 2004 Indelible Ink, Inc.

Título original: *Kill the Messenger*

Capa: Rodrigo Rodrigues

Editoração: DFL

2008
Impresso no Brasil
Printed in Brazil

CIP-Brasil. Catalogação-na-fonte
Sindicato Nacional dos Editores de Livros, RJ

H597m	Hoag, Tami
	Mate o mensageiro/Tami Hoag; tradução Ricardo Rosenbusch. — Rio de Janeiro: Bertrand Brasil, 2008.
	406p.
	Tradução de: Kill the messenger
	ISBN 978-85-286-1330-8
	1. Romance americano. I. Rosenbusch, Ricardo Aníbal. II. Título.
08-1650	CDD – 813
	CDU – 821.111 (73)-3

Todos os direitos reservados pela:
EDITORA BERTRAND BRASIL LTDA.
Rua Argentina, 171 – 1º andar – São Cristóvão
20921-380 – Rio de Janeiro – RJ
Tel.: (0xx21) 2585-2070 – Fax: (0xx21) 2585-2087

Não é permitida a reprodução total ou parcial desta obra, por quaisquer meios, sem a prévia autorização por escrito da Editora.

Atendemos pelo Reembolso Postal.

Para Jester,
meu querido amigo, que veio ao meu auxílio
quando mais precisei dele
e se foi cedo demais.
Sempre saudoso. Sempre amado.
Que descanse em paz.

AGRADECIMENTOS

Como sempre, devo agradecer a muitas pessoas pela ajuda que me deram com seu apoio técnico, psicológico ou moral enquanto eu escrevia este livro.

Meu sincero agradecimento aos detetives classe II Jeffrey Sandefur e Humberto Fajardo, do Departamento de Polícia de Los Angeles, com os quais entrei em contato por intermédio de John Petovich, aposentado do mesmo departamento, ao bacharel Jim Stith, simples advogado local e figura internacional do mistério, a Eileen Dreyer, que sempre sabe responder a perguntas sobre personalidades brutais, doentias ou excentricamente perversas.

Aos doutores Toni Bernay e Robert Gerner, a Gray O'Brien e ao pessoal da Fisioterapia Robert Forster. Todos vocês sabem como contribuíram. Agradeço do fundo do meu coração.

A Nita, Irwyn, Danielle, Andrea e outros, obrigada pela infinita paciência. É bem provável que vocês tenham se sentido muito irritados, embora não o demonstrassem, o que é algo que aprecio mais ainda do que possam imaginar. A inspiração não espera ninguém, mas todos devem esperar por ela.

E, finalmente, a Lynn Cardoso, Betsy Steiner e às Divas — Eileen, Karyn, Kim — pelo forte apoio, por escutarem, pela simpatia, pela empatia, pelos conselhos e por serem as mais chegadas. É quando a gente mais precisa que as verdadeiras amigas aparecem. As estações e os homens vêm e vão, mas as amizades ficam para sempre.

1

Trânsito de Los Angeles.

Hora do rush.

Hora do rush, quando já passa das quatro da tarde. Todo mundo se apressa para chegar em casa antes que os céus se abram como uma represa a estourar e a chuva comece a cair torrencialmente. Um céu carregado oprimira a cidade o dia inteiro. Um crepúsculo infindável e ameaçador nos desfiladeiros de concreto entre os arranha-céus do Centro. O ar cheio de expectativa.

Pernas pedalando. Dedos crispados sobre o guidão. Pontas dos dedos dormentes. O olhar fixo na brecha entre um Jaguar e um caminhão dos correios. Quadríceps em movimento. Panturrilhas duras como rochas. O gosto de fumaça de escapamento. Olhos secos e ardendo detrás dos óculos de natação. Nas costas, uma bolsa cheia de canudos de papelão contendo plantas baixas.

O transceptor preso à coxa dele como um revólver soltava rajadas de estática e a voz firme de Eta Fitzgerald, que distribuía as entregas na central. Ele não sabia o nome dela. A turma a chamava de Eta porque era isso que a ouviam dizer o dia inteiro, todo dia: *ETA?* ETA dezesseis? Central a Jace. ETA? Onde você está, meu querido?*

Ele tinha três minutos para chegar até o escritório da incorporadora, no décimo sétimo andar de um prédio a vários quarteirões de distância. O vigia da recepção era um insensível e, mais ainda, um babaca. Ele trancava as portas às seis em ponto e não se compadecia de ninguém que ficasse pela rua tentando entrar. O cara teria virado as costas até para a própria mãe, se tivesse uma, do que Jace duvidava. Parecia algo brotado do chão. Um cogumelo humano.

Mude para a direita. Contorne e feche o Jaguar.

Ele ouviu o estrondo da buzina ao pedalar com força para deixar algum espaço entre sua roda traseira e o pára-choque dianteiro do carro. Logo na frente o sinal tinha mudado para o amarelo, mas o caminhão dos correios estava ultrapassando o cruzamento. Aproximando-se do lado direito do caminhão, Jace estendeu o braço até em cima da roda e segurou-se, deixando-se arrastar ao atravessar o cruzamento e continuar pelo quarteirão.

Jace era mestre em ficar fora do campo visual de quem dirigia o caminhão. Caso o motorista o visse e quisesse livrar-se dele, o mensageiro podia acabar naquele instante como um inseto espatifado num pára-brisa. Em geral, os motoristas dos correios eram legais. Caras simpáticos. Tudo ficava entre mensageiros. Ambos faziam conexões entre pessoas que não estavam nem aí para quem eram, a menos que atrasassem uma entrega.

Já dava para ver o prédio. Jace olhou por cima do ombro, deixou o caminhão pra lá e foi para a direita de novo, cruzando outra faixa e provocando outra buzinada furiosa. Ele calculou para pular o meio-fio na frente de um hidrante e atrás de um Cadillac parado numa área proibida. A porta do carona do carro se abriu e a bicicleta alçou vôo.

Merda.

Jace virou de vez o guidão para a direita e jogou os quadris para a esquerda no momento em que a bicicleta desceu. A velha que saía do carro gritou e caiu de novo dentro do Cadillac. O pneu dianteiro da bicicleta bateu no meio da calçada.

---

* *ETA* é o acrônimo de *Estimated Time of Arrival* (hora de chegada estimada). (N.T.)

Jace se manteve firme na sua posição, feito carrapato em lombo de cachorro. Tocou nos freios bem de leve, usando pouco mais que a imaginação, apenas o bastante para aquela confusão acabar.

Não fique em pânico. O pânico mata. Fique frio, J. C. Frieza. Concentração. Calma.

Ele fixou o olhar no seu alvo e viu aquele segurança babaca indo para a porta da frente com as chaves na mão.

Merda!

Pânico. Não pelo risco de se machucar, mas de ficar fora do prédio. O cliente nem ia querer saber que tinha enviado o pacote já tarde demais, nem que o mensageiro quase tinha sido morto ao ser colhido pela porta de um Cadillac. Se o pacote não chegasse, haveria uma encrenca dos diabos.

Jace largou a bicicleta a três metros da porta, sofrendo só de pensar que talvez não a encontrasse lá quando saísse do prédio, mas não tinha tempo para prendê-la. Atirou-se em direção à porta, tropeçou, caiu como uma pedra, rodou e escorregou, agitando pernas e braços como num jogo de palitos. Os canudos com as plantas baixas foram arremessados para fora da bolsa e rolaram pela calçada.

Não há tempo para avaliar danos nem reconhecer e avaliar as dores.

Ele fez um esforço para levantar-se, tropeçando, cambaleando e tentando apanhar os canudos, mesmo que seu primeiro impulso fosse seguir em frente. O segurança babaca olhou para ele através da vidraça. Um rosto cinzento e cheio de caroços, franzido pelo gesto ranzinza de desaprovação. O homem virou a chave na fechadura e se afastou.

— Ei! — Jace gritou, dando um murro no vidro. — Ora, abra logo!

O segurança fez de conta que não tinha ouvido. Filho-da-puta. Faltava um minuto para as seis e aquele cara só queria saber de pegar a estrada e se mandar para Pomona, para o Vale ou para sabe-se lá qual subúrbio no cu do mundo, onde ele se enfurnava toda noite. Não ia ficar nem três minutos a mais para registrar uma entrega. O poder de se mandar era provavelmente o único que tinha na sua vida miserável.

— Seu bundão! — Jace berrou. Teve vontade de chutar a porta, mas estava com tanto azar que o vidro até se estilhaçaria e ele acabaria na cadeia. Não que não pudesse aproveitar o descanso e as três refeições por dia. Na vida de Jace Damon, descansar não era uma opção.

Ajeitando os canudos embaixo do braço, ele tirou a bicicleta da calçada e voltou a andar nela. A entrada da garagem no subsolo do prédio ficava na rua transversal. O portão automático estaria fechado, mas Jace conseguiria se esgueirar assim que um carro saísse. Se havia um Deus no céu — coisa de que ele duvidava, salvo em momentos de extrema necessidade —, ainda haveria alguém no escritório da incorporadora, no décimo sétimo andar. Jace torceu para que fosse Lori, a recepcionista, uma loura esperta que lhe daria uma daquelas barras de chocolate que escondia na última gaveta. Ele não tinha comido nada desde o café-da-manhã, que consistia de um pão dormido e uma barra de cereais surrupiada.

Ficou parado à direita da entrada da garagem, afastado o bastante para não ser visto por quem viesse subindo a rampa. Já fazia muito tempo que aprendera a voar abaixo do alcance do radar, a ser invisível, furtivo e engenhoso, típicas habilidades de sobrevivência de garoto de rua.

Seu rádio fez um barulho como o de um velcro sendo aberto. — Dezesseis? Você está aí? Central para Jace. Central para Jace. Oi, Cavaleiro Solitário, onde você está? Tem grana mordendo meu traseiro.

Grana era "cliente" no jargão de Eta. A incorporadora estava reclamando com ela ao telefone.

— Estou no elevador — Jace respondeu. Ele ligou e desligou o rádio um par de vezes. — Aí, central, a comunicação não está boa, está caindo.

Um Chrysler de cor verde-meleca apareceu subindo para sair da garagem. O segurança babaca estava ao volante. Jace fez um gesto obsceno para ele, pegou o caminho de acesso e desceu pela rampa na bicicleta.

O coreano da cabine de controle mal olhou para Jace quando ele contornou a barreira baixa que impedia os carros de entrarem sem mais nem menos. Jace pedalou direto até o elevador e desceu da bicicleta quando as portas se abriam e várias pessoas elegantemente vestidas e de aspecto burocrático saíam para o mundo depois de passarem o dia em seus cubículos. Uma mulher de cabelo louro com a forma de um capacete e capa de chuva com estampa de oncinha olhou para ele como se estivesse vendo merda de cachorro e segurou com força sua pasta de projetista ao passar a seu lado.

Jace sorriu um tanto forçado. — Oi, como vai?

Ela franziu o nariz com descaso e foi embora com pressa. Gente que usa terno e trabalha em escritórios tende a encarar mensageiros ciclistas com enorme desconfiança. Eles são rebeldes, guerreiros da rua, cidadãos marginais de roupa esquisita que invadem o mundo ordeiro e respeitável dos negócios. A maioria dos mensageiros que Jace conhecia tinha o corpo inteiro coberto de tatuagens e mais furos de piercings que uma peneira. A própria aparência deles escancarava seu estilo de vida não-convencional, com a individualidade brotando pelos poros.

Jace não fazia jus a esse tipo de afirmação. Ele usava o que conseguia arrumar por pouco ou nada na Goodwill: bermudas folgadas e moletons com as mangas cortadas, que usava por cima de calções de ciclista e camisetas de manga comprida. Seus cabelos saíam como espinhos pelas frestas do capacete. Com os óculos de natação, ele mais parecia um alienígena.

Ele ajeitou os óculos mais para baixo e esfregou os olhos sujos de poeira ao entrar com a bicicleta no elevador e tocar o botão 17. Sentiu seu próprio cheiro de suor rançoso e fumaça de escapamento. Tinha levado vinte e três pacotes naquele dia e sentia a sujeira da cidade grudada nele como uma crosta. Ralara o joelho na calçada lá fora. Pingos grossos de sangue desciam lentamente pela canela nua e encharcavam a borda da folgada meia cinzenta.

Quando finalmente chegasse em casa e tomasse um banho, o dia escorreria nele como lama descendo por uma encosta, e então voltaria a ser um menino branco e louro. Passaria umas horas com seu irmãozinho, Tyler, e depois pegaria os livros até cair no sono em cima deles. Logo seriam cinco e meia da manhã, e ele começaria mais um dia jogando gelo com a pá dentro dos frigoríficos na peixaria que funcionava embaixo de onde eles moravam, em Chinatown.

Minha vida é uma droga.

Ele só se permitia reconhecer esse fato de vez em quando. De que adiantava insistir nisso? Não pretendia ficar eternamente na posição que ocupava dentro do esquema montado. Era nisso que precisava se concentrar: mudança, melhoria, futuro.

Ele tinha futuro. Tyler tinha futuro. Jace estava plenamente convencido disso e continuaria mantendo essa convicção. E o futuro de cada um deles seria mil vezes melhor do que tudo que a vida lhes dera até então. Era apenas questão de tempo, de objetivo definido e vontade.

O elevador soou e as portas se abriram. O escritório da incorporadora era no final do corredor, à esquerda. Sala 1.701. Major Incorporação. Lori, a recepcionista bonitinha, já tinha ido embora junto com a chance de ele ganhar uma barra de chocolate. O Senhor Major Incorporação estava de pé junto à sua mesa e berrava ao telefone. Ele parou de repente e bateu com o fone no gancho quando Jace entrou trazendo os canudos com as plantas.

— Porra, isso é hora?!? — gritou Major. — Minha mãe, de oitenta anos, teria chegado aqui mais rápido com um andador!

— Sinto muito — disse Jace, entregando o manifesto. Não se justificou nem explicou coisa alguma. Sabia por experiência que Major não daria a mínima. O que importava para ele era que agora tinha suas plantas e podia continuar com sua vida.

Major arrancou o manifesto da mão de Jace, rabiscou uma assinatura e o devolveu. Não agradeceu, não deu gorjeta nem nada. A recepcionista Lori talvez tivesse notado o arranhão no joelho e oferecido um Band-Aid e um pouco de simpatia, além da barra de chocolate. Tudo que ele ganhou foi a ilusão. Ao menos na sua vida social imaginária ele tinha condições financeiras para levar uma garota a algum lugar decente.

Já de novo na rua, ele falou com a central para confirmar a entrega. Voltaria para o escritório central em quinze minutos e passaria meia hora comparando os recibos de suas entregas com as ordens de serviço que Eta preenchia ao passar os trabalhos para os mensageiros. Por volta das sete e quinze ele poderia estar debaixo do chuveiro.

— Dezesseis para central. Jace para central. Estou com o comprovante de entrega do Major Pé no Saco.

— Mensagem recebida, meu anjo. Você ainda vai pro céu.

— Não acredito nesse tal de céu.

— Meu querido, você precisa acreditar num mundo melhor do que este.

— É claro. Ele se chama Malibu. Vou ter uma casa lá quando ficar rico e famoso.

— E eu vou ser sua mulher teúda e manteúda, menino. Você vai ter uma dose bem grande de açúcar mascavo, garotão.

Eta pesava quase cem quilos, tinha unhas roxas de oito centímetros de comprimento e um monte de trancinhas no cabelo, parecendo a Medusa.

— Você terá que entrar na fila, atrás de Claire Danes e Liv Tyler.

— Meu docinho, eu vou almoçar essas branquelinhas magras e palitar os dentes com os ossos delas.

— Eta, você está me deixando com medo.

— Isso é bom. De que outro jeito posso mandar você pegar mais uma entrega?

O resmungo saiu bem do fundo da alma dele. — De jeito nenhum. Hoje não. Chame outro.

— Não ficou mais ninguém. Apenas você, Cavaleiro Solitário, e você é o melhor.

Eta lhe deu os endereços de coleta e entrega e disse-lhe que ele poderia gastar a gorjeta que ia ganhar comprando um anel de diamante para ela.

Jace sentou no selim da bicicleta sob a luz de segurança da entrada da garagem e olhou o bilhete com os nomes e endereços que acabara de anotar, pensando que a única gorjeta verdadeiramente valiosa que tinha recebido até então era a seguinte dica: é melhor ter sorte do que ser bom.

Enquanto ele dobrava o bilhete, começou a chover.

2

A televisão colocada na estante de livros repleta do outro lado da sala estava ligada. Lenny Lowell preparava o pacote para o envio. Seu escritório era um oásis de luz âmbar naquela sucessão de lojas de fachadas escuras — uma academia de ioga, um médium, um salão de manicure freqüentado por prostitutas. Do outro lado da rua e seguindo pelo quarteirão, o posto de pagamento de fianças e cheques estava aberto, enquanto um pouco mais longe um posto da Union 76 clareava a noite com mais luzes que o pátio de um presídio.

O frentista do posto de combustível já devia estar trancado na sua cabine, parecendo um vitelo protegido por uns centímetros de vidro blindado à prova de balas. Mas nem o frentista nem o pagador de fianças precisariam se preocupar muito com a criminalidade naquela noite. Estava chovendo e em Los Angeles nem os criminosos saem com chuva.

Na televisão, uma morena atraente informava sobre o mais recente crime do século. Ainda estava em andamento a escolha do júri para o julgamento do ator Rob Cole, acusado do brutal assassinato de Tricia, sua mulher.

Lenny assistia e escutava sem prestar muita atenção. Aquilo só mexia profundamente com sua inveja. Cole contratara os serviços de Martin Gorman, cuja lista de clientes parecia o Quem é quem dos trapalhões mais famosos de Hollywood. A lista de clientes de Lenny era o Quem é quem dos calhordas mais conhecidos pelo Departamento de Polícia de Los Angeles.

Não que ele não se tivesse dado bem. O mundo estava com reincidentes demais para os defensores públicos e idiotas demais para evitar serem pegos. Lenny era bem-sucedido na profissão. Além disso, suas recentes atividades extracurriculares tinham rendido um Cadillac novinho e uma passagem para o Taiti. Mesmo assim, ele sempre cobiçara a fama e a atenção de que desfrutavam advogados como Martin Gorman, Johnnie Cochran e Robert Shapiro. Simplesmente, Lenny nunca achara um jeito de chegar lá que não envolvesse talento e contatos sociais.

Uma foto de Tricia Crowne-Cole apareceu na tela da televisão. Não muito atraente, um tanto gorducha e acanhada, com um cabelo castanho longo demais para uma mulher da sua idade (cinqüentona, isto é, consideravelmente mais velha que Cole, supondo que ele estivesse com quarenta e poucos, como dizia). Com os óculos que usava, ela parecia uma bibliotecária solteirona.

Teria sido lógico pensar que a filha de um zilionário optasse por gastar um pouco daquele dinheiro todo para dar uma melhorada no visual. Especialmente naquela cidade, onde as mulheres tinham o número de seus cirurgiões plásticos e costureiros preferidos na lista de discagem rápida de seus telefones. Um zilhão de dólares podia fazer gente sem expressão parecer absolutamente deslumbrante.

Para as pessoas comuns era difícil imaginar que motivo alguém poderia ter para desejar a morte de Tricia. Ela dedicara sua vida à supervisão do fundo filantrópico do pai. Não havia doença que Norman Crowne não tentasse curar, causa social que não patrocinasse nem arte pretensiosa que não apoiasse, sempre por meio de Tricia. Ela era a consciência social do pai.

Para as pessoas comuns era impossível imaginar que alguém tivesse sido capaz de matá-la com tanta brutalidade, estrangulando-a e depois esmagando seu rosto com a parte de uma escultura do tamanho de uma bola de boliche. Lenny não era uma pessoa comum. Ele já ouvira aquilo tudo mil vezes e sabia muito bem o que as pessoas eram capazes de fazer e a que extremos o ciúme e o ódio podiam levá-las.

O boato que corria na cidade era o de que Tricia, farta das infidelidades e dos dramas infindáveis de Cole, finalmente decidira acabar com aquela vidinha de fartura sem esforço que ele levava. Cole estragara sua carreira com seu mau humor, sua burrice e sua falta de talento. Ele já tinha esbanjado todo seu dinheiro e um bocado do dela. Gastara boa parte dessa grana cheirando cocaína. Outra parte tinha ido para clínicas de reabilitação. Doações caritativas, como se soube depois. Rob Cole não tinha personalidade suficiente para pular do trem que perdera o freio, nem juízo bastante para abster-se de escancarar sua fraqueza em público.

Aquele era um cliente sob medida para Leonard Lowell, pensou Lenny. Teria feito nome tirando Rob Cole da cadeia, um nome que teria sido reconhecido até por gente sem ficha criminal. Mas Rob Cole era problema de Martin Gorman. Lenny tinha mais o que fazer.

A campainha tocou anunciando a chegada do mensageiro. Ao contornar a escrivaninha, Lenny viu de relance os folhetos que recebera da ruiva da agência de viagens do segundo andar e pensou se conseguiria convencê-la a ir com ele. Ilhas Cayman e uma mulher gostosa. O paraíso.

Jace se apoiou na campainha pela segunda vez, mesmo vendo Lenny Lowell sair do escritório para a salinha escura que era ocupada durante o dia pela secretária, uma mulher de cabelo louro parecendo algodão-doce e óculos de gatinho a quem chamavam de "Boneca". Lenny parecia um personagem saído de um daqueles filmes velhos em que todos os homens usavam chapéus e ternos folgados e todo mundo fumava cigarros e falava rápido.

Jace já estivera muitas vezes no escritório de Lowell. Boa parte das entregas era de, ou para, diversos tipos de advogados, para o desprazer dos mensageiros em geral. Os advogados eram famosos por serem pão-duros e nunca ficavam satisfeitos. Na farra do Dia de Ação de Graças, os mensageiros costumavam fazer um boneco com a cara do advogado mais detestado do ano. Faziam a coisa bem resistente para que todos pudessem bater nela várias vezes.

Jace participava da brincadeira e não comentava a sua intenção de fazer parte daquela odiada classe algum dia. Ele crescera vendo a lei funcionar contra um monte de gente, especialmente a garotada. Pretendia fazê-la virar a seu favor, dar uma virada na sua vida e, se possível, também na de outras pessoas. Mas estava cursando apenas duas matérias por semestre, de modo que a maioria de seus colegas mensageiros teria morrido ou ido embora quando ele se formasse. Se alguma vez Jace chegasse a ser imortalizado em um boneco, quem bateria nele para pegar o recheio seria gente que ele não conhecia.

Enquanto isso, ele sempre procurava conversar um pouco com os advogados, tratando de causar boa impressão e de aprender o que pudesse sobre a profissão e os que a exercem. Fazer contatos. Preparar o ambiente para o dia em que talvez pudesse precisar de um emprego, uma recomendação ou um conselho sobre sua carreira.

Lowell abriu a porta com um sorriso artificial estampado em sua cara de cavalo.

— Nem a chuva, nem o nevoeiro, nem a escuridão da noite — disse ele com voz retumbante. Tinha bebido. Jace percebeu o cheiro de uísque misturado com o da água-de-colônia barata.

— Oi, Lenny — disse Jace forçando para entrar. — Cara, está chovendo.

— É por isso que você ganha uma grana preta, garoto.

— Pois é, estou nadando nela — disse Jace, resistindo à vontade de se sacudir como cachorro molhado. — Eu só faço este biscate pela curtição.

— Você tem uma vida simples — disse o advogado rumando de volta para sua sala. — Tem muita coisa para se falar sobre isso.

— Sim, por exemplo, que é um saco. Lenny, pode acreditar, eu preferia dirigir seu Cadillac novo em vez da minha bicicleta. Ainda mais esta noite. Cara, eu detesto chuva.

Lowell discordou balançando a enorme mão ossuda. — Nada disso. Nunca chove no sul da Califórnia. A menos que você seja um bebum como o Rob Cole. Aí cai um toró de merda na sua cabeça.

Jace deu uma olhada no escritório cheio de livros, papéis e pastas de arquivo. Sobre a escrivaninha, ao lado de um troféu de boliche datado de 1974, havia dois retratos, um de um cavalo de corrida vencedor com uma coroa de flores no pescoço e outro de uma jovem bonita de cabelo longo e escuro, e sorriso confiante, a filha de Lenny, Abby. Estudante de direito, pelo que Lenny contara.

— Gorman vai tirá-lo da cadeia — disse Jace, pegando o troféu para ler a inscrição: 2º LUGAR, EQUIPE DE BOLICHE HOLLYWOOD, 1974. Não era difícil imaginar Lenny vestindo uma daquelas camisas de boliche dos anos 50 e de cabelo penteado para trás com fixador. — Gorman é bom. Mais do que bom.

— É melhor ter sorte do que ser bom, garoto — replicou Lowell. — Martin está apostando contra a banca num jogo de cartas marcadas. O dinheiro fala mais alto. Lembre-se sempre disso.

— Eu lembraria se tivesse algum. — Jace colocou o troféu no lugar e coçou o braço por baixo da manga de sua capa de chuva barata. Tinha comprado meia dúzia delas na loja de 99 centavos, porque vinham dobradas no tamanho de uma carteira e não ocupavam espaço na sua bolsa de mensageiro. Raramente duravam mais do que uma tormenta, mas era bem provável que as seis durassem até o fim do inverno.

— Aí, garoto — disse Lowell, passando uma nota de vinte dólares para ele. — Isso é pelo trabalho que você teve. Não torre tudo num lugar só.

Jace quis examinar a nota à contraluz.

Lowell riu em sinal de desdém. — É autêntica, meu Deus. O último falsificador que defendi foi para San Quentin em 1987. Agora a falsificação é negócio dos russos. Não quero ter nada a ver com isso. Perto desses canalhas, Hannibal Lecter parece um cara melancólico com distúrbio alimentar. — Ele levantou seu copo, fazendo um brinde a si mesmo: — Por uma vida longa. A minha. Aceita um gole, garoto?

— Não, muito obrigado. Eu não bebo.

— É o motorista escolhido?

— Algo assim.

Adulto escolhido, até onde ele se lembrava, mas não contou isso a Leonard Lowell. Nunca falava nada de sua vida para ninguém. Fora da cobertura do radar. Quanto menos as pessoas soubessem, menor seria a curiosidade delas e menos propensas estariam a querer "ajudar". Vinte dólares a mais era o único tipo de ajuda que Jace queria.

— Obrigado, Lenny. Agradeço do coração.

— Eu sei, garoto. Diga à sua mãe que criou um cara bom.

— Pode deixar que vou dizer.

Não ia mais. A mãe dele tinha morrido há seis anos. Ele se criara por si mesmo e também a Tyler.

Lowell entregou-lhe um envelope de papel manilha de 13x18 centímetros. Pôs um cigarro nos lábios e ficou balançando-o ao falar enquanto vasculhava o bolso de sua calça folgada em busca do isqueiro. — Eu gostaria que você me fizesse o favor de entregar isso. Está com o endereço aí?

Jace repetiu o endereço de cor.

— Mantenha esse envelope seco — disse Lowell, soprando fumaça do cigarro para o teto desbotado.

— Como se minha vida dependesse disso.

3

Famosas últimas palavras, pensaria Jace depois ao relembrar aquela noite. Mas não pensou em coisa alguma quando saiu para a chuva e puxou a trava da sua bicicleta.

Em vez de guardar o pacote na bolsa, colocou-o debaixo da camisa e deslizou-o por baixo da cintura do calção de ciclista. Ali estaria quente e seco.

Montou na bicicleta sob a luz azul do letreiro de néon com os dizeres LEITURAS MEDIÚNICAS e começou a pedalar, sentindo as pernas pesadas e as costas doerem, com os dedos frios e escorregando nos punhos molhados do guidão. Ele alternou seu peso de um pedal para outro, inclinando a bicicleta também de um lado a outro, e o movimento lateral foi se transformando em deslocamento para a frente, conforme ganhava velocidade e as dores se combinavam no habitual torpor.

Uma última entrega.

O dever de casa ficaria para a manhã seguinte. Entregaria aquele pacote, iria para casa e entraria debaixo do chuveiro quente. Tentou imaginar aquilo: água quente batendo em seus ombros, fazendo uma massagem que acabaria com a tensão nos músculos, o vapor morno varrendo o fedor da cidade de suas narinas e aliviando os pulmões, que tinham aspirado fumaça de escapamento o dia inteiro. Ele imaginou a sopa picante e ácida de Madame Chen e lençóis limpos no futon, fazendo o possível para não reparar na chuva fria que fustigava seu rosto e dissolvia o óleo na superfície da rua.

Distraído, ele seguia em piloto automático. Passando o posto 76, dobre à direita. Depois de dois quarteirões, vire à esquerda. As ruas laterais estavam escuras e vazias. Ninguém andava por aquela parte da cidade a essa hora da noite sem ter um bom motivo. As lojas — uma vidraçaria, uma firma de ar-condicionados, outra de reforma de móveis, uma oficina de lanternagem — instaladas nos prédios sujos, baixos e com teto de laje fechavam às seis da tarde.

Jace poderia ter considerado esquisita uma destinação como aquela para um pacote enviado por um advogado, só que o advogado era Lenny, cujos clientes eram criminosos do mais baixo nível.

Ele olhava para a numeração dos prédios quando a luz permitia. A entrega ia para o primeiro imóvel à direita no quarteirão seguinte. Mas só que era um terreno baldio.

Jace continuou em frente e observou o número do próximo prédio, que estava às escuras, a não ser pela luz de segurança instalada em cima da porta principal.

Uma certa apreensão arranhou sua nuca como uma unha. Ele virou na rua devagar e passou outra vez pelo terreno baldio.

Os faróis de um carro piscaram, cegando-o por segundos.

Que diabo de entrega era aquela? Seria droga? Um pagamento? O que quer que fosse, Jace não iria fazê-la. Só um bobo entraria naquele lugar para pedir uma assinatura no manifesto.

Agora ele estava aborrecido e assustado. Tinha ido parar num terreno baldio no meio da noite. Dane-se. Dane-se Lenny Lowell. Ele podia pegar seu pacote e enfiá-lo no rabo.

Jace ergueu-se sobre os pedais para se mandar.

O carro pulou para a frente com o motor rugindo como uma fera arremetendo e foi direto para cima dele.

Por uma fração de segundo, Jace ficou imóvel, sem conseguir se mexer. Mas logo estava em movimento, suas pernas mais se parecendo pistões, os pneus da bicicleta derrapando na rua escorregadia. Se seguisse direto, o carro o pegaria como um gato pega um rato. Então, ele virou bruscamente à esquerda para retornar. A traseira da bicicleta derrapou de lado no asfalto úmido. Ele apoiou o pé no chão para não cair e puxou a bicicleta. Agora era ele quem ia de encontro ao carro.

Com o coração na boca, ele gingou para a direita, quase tarde demais, pulou por cima do meio-fio, voltando para o terreno baldio, passando rápido pelo carro — grande, escuro, um carro nacional. Jace ouviu o rangido do metal quando o carro desceu o meio-fio e o fundo bateu no asfalto. Os pneus cantaram quando o carro derrapou ao fazer uma curva aberta e desajeitada.

Jace entrou no beco pedalando o mais rápido possível, rezando para que não fosse um beco sem saída. No centro da cidade ele era que nem um rato, conhecedor de cada tubulação de esgoto, cada caçamba de lixo, cada fresta nos muros que servisse como atalho, via de escape, abrigo ou esconderijo. Ali ele era vulnerável, como um coelho em campo aberto. Presa fácil.

O carro vinha ao seu encalço. O Predador. Os faróis balançaram para cima e para baixo na escuridão, quando o veículo voltou a subir no meio-fio.

Jace já fora perseguido por carros no trânsito. Garotos zoando, sujeitos descontrolados e furiosos porque ele os fechara, subira uma ladeira agarrando-se no carro deles ou batera no retrovisor lateral. Idiotas tentando iniciar uma conversa, tentando passar um susto nele. Nunca tinha sido pego ou, melhor, nunca tinha sido caçado.

Se conseguisse chegar ao fim do beco antes que o carro entrasse nele e o iluminasse com os faróis, teria metade das chances de se livrar. O fim do beco parecia estar a quinze quilômetros.

E já era tarde demais.

Os faróis altos tocaram as costas de Jace, como as patas de um animal tentando tocá-lo. Barulhento como um trem, o carro vinha espalhando latas de lixo como pinos de boliche.

Que merda, puta merda!

A sorte dele estava acabando mais rápido que o beco. Não podia deixar o carro para trás. Não podia virar e livrar-se dele. À sua esquerda, prédios colados um no outro e uma fileira de caçambas de lixo, caixas e sucata; uma via cheia de obstáculos. À direita, um alambrado com arame farpado no topo. No seu traseiro, o anjo da morte.

Jace movimentou uma das mãos para trás e tirou a sua trava anti-roubo da bolsa de mensageiro. O pára-choque roçou em seu pneu traseiro. Ele quase caiu em cima do capô do carro. Chegando o mais perto possível do alambrado, tocou nos freios e ficou logo atrás do pára-choque do Predador.

Com a mão esquerda, Jace balançou a pesada trava contra o pára-brisa. Uma teia de aranha de trincas se espalhou por toda a superfície do vidro. O carro desviou para cima dele, empurrando-o contra o alambrado. Jace virou e agarrou o alambrado com as mãos, segurando-se firme enquanto a bicicleta era arrancada de debaixo dele. O bico de seu tênis direito ficou preso no pedal e ele sentiu um safanão violento no corpo quando o carro empurrou a bicicleta para a frente.

O alambrado mordeu seus dedos quando a bicicleta tentou arrastá-lo. Era como se seus braços estivessem se separando das articulações e seu pé sendo arrancado do tornozelo, mas de repente ele estava livre e caindo.

Jace despencou de costas no asfalto rachado, rolou e se pôs de joelhos, vendo a roda traseira do carro passar por cima da bicicleta e dar-lhe um fim terrível.

Seu único meio de transporte. Seu meio de vida. Já era.

Ele estava sozinho e a pé. E um dos pés estava sem tênis. O puxão no tornozelo doeu quando ele se levantou e correu para os prédios antes que o carro conseguisse parar completamente.

O grito de seu instinto de sobrevivência ressoou em seu cérebro. *Fuja, fuja, fuja!!!*

Ele era jovem, rápido e tinha fortes motivações. Sua atenção se fixou em uma mureta que fechava o espaço entre dois prédios. Bastaria chegar lá correndo, saltar por cima da mureta e cair fora. Mesmo com o tornozelo magoado, ele dava conta de correr mais rápido que o babaca que dirigia o carro.

Mas não poderia ser mais rápido que uma bala.

O tiro atingiu a caçamba de lixo trinta centímetros à esquerda de Jace quase ao mesmo tempo em que ouviu o estampido.

Porra!

Precisava pular o muro. Precisava pular logo e correr muito.

O som de passos pesados se aproximava por trás dele.

O segundo tiro foi para a direita e atingiu outra caçamba.

Um homem gritou "Porra!".

Perto demais. Perto demais.

Passos acelerados vindos por trás.

Jace atirou-se sobre o muro, mas foi imediatamente puxado para trás quando seu perseguidor segurou a bolsa que ele levava presa com uma alça sobre as costas.

Ele caiu sobre o sujeito, e com o impulso os dois recuaram, com os pés entrelaçados. O corpo do Predador amorteceu a queda quando os dois desabaram. Jace esforçou-se para ficar de pé novamente e se safar. O Predador segurava com força a bolsa de mensageiro.

— Seu merdinha filho-da-puta!

Jace deu uma cotovelada no sujeito e o atingiu em alguma parte do rosto. Um osso quebrou fazendo um barulho tão forte quanto o do tiro, e por uma fração de segundo o pilantra largou a bolsa de Jace e soltou uma saraivada de palavrões. Jace se abaixou, desvencilhou-se da alça da bolsa e se jogou de novo em direção à parede.

O Predador segurou a parte de trás da capa de chuva de Jace com uma das mãos e bateu nele com a outra. O plástico vagabundo rasgou-se como papel molhado. A coronha do revólver acertou a parte de trás do capacete de Jace. Ele viu estrelas, mas não parou.

Pule o muro! Pule o muro!

Ele o alcançou correndo, escalou e saltou, caindo de pernas para o ar e rolando em cima de lama, imundície, lixo e poças d'água.

O vão entre os prédios estava escuro como breu, e a única luz no fim do túnel era o tênue brilho prateado de uma longínqua lâmpada de vapor de sódio. Ele correu nessa direção sem esperanças de chegar até lá, esperando sentir o golpe de uma bala queimando ao atravessar suas costas e varar seu corpo, rasgando órgãos e atingindo vasos sangüíneos. Provavelmente estaria morto antes de bater no chão.

Mas não parou de correr.

A bala não veio.

Ele saiu do beco, virou à esquerda e passou correndo pela frente de prédios escuros, pulando moitas e decrépitos canteiros ornamentais. Ao tocar no chão do outro lado de uma fileira de arbustos, seu tornozelo debilitado cedeu sob o peso e ele caiu, ralando as mãos no cascalho ao tentar diminuir o impacto. Esperou ouvir passos vindo por trás, outro tiro disparado nas suas costas, mas ainda não se aproximava ninguém.

Ofegante, meio tonto, Jace levantou-se e cambaleou pelo corredor estreito entre dois prédios. Parou e caiu contra o muro de concreto áspero, sentindo ânsia de vômito, mas temendo que o barulho atraísse seu predador e isso lhe custasse a vida.

Dobrando o corpo, ele colocou as mãos em forma de concha sobre a boca e tentou respirar mais lentamente. Seu coração parecia a ponto de pular do peito e tocar o chão, agitando-se e contorcendo-se como um peixe fora d'água. Sua cabeça dava voltas. Seu cérebro parecia estar girando no redemoinho de um vaso sanitário, prestes a ser sugado esgoto abaixo.

Oh, Deus! Oh, meu Deus!

O Deus para quem ele não dava bola.

Alguém está querendo me matar.

Deus do céu!

Ele tremia violentamente, começando de repente a sentir frio e a reparar a chuva invernal que ensopava suas roupas. Seu tornozelo latejava e ardia de dor. Uma dor ainda mais lancinante trespassava-lhe o pé. Ele apalpou a meia molhada na planta do pé e arrancou um caco de vidro. Depois se deixou cair e ficou agachado contra a parede com os braços ao redor das pernas.

O transceptor ainda estava preso à sua coxa. Jace pensou que poderia tentar falar com a central, mas Eta já tinha ido embora para cuidar dos filhos. Se tivesse um celular, poderia ligar para a polícia. Mas não podia dar-se ao luxo de ter um celular e não confiava na polícia. Na verdade, não confiava realmente em ninguém além de si mesmo. Nunca confiara.

A tontura foi substituída por uma súbita fraqueza, resultado do brusco aumento inicial de adrenalina. Jace esforçou-se para ouvir alguma coisa além da própria respiração, do som de seu pulso martelando em seus ouvidos. Tentou ouvir os sons de perseguição. Tentou pensar o que fazer a seguir.

Era melhor ficar onde estava. Estava oculto e tinha para onde fugir se seu perseguidor o descobrisse. Salvo se eles fossem dois, ou seja, *perseguidores*, no plural. Um em cada saída daquele túnel. Aí ele estaria frito.

Voltou suas atenções para Tyler, que naquele momento estaria pensando onde o irmão estava. Não que o menino estivesse sozinho, já que nunca isso acontecia. Sendo um garotinho branco muito esperto, morando em Chinatown e falando mandarim fluentemente, de certa forma ele sobressaía. Tyler era diferente. As pessoas gostavam dele e ao mesmo tempo ficavam desconcertadas com ele. Os Chen consideravam-no uma espécie de menino de ouro que lhes propiciava boa sorte.

No entanto, a única verdadeira família com que os irmãos Damon contavam eram eles próprios. E esse laço familiar com Tyler era a coisa mais forte que Jace já conhecera. Era para isso que ele vivia, a motivação por trás de tudo que fazia, de todo objetivo a que se propunha.

Preciso dar o fora daqui.

Ouviram-se passos no asfalto. Jace não distinguiu de onde vinha o som. Do beco? Da rua? Ele encolheu-se o quanto pôde, virando uma bola humana compacta contra o muro lateral do prédio, e esperou, contando as batidas de seu coração.

Uma figura escura parou na quina do edifício, do lado da rua, e ficou ali com os braços ligeiramente abertos, virando para um lado e para outro, hesitante. A luz nada distinguia além da forma imprecisa do sujeito. Ele não tinha rosto nem cor.

Jace pôs a mão na barriga, pressionando o envelope que escondera debaixo da camisa para maior proteção. Em que diabo de confusão Lenny o metera?

A figura escura no fim do túnel virou-se e voltou para o lado por onde viera.

Jace esperou em silêncio até concluir que o Predador não ia voltar. Então, com cuidado, passando em cima de montes de lixo, poças de água suja e cacos de vidro, ele foi se arrastando pelo muro e deu uma olhada lá fora. Uma caçamba de lixo impedia a sua visão. Só conseguiu ver uma lanterna traseira que brilhava como um olho vermelho e maligno a certa distância no beco.

Sua bicicleta amassada estava no chão em algum lugar detrás do carro. Desesperançado, Jace pensou que talvez o quadro não estivesse estragado, que fosse apenas uma roda quebrada. Ele poderia consertar aquilo. Poderia consertar muita coisa. Se o quadro estivesse empenado, a coisa já seria mais complicada.

Jace quase podia ouvir Mojo dizendo-lhe que a bicicleta estava amaldiçoada. Mojo era um jamaicano alto e magricela com tranças até o traseiro e e com aqueles óculos pretos enormes do tipo usado por cegos. Devia ter uns trinta anos, o que fazia dele um ancião entre os mensageiros. Um xamã, para alguns. Ele ia ter muito a dizer sobre aquela bicicleta.

Jace a herdara, por assim dizer. Isto é, mais ninguém tinha querido tocar na bicicleta quando, de repente, ela ficou disponível, dois anos antes. Seu antigo dono, um cara que se autodenominava Rei e trabalhava de noite como stripper personificando Elvis, perdera o controle ao driblar o tráfego na rua e acabara debaixo das rodas de um caminhão de coleta de lixo. A bicicleta tinha sobrevivido, mas o Rei não.

Os mensageiros formavam uma turma supersticiosa. Rei morrera em serviço. Ninguém queria a bicicleta de um cara que tinha morrido em serviço. A bicicleta ficou guardada na sala do fundo da central uma semana inteira, esperando que algum parente próximo de Rei viesse buscá-la, mas pelo visto não tinha parentes, pelo menos nenhum que desse a mínima para ele.

Jace não acreditava em superstições. Achava que cada um tem a sorte que merece. Rei foi parar debaixo do caminhão porque corria demais a maior parte do tempo e tinha pouco juízo. Jace acreditava em atenção e agilidade. Ele examinara a bicicleta e vira um resistente quadro Cannondale, duas boas rodas e um selim acolchoado com gel. Viu-se encurtando seus tempos de entrega, fazendo mais entregas e ganhando mais dinheiro. Ele não ligou para as advertências, deixou a porcaria de bicicleta que vinha usando encostada numa máquina de venda do *LA Times* para ser roubada por quem bem quisesse e voltou para casa na Cannondale. Chamou sua nova bicicleta de A Besta.

A rotação do motor do carro aumentou, e a lanterna traseira sumiu do seu campo visual. O Predador estava indo embora para casa, encerrando um dia de duro trabalho na tentativa de matar gente, pensou Jace. Um calafrio percorreu seu corpo, tanto pelo frio da chuva como pelo alívio. Dessa vez, quando achou que ia vomitar, vomitou mesmo.

Os faróis de um carro piscaram passando pela rua. O Predador passou no carrão que rosnava como uma pantera enquanto as sirenes gemiam na mesma distância.

Jace voltou para o lugar onde sua montaria estava caída com a roda traseira irremediavelmente estropiada. Se aquilo fosse um cavalo, alguém daria um tiro nele para pôr fim a seu sofrimento. Mas era uma bicicleta, e o quadro ainda estava em perfeitas condições. O Pregador John teria dito que era um milagre de Deus. No tempo livre entre entregas, o Pregador John ficava na esquina da Quarta com a Flower na frente do luxuoso Hotel Bonaventure e citava a Bíblia para quem não tinha como evitar passar ao lado dele.

Jace não acreditava em milagres. Simplesmente dera sorte pelo menos uma vez. Duas vezes, levando em conta que estava vivo.

Ele procurou a sua bolsa, mas ela tinha sumido. Seguramente levada como prêmio de consolação pelo Predador. Alguém estava atrás do conteúdo do pacote de Lenny Lowell, bem apertado contra a barriga de Jace pela lycra da bermuda de ciclista.

O que quer que fosse, Jace iria descobrir. Lenny tinha muitas perguntas a responder.

Jace levantou a bicicleta, colocou-a em pé apenas sobre a roda dianteira e começou a andar.

4

— **Não pisem o cérebro dele** — avisou Kev Parker, 43 anos, detetive classe II, transferido para uma das divisões inferiores a fim de encerrar sua carreira na desonra e no esquecimento.

Renee Ruiz, sua novata no momento, olhou seu elegante sapato de camurça e oncinha. O salto agulha já estava enfiado num pedaço esponjoso de massa cinzenta que respingara a certa distância do corpo.

— Nossa Senhora, Parker — ela reclamou. — Por que você não me disse?

— Acabei de dizer.

— Acho que estraguei a droga do sapato!

— É mesmo? Pois a droga do seu sapato é o menor de seus problemas. E, considerando que você estava em outro lugar na hora que distribuíram bom senso, eu vou lhe dizer mais uma vez: não use salto agulha no trabalho. Supõe-se que você é uma detetive, não uma piranha.

Ruiz entrecerrou os olhos e cuspiu algumas palavras escolhidas em espanhol.

Parker não se incomodou. — Você aprendeu isso com a sua mãe? — ele perguntou, voltando a atenção para o corpo no piso do escritório.

A detetive novata Ruiz contornou o cadáver na tentativa de olhar na cara de Parker. — Parker, eu exijo que você me trate com respeito.

— Ok, vou fazer isso — disse ele, sem sequer olhar para ela. O cadáver atraía sua atenção por completo. Enorme trauma na cabeça. Quem matou aquele cara certamente curtia seu trabalho. — Quando você merecer — ele acrescentou.

Lá veio ela outra vez com o espanhol.

Parker vinha treinando novos detetives já por uns quatro anos, e aquela moça estava no topo de sua lista dos piores. Ele não tinha problemas com mulheres nem com hispânicos. O problema era com a arrogância, e Renee Ruiz a tinha, e muito, saindo pelo seu belo traseiro tipo Jennifer López. Ou teria, se sua saia não fosse tão justa. Parker estava há menos de uma semana trabalhando com ela e já queria estrangulá-la e jogar seu corpo em um dos poços de alcatrão de La Brea.

— Você está prestando atenção nisso? — perguntou ele com impaciência. — Caso não tenha percebido, temos um homicídio aqui. Há um cara morto no chão, com a cabeça arrebentada que nem uma couve-flor podre. O que você devia estar fazendo em vez de me falar besteiras sobre seus sapatos?

Ruiz fez beicinho. Ela era linda de morrer. Um corpo que deixava qualquer homem heterossexual que ainda não tivesse morrido babando feito um tolo. Seus lábios eram carnudos e sensuais. Ela marcava o contorno deles com uma cor três tons mais escura que o brilho úmido usado para pintá-los. Era o que o detetive Kray descrevia como visual "mexicano de shopping-center".

Kray também era da equipe de Homicídios e tinha problemas com mulheres, hispânicos, negros, judeus e qualquer outro grupo étnico definível que não fosse o daqueles capiaus brancos racistas de Bumfuck, Louisiana — entre os quais Parker o incluía.

— Onde está sua caderneta de anotações? — ele cobrou. — Você precisa anotar tudo. Estou querendo dizer *tudo*. Você deveria ter começado a escrever assim que atendeu esta chamada. A hora da ligação, quem lhe disse o quê, a que horas você enfiou a bunda nessa saia e calçou esses sapatos ridículos. A hora da sua chegada à cena do crime, com quem falou primeiro, o que viu quando entrou pela porta da frente, o que viu ao entrar nesta sala. A posição do corpo, a localização da arma empregada no assassinato, como estava espalhado o cérebro do morto e a que distância os pedaços caíram, se a braguilha dele estava aberta ou não. Tudo que desse para ver, tintim por tintim. É só você deixar passar alguma coisa e garanto que algum advogado defensor de pilantras vai lhe perguntar em juízo sobre esse detalhe aparentemente insignificante e se livrará da ação do promotor como quem tira uma reles camisa. Estou falando da pior expressão da língua inglesa, gatinha: *dúvida razoável*.

Parker recusava-se a chamá-la de "detetive" Ruiz desde que ela recebera a identificação. Ela não era sua igual e ele cuidaria de lembrá-la disso de maneira sutil, mas nem tanto, todo santo dia durante o período de treinamento. Mesmo que ele não tivesse grande controle sobre ela no seu trabalho, pelo menos durante o tempo de parceria com Ruiz ele tinha a ilusão de mantê-la dessa maneira.

— E verifique as distâncias — disse ele. — Se achar uma meleca no carpete, quero saber onde exatamente ela está em relação ao corpo. Coloque as medidas exatas em suas anotações pessoais e as medidas aproximadas nas notas que vai levar para o julgamento. Se você colocar as medidas exatas nas notas oficiais e elas não coincidirem milimetricamente com as dos criminalistas, um advogado defensor vai cair em cima de você como sarna.

A arrogância de Ruiz ressurgiu: — Você é o chefe. O caso é seu. Por que não faz o trabalho chato pessoalmente?

— Vou fazer — disse Parker. — Não confio de jeito nenhum que você o faça direito. Mas você vai fazê-lo também para que, quando a próxima vítima aparecer e você chefiar a investigação, pelo menos dê a impressão de saber o que está fazendo.

Ele deu uma olhada na sala atulhada de bugigangas e repleta de peritos criminais. Um dos policiais fardados que haviam respondido à chamada inicial estava junto à porta da frente, listando todas as pessoas que entravam na cena do crime. O outro — mais velho, pesadão e parcialmente careca — estava no outro lado da sala, apontando para um dos peritos algo que na sua opinião poderia ser uma prova relevante. Jimmy Chewalski. Jimmy era gente boa. Falava demais, mas era um bom tira. Todo mundo o chamava de Jimmy Chew.

Ruiz olhava para os técnicos em cena de crime e policiais fardados. Tendo passado no exame escrito de detetive, ela já se considerava por cima deles. Mesmo que também tivesse usado uniforme até nem tanto tempo atrás, agora ela era uma princesa entre o pessoal auxiliar de nível inferior. Para Ruiz, Jimmy Chew (Choo) era uma marca de sapatos sofisticados.

Parker foi falar com o policial, e Ruiz ficou tentando achar um jeito de se abaixar e procurar evidências sem mostrar o traseiro a todos os presentes.

— Jimmy, onde está o investigador de medicina legal? — perguntou Parker, pisando com cuidado ao contornar o corpo para se esquivar do monte de papéis espalhados pelo chão. O investigador de medicina legal era quem dançava a primeira música. Ninguém podia sequer revistar os bolsos do cadáver enquanto o investigador não tivesse terminado seu trabalho.

— Pode demorar um pouco — disse Chewalski. — Ela está dando uma mão num caso de assassinato e suicídio.

— Nicholson?

— É. Um cara atirou na mulher e nos dois filhos porque ela trouxe para casa uma quentinha de frango assado em vez de à passarinho. Depois ele entrou no banheiro e estourou a cabeça com um tiro. Eu soube que a coisa estava tão ruim que os detetives precisaram de guarda-chuva para entrar no banheiro. A maior parte do rosto do sujeito acabou no teto. Como a gente sabe muito bem, tudo que sobe tem que descer. Ouvi dizer que um olho caiu direto na cabeça de Kray.

Parker deu um risinho. — Pena que ele não tenha conseguido recolher um pouco daquela massa cinzenta. Assim ele teria pelo menos meio cérebro.

Chew abriu um sorriso largo. — Aquele cara só tem merda na cabeça. Ele é um completo babaca.

A atenção de Parker voltou-se novamente para o cadáver. — Então, o que houve aqui?

Chew revirou os olhos. — Veja bem, Kev, aqui, morto no chão, nós temos um advogado que não valia merda nenhuma e não vai deixar saudades.

— Ora, Jimmy, não é porque era um idiota mau-caráter e amoral que ele merecia ser assassinado.

— Com licença. Quem é o responsável aqui?

Parker virou-se e se deparou com uma bonita morena de vinte e poucos anos que vestia um elegante impermeável Burberry e estava a um metro de distância, perto da porta dos fundos.

— Seria eu. Sou o detetive Parker. E você é...

Sem sorrir, ela fixou seus olhos escuros e serenos primeiro nele, depois no policial Chewalski. — Abby Lowell. O advogado que não valia merda nenhuma, o idiota mau-caráter e amoral que está morto aí no chão é meu pai, Leonard Lowell.

5

Jimmy Chew fez um barulho como se tivesse sido empalado. Parker agüentou a pancada com apenas um indício de perplexidade no olhar. Ele tirou o chapéu e estendeu a mão a Abby Lowell. Ela olhou como se achasse que ele nunca se lavava depois de ir ao banheiro.

— Meus pêsames pela sua perda, Srta. Lowell — disse Parker. — Lamento que você tenha ouvido isso.

Ela arqueou as sobrancelhas perfeitas. — Mas não lamenta ter dito o que disse?

— Não foi nada pessoal. Tenho certeza de que a opinião dos tiras sobre advogados defensores não é surpresa para você.

— Não, não é — disse ela. A voz dela era de contralto, forte e ligeiramente rouca, que lhe seria muito útil numa sala de tribunal. O olhar fulminante não dava trégua. Mas ela tinha de olhar para o corpo do pai. Parker pensou que ela mantinha a cabeça erguida para evitar vê-lo. — Eu também estudo direito. Só para o senhor começar a pensar em outros termos pejorativos quando se referir a mim.

— Eu posso garantir que nós tratamos todos os homicídios da mesma maneira, Srta. Lowell. Seja quem for a vítima.

— Isso não transmite muita confiança, detetive.

— Consigo esclarecer oitenta e seis por cento dos casos.

— E o que acontece com os quatorze por cento restantes?

— Continuo trabalhando neles. Vou trabalhar neles até que sejam esclarecidos. Não me importa quanto tempo vá levar. Não importa se esses casos forem encerrados quando os culpados já estiverem caquéticos e eu tiver de usar um andador para persegui-los — disse Parker. — Não há nesta cidade detetive de homicídios melhor que eu.

— Então por que você não está trabalhando conosco, Parker?

Era Bradley Kyle, detetive classe II da Roubos e Homicídios, a equipe badalada do Departamento de Polícia de Los Angeles, baluarte de figurões e bundões arrogantes. Parker conhecia esse meio de primeira mão, porque fizera parte dele e tinha sido o figurão mais arrogante e idiota que já circulara pelos corredores do Parker Center. Na época ele costumava dizer que o edifício fora batizado em sua homenagem. Seu destino era o estrelato. A lembrança borbulhou dentro dele como uma azia, amarga e ardente.

Parker recebeu Kyle com um gesto carrancudo. — O que é isso? Uma festa? Como é que seu nome entrou na lista de convidados, Bradley? Ou você está só dando um rolé pelos bairros pobres?

Kyle não lhe deu atenção e começou a examinar a cena do crime. Seu parceiro, um grandalhão louro quase sem pescoço que usava o cabelo achatado no topo e óculos com armação de chifre, tomava notas sem falar com ninguém. Parker ficou observando-os por um instante, e uma sensação ruim remexeu suas tripas. O pessoal da Roubos e Homicídios não aparecia num caso de assassinato apenas por curiosidade. Eles mexiam com os casos de alto nível, tipo O. J. Simpson, Robert Blake ou Rob Cole, a celebridade assassina do momento em Los Angeles.

— *Bradley*, faça o favor de não bagunçar minha cena do crime. — Parker enfatizou o nome, esticando-o, sabendo que Kyle o detestava. Ele queria ser chamado de Kyle, ou de Brad, no pior dos casos. Bradley era nome de decorador de interiores ou cabeleireiro, não de detetive que se impõe.

Kyle olhou para ele. — Quem disse que é sua?

— Minha área, meu chamado, meu assassinato — disse Parker, aproximando-se do detetive mais novo.

Ignorando-o, Kyle se agachou para examinar a aparente arma do crime: um velho troféu de boliche, agora coberto de sangue e decorado com fios de cabelo e um pedaço do couro cabeludo de Lenny Lowell.

Kyle estava subindo na divisão de Roubos e Homicídios na época em que Parker estava sendo posto para fora. Agora ele se encontrava no auge da sua carreira, adorando ficar sob os holofotes sempre que tinha oportunidade, o que ocorria com demasiada freqüência.

Era um cara bem-apessoado, um bom rosto para a televisão, com um bronzeado tão perfeito que parecia ter sido feito artificialmente. Tinha porte atlético, mas era magro e melindroso quanto a isso. Fazia questão de dizer que media um metro e oitenta e dois, como se estivesse disposto a bater em quem duvidasse. Parker media um metro e quase oitenta e três centímetros e achava que Kyle tinha apenas um metro e setenta e cinco, nem um milímetro a mais.

Parker se agachou ao lado dele. — O que você está fazendo aqui? — perguntou calmamente. — O que a Roubos e Homicídios faz mexendo com o assassinato de um advogado criminalista de baixo nível como Lenny Lowell?

— Nós vamos aonde nos mandam. Não é assim, Moosie? — Kyle virou para seu parceiro. Moose grunhiu e continuou tomando nota.

— O que você quer dizer? — perguntou Parker. — Está querendo dizer que está assumindo este caso? Por quê? Ele nem vai sair nos jornais. Os clientes deste cara eram a ralé do crime.

Kyle fez de conta que não tinha ouvido e levantou-se. Ruiz estava ali, bem perto dele. No alto de seus sapatos ridículos, ela ficava quase da mesma altura que ele.

— Detetive Kyle — ela ronronou com voz de atendente de sexo por telefone ao estender a mão. — Detetive Renee Ruiz. Eu quero um trabalho como o seu.

Isso foi dito no mesmo tom que ela talvez usaria para dizer "Quero você dentro de mim", o que Parker não tinha vontade alguma de verificar. Ele se levantou e olhou friamente para sua parceira. — *Praticante* Ruiz, você já acabou de fazer o diagrama da cena do crime?

Ela suspirou com petulância para Parker, depois lançou um olhar sensual para Kyle e se afastou andando como toda mulher ciente de que o homem está olhando seu traseiro.

— Esqueça, Kyle — disse Parker. — Ela faria carne moída de você. Além disso, ela é alta demais para você.

— Cavalheiros, desculpem. — Abby Lowell aproximou-se. — Se posso me intrometer na brincadeirinha de vocês, de ver quem tem o pau maior... — Ela estendeu a mão a Kyle, com gesto puramente profissional. — Sou Abby Lowell. A vítima é — era — meu pai.

— Sinto muito pela sua perda, Srta. Lowell.

— Você é da Roubos e Homicídios — disse ela. — Sei porque costumo vê-lo nos noticiários.

— Sim. — Kyle pareceu lisonjeado como ator de teatro de segunda categoria quando acha que alguém vai pedir seu autógrafo.

Parker esperava que Abby Lowell dissesse algo como "Ainda bem que você está aqui", mas ela olhou nos olhos de Kyle e disse: — Por que você está aqui?

Kyle não se perturbou. — Como assim?

— Ora, detetive. Eu acompanhei a atividade de meu pai a vida inteira. Os clientes dele e seus crimes devem ficar bem abaixo de seu âmbito de atuação. O que você acha que aconteceu aqui? Está sabendo alguma coisa que eu não sei?

— Um homem foi assassinado. Somos policiais de homicídios. Você sabe algo que *eu* não saiba? O que *você* acha que aconteceu aqui?

Abby Lowell contemplou aquela confusão como se não tivesse reparado nela depois de entrar na sala: arquivos e documentação em todo canto e a poltrona virada, talvez como consequência de luta, talvez na busca posterior ao assassinato.

Parker observou a moça atentamente, pensando que havia muita coisa em efervescência debaixo da aparência de calma. Ele via isso nos olhos dela, no ligeiro tremor dos lábios. Medo, choque, a luta para controlar as emoções. Ela mantinha os braços rigidamente cruzados, segurando a si mesma, evitando que suas mãos tremessem. Tomava o cuidado de não olhar para o piso à sua frente.

— Não sei — disse ela mansamente. — Talvez um cliente insatisfeito, talvez um parente de uma vítima num caso em que Lenny ganhou. Talvez alguém querendo alguma coisa que Lenny não quis entregar.

O olhar dela se deteve num pequeno aparador no lado oposto da escrivaninha do pai. No fundo do gabinete, um cofre preto em forma de cubo, de uns sessenta centímetros de largura, com a porta aberta. — Ele guardava dinheiro nesse cofre.

— Parker, você examinou o cofre? — perguntou Kyle, dando uma de chefe.

Parker virou para Jimmy Chew. — Jimmy, você deu uma olhada nesse cofre quando chegou aqui?

— Dei sim, detetive Parker, claro — disse Chew fingindo formalidade. Ele nem sequer olhava para Kyle. — Quando meu parceiro e eu chegamos, às dezenove horas e quatorze minutos, a primeira coisa que fizemos foi cercar a cena do crime e ligar para a Homicídios. Enquanto observávamos o escritório, meu parceiro percebeu que o cofre estava aberto e parecia conter apenas documentos, que nós não examinamos.

— Nada de dinheiro? — perguntou Parker.

— Não, senhor, nenhum dinheiro. Isto é, nenhum que esteja visível.

— Eu sei que havia dinheiro — disse Abby Lowell com certa rispidez na voz. — Muitos clientes de Lenny preferiam pagar em dinheiro vivo.

— Isso é uma surpresa — murmurou Jimmy Chew, recuando.

— Ele nunca tinha menos de cinco mil dólares nesse cofre, geralmente mais. Costumava guardá-los num saco de banco.

— Seu pai tinha problemas com algum de seus clientes? — perguntou Kyle.

— Ele não me falava sobre seus clientes, detetive Kyle. Até advogados que não valem merda nenhuma têm sua ética.

— Eu não sugeri outra coisa, Srta. Lowell. Em nome do departamento, peço desculpas se alguém aqui por acaso lhe deu essa impressão. Estou certo de que seu pai tinha ética.

Sim, e provavelmente a guardava numa jarra no fundo de um aparador, ao lado do vidro de picles e de alguma lata de salmão defumado de dez anos atrás, que nunca ia ser aberta, pensou Parker. Ele tinha visto Lenny Lowell em ação na sala do tribunal. De escrúpulos *e* ética muito escassos, Lowell teria impugnado o testemunho da própria mãe se com isso conseguisse uma absolvição.

— Vamos precisar ver as fichas dos clientes — disse Kyle.

— Claro. Assim que alguém mudar a Constituição — respondeu Abby Lowell. — Isso é informação sigilosa.

— Então, uma lista dos clientes dele.

— Sou estudante, mas não idiota. A menos que um juiz me ordene, não lhe darei acesso a nada confidencial neste escritório.

O rosto de Kyle começou a corar intensamente, contrastando com o colarinho branco engomado. — Quer que resolvamos o assassinato de seu pai? Ou você tem algum motivo para preferir que não seja esclarecido?

— É claro que quero que seja esclarecido — ela rebateu. — Mas também sei que agora devo cuidar dos clientes do meu pai e do interesse profissional dele. Se eu fornecer informação sigilosa sem mais nem menos, o patrimônio de meu pai poderá ficar exposto a ações judiciais, processos em andamento talvez sejam prejudicados e é bem possível que eu não possa exercer a profissão que escolhi. Não quero ser excluída do foro antes mesmo de fazer o exame de habilitação, detetive Kyle. Isso tem de ser feito como a lei manda.

— Não é preciso que se comprometa, Srta. Lowell. Nomes e endereços não são informação confidencial — disse Parker com serenidade, fazendo com que a atenção dela se desviasse de Kyle. — E nós não necessitamos ter acesso aos arquivos de seu pai. Os registros criminais dos clientes dele são facilmente acessíveis. Quando foi a última vez que você falou com seu pai?

Ele achava mais conveniente tentar trazer Abby Lowell para o seu lado em lugar de forçá-la a assumir uma posição de oposição. Ela não era uma mulher fraca, histérica e com pavor da polícia como Kyle gostaria que fosse. Já tinha mostrado que não arredaria pé e desafiara o detetive a demovê-la.

Ela passou uma das mãos de unhas feitas e ligeiramente trêmula pela testa e deixou escapar um suspiro de leve hesitação, expondo uma minúscula abertura na sua couraça. — Falei com Lenny por volta das seis e meia. Nós íamos jantar juntos no Cicada. Cheguei lá ainda cedo, tomei um drinque e liguei para ele do meu celular. Ele disse que talvez demorasse um pouco — disse ela. Sua voz fraquejou e seus olhos escuros marejaram. Ela pestanejou para segurar as lágrimas. — Ele disse que estava esperando um mensageiro ciclista vir buscar alguma coisa.

— Ele disse o que era?

— Não.

— Muito tarde para chamar um mensageiro.

Ela deu de ombros. — Provavelmente era alguma coisa que ele precisava entregar a um cliente.

— Você sabe qual o serviço que ele usava?

— Qualquer um, o que pudesse pegar e entregar o pacote mais rápido e por menor preço.

— Se descobrirmos qual foi o serviço, a mesa de despacho deles terá o endereço do destinatário do pacote, talvez alguma descrição do que havia nele e o nome do mensageiro que eles enviaram — disse Parker. — Você sabe se o mensageiro de fato chegou?

— Não. Eu já disse que Lenny estava esperando na última vez que falei com ele.

Parker olhou para o cofre, franzindo a testa.

— Isso seria uma burrice — disse ela, lendo o pensamento dele. — Como o senhor disse, a mesa de despacho deve ter o nome do mensageiro.

Que poderia muito bem não ser o verdadeiro, pensou Parker. Os mensageiros ciclistas não tinham exatamente fama de pessoas estáveis, de família. Em geral eram sujeitos solitários, esquisitões, que levavam uma vida ao deus-dará. Vendo como eles corriam a toda pelas ruas do centro, sem temerem por pernas e braços nem pela vida, sem consideração por si mesmos nem por mais ninguém, não seria forçar a barra imaginar que um deles estivesse doidão.

Então, algum mensageiro viciado em drogas e sem sorte aparece para recolher um pacote, repara no cofre de Lowell aberto, resolve elevar seu nível social, mata Lowell, pega o dinheiro e some na noite para nunca mais ser visto. O cara podia estar num ônibus indo para Las Vegas enquanto eles ficavam ali conversando sobre o assunto.

— Meu trabalho não consiste em tirar conclusões, Srta. Lowell. Devo considerar todas as possibilidades.

— Quem ligou para o 911? — perguntou Parker, virando-se mais uma vez para Jimmy Chew.

— Foi o famigerado cidadão anônimo.

— Há alguma loja aberta ou com gente aqui por perto?

— Não numa noite como essa. Há um posto de combustível e um posto de fianças descendo pelo outro lado da rua. E a lavanderia 24 horas.

— Vá até a lavanderia e veja se alguém sabe de alguma coisa.

— Está fechada.

— Você não disse que funciona 24 horas?

— Está chovendo — disse Chew, mostrando-se cético. — Eu e o Stevie passamos lá por volta das seis e quinze. A loja estava fechada e trancada. Além do mais, eles pararam de funcionar as vinte e quatro horas depois que a atendente noturna foi assaltada e estuprada, oito meses atrás.

Kyle sorriu com deboche. — Parker, você trabalha num bairro ótimo.

— Assassino é assassino, seja qual for o bairro, Bradley — disse Parker. — A única diferença é que não dá para fazer manchete de jornal com os assassinatos daqui.

Ele virou de novo para Abby Lowell. — Como foi que você soube da morte de seu pai?

Ela olhou para ele como se achasse que estava tentando enganá-la. — Um dos policiais ligou para mim.

Parker olhou primeiro para Chew, que levantou as mãos negando, e depois para o outro policial, que negou sacudindo a cabeça.

— Alguém lhe telefonou. Para o seu celular — disse Parker.

Os olhos de Abby Lowell passaram de um homem para outro, em dúvida. — Sim. Por quê?

— O que disse a pessoa que ligou?

— Que meu pai tinha sido assassinado e que eu fosse para o escritório dele. Por quê?

— Posso ver o seu celular?

— Não entendo — disse ela, hesitando ao tirar seu telefone de um bolso do impermeável.

— O Departamento de Polícia de Los Angeles não falaria algo assim ao telefone, Srta. Lowell — disse Parker. — Um policial ou detetive iria até a sua residência para lhe dar a notícia.

Ela arregalou os olhos quando percebeu o que isso implicava. — Está querendo me dizer que eu falei por telefone com o assassino de meu pai?

— A que horas você recebeu a ligação?

— Mais ou menos vinte minutos atrás. Eu estava no restaurante.

— Você tem uma lista de chamadas aí? — perguntou Parker apontando para o celular que ela segurava.

— Tenho sim. — Ela procurou na lista de funções e abriu a tela que mostrava as chamadas recebidas. A mão dela tremia. — Não reconheço o número.

— Você não reconheceu a voz?

— Não. Claro que não.

Parker estendeu a mão. — Posso ver?

Abby Lowell entregou-lhe o telefone. Ela afastou a mão rapidamente, como se acabasse de dar-se conta de que aquilo era um réptil vivo. Parker olhou o número, apertou o botão para retornar a ligação e ouviu o telefone chamar sem que ninguém atendesse.

— Meu Deus — sussurrou a filha de Lenny Lowell. Ela pressionou a mão sobre os lábios e pestanejou para afastar as lágrimas.

Parker virou para Chew. — Localize o dono da lavanderia. Descubra quem estava trabalhando e a que horas fechou. Quero que localizem essa pessoa. Quero saber se havia viva alma nas proximidades deste escritório entre seis e meia e sete e quinze. Se um rato se meteu pela porta dos fundos e alguém o viu, eu quero saber.

— Entendido, chefe. — Chew devolveu a Kyle o sorriso debochado e foi falar com seu parceiro.

Parker foi até a escrivaninha da vítima. O velho fichário estava fechado. Ele abriu a tampa com a ponta de uma caneta e virou para a técnica em impressões digitais. — Cynthia, quero todas as impressões digitais que você puder colher aqui, por dentro e por fora. Todas e cada uma das fichas, mas a prioridade é nessa aqui.

Era a de Abby Lowell. Embaixo do nome, o telefone da casa dela, o celular e o endereço.

— Vá em frente e verifique tudo para nós, Parker — disse Kyle com severidade, aproximando-se de Parker junto à escrivaninha. — Mas não se empolgue demais. Se vier a ordem lá de cima, você está fora.

Parker olhou para ele por um instante, mas então outra voz mencionou seu nome na sala da frente. — Parker, por favor, diga-me que seu finado teve um ataque cardíaco. Estou precisando de um simples caso de "causa natural" para poder ir embora para casa. Está chovendo.

Era Diane Nicholson, investigadora de medicina legal do Condado de Los Angeles, quarenta e dois anos, um coquetel longo para se curtir bem devagar. Ela não levava desaforo para casa e era implacável, atitude esta que inspirava temor e respeito em todos os tiras da cidade. Ninguém mexia com uma cena de crime de Nicholson.

Ela parou junto à porta do escritório particular de Lowell e olhou para o corpo no chão. — Nossa, que merda — disse ela, com mais desapontamento que espanto. Não havia muita coisa que a abalasse.

Ela olhou para Parker com jeito inexpressivo, sem dizer nada, e em seguida olhou para Kyle e pareceu ofendida ao vê-lo.

— Parker é o detetive encarregado — ela confirmou. — Bradley, enquanto alguém mais importante que você não me disser outra coisa, eu falo com Parker.

Ela não esperou uma resposta de Kyle. O que ele tivesse a dizer não lhe interessava nem era relevante para ela. Ela trabalhava para o escritório do médico-legista. O médico-legista podia dançar conforme a música dos figurões do Parker Center; Diane Nicholson não se prestava a isso.

Ela pegou um par de luvas de borracha e se ajoelhou para começar a examinar o cadáver.

Nos bolsos da calça de Lenny Lowell havia quarenta e três centavos, um chiclete e um bilhete plastificado, desbotado e vincado de uma trifeta feita no hipódromo de Santa Anita.

— Ele sempre o levava consigo para dar sorte.

A voz que tinha sido forte e enérgica pouco antes mal se fazia ouvir agora. Parker viu que os olhos de Abby Lowell ficaram marejados mais uma vez ao contemplarem o pequeno cartão vermelho na mão de Nicholson. Desta vez ela não tentou conter as lágrimas. Elas transbordaram de suas pestanas, formando gotas grossas que desceram pelas faces. O rosto dela estava branco; a pele parecia translúcida, como porcelana fina. Parker achou que ela ia desmaiar e se aproximou, passando perto de Kyle.

— O bilhete — disse ela. Tentou forçar um sorriso sarcástico ao lembrar de alguma pilhéria, mas sua boca tremia. — Ele sempre o levava consigo para dar sorte.

Parker tocou o braço dela com delicadeza. — Srta. Lowell, tem alguma amiga com quem possa ficar? Vou mandar que algum policial a leve de carro. Telefonarei amanhã e marcaremos uma hora para você comparecer ao distrito policial e contar mais sobre seu pai.

Abby Lowell afastou o braço bruscamente sem olhar para Parker, contemplando fixamente os sapatos do pai. — Não finja preocupação comigo, detetive — disse ela rispidamente. — Não quero sua falsa simpatia. Irei para casa no meu carro.

Ninguém falou quando ela deu meia-volta, seguiu apressada pelo corredor e saiu pela porta dos fundos.

Nicholson quebrou o silêncio, colocando o amuleto de Lenny Lowell dentro de um envelope para o caso de vir a ser importante posteriormente. — Acho que ele deveria tê-lo cobrado quando ainda era tempo.

6

Jace voltou para o bairro do escritório de Lenny Lowell passando por becos e edifícios, evitando a iluminação das ruas e espaços abertos e sentindo o coração acelerar toda vez que um carro aparecia no seu campo visual. Não tinha como saber para onde o Predador tinha ido. Não tinha como saber se aquele filho-da-puta tinha estacionado a meio quarteirão dali e estava vasculhando a bolsa de mensageiro, buscando o pacote que devia ter sido o motivo do ataque, para descobrir que seu objetivo não estava ali e que, portanto, seu trabalho não terminara.

Levar A Besta de volta para território conhecido tomou um bocado de tempo. Jace tentava equilibrar a bicicleta estropiada sobre a roda dianteira — que ficara em bom estado — e ao mesmo tempo a usava como muleta para equilibrar seu próprio peso. Seu tornozelo distendido estava latejando. Ao menos conseguira recuperar a botina, mas o inchaço no tornozelo impedia-o de amarrar os cadarços com força. Se fosse uma gazela num daqueles programas sobre a natureza que Tyler achava no Discovery Channel, o primeiro leão que aparecesse acabaria com ele.

Chegando ao posto 76 pelo beco, ele encostou A Besta contra o muro dos fundos e, sob a proteção da escuridão, observou a ilha de luz fluorescente que rodeava as bombas de gasolina. Ninguém estava abastecendo. Havia poucos carros na rua. Quem passava ia para algum lugar definido e pretendia chegar lá com o que tinha no tanque.

A chuva continuava. Jace tremia de frio e medo, adrenalina e cansaço. Sentia-se ao mesmo tempo fraco, abatido e nervoso. Ainda tinha muito a caminhar até a sua casa. Assim que achasse um telefone público funcionando, ele ligaria para os Chen, a fim de pedir-lhes que falassem com Tyler. Os irmãos Damon não tinham telefone nos três cômodos que ocupavam em cima do mercado de peixes. Jace não podia dar-se a esse luxo, e de todas maneiras não tinha ninguém para quem ligar com freqüência.

Ele teria querido que não fosse assim naquela noite. Teria sido bom demais ligar para um amigo para pedir uma carona. Mas não tinha amigos, apenas conhecidos, e parecia-lhe mais indicado não meter ninguém na confusão em que se encontrava. Instintivamente, ele tendia ao isolamento, a evitar que outras pessoas complicassem sua vida, na medida do possível. Certamente teria sido melhor para ele não conhecer Lenny Lowell naquela noite.

Jace ouviu seu estômago roncar e começou a sentir cólicas. Precisava pôr alguma coisa nele, precisava de combustível para enfrentar o que a noite ainda poderia trazer. Estava com os vinte dólares da gorjeta de Lenny Lowell no bolso. Podia comprar um refrigerante e um doce. Jace não guardava dinheiro nem nada de valor pessoal na sua bolsa de mensageiro, como faziam muitos de seus colegas. Ele sabia muito bem que podia perder tudo a qualquer momento.

Uma cobertura na frente da guarita oferecia abrigo contra a chuva. Um sujeito magro e escuro de turbante laranja estava sentado na guarita atrás do vidro à prova de balas. Ele teve um sobressalto com a súbita aparição de Jace. Pegou o microfone e disse com nítido sotaque inglês: — A polícia está logo ali, nesse quarteirão.

Como se já a tivesse chamado, prevendo que seria assaltado.

— Um Snickers e um Mountain Dew. — Jace tirou duas notas úmidas e amarrotadas do bolso e as pôs na bandeja de pagamento.

— Não tenho mais de cinqüenta dólares na gaveta — prosseguiu o homem, com uma voz que soava metálica e distante no alto-falante barato. Apontou para o aviso afixado na vidraça entre muitos adesivos de advertência. Este produto contém mais de 4.700 substâncias tóxicas e nicotina, que causa dependência física ou psíquica. Não existem níveis seguros para consumo dessas substâncias, mas, se mesmo assim alguém quiser adquirir cigarros, os postos 76 pedirão sua identidade, como a lei determina. O atendente noturno tem no máximo cinqüenta pratas na registradora.

— E também tenho uma arma.

Ele puxou um revólver enorme de sob o balcão atulhado e apontou na cara de Jace, tirando os dois dólares da bandeja com a outra mão.

— Isso aí não é à prova de balas? — perguntou Jace.

O atendente franziu a testa. — É sim, você não pode atirar em mim.

— Não estou armado — disse Jace. — E, se você tentar atirar em mim, a bala vai parar no vidro e pode até ricochetear e acabar na sua cara. Você já tinha pensado nisso?

Jace abriu as mãos para que o atendente pudesse vê-las. — Seja como for, isso não é um assalto. Só quero um Snickers e um Mountain Dew. Anda logo, cara. Está chovendo.

Pelo rabo do olho, Jace viu o brilho vermelho da luz do giroscópio de uma radiopatrulha na rua a certa distância. Seu pulso acelerou-se. O carro não se movia, nem tampouco os que o acompanhavam, estacionados ao redor da fachada do mesmo imóvel.

— Que está acontecendo lá?

Talvez Lenny tenha chamado a polícia quando ficou sabendo que o pacote não fora entregue. Talvez o envelope estivesse cheio de dinheiro e todos achavam que o mensageiro ciclista tinha sumido com ele. Talvez naquele exato momento, enquanto Jace tentava comprar uma barra de chocolate de um cara de turbante laranja que lhe apontava uma arma, houvesse uma ordem de prisão contra ele e carros do Departamento de Polícia de Los Angeles estivessem percorrendo as ruas à sua procura.

O atendente deixou seu revólver sobre o balcão com a mesma naturalidade com que teria apoiado um cigarro na borda de um cinzeiro. — Um assassinato — disse ele. — Eu escuto no detector de radiofreqüência.

Jace sentiu que empalidecia.

— Quem? — ele perguntou, ainda olhando para o grupo de veículos parados no quarteirão seguinte, do outro lado da rua.

— Talvez você — disse o atendente.

Jace olhou para ele e experimentou uma estranha sensação de *déjà-vu*. Por acaso havia sido assassinado? Talvez estivesse morto. Talvez não tivesse escapado. Talvez a bala do Predador o tivesse acertado, e a situação surreal em que se encontrava fosse a vida após a morte. Talvez o cara do turbante fosse o guardião da entrada.

— Talvez você seja o assassino — disse o atendente, rindo como se apenas três minutos atrás não tivesse dado por certo que Jace estava ali para roubar.

— Quem foi morto? — perguntou Jace mais uma vez. Embora o tremor que ele atribuíra em parte à fome fosse cada vez mais forte, a barriga vazia já fora esquecida.

— Eles não dizem nomes, mas apenas códigos — disse o atendente do posto. — Códigos e o endereço.

Ele repetiu o endereço em voz alta. A boca de Jace acompanhou os movimentos como um boneco de ventríloquo, formando as palavras e números, mas sem emitir sons.

O endereço de Lenny Lowell. Não havia mais ninguém no escritório que pudesse ser morto. Só Lenny.

Jace se perguntou se o advogado tinha sido assassinado antes ou depois de o Predador ter tentado acabar com ele. Tanto podia ter acontecido uma coisa como a outra, se o que o assassino procurava era o pacote escondido sob a cintura da calça de Jace. Talvez Lenny é que tivesse acabado com o Predador, o que seria possível. Só que o advogado estava tão bêbado que não conseguia andar direito, muito menos disparar uma arma e atingir alguém.

Um carro da polícia veio subindo a rua e virou para entrar no posto de combustível. Jace dominou seu impulso de correr. As mãos tremiam quando ele pegou seu lanche na bandeja de pagamento. Guardou a barra de chocolate no bolso, abriu o refrigerante e tomou quase a metade.

O carro parou a uns três metros de distância. O tira que levava a escopeta abriu a porta e desceu. De rosto flácido, meio pesadão, ele usava uma capa impermeável que o cobria completamente.

— Oi, Habib — cumprimentou o tira com voz jovial demais para um tempo como aquele. — Uma noite horrível.

— Jimmy Chew! — exclamou Habib, sorrindo de orelha a orelha. Um de seus incisivos superiores era cinzento e desbotado, obturado com ouro. — Está chovendo! Eu não precisava me dar ao trabalho de mudar de Londres!

O policial riu.

— Tá chovendo pra caralho! Dá para acreditar?

— Quero o de sempre, Habib — disse ele. Tirou uma carteira de algum lugar debaixo da capa de chuva. Inclinando a cabeça, enquanto a chuva escorria por seu capuz, o tira pegou umas notas. Ele olhou de relance para Jace. — Uma noite horrível, né? — disse de novo.

— É mesmo — respondeu Jace. — Chove pra danar.

— O que houve, garoto? Seu carro pifou?

— Algo assim — Jace levou a lata de refrigerante à boca, tentando parecer à vontade, mas sua mão tremia e ele viu que o tira percebeu isso.

— Que aconteceu com seu rosto?

— O que há no meu rosto?

Chew apontou para o queixo de Jace. — Parece que se machucou quando se barbeava.

Jace levou a mão ao rosto, mas a afastou ao tocar a parte do queixo que esfolara ao cair no cascalho quando fugia para se salvar. Os nós dos dedos também estavam arranhados

— Eu caí — disse Jace.

— Fazendo o quê?

— Nada. Cuidando da minha vida.

— Rapaz, você tem onde ficar? O padre Mike, lá na Missão da Meia-Noite, pode lhe oferecer uma comida quente e uma cama seca.

O policial estava pensando que ele era um sem-teto, um garoto de rua que não tinha aonde ir. Provavelmente achava que Jace se prostituía ou vendia drogas para sobreviver e que algum cafetão ou traficante tinha enchido a cara dele de porrada. Jace supôs que essa era a impressão que devia ter quem o visse ali, molhado, maltrapilho e patético.

— Está tudo bem comigo — ele disse.

— Você tem nome?

— Sim, John Jameson. — A mentira saiu disparada sem hesitação.

— Você tem identidade?

— Não aqui comigo. Vai checar minha idade por comprar um Mountain Dew?

— Quantos anos você tem?

— Vinte e um.

Jace notou que o tira não acreditara, que se dera conta de que ele tentava passar por adulto. Sendo pequeno e magro, ele nunca parecia ter a idade que tinha. Ensopado e com marcas de surra, com jeito de cachorro perdido, provavelmente parecia ainda mais novo.

— O que você está fazendo na rua numa noite dessa? — perguntou o tira. — Sem chapéu nem casaco.

— Estava com fome. Não reparei que chovia tanto assim.

— Você mora aqui por perto?

— Moro. — Ele deu um endereço a dois quarteirões dali e esperou que o tira o desmascarasse.

— Jimmy Chew, você veio por causa do assassinato? — perguntou Habib com o mesmo tom amável que teria usado se o amigo tivesse vindo para curtir uma festa. — Eu ouvi no detector de radiofreqüência.

Chew respondeu com outra pergunta: — Habib, você viu alguma coisa acontecendo por aqui mais cedo? Por volta das seis e meia, sete da noite?

Habib enrugou os lábios e negou com a cabeça. Pôs uma barra de chocolate Baby Ruth tamanho grande e duas latas de Diet Coke na gaveta e empurrou-a para entregar os produtos ao policial. — Carros passando. Nenhum em alta velocidade. Um pobre coitado passou de bicicleta mais cedo. Dá para imaginar?

— A que horas foi isso?

— Na hora que você disse, mais ou menos. Não olhei o relógio. Estou trabalhando no meu roteiro — disse ele, acenando para uma confusão de páginas impressas no balcão. Ele tinha escondido a arma.

— De que lado ele veio? — perguntou Chew.

— Do mesmo que você. Ele passou e virou à esquerda na esquina.

Jace teve a sensação de que seu coração estava preso na garganta, pois a pulsação o impedia de engolir.

— Como era o sujeito?

Habib deu de ombros. — Como qualquer pobre coitado andando de bicicleta debaixo de chuva. Na verdade eu não prestei atenção. Pelo amor de Deus, quem é que vai chegar para matar alguém de bicicleta?

— Nós só estamos procurando alguém que possa ter estado por aqui, que talvez tenha visto alguma coisa acontecer. Você sabe como é — disse o tira com naturalidade, incluindo o frentista do posto de combustível no procedimento da polícia, como se Habib fosse algum tipo de ajudante da polícia. Ele virou novamente para Jace. — E você? Estava zanzando por essa rua lá pelas seis e meia, sete horas?

— Não tenho relógio — mentiu Jace. — E também não vi nada.

— Você não viu um cara de bicicleta?

— Quem pode ser besta de andar de bicicleta na chuva?

— Um mensageiro ciclista, por exemplo. Você conhece algum desses caras?

— Por que ia conhecer?

— Eles ficam embaixo da ponte na Quarta com a Flower — disse Chew. — Achei que você poderia ter encontrado esse pessoal.

— Eu cuido dos meus problemas — disse Jace, mostrando uma atitude decidida que escondia o medo. — Posso ir embora? Vai me prender?

— Há alguma razão pela qual eu deva prendê-lo?

— Sim. Eu assaltei a Casa da Moeda — soltou Jace sem pensar. — Só estou dando uma voltinha por aqui para me lembrar dos bons tempos. Posso ir embora? Chove pra caralho.

O tira ficou pensando por um instante que pareceu durar meia hora. Jace manteve seu olhar desafiante fixo e direto nos olhos de Jimmy Chew.

— Dentro de um minuto — disse o policial.

Jace viu Chew voltar para o carro e pensou se cair fora não era a sua melhor opção. Provavelmente, os tiras iam pensar que ele era apenas um garoto de rua que não queria problemas. Mas talvez Chew tivesse interpretado o tremor na mão de Jace como sinal de que ele estava metido em alguma encrenca, talvez tivesse algumas pedras de crack no bolso para fumar ou vender.

Se o tira resolvesse revistá-lo em busca de drogas, acabaria achando um pacote cujo remetente era uma vítima de homicídio.

Os músculos das pernas de Jace enrijeceram. Ele concentrou o peso na frente das plantas dos pés, esperando que o tornozelo ruim fosse capaz de agüentar uma corrida.

O policial enfiou a cabeça no carro, disse alguma coisa a seu parceiro e voltou com algo na mão.

Jace abaixou seu centro de gravidade alguns centímetros para poder desviar para qualquer lado, virar e correr.

— Aqui, garoto.

Chew jogou o que segurava na mão. Jace o segurou instintivamente. Quando viu o que era, ele quase quis rir. Uma capa descartável azul da loja de 99 centavos.

— Antes tarde do que nunca — disse o policial. — Você pode arranjar roupas secas na missão, se precisar.

— Certo. Obrigado — murmurou Jace.

— Se quiser carona, a gente pode deixar você...

— Não, está tudo ótimo. Mesmo assim, obrigado.

— Você é que sabe — disse o policial, dando de ombros. Jace sabia que Chew não engolira nenhuma das baboseiras que ouvira, mas não o considerara importante o bastante para se preocupar com ele. — Habib, ligue se ficar sabendo de alguma coisa, está certo?

— Deixe comigo. Você vai ser o primeiro a saber — crepitou a voz alegre do atendente no alto-falante.

Talvez ele pensasse que iria ouvir alguma coisa que desvendaria o caso. Talvez o assassino fosse confessar na hora de pagar pela gasolina. Então Habib poderia escrever um roteiro sobre aquilo e até estrelar o filme, ou, pelo menos, ver seu nome incluído nos créditos. Los Angeles. Todo mundo queria estar no show business.

A radiopatrulha voltou para a rua e dobrou à direita na esquina. Jace viu os policiais irem embora enquanto emborcava o seu Mountain Dew. Em seguida, jogou a lata na lixeira, despediu-se de Habib com um "A gente se vê" e foi embora como se não se importasse com nada.

Seus joelhos ainda tremiam depois de andar cinco quarteirões.

7

— Que lixo.

Completamente nu, Parker entrou no quarto com um copo de vinho em cada mão. Um Cabernet peruano de boa qualidade e muito encorpado. Ele mal tocara em uísque havia uns dois meses, depois de ser posto para fora da Roubos e Homicídios. Tinha bebido cerveja e vinho suficientes para encher uma piscina naqueles dois meses. Depois, ele acordou um belo dia, resolveu que já era suficiente e foi praticar tai chi chuan.

— Foi alguma coisa que eu falei?

A mulher que estava na cama não tirou os olhos da televisão. O rosto dela refletia sua repulsa. — Rob Cole, esse monte de bosta. Espero que seja condenado à morte. E, depois que ele estiver morto, espero que possamos desenterrá-lo e matá-lo de novo.

— É isso que eu gosto em você, Diane. Sempre transbordando benevolência humana.

Ele lhe deu um dos copos, deixou o seu sobre o criado-mudo e ficou debaixo das cobertas.

Diane Nicholson e ele tinham o que ambos consideravam um relacionamento perfeito. Gostavam um do outro e se respeitavam, eram como animais na cama e não tinham o mínimo interesse em ser nada mais além de amigos.

No caso de Parker, porque ele não achava sentido no casamento. Nunca vira sequer um que tivesse dado certo. Seus pais haviam mantido uma guerra fria durante quarenta e cinco anos. A maioria dos tiras que ele conhecia já tinha se divorciado pelo menos uma vez. E ele próprio jamais tivera um relacionamento romântico que não acabasse em desastre, principalmente devido a seu trabalho.

Diane tinha suas razões, sobre nenhuma das quais lhe dera indício algum. Ele sabia que ela tinha sido casada com um executivo das Empresas Crowne que morrera de ataque cardíaco há poucos anos. Mas, quando falava dele, o que quase nunca fazia, ela se referia ao finado marido sem emoção, como se ele fosse apenas um conhecido ou um sapato velho. Não era esse o grande amor da vida dela.

O homem que havia sido a causa da sua desistência da idéia do amor eterno tinha chegado depois do casamento. Curioso por natureza e vocação, Parker tentara achar uma resposta a essa pergunta quando o relacionamento começou, quase um ano antes. Não descobrira coisa alguma. Absolutamente ninguém sabia com quem Diane tinha saído depois da morte do marido, mas todos achavam que ela se envolvera com alguém e que a coisa acabara mal.

Parker supunha que o cara era casado ou um manda-chuva do escritório do médico-legista, ou ambas as coisas, mas optou por deixar de lado o mistério não resolvido, entendendo que, se Diane tinha sido tão cuidadosa e discreta, que nem sequer seus amigos sabiam, aquilo certamente não era da sua conta. Ela tinha direito de guardar segredos.

Ele também gostava de ter seus segredos. Sempre pensara que quanto menos os outros soubessem a seu respeito, melhor. O conhecimento era poder e podia ser usado contra ele. Havia aprendido essa lição com a dura experiência. Agora a sua vida pessoal era assunto rigorosamente dele. Ninguém do Departamento de Polícia de Los Angeles precisava saber com quem ele saía nem o que fazia fora do horário de trabalho.

Ela zombou da referência dele à sua benevolência humana: — Esse cara merece um banho de ácido.

Os dois estavam assistindo ao *CNN Headline News*. Diane tinha aparelhos de televisão em todo canto da casa e, às vezes, ligava todos ao mesmo tempo para poder ir de um cômodo a outro sem perder nada.

Era tarde, mas sempre se precisava de um tempinho para relaxar depois de um homicídio. Policiais fardados tinham saído batendo de porta em porta nas redondezas do escritório de Lenny, mas as lojas estavam fechadas de noite e não havia viva alma com quem falar. Se tivessem achado alguém, Parker teria trabalhado noite adentro. Como não acharam, ele isolou a cena do crime e depois deu início à sua papelada no distrito policial, levando Ruiz consigo para que ela não ficasse atrás de Bradley Kyle como gata no cio. De lá ele foi para o bangalô em estilo Craftsman de Diane, no Westside.

— Tambor de duzentos litros com cento e cinqüenta litros de ácido — disse ele banalmente. — Guarde o tambor no porão, deixe-o para o próximo dono da casa, que por sua vez o deixará para o seguinte.

A maioria das mulheres provavelmente ficaria horrorizada vendo que ele tinha esse tipo de coisa na cabeça. Diane limitou-se a assentir distraidamente.

A reportagem discorria sobre a escolha dos membros do júri para o julgamento de Cole e incluía uma recapitulação de toda aquela história chocante, desde a descoberta do corpo de Tricia Crowne-Cole, o funeral com Norman Crowne chorando sobre o caixão fechado da filha e seu filho apoiando-se em seu ombro, tentando confortá-lo, retrocedendo depois até o casamento com Rob Cole. Uma fotografia incongruente: Cole posando como um modelo de smoking Armani, Tricia parecendo uma irmã feiosa e mais velha dele abandonada no altar. Antes tivesse sido.

— Veja só esse palhaço — disse Diane quando passaram vídeos de arquivo do programa que ficou pouco tempo no ar, estrelado por Cole, adequadamente chamado *EA: Esquadrão Antibombas*. — Parece até que se julga alguma coisa.

— Ele costumava achar que era.

— Na cabeça dele. Para esse cara só existe uma coisa: ele próprio.

Com Diane nunca havia meio-termo. Rob Cole ligava automaticamente o gerador de opiniões dela. Diane tinha trabalhado na cena do crime mais de um ano atrás. Ela e Parker já tinham mantido várias versões dessa mesma conversa desde então. Cada vez que alguma nova fase do processo judicial lançava o nome de Cole novamente nas manchetes, a ira e a abominação ressuscitavam nela.

— Você sabe que eu o encontrei uma vez em uma festa — disse ela.

— A lembrança está viva como se eu mesmo tivesse estado lá — comentou Parker secamente. Ela devia ter contado aquilo cem vezes desde o assassinato. De alguma maneira, a simples menção do nome de Cole bloqueava sua memória recente.

— Ele paquerou você.

— Ele me disse que estava tentando montar um novo seriado e que talvez eu pudesse ajudá-lo na pesquisa. O personagem principal ia ser um misto de investigador de medicina legal e detetive particular. Que asneira!

— Ele queria mesmo era transar com você — disse Parker.

— Enquanto a mulher dele estava a menos de três metros — disse ela com nojo. — Ele só tem olhos para mim. Ele é o tal. É puro charme. É o grande sorriso branco.

— Ele é o cara que todo mundo quer ser e toda mulher quer levar para casa — disse Parker.

— Ele é um bobalhão.

— Suponho que você ainda não se inscreveu no site "Soltem Rob Cole" — disse Parker, massageando a nuca de Diane. Os músculos estavam tensos como cabos de aprumar postes.

Ela fez um gesto carrancudo. — Existem pessoas muito idiotas.

Parker deslizou o braço ao redor dela. Ela suspirou suavemente e encostou a cabeça no ombro dele.

— Eu também acho — ele murmurou. — Por mais vagabundo e culpado que um criminoso possa ser, nunca falta gente que não queira ouvir falar dele.

— É o que eu estava dizendo. E essa é a mesma gente que não perde a oportunidade de fazer parte de um júri. Cole vai acabar virando o Ted Bundy do novo milênio e vai arranjar alguma bobona para casar com ele do banco das testemunhas no meio do julgamento por homicídio.

Parker se lixava para o que tivesse a ver com Rob Cole. Los Angeles era o tipo de cidade em que as pessoas são avaliadas pelo que têm feito recentemente, e Cole nada fez digno de nota nos últimos dez anos, além de ser preso sob acusação de assassinato. Uma produção atrás da outra tinha ido pelo ralo. Em vez de papéis principais, ele fazia apenas participações como convidado, cada vez menos importantes, em programas de televisão, além de uma porção de filmes para TV absolutamente esquecíveis para redes poderosas, como Lifetime e USA.

Parker estava interessado no vídeo de arquivo em que Cole chegava ao Parker Center levado por um pelotão de figurões da Roubos e Homicídios, entre os quais Bradley Kyle e seu parceiro, Moose. Cole, com o rosto avermelhado e os olhos esbugalhados de fúria, contrastando diametralmente com a antiquada camisa de boliche estilo anos 50, que era sua marca registrada; os rapazes da Roubos e Homicídios, por sua vez, impassíveis, vestindo ternos e gravatas elegantes e usando óculos de sol espelhados. Todos trajados e agindo totalmente de acordo com seus respectivos papéis.

— Por que Kyle e o Hulk estavam lá hoje? — perguntou Diane.

Parker deu de ombros como se isso não lhe importasse. — Não sei. Não fui eu quem os convidou.

— Você acha que o finado estava ligado a alguma coisa grande e suculenta?

— Os Lenny Lowells da vida são os Lenny Lowells da vida porque não conseguem pegar coisa grande e suculenta mesmo que esbarrem e caiam em cima dela.

— Pois ele esbarrou e caiu em alguma coisa. E foi morto por ela. Algo fedorento o bastante para os rapazes do Parker Center virem farejar.

— É meu caso até meu chefe dizer que não é mais — disse Parker. — Aí eu me afasto e pronto.

Diane riu, num riso gutural e sensual, balançando seus ombros ao sair. — Seu mentiroso. Você queria pôr Bradley para fora de lá como um tigre protegendo sua caça.

— Pois é, eu *realmente* detesto o cara.

— E não lhe falta razão. Ele é um velhaco. Eu também o detesto. Todo mundo o detesta. Aposto que a mãe dele já o detestava no útero — disse ela.

— Mas isso tudo não vem ao caso. O que eu não entendo é por que a Roubos e Homicídios ia querer mexer no assassinato de um zé-ninguém como aquele advogado.

— Não sei — disse Parker quando o âncora do *Headline News* passou do caso de Cole para uma reportagem sobre o repentino aumento das vendas de camisas de boliche clássicas em Los Angeles. — Mas vou descobrir. Assim que o dia raiar vou encontrar o tal mensageiro ciclista.

8

A Chinatown de Los Angeles não é a mesma de San Francisco. Não há bondes bonitos. Há menos lojas vendendo lembranças baratas e bolsas de grife falsificadas, e elas estão longe de ser a maior parte da economia.

A Chinatown de Los Angeles foi o primeiro bairro chinês americano moderno pertencente a chineses e planejado por eles próprios, sendo hoje o lar de mais quinze mil pessoas de ascendência asiática. Nos últimos anos, ele começou a atrair artistas e profissionais jovens de todas as raças, tornando-se um lugar na moda para morar.

A Chinatown de Los Angeles é a florescente mistura de vanguarda de gente que faz dela seu lar, que vive e trabalha lá. As ruas estão cheias de açougues que ostentam patos depenados pendurados na vitrine, peixarias onde os funcionários empunham facas afiadíssimas e lojas que vendem ervas medicinais e remédios que os chineses vêm usando há milênios. Os letreiros nas vitrines estão escritos em chinês, que é a língua mais falada, em uma grande variedade de dialetos. No entanto, junto às tradicionais lojas chinesas há galerias de arte contemporânea, butiques e escolas de ioga.

Jace mudara-se com Tyler para Chinatown após a morte da mãe. Eles amontoaram seus escassos pertences em alguns sacos de lavanderia surrupiados da carroceria de um caminhão de entregas estacionado nos fundos de um restaurante e pegaram um ônibus. Toda noite, ao voltar para Chinatown, Jace recordava o dia em que passara sob o Pórtico da Piedade Filial levando seu irmão pela mão, rumo a um lugar onde ninguém iria procurá-los jamais.

Alicia Damon morrera como indigente no Hospital Bom Samaritano. Jace sabia disso porque foi ele mesmo quem a levou ao serviço de emergência, "pegando emprestado" o carro de um vizinho viciado que estava doidão demais para reparar no garoto magricela do apartamento do lado pegando suas chaves.

A mãe de Jace não tinha dado nome nem endereço ao atendente na entrada do hospital. Ela não permitira que o filho demonstrasse estar com ela e advertira-o de que evitasse atrair atenção de qualquer maneira, não desse seu nome a ninguém nem dissesse onde eles moravam.

Alicia não confiava em ninguém que desempenhasse uma função com alguma autoridade e temia especialmente os funcionários do serviço social, que tinham o poder de afastar seus filhos dela. A pouca correspondência que recebiam ia para uma caixa postal alugada, jamais para o apartamento piolhento em que estivessem morando. Não tinham telefone. Jace fora matriculado na escola pública sob o nome John Charles Jameson. Eles viviam com o dinheiro que Alicia conseguia ganhar com empregos subalternos remunerados em dinheiro vivo, além de um cheque da Seguridade Social que chegava todo mês, emitido em nome de Allison Jennings.

Eles não tinham amigos da família. Jace nunca levara colegas da escola para casa. Não conhecera seu pai, nem sequer vira uma fotografia dele. Tinha perguntado por que quando era mais novo, mas parara de perguntar aos seis anos de idade, porque isso deixava a mãe muito perturbada, a ponto de ir chorar em outro cômodo do apartamento.

Jace achava que sabia quem podia ser o pai de Tyler. Era o barman de um inferninho onde sua mãe trabalhara por pouco tempo. Ele tinha visto o sujeito algumas vezes, porque seguira a mãe até o trabalho sem ela perceber, com medo de ficar sozinho no quarto que estavam alugando na época. Em duas oportunidades ele os vira por uma janela, beijando-se depois que todo mundo tinha ido embora do bar. Então, de repente, os Damon juntaram suas coisas e se mudaram para outro bairro da cidade. Tyler nasceu alguns meses depois. Jace nunca vira o barman de novo.

Sempre que Jace pedia à mãe que lhe explicasse por que viviam daquele jeito, ela limitava-se a responder que todo o cuidado era pouco.

Jace levara as palavras da mãe muito a sério. Depois da morte dela, ele não se apresentou para buscar o corpo porque alguém poderia fazer perguntas, e as perguntas nunca eram coisa boa. Mesmo tendo apenas treze anos, ele soube sem ninguém lhe dizer que o serviço social cairia em cima dele e de Tyler como urubu na carniça, e os dois seriam colocados para adoção, sendo provável que nem sequer ficassem juntos.

De toda maneira, não havia dinheiro para o funeral. Além do mais, a mãe que ele e Tyler haviam conhecido tinha ido embora. O corpo sem vida realmente não tinha nada a ver com quem ela fora e nunca voltaria a ser. Portanto, o corpo foi para o necrotério do Instituto Médico-Legal de Los Angeles, onde ficou guardado com os outros trezentos cadáveres de desconhecidos que chegavam todo ano e esperavam em vão que alguém se lembrasse deles e se importasse o bastante para ir buscá-los.

Com tocos de vela em lâmpadas votivas azul-cobalto da igreja católica localizada a três quarteirões do apartamento, e flores murchas já inúteis para a venda arranjadas no mercado coreano na mesma rua, Jace e Tyler tinham feito a sua homenagem à mãe. Eles haviam montado uma espécie de pequeno altar na sala de estar, tendo como elemento principal um retrato de Alicia tirado muito tempo atrás, de outra época.

Tyler achara a foto numa caixa coberta com pano que a mãe deles guardava desde que Jace se tinha por gente. Ele tinha examinado o conteúdo da caixa muitas vezes quando sua mãe não estava lá, mas ela nunca o compartilhara com o filho. Uma caixa de lembranças sem histórias nem explicações. Fotografias de pessoas que Jace nunca conhecera, tiradas em lugares onde ele nunca havia estado. Segredos que permaneceriam como tais para todo o sempre.

Jace tinha feito um breve elogio fúnebre e, depois, ele e Tyler haviam enumerado as qualidades da mãe que cada um mais amava e das quais mais sentiriam falta. Eles tinham dado seu adeus e apagado as velas. Jace abraçara seu irmãozinho com força, e os dois tinham chorado, no caso de Jace o mais silenciosamente possível, porque, sendo a única pessoa com quem podiam contar a partir daquele momento, ele precisava ser forte.

Alicia tinha dito a Jace que não se preocupasse se alguma vez algo acontecesse com ela e que, no caso de uma tragédia, ele deveria ligar para um telefone que ela o mandara decorar e perguntar por Alli. Mas Jace ligou para aquele número de um telefone público e foi informado de que a linha não mais se encontrava em serviço. Portanto, Alli não existia, e Jace tinha muita coisa com que se preocupar.

Já no dia seguinte, Jace saíra à procura de outro lugar para eles morarem. Ele se concentrara em Chinatown por várias razões. Primeiro, porque queria que Tyler crescesse num lugar onde não precisasse se preocupar com a possibilidade de algum viciado bater no irmão por uns trocados ou passar a mão nele para vendê-lo a um pedófilo e arrumar dinheiro para a próxima dose. Segundo, porque era uma comunidade tão eclética que ninguém os consideraria fora de lugar lá. E, em terceiro lugar, porque ele imaginava que, se conseguisse mesmo que ambos fossem aceitos pelos chineses, não precisaria se preocupar com o risco de serem dedurados para o serviço social. Os chineses conduzem a comunidade à maneira deles, desencorajando toda intromissão do mundo exterior. Família era mais do que uma simples palavra definida pelo Condado de Los Angeles. Para Jace e Tyler, a dificuldade consistiria em conseguir que os aceitassem.

Jace andara de cima a baixo pelas ruas buscando qualquer biscate e recebendo um *não* atrás do outro. Ninguém queria saber de nada com ele, ninguém confiava nele, e a maioria das pessoas dava a entender isso sem falar nenhuma palavra em inglês.

No fim do terceiro dia, sem resultados, quando Jace estava quase a ponto de desistir, Tyler o arrastara até uma peixaria para ver os bagres vivos expostos no aquário na vitrine.

Como era típico nele, Tyler tinha ido atrás da pessoa que parecia mais provavelmente capaz de responder e passara a fazer um milhão de perguntas sobre os bagres — de onde eles vinham, qual era a sua idade, a que espécie pertenciam, se eram meninos ou meninas, o que comiam, com que freqüência era preciso limpar o aquário.

A pessoa que ele escolhera para fazer suas perguntas era uma chinesa pequenina, com porte de rainha, elegantemente vestida e de cabelo escuro penteado com um coque. Ela devia ter cinqüenta e poucos anos e parecia ser capaz de andar equilibrando uma taça de champanhe sobre a cabeça até a esquina seguinte sem derramar uma gota.

Ela escutou a avalanche de perguntas de Tyler arqueando uma sobrancelha, pegou a mão dele, levou-o até o aquário e respondeu uma por uma com muita paciência. Tyler absorveu a informação como uma esponja, como se jamais tivesse aprendido coisa mais fascinante. Ele ficou olhando para a mulher com extasiada admiração e o coração dela amoleceu.

Tyler causava esse efeito nas pessoas. Havia nele algo que parecia ser sabedoria e inocência ao mesmo tempo. Uma alma antiga, nas palavras de Madame Chen. Ela servira o jantar para eles no pequeno restaurante ao lado, onde todos se prontificavam em atendê-la quando ela lhes dirigia ordens ríspidas em chinês.

Ela tinha interrogado Jace sobre a origem deles. Ele evitara respostas precisas na medida do possível, mas tinha dito que eles haviam perdido a mãe e não tinham parentes. Admitira que os dois temiam ser separados e colocados sob a guarda de estranhos, possivelmente para nunca mais se encontrarem. Tyler tinha grande probabilidade de ser adotado, por ser muito novo. Encontrar um lar para um adolescente era bem mais difícil.

Madame Chen ponderou todas essas questões enquanto tomava seu chá, mantendo-se em silêncio por um longo tempo. Tanto que Jace teve certeza de que ela ia mandar os dois sumirem. Finalmente, porém, ela olhou nos olhos de Jace, depois nos de Tyler e, dirigindo-se ao irmão mais velho, disse: "Família é tudo."

Enquanto Jace mancava pelos becos dos fundos de Chinatown a altas horas da noite, essa frase ecoava em sua mente. No melhor dos casos, ele sentia-se separado da maior parte do mundo, o intruso, o solitário. Não contava com ninguém, não confiava em ninguém, não esperava nada de ninguém. Como tinha sido criado para não confiar em ninguém e já tivera muitos motivos para agir assim, ele então não confiava.

Mas gostava dos Chen e era profundamente grato a eles. Curtia a companhia dos outros mensageiros, embora não achasse que podia chamá-los de amigos. Eram suas conexões, o círculo de pessoas em volta dele e de Tyler, ligados a ele por laços muito finos, que poderiam ser cortados com toda a facilidade, se necessário.

Alguém tentara matá-lo. A polícia o procurava para interrogá-lo, pelo menos, ou para acusá-lo do assassinato de Lenny Lowell, na pior das hipóteses. Ele não podia recorrer a ninguém para compartilhar esse fardo. Contar com mais alguém era arriscar demais, pois implicava dependência. E por que algum de seus conhecidos iria arriscar parte da sua vida por ele?

Jace pôde ver o frágil círculo que o rodeava desmanchando-se, afastando dele as pessoas de sua vida como ocorria com as partículas de um meteoro que atravessava a atmosfera terrestre. Ele ficou surpreso ao perceber o valor que atribuía a esses vínculos fortuitos. Não se sentira tão desolado, tão completamente sozinho desde a morte de sua mãe.

Família é tudo.

A única família verdadeira de Jace era um garoto de dez anos de idade e ele faria o que fosse preciso para que esse perigo não o atingisse.

Tinha conseguido voltar para Chinatown sem despertar suspeita de ninguém, exceto de alguns moradores de rua abrigados em caixas nos becos por onde passara. No dia seguinte, porém, a polícia percorreria as agências de courier, tentando localizar o mensageiro que recolhera o pacote no escritório de Lenny. Com isso, ele passaria a ser o centro de todas as suspeitas. Até onde Jace sabia, o homem que quase o assassinara estaria fazendo o mesmo que a polícia, tentando obter um nome e um endereço e pôr as mãos no pacote que ele ainda levava apertado contra a barriga por baixo da roupa.

Quem quer que o procurasse teria muita dificuldade em achá-lo. O endereço que Jace escrevera ao preencher a ficha de emprego na Speed não era onde ele e Tyler moravam. Ele não dava esse endereço a ninguém. Recebia o pagamento em dinheiro vivo não contabilizado, o que não era prática incomum entre as agências de reputação mais duvidosa do mercado de mensageiros. Ser pago em dinheiro vivo significava que o governo não via um tostão do que ele recebia e portanto não sabia da sua existência, de modo que a agência não era obrigada a oferecer um plano de saúde nem pagar indenização por acidente de trabalho.

A princípio, eram condições de muito risco. Ele não teria cobertura médica caso se machucasse no trabalho. E machucar-se era inevitável. De acordo com as estatísticas, o ciclista médio sofria um acidente grave a cada três mil quilômetros na bicicleta. Jace calculava que fazia três mil quilômetros a cada dois meses. Mas ele ganhava mais desse jeito — cinqüenta por cento diretos sobre o preço de cada entrega — e, se a agência tivesse de dar cobertura médica, as faturas do hospital poderiam ser pagas uma vez, mas provavelmente Jace já não teria emprego quando lhe dessem alta. A firma o consideraria um perigo e se livraria dele.

Ninguém podia seguir a pista de Jace pelas contas de serviços, uma vez que ele pagava diretamente aos Chen pela água, energia elétrica e TV a cabo no apartamento. O aluguel era pago com trabalho carregando gelo para as caixas na peixaria. Ele nunca recebia visitas no apartamento e não tinha razão para fazê-lo, pois não tinha intimidade suficiente com ninguém. Raramente namorava, por falta de tempo para esse tipo de relacionamento. As poucas garotas com quem saíra sabiam pouco sobre ele ou sobre o lugar onde morava. Como fora ensinado desde muito cedo, Jace não deixava nenhuma pista de papéis ou documentos que pudesse levar alguém até ele e Tyler.

Mesmo sabendo que dificilmente alguém conseguiria encontrá-lo, Jace tinha certo receio em voltar para casa. Apesar de não ter voltado a topar com os policiais nem visto o carro do Predador de novo, ele não podia se livrar da sensação de que alguém o estava observando, seguindo-o. Algo de maldade onisciente pairava sobre a cidade logo abaixo das nuvens de tempestade. Talvez fosse apenas o início da hipotermia que o fez tremer ao entrar pela porta dos fundos da peixaria e subir as escadas para o minúsculo apartamento.

Ao aproximar-se da porta, ele ouviu vozes. Vozes masculinas. Vozes zangadas. Jace prendeu a respiração, encostou a orelha na porta e tentou entender a conversa sobre o som de seu pulso nos ouvidos. As vozes calaram. Seu coração bateu mais forte. Então, alguém falando em voz mais alta convidou a comprar um carro na Cerritos Auto Square.

"Nós vendemos mais, por isso você gasta menos! Cerritos Auto Square."

Jace suspirou e entrou no apartamento.

A única luz vinha da televisão que ficava no canto da sala, espalhando cores pelo pequeno espaço e sobre as duas pessoas no futon: Tyler, esparramado no colchão, com a cabeça e um braço pendendo na borda e as pernas abertas, e o ancião que Tyler chamava de avô Chen, o pai do falecido marido de Madame Chen. O avô Chen estava sentado no futon com o torso erguido, a cabeça para trás, a boca aberta e os braços estendidos com as palmas para cima, como um quadro de algum santo torturado rogando a Deus que o poupasse.

Jace chegou até o irmão adormecido, empurrou-o para cima do colchão e cobriu-o com uma manta que havia caído no chão. Tyler não se mexeu nem abriu os olhos. O avô Chen gemeu e acordou com um estremecimento, levantando os braços diante do rosto em atitude defensiva.

— Está tudo bem. Sou eu mesmo — murmurou Jace.

O velho abaixou os braços e olhou para ele com severidade, ralhando aceleradamente em chinês, uma língua que Jace não conseguira dominar nos seis anos que levava vivendo em Chinatown. Ele sabia dizer *bom-dia* e *obrigado*, e era só. Mas não precisava entender o que o avô Chen dizia para saber que a bronca vinha porque era muito tarde e Tyler ficara preocupado com ele. O velho continuou como uma metralhadora, apontando para seu relógio e para Tyler e sacudindo o dedo na cara de Jace.

Jace levantou as mãos em sinal de desculpa. — Sinto muito. Algo aconteceu e eu cheguei tarde demais, já sei. Sinto muito.

O avô Chen nem sequer parou para tomar fôlego. Indignado, ele apoiou o polegar e o dedo mindinho no lado da cabeça, fingindo falar ao telefone.

— Eu tentei ligar — disse Jace, como se adiantasse alguma coisa dar explicações. Em cinqüenta anos de vida nos Estados Unidos, o velho não fizera tentativa alguma de aprender o idioma, torcendo o nariz para a simples idéia, como se fosse indigno dele falar inglês com gente ignorante demais para aprender chinês.

— Deu ocupado. — Jace fez o gesto de falar ao telefone e imitou o sinal de ocupado.

O avô Chen deu um muxoxo em sinal de descontentamento e balançou as mãos para Jace, como se quisesse enxotá-lo da sala.

Tyler acordou nesse momento, esfregando os olhos e olhando para Jace. — Você chegou tarde mesmo.

— Eu sei, coleguinha. Sinto muito. Tentei ligar para Madame Chen, mas a linha estava ocupada.

— O avô Chen estava no computador olhando sites chineses de mulheres.

Jace dirigiu um olhar de reprovação ao ancião, que agora assumira a expressão fria e inescrutável de um Buda de pedra.

— Não quero que você veja sites pornográficos — disse Jace ao irmão.

Tyler revirou os olhos — Não eram mulheres nuas nem nada disso. Ele está querendo comprar uma noiva por reembolso postal.

— Ele tem cento e doze anos; o que é que vai fazer com uma noiva comprada pelo reembolso postal?

— Ele está com noventa e sete — corrigiu Tyler. — Isso no jeito chinês de se contar a idade, em que o dia do nascimento é considerado o primeiro aniversário. Quer dizer que ele tem apenas noventa e seis do nosso jeito, pelo *aniversário* da data de nascimento.

Jace ouviu a lição com paciência. Ele evitava ser ríspido com o irmão. Tyler era brilhante como um holofote, mas muito sensível à aprovação ou desaprovação de Jace.

— Seja como for — disse Jace. — Ele é uma antigüidade. O que ele quer com uma noiva jovem?

— Tecnicamente ele não é uma antigüidade, porque ainda não completou cem anos. Quanto à noiva... — Tyler deu de ombros ostensivamente. — Ele diz que, se ela morrer, morreu.

Ele olhou para o velho ao lado dele e tagarelou alguma coisa em chinês. O avô Chen respondeu, e os dois riram.

O velho passou os dedos pelo cabelo de Tyler afetuosamente, bateu com as mãos nas próprias coxas e levantou-se do futon. Ele era da altura de Jace, de postura reta como um muro e corpo magro, quase esquelético. Seu rosto era encovado como o de uma cabeça encolhida e a pele tão transparente quanto papel crepom molhado, com um mapa rodoviário de veias azuis correndo rente à pele. Ele olhou de relance para o rosto de Jace, enrugando a testa e franzindo as sobrancelhas. Apontou para os machucados e os arranhões e disse algo com a voz séria, baixinho demais para Tyler ouvir. Interesse, pensou Jace. Preocupação. Desaprovação. O avô Chen supunha — e não se enganava — que o motivo pelo qual Jace se atrasara não era nada bom.

O velho se despediu de Tyler e saiu.

Tyler acendeu o abajur e observou o irmão mais velho com muita calma. — Que aconteceu com seu rosto?

— Eu tive um acidente.

Ele abaixou-se sobre um banco chinês de madeira de lei e tirou as botas, tomando cuidado para não puxar demais o pé direito. O tornozelo estava latejando.

— Que tipo de acidente? Eu quero saber *exatamente* o que aconteceu.

Eles já haviam passado por situações como aquela. Tyler queria ser capaz de visualizar todos os aspectos do trabalho de Jace, até os mínimos detalhes. Mas era especialmente obcecado com qualquer tipo de acidente que seu irmão — ou algum dos mensageiros — pudesse sofrer.

Jace não pretendia contar. Cometera esse erro uma vez, e Tyler tinha demonstrado enorme preocupação com ele, imaginando uma e outra vez todas as terríveis possibilidades, temendo que um dia o irmão saísse para não mais voltar, a ponto de o próprio Jace ficar perturbado.

— Eu caí. Só isso — disse ele, evitando o olhar sério de Tyler. — Uma velha foi descer de um Cadillac, bati na porta do carro, torci o tornozelo e levei alguns arranhões. Empenei uma roda da Besta e tive de trazê-la a pé para casa.

A versão resumida da história. Tyler também sabia disso. Seus olhos grandes se encheram de lágrimas. — Achei que você não voltaria. Nunca mais.

Mesmo estando ensopado, Jace chegou até o futon e afundou nele junto ao garoto, sentando-se de lado para olhar no rosto do irmão.

— Eu sempre vou voltar, meu chapa. Só por você.

Uma lágrima escorreu sobre a borda de uma pálpebra inferior de Tyler, molhou os cílios e desceu pela bochecha. — Mamãe costumava falar a mesma coisa — ele lembrou a Jace. — E não era verdade. Acontecem coisas que a pessoa não tem jeito de evitar. Simplesmente acontecem. É carma.

Ele fechou bem os olhos e repetiu de cor o que lera no dicionário que estudava todas as noites: — Carma é a força gerada pelas ações de uma pessoa para perpetuar a transmigração e suas conseqüências éticas para determinar seu destino na próxima existência.

Jace quis dizer que isso era uma completa tolice, que nada tinha significado algum e que não havia uma "próxima existência". Mas como sabia que para Tyler era importante acreditar em alguma coisa, buscar a lógica num mundo ilógico, ele optou por fazer a mesma piada gasta de sempre: — Aí, enquanto fica distraído preocupando-se com isso, você vai atravessar a rua e acaba sendo atropelado por um ônibus.

— Vou dizer o que eu posso controlar sim, meu chapa: que eu amo você e sempre estarei aí quando precisar, nem que para isso tenha que rastejar sobre cacos de vidro.

Ele puxou o garoto para si e deu-lhe um forte abraço. Tyler já estava na idade em que se começa a achar que um homem de verdade não precisa de abraços, e o fato de ainda precisar deles parecia-lhe constrangedor. Mas ele cedeu a essa necessidade e apertou a orelha contra o peito de Jace para ouvir seu coração batendo.

Jace segurou o irmão com força por uns instantes, perguntando-se qual seria o carma que estava arrumando para si ao esconder o resto da verdade de Tyler. Naquela noite, mais do que em qualquer outra, ele estava perfeitamente ciente da sua própria mortalidade. A morte viera chamá-lo e o sugara para um vórtice escuro em que tudo estava fora de seu controle, a não ser a sua vontade de sair dele com vida. Enquanto Tyler continuava inclinado sobre seu corpo, Jace ainda sentia o pacote de Lenny Lowell pressionando sua barriga por baixo da camisa.

Teria de explicar algumas coisas pela manhã, mas não naquele momento. Tudo que mais desejava era uma ducha quente e um pouco de sono. O mundo não ia parecer mais luminoso na manhã seguinte, mas ele teria mais força para enfrentá-lo.

Depois que Tyler foi deitar e caiu no sono, Jace entrou no banheirinho e olhou-se de relance no espelho colocado em cima do pequeno lavatório e debaixo da luminária que sobressaía da parede como uma verruga incandescente.

Seu aspecto era ruim mesmo. Seu rosto estava pálido, chupado, e a única cor aparecia nas olheiras pretas, na mancha de lama numa bochecha e nos arranhões inflamados no queixo. Seu lábio inferior estava rachado e o sangue coagulado ressaltava o corte. Não era de estranhar que o policial Jimmy Chew tivesse achado que ele era um garoto de rua.

Jace lavou as mãos, encolhendo-se de dor quando o sabão fez arder a pele machucada na ponta dos dedos e nas palmas. Ele ensaboou o rosto, que doeu do mesmo jeito, e enxaguou-o com a água tão gelada que cortou sua respiração por um segundo. Em seguida, ele se ergueu e, com muito cuidado, tirou o suéter molhado e a camisa justa. Seus ombros doíam, as costas doíam, o peito doía. Mal sobrava uma parte do corpo que não doesse, latejasse, sangrasse ou não estivesse inchada ou machucada.

O pacote de Lenny Lowell ainda estava preso embaixo da cintura da calça apertada de ciclista. O envelope acolchoado estava úmido, mas em perfeito estado. Jace o puxou e ficou virando-o e olhando os dois lados. Estava tremendo. Em circunstâncias normais, ele jamais abriria o pacote de um cliente, sem importar qual fosse o conteúdo. Se o fizesse, seria demitido na hora por Rocco, o cara que dirigia a Speed Mensageiros. Agora Jace tinha até vontade de rir. Ele tinha problemas bem maiores que Rocco.

Sentou-se na beira do vaso sanitário, pegou a aba do envelope e a puxou até conseguir enfiar o dedo para rasgá-lo.

Não havia nada escrito. Não havia nenhum maço de dinheiro. O que havia era um envelope encerado contendo negativos fotográficos, protegido entre dois pedaços de cartolina. Jace tirou os negativos do envelope e levantou uma das tiras para olhá-la à contraluz. Duas pessoas entregando e recebendo alguma coisa ou um simples aperto de mãos. Realmente não dava para ter certeza.

Alguém queria matá-lo por aquilo.

Chantagem.

E estou envolvido nela.

Sem ter para onde correr. Não podia recorrer à polícia, porque não confiava nos tiras. Mesmo que lhes entregasse os negativos, ele continuaria a ser um alvo para o Predador, que não podia dar-se ao luxo de se perguntar o que Jace sabia ou não sabia. O Predador não ia querer saber se Jace tinha visto os negativos, se mandara revelá-los ou os entregara à polícia. Jace era um elo solto que um assassino não podia deixar pendente.

Se aquilo era carma, o carma era medonho.

Jace não ia esperar para ver. Ele nunca se considerara vítima de nada na vida. A mãe dele nunca permitira isso, nem no que dizia respeito a Jace nem quanto a si mesma. A maior merda acontecia e ele lidava com ela e tocava pra frente. Aquela situação devia ser encarada da mesma maneira. A saída era sempre essa, tocar pra frente.

Aconteceu a maior merda. E ele enfiado até o pescoço nela. Não podia fazer nada além de começar a nadar.

9

Jace saiu do apartamento de meias e desceu as escadas mancando, lentamente, levando as botas amarradas pelos cadarços e penduradas no ombro. Tinha dormido talvez uma hora e meia ao todo. Acabara de pegar no sono de novo, por volta das quatro da manhã, quando Tyler foi deitar com ele no futon e cochichou que estava com medo. Jace lhe disse que estava tudo bem e que procurasse dormir.

Tyler ainda era novo o bastante para acreditar no irmão sobre aquilo que queria acreditar. Jace não se lembrava de ter sido tão novo alguma vez. Nunca tivera o luxo de contar com uma blindagem. Talvez Alicia até quisesse proteger o filho, mas não acreditava que devia fazê-lo. Em lugar disso, ela lhe dera o melhor presente que se achava capaz de dar: capacidade de sobrevivência.

Ela sempre recomendara ao filho que não desperdiçasse tempo precioso ficando apavorado. Isso não adiantava nem levava a lugar algum. Contudo, tinha sido em parte o pânico — e a dor — o que mantivera seu cérebro funcionando sem parar nas poucas horas valiosas que ele deveria ter passado dormindo. Às quatro e meia escorregou da cama para o chão e ficou de gatinhas, avaliando o que doía mais.

O tornozelo estava inchado, dificultando o seu movimento. Jace tinha colocado bolsas de gelo nele durante a noite para tentar diminuir o inchaço, na esperança de que conseguiria dar um jeito enfaixando-o, de que não tinha danificado os ligamentos mais do que pensava. Devagar, muito devagar, ele apoiou uma das mãos no banco chinês, respirou fundo e esforçou-se para ficar de pé.

Mesmo um dia normal de trabalho agitado podia resultar em algo semelhante a uma ressaca na manhã seguinte. Costas doendo, jarretes rijos e tendões-de-aquiles duros como pedras. Machucados, cortes, arranhões. Dor no peito de tanto forçar a respiração. Olhos ardendo, dedos encurvados e tesos de tanto segurar o guidão.

Para Jace, aquele dia não parecia pior que qualquer dia ruim depois de um tombo, a não ser pela idéia de que alguém queria acabar com ele.

Ele entrou no banheiro, tomou uma ducha fria rápida para aliviar a cabeça latejando e enfaixou o tornozelo tão apertado quanto pôde. Estava aumentado uma vez e meia do normal, mas agora tinha condições de suportar peso, e era isso o que importava.

Uma vez no pé da escada, Jace sentou-se e calçou as botas, apertando os dentes em reação ao desconforto. Pequenas gotas de suor apareceram na sua testa. Ele ouviu o caminhão de entrega de gelo aguardando frente ao portão da plataforma de carga. Aquele era o primeiro som da manhã em Chinatown e na maioria dos outros bairros étnicos que Jace conhecia: as entregas feitas em pequenas mercearias familiares, açougues e restaurantes. Uma vez por semana, o açougueiro do outro lado da rua recebia engradados de frangos e patos vivos, que reforçavam o toque de despertar.

O barulho de uma corrente. O rangido do motor que levantava a porta basculante. A voz do sobrinho de Madame Chen, Chi, berrando ordens a Boo Zhu, seu primo em terceiro grau. O barulho do metal raspando o concreto quando Boo Zhu pulou da plataforma arrastando sua pá.

Jace aspirou fundo o ar úmido e carregado de cheiro de peixe e foi trabalhar. Não disse a Chi que estava machucado. Chi não perguntou. Ele administrava o dia-a-dia da peixaria e não gostava de Jace. Não concordara com a decisão de sua tia de acolher os irmãos Damon e não mudara de opinião depois de seis anos.

Jace não ligava para Chi. Fazia seu trabalho e não dava a Chi razão alguma para reclamar, além do fato de não ser chinês nem falar o seu idioma. Isso era o que Chi achava impossível de tolerar, muito embora ele próprio tivesse nascido em Pasadena e falasse inglês tão bem quanto qualquer um.

Madame Chen deixara perfeitamente claro para Chi que ser bilíngüe não era um requisito para se retirar gelo com uma pá. Boo Zhu, que tinha vinte e sete anos e era deficiente mental, mal falava qualquer língua, mas conseguia dar conta de seu trabalho sem problemas.

A chuva transformara-se numa garoa espessa e fria. Ainda assim, Jace estava suando como um burro de carga, sentindo-se enjoado e fraco quando a dor fustigava seu tornozelo cada vez que levantava a pá de gelo. Ele estava há quinze minutos fazendo esse trabalho quando Madame Chen apareceu na plataforma de carga; uma pequena figura sumida dentro de um impermeável e segurando um enorme guarda-chuva de gabardina xadrez. Ela pediu que Jace fosse até o escritório dela, o que lhe valeu um olhar intimidante de Chi.

— Meu sogro me contou que você está machucado — disse ela, fechando o guarda-chuva ao caminhar pelo espaço exíguo e atulhado.

— Eu estou ótimo, Madame Chen.

Franzindo a testa, ela olhou para o rosto dele, molhado, pálido, arranhado e com equimoses. — Ótimo é o que você não está.

— Foi só um acidente. Às vezes o trabalho de mensageiro é perigoso. A senhora sabe disso.

— Eu sei que você nunca chega do trabalho tão tarde da noite. Está com algum problema?

— Problema? Por que a senhora está perguntando isso? Não é a primeira vez que me machuco. Já não é mais novidade.

— Não gosto de respostas que não respondem, JayCee.

Com as mãos na cintura, Jace olhou para fora, fixando o olhar num calendário de parede de um banco local que desejava um Feliz Ano-Novo Chinês a todo mundo. Madame Chen ligou o pequeno aquecedor de ambiente que ficava debaixo da sua escrivaninha. O aparelho fez um zunido e soltou um cheiro de algo elétrico queimando que era irritante. Por um momento, Jace pensou o que ia dizer a Madame Chen. Provavelmente, ela merecia ouvir a verdade, nem que fosse por respeito, mas ele não queria envolver os Chen naquela encrenca. Ele próprio ainda não entendia o que tinha acontecido. Como ninguém poderia rastrear a pista de Jace até aquele endereço, não parecia haver razão para alarmar aquela senhora.

— Não leva tanto tempo para se dizer uma verdade — disse ela com firmeza. — Só para inventar coisas é preciso tanto pensamento.

Jace suspirou. — Eu estava fazendo uma entrega ontem bem tarde e alguém quase me atropelou. Eu caí feio.

— E chamou a polícia para dar queixa; por isso demorou tanto a voltar para casa — disse ela, evidentemente sem acreditar que tivesse sido bem o que aconteceu.

— Não. Estava escuro. Aconteceu muito rápido. Não consegui ver o número da placa.

— Então, o que você fez foi se dirigir ao pronto-socorro para ser examinado.

Jace voltou a disfarçar, mais por aborrecimento que por evasiva. Madame Chen era a única pessoa além de sua mãe para quem ele não conseguia mentir. Podia enganar e convencer quem quer que fosse a acreditar no que queria que acreditasse. Isso porque mais ninguém ligava muito para o que dizia. Ele era apenas um mensageiro, e as pessoas ouviam o que queriam ouvir, aquilo que fosse mais fácil de aceitar.

— Eu vim andando para casa — disse ele. — Levei um tempão porque estava longe daqui e minha bicicleta quebrou.

Madame Chen falou algo em chinês que provavelmente não era muito próprio de uma dama.

— Você não pega um táxi?

— Não, táxi custa dinheiro.

— Você não liga para mim?

— Tentei ligar. O telefone estava ocupado.

— Você não tem respeito — disse ela, colocando as mãos na cintura. — Há seis anos que me preocupo com você. Você não tem respeito por mim.

— Isso não é verdade — replicou Jace. — Eu respeito muito a senhora, Madame Chen. Não quero preocupá-la.

Ela assobiou como uma cobra e balançou um dedo apontando para ele.

— Por acaso agora você é como Boo Zhu? Só tem pedra na cabeça? Ou você acha que *eu* sou como Boo Zhu?

— Não, senhora.

— Você é como se fosse da minha família, JayCee — disse ela com serenidade.

Jace sentiu uma ardência no fundo dos olhos. Ele nunca se permitia desejar isso, não de nenhum modo menos abstrato que o impreciso senso de comunidade em que tinha pensado antes. Tyler era a sua família.

— Eu lamento — disse ele.

— Lamenta ter me ofendido ou que eu o considere parte da família?

Um sorriso insincero torceu-lhe a boca. — As duas coisas, eu acho. Não gosto de ser um peso para a senhora.

Ela sacudiu a cabeça com tristeza. — Você já era velho no útero. Não como seu irmão, mas como um homem que já viu muita coisa.

Não era a primeira vez que ela fazia esse mesmo comentário. Jace nunca respondia. Não fazia sentido afirmar o óbvio.

— Preciso ir embora, Madame Chen. Devo providenciar algumas coisas. Tenho de mandar consertar a bicicleta.

— E como você vai chegar aonde está indo? De tapete mágico?

Ele não respondeu. Ela pegou um chaveiro que estava pendurado num prego na parede. — Pegue meu carro. E não me diga que não pode. Pode sim e é isso que vai fazer.

— Sim, senhora. Obrigado.

Madame Chen tinha um Mini Cooper com dois anos de fabricação, de cor preta, com a parte superior creme e teto solar. Com muito cuidado, Jace ajeitou A Besta dentro do carro e partiu no trânsito do início da manhã. De certa forma, o carro proporcionava-lhe um disfarce. O Predador não ia buscar um Mini Cooper.

Jace teria de dar um jeito de entrar e sair dos escritórios da Speed sem ser visto por ninguém que vigiasse o prédio. Precisava falar com Eta antes que os tiras chegassem.

10

— **Aqui está a sua merda de trabalho** — disse Ruiz, jogando uma única folha de papel sobre a mesa de Parker. A folha flutuou e pousou suavemente em cima de uma pilha de pastas, estragando a grande exibição de desrespeito da moça.

Parker deu uma olhada na folha. Uma lista de empresas de mensageiros localizadas num raio de oito quilômetros do escritório de Lenny Lowell. Ela devia ter levado pelo menos três minutos para pegar aquilo no Yahoo!

— Você entende que interagir bem com outras pessoas tem peso na sua avaliação, não é mesmo? — disse ele, levantando-se para pegar um cafezinho.

Eram 6:43 da manhã. Ele não tinha dormido mais de duas horas. Havia mais dois detetives na sala. Yamoto e Kray tinham pego o caso de aniquilamento familiar em que Nicholson interviera antes de aparecer no escritório de Lowell. Vários homicídios e um suicídio. Um serão pela noite inteira só mexendo com a papelada.

Yamoto, também um novato, estava escrevendo relatórios num laptop grã-fino que ele mesmo tinha trazido. Ele era discreto, cortês, profissional e vestia ternos de qualidade acima da média. Kray não merecia um novato como Yamoto.

Kray estava adormecido, com a cabeça apoiada na sua mesa, formando uma poça de baba em cima de uma circular verde brilhante destinada a lembrar todo mundo de que ainda não era tarde demais para se inscrever no seminário de controle do estresse A Vida e a Morte Não Precisam Matar Você.

Parker voltou à sua cadeira e sentou-se. — Você tem que aprender a controlar esse temperamento, minha querida — disse ele em tom sério. — Que acontecerá quando botar um assassino nojento contra a parede e ele começar a mexer com você? — ele perguntou. — Ele vai chamá-la de nomes tão obscenos que nem você conhece. Ele vai sugerir que você lhe permita praticar oitenta e três diferentes atos antinaturais em seu corpo nu. Você precisa obter uma confissão do cara e vai sair chamando-o de filho de sei lá o quê? Isso não é aceitável.

— Eu não faria isso — disse ela, fazendo beicinho.

— Pois acaba de fazer comigo.

— Você não é um suspeito.

— Não, eu sou seu chefe imediato. Você tem de respeitar isso, goste ou não goste. Você sempre vai ter um chefe neste trabalho, e perto de muitos deles eu pareço até um prêmio. É mais do que provável que você esteja subordinada a um ou outro babaca daqui até a hora de precisar da primeira plástica nesse rostinho.

Ele se levantou e jogou o café na lixeira. Dois goles daquilo bastavam para fazer pegar no tranco o motor de um caminhão. — O arrojo é algo bom. Use-o enquanto o tiver. Mas, se não aprender a controlá-lo, você não vai durar neste emprego. Não dá para ir adiante só com a raiva. Ela atrapalha o seu discernimento. Você vai distanciar pessoas das quais precisa e irritar quem não deve.

— Nisso você é a voz da experiência — disse ela.

— Pois é — disse Parker calmamente. — Sou sim. Você está aprendendo com um mestre.

Ele sentiu-se com cem anos de idade e tendo passado a maior parte deles correndo montanha acima, muito convencido e seguro de si, para depois escorregar de cabeça ladeira abaixo pelo outro lado.

Parker deu de ombros no seu impermeável cor-de-carvão, uma interpretação Armani da clássica capa de chuva. Uma recente cortesia ostentosa de sua outra vida. Ele levantou o colarinho e pegou o velho chapéu de feltro que tinha desde que se tornara detetive. Outro detetive já usara o mesmo chapéu antes dele, e outros ainda antes deste, numa seqüência que remontava aos anos 30. Os velhos e bons tempos em que Los Angeles ainda era uma cidade de fronteira e a lei de Miranda não era vista como piada no tribunal. Da época em que os tiras costumavam receber os bandidos assim que desciam do avião de Nova York ou Chicago, davam uma surra neles e os mandavam de volta de onde vieram.

— Vamos embora — disse ele a Ruiz. — A gente vai começar com essas firmas de mensageiros. Primeiro as que ficam mais perto do escritório de Lowell e depois cada vez mais longe até achar a firma que recebeu o pedido.

— Não podemos fazer isso por telefone? — ela choramingou. — Está chovendo.

— Não se aprende a decifrar as pessoas falando na droga do telefone — retrucou Parker. — Se você quer resolver mistérios por telefone, arranje um emprego com o pessoal da Linha Direta de Amigos Paranormais.

Ela levantou o dedo médio para ele.

Uma verdadeira dama.

A primeira agência que eles visitaram tinha fechado. Seis dias atrás, segundo a mendiga que acampava sob a marquise do escritório vazio. Parker agradeceu e deu seu cartão e vinte pratas à mulher.

— Por que você fez isso? — perguntou Ruiz quando voltavam para o carro. — Uma mendiga maluca, psicótica. Cara, você não percebeu o fedor dela?

— Ora, não oferecem sauna e aromaterapia lá na Missão da Meia-Noite. Além do mais, ela não é psicótica. Estava lúcida, pelo menos hoje. Sabe-se lá o que ela pode ver vivendo ali fora. Se uma graninha fizer com que ela pense com mais simpatia em falar com a polícia...

Parker olhou para Ruiz de rabo do olho. — Há quanto tempo você está neste trabalho?

— Cinco anos.

— E não aprendeu nada nesses cinco anos? Você tem fotos do chefe com um animal de fazenda?

— Talvez eu seja pão-dura mesmo — ela replicou, contendo seu gênio.

— Não é disso que eu estou falando. É fácil demais.

— Estou *querendo dizer* que não tenho condições de sair por aí dando dinheiro a morador de rua.

— Entendo. Isso prejudicaria o seu orçamento para compra de sapatos.

— E você tem condições de soltar dinheiro para quem quer que seja?

Parker franziu a testa. — Vinte dólares? Eu não vou ser forçado a parar de comer carne vermelha. Investir em alguém como aquela coitada é como apostar uns tostões num azarão na corrida de cavalos. Pode ser que você perca, mas talvez ganhe e pegue uma boa bolada. Você não tinha informantes naquela força-tarefa contra gangues?

— Eu não mexia com isso. Meu trabalho era por debaixo do pano... e poupe-me de comentários engraçadinhos — ela avisou.

Parker levantou as sobrancelhas. — Eu não disse nada.

— E também não me venha falar de sapatos. Esses da Tod's que você está usando devem custar uns seiscentos e cinquenta dólares. Eu nunca vi outro tira usando sapatos de seiscentos e cinquenta dólares.

— Além de você.

— Isso é diferente.

— Como assim? Eu apostaria que seu armário está cheio de Manolos e Jimmy Choos. Você não usou o mesmo par duas vezes na mesma semana. Quanto a mim, acho que tenho cinco pares de sapatos.

— Tudo bem, pode ser que eu tenha um amigo que goste de me dar coisas bonitas. Roupas, sapatos...

— Você tem um amigo?

Ela não pegou a isca. — Quem sabe você também tenha uma amizade desse tipo — disse ela com jeito tímido. — Talvez você tenha talentos ocultos. E aí, Parker, o que você me diz? Você é o gigolô de alguma ricaça? É para lá que você vai naquele seu Jaguar nos fins de semana? Se você é tão bom assim, talvez até mereça uma outra olhada.

— O que você sabe sobre o meu carro?

Ela deu de ombros, fingindo discrição. — Tenho ouvido boatos.

Parker olhou para ela e logo voltou a atenção para o trânsito, quando o sinal à frente abriu. — Não acho prudente um policial aceitar presentes caros. Nunca se sabe. Essa pessoa especial pode vir a estar complicada com a lei alguma vez. Pode ser que ela peça um grande favor. Mesmo que você não facilite as coisas para essa pessoa, alguém vai descobrir que você está usando um Rolex de ouro presenteado pelo acusado, e aí você está ferrada. Conduta inadequada, suborno. Quando você perceber, vai ter algum parasita da corregedoria nos seus calcanhares.

— Se você não tiver feito nada errado, não terá nada a esconder — comentou Ruiz.

— Todo mundo tem algo a esconder, minha querida.

— É mesmo? O que você tem a esconder, Parker?

— Se eu lhe disser, não estaria escondendo. Nunca revele um medo ou uma fraqueza, menina. Alguém vai dar um jeito de esmagá-la quando você menos esperar.

Eles seguiram em silêncio por uns instantes, avançando devagar pela rua no trânsito intenso da manhã. Advogados e mais advogados, contadores e mais contadores, banqueiros e mais banqueiros indo para seus escritórios nos prédios altos do centro da cidade. Mercedes, BMW, Porsche, etc. O carro usado pelos detetives era um indefinível sedan de indústria nacional de estilo questionável. A Roubos e Homicídios arranjava condução bem melhor. Eles tinham de ficar bem na TV. O principal requisito dos carros na divisão de Parker era que não fossem tentadores para os ladrões.

Na segunda agência de mensageiros, chamada Entrega Confiável, Rayne Carson, um jovem bem-apessoado, de roupa da J. Crew e óculos da moda, soletrou seu nome para ser corretamente mencionado em algum futuro relatório. Ele disse que Leonard Lowell estava na lista de clientes caloteiros porque tinha acumulado uma conta considerável e depois se recusara a pagar. A firma já tinha parado de atendê-lo.

— Você acredita que a maioria nessa lista aí é de advogados? — confidenciou o moço a Parker, apontando para a folha colada com fita na parede atrás da sua mesa.

— As únicas dívidas que os advogados querem ver pagas são as das horas de serviço faturáveis — disse Parker, compadecendo-se.

O telefone tocou e Rayne Carson levantou um dedo e olhou como quem pede desculpas ao mesmo tempo que pressionava um botão na mesa telefônica e escutava pelos fones de ouvido, com a caneta na mão apoiada sobre um bloco de notas.

Na opinião de Parker, ele tinha aparência de recepcionista de algum hotel badalado ou garçom de restaurante da moda em West Hollywood. Mas eram tempos difíceis. As profissões que garantiam boas gorjetas eram exercidas por escritores e atores desempregados, vítimas da mania dos reality shows na televisão.

Ruiz olhou para Parker, revirou os olhos e deixou escapar um longo suspiro de tédio. — Acho que o que ele quer pedir é que você se mande — ela cochichou.

Carson fez o gesto de "blablablá" com a mão e depois apontou para Parker e balbuciou: — Chapéu legal.

— Todo mundo me quer, menina — murmurou Parker para Ruiz, imitando o sotaque de Humphrey Bogart. — Essa é a desgraça de ser quem sou.

— Eu não quero você.

Rayne Carson terminou sua ligação telefônica com um muito oportuno "Preciso desligar, Joel, a polícia quer falar comigo sobre um assunto muito importante... Não, não é sobre você. Mas eu poderia mudar isso".

Ele desligou e pediu desculpas a Parker. — Meu agente... ele é assim. Sou perfeito para um novo reality show gay que a Fox está montando, mas aquele palhaço não consegue fazer com que me prendam.

— Até que poderíamos — disse Ruiz docemente.

— Vocês podem arranjar um papel para mim em *Os Mais Procurados dos EUA*? São alguns dias reencenando algum crime horrível. Isso preenche espaço no currículo.

— Fica para outra vez — disse Parker. — Por acaso você tem idéia de qual empresa de mensageiros o Lowell pode ter procurado, tendo o nome tão sujo na praça?

— Uma das firmas pequenas. Aquelas desesperadas e desacreditadas. Serviço barato e porco.

— Por exemplo?

— Right Fast, Fly First, Speed Mensageiros e por aí vai.

11

Eta Fitzgerald era uma criatura de hábitos. Todas as manhãs, faltando quinze para as seis, ela jogava na pia o resto do café que tomava para acordar, beijava a mãe idosa na bochecha e pegava a estrada.

Ela morava com a mãe e quatro filhos em uma casinha modesta num bonito conjunto habitacional para trabalhadores, localizado embaixo de uma das rotas mais utilizadas pelos jatos que se aproximam ou saem do Aeroporto Internacional de Los Angeles. A família Fitzgerald migrara de Nova Orleans para Los Angeles oito anos antes, durante uma fase de crescimento da economia, antes que a falência e o pavor causado pelo terrorismo afetassem o setor das companhias aéreas. O marido dela, Roy, mecânico de jatos, tinha arranjado emprego na Delta e jamais faltara ao serviço em seis anos, até que um dia, enquanto trabalhava num 747, a plataforma desabou e ele morreu na queda.

Saindo às cinco e quarenta e cinco, Eta logo estava no centro da cidade. Às seis e quarenta e cinco a viagem levaria o dobro de tempo. Às sete e quarenta e cinco, as estradas estariam lotadas e o trânsito ficaria tão lento que ela até poderia ler o *LA Times* de ponta a ponta antes de chegar ao seu destino.

Sua primeira parada no Centro era sempre no Carl's Jr., na esquina da Quinta com a Flower, onde tomava uma segunda xícara de café e comia um sanduíche de salsicha e ovo cheio de calorias e transbordando gordura que só entupia as artérias. Com freqüência ela encontrava lá alguns de seus mensageiros, que carregavam as baterias para enfrentar o dia. Às vezes batia um papo com eles e ficava a par do que acontecia na vida de cada um fora da bicicleta. Outras vezes, apenas ouvia.

Poderia ter achado um emprego mais bem remunerado. Já trabalhara no centro de despacho do Departamento de Polícia de Nova Orleans e também, durante alguns anos, numa empresa particular de ambulâncias em Encino. Mas já passara por muitas situações de vida ou morte e não precisava mais ganhar muito dinheiro. O seguro e a pensão de Roy davam para ela cuidar bem da família. Eta gostava de trabalhar na Speed. Os mensageiros eram personagens esquisitos e interessantes, um bando de garotos e homens-feitos que jamais tinham conseguido ir por um caminho que não fosse o menos habitual. De certa forma, eles eram uma família. Eta era a mãezona deles.

Mojo acenou para cumprimentá-la. Ele estava de pé junto à mesa do canto, ao fundo, com um pé sobre o banco, inclinando-se para a frente e contando a dois mensageiros de outra agência uma das histórias fantásticas que marcavam o seu passado de vida. O Mojo era um cara de aspecto muito extravagante. As tranças, a pele preta retinta esticada e tensa sobre o corpo alto e ossudo. Ele se apresentava sempre esfarrapado, como um mendigo, e quando esbugalhava os olhos parecia completamente maluco.

Era sabido que Mojo costumava jogar praga de vodu nos motoristas de táxi que lhe davam uma fechada no trânsito. Já quase tinha ido parar na cadeia uma vez por perseguir um motorista dentro de um restaurante chinês, pegá-lo pelo colarinho e xingá-lo aos gritos enquanto sacudia seu colar de ossos de frango, pés de galinha e sabe Deus mais o que na cara do coitado.

Essa era a arma de Mojo, o que fazia com que todos evitassem olhar muito fixo para ele. Eta soubera por acaso que o verdadeiro nome dele era Maurice, que lia poesia e tocava um saxofone velho nas noites de amadores de um clube de jazz em West Los Angeles.

Ela tomou um golinho de seu café e olhou ao redor à procura de outro de seus "filhos". Gemma, uma ruiva que usava calça de ciclista e uma blusa de malha justa muito colorida, bebia com canudo um copo gigante de Coca-Cola, passando os olhos pela *LA Weekly*. Ela tinha trancado a matrícula na faculdade por um ano para faturar algum dinheiro e experimentar a vida urbana.

Olhando pela janela, Eta viu o Pregador John andando de um lado para outro na calçada, já começando com seu falatório do dia. Se Mojo gostava de dar uma de maluco, o Pregador John era doido mesmo, mas de alguma maneira dava um jeito de fazer suas entregas. Eta supunha que devia ser por intervenção divina. Desde que tomasse seus medicamentos, ele fazia seu trabalho. Quando parava de tomá-los, ele desaparecia por semanas a fio. O patrão, Rocco, mantinha John no emprego porque ele era seu sobrinho ou algo assim, e dessa maneira a família podia ficar de olho nele.

Eta virou a sua bandeja na lixeira e saiu para a rua na escuridão do amanhecer. O Pregador John veio em direção a ela, agitando sua Bíblia velha e bastante surrada e chamando-a: — Irmã! Irmã!

— Não me venha com esse negócio besta da mulher de Héber! — avisou Eta, levantando uma das mãos. — Sou uma cristã temente a Deus e freqüento a igreja, John Remko.

Ele parou e inclinou a cabeça para um lado, lúcido o bastante para ficar acanhado. — Eta! Eta, minha rainha da África!

— Eu sou a rainha da sua bunda — ela berrou. — Meu caro, é melhor você tomar suas pílulas numa boa e se mandar para a central.

Ela foi para seu carro sacudindo a cabeça e murmurando: — Não sei como é que esse rapaz ainda não morreu no trânsito.

Subiu na sua minivan, ajeitou-se no banco do motorista e se inclinou para enfiar a chave na ignição. Então, uma mão tapou sua boca antes que ela tivesse tempo de perceber de onde tinha saído.

— Não grite.

Ora se não vou, ela pensou, tentando jogar o corpo para a frente, a fim de soltar-se. Seu olhar foi para o espelho retrovisor. Ela queria ver o sujeito para poder dizer aos policiais como ele era antes de dar-lhe um soco na cara.

— Sou eu.

A mão se afastou do rosto de Eta, e a tensão se esvaiu numa lufada de ar.

— Menino, você quase me matou três vezes de susto — ela falou rispidamente, ainda olhando para ele pelo retrovisor.

— Sinto muito — disse Jace. — Eu sabia que você reagiria. Se você gritasse, poderia atrair alguém. Um tira, por exemplo.

Eta deu meia-volta e olhou com gesto carrancudo para o garoto agachado no piso do banco traseiro. Garoto. Ele dizia ter vinte e um anos, mas ela não acreditava e não conseguia olhar para aquele rosto doce e não chamá-lo de garoto.

— E por que você não quer ser visto pelos policiais? — ela perguntou, reparando nos arranhões e nas equimoses no rosto dele. — O que você andou fazendo, Cavaleiro Solitário?

— Alguém tentou fazer picadinho de mim, atropelando-me com o carro depois daquela última entrega na noite passada.

— Tem gente que fica maluca quando chove nessa cidade.

— Você viu alguma notícia sobre o advogado Lenny Lowell?

— Eu não fico acordada para ver as notícias. Nunca há nada que não seja ruim. Quem é esse tal de Lenny?

— Dinheiro — disse Jace. — Minha última saída. O advogado.

— Ah, sim. Que houve com ele?

Ele jogou um caderno dobrado do *Times* no banco do carona. — Está aí. Alguém o matou ontem à noite. Depois que eu peguei o pacote.

Eta olhou para ele. Esse garoto não seria capaz de matar ninguém, tanto quanto a mãe dela não ia sair por aí dançando lambada. Mas ele estava com medo da polícia e alguém estava morto.

— A polícia está atrás de mim — disse ele. — Talvez eu tenha sido a última pessoa a ver o cara vivo, fora quem o matou, é claro.

— Então conte para eles o que você sabe — disse Eta.

— Não dá, de jeito nenhum. Não dá para ir falar com a polícia. Eu estive naquele escritório na noite passada. Eu toquei em coisas. Minhas impressões digitais estão lá. Eles me prendem, comparam minhas digitais... É um prato feito para eles. Não.

— Mas alguém tentou matar você, meu querido — disse Eta de forma sensata.

Jace pareceu cético. — E você acha que eles vão acreditar em mim? Não tenho prova nenhuma disso. Não tenho testemunhas.

— Meu querido, você já se olhou no espelho hoje?

— Mais razão ainda para que me considerem um suspeito. Houve uma briga. Eta, você precisa me ajudar a cair fora daqui. Os policiais vão aparecer na Speed mais cedo ou mais tarde. E vão fazer um monte de perguntas.

— Você quer que eu minta para a polícia? — ela perguntou, franzindo a testa. — Isso não é bom, meu filho. Se você não tem nada a esconder, então não esconda nada. Conheci um monte de tiras na minha época, um monte de detetives de homicídios. Se eles farejarem alguma coisa, irão atrás dessa pista. E, quanto mais você dificultar para eles, mais eles vão complicar as coisas para você.

— Eta, por favor. Você não precisa mentir para eles. É só... é só você enrolar os caras.

O garoto tinha os olhos mais claros e mais azuis que ela já tinha visto. E naquele momento o que se via neles era apenas o retrato do medo.

Ele estendeu o braço e pôs a mão no antebraço dela. — É só dizer para eles que você não sabe nada de mim.

Eu não sei mesmo nada sobre você, pensou Eta. Nos poucos anos desde que o conhecera, ela não se inteirara de coisa nenhuma sobre ele. Não sabia se ele tinha família, não sabia onde ele morava, não sabia o que ele fazia fora do trabalho. Ele ainda era um absoluto mistério. Não que ele fosse insociável; era simplesmente muito calado. Não era introvertido, mas observador. Se ele tinha alguma namorada firme, ninguém na Speed sabia disso. Ele ria quando alguém contava uma piada e tinha um sorriso que seria capaz de vender ingressos no cinema, mas a maior parte do tempo o olhar dele era, digamos... cauteloso. Não exatamente desconfiado, mas que também não convidava ninguém a se aproximar.

Eta suspirou. — O que você vai fazer, J. C.? Está pensando em fugir?

— Ainda não sei — disse ele.

— Essa resposta não é boa, cara. Se fugir, eu garanto que eles vão jogar essa encrenca pra cima de você. E aí o que acontece? Vai ficar fugindo pelo resto da vida?

Ele fechou os olhos, inspirou fundo, o que fez seu corpo estremecer, e finalmente suspirou. — Eu vou resolver isso. Tenho que resolver. Só preciso de um pouco de tempo.

Eta sacudiu a cabeça, entristecida. — Você não vai deixar ninguém ajudá-lo.

— Estou pedindo que você me ajude. Por favor.

— Do que você precisa? Precisa de um lugar para ficar?

— Não, Eta, obrigado. — Constrangido, ele desviou o olhar. — Se você puder me adiantar alguma grana... Você sabe que eu mereço crédito.

— Eu não sei nada sobre você — disse ela, ligando o motor da van. — Tenho dinheiro no cofre do escritório.

— Não posso ir lá.

— Você não precisa tirar essa sua bundinha magra daí. Vou parar o carro perto da porta dos fundos e trazer o dinheiro para você.

— E se a polícia estiver vigiando o local?

— Quem você acha que sou? Meu querido, você não tem a mínima idéia do que sei sobre policiais.

Ou ela queria pensar que fosse assim. De repente ela teve vontade de perguntar ao garoto tudo que não conhecia a respeito dele, mas soube que ele não lhe daria as respostas. — Menino, aquele advogado morto não era chefão de gangue. Ele não comandava o crime naquele escritório vagabundo de um centro comercial vagabundo de beira de rua. Ele não valia o dinheiro que custaria aos contribuintes montar um esquema de vigilância em todos os serviços de mensageiros de Los Angeles. Primeiro eles têm de descobrir quem recolheu o pacote. A não ser que o homem fosse daqueles caras prevenidos e certinhos que anotam quem fez o quê, quando e por quê. Você acha que ele era assim?

Jace negou sacudindo a cabeça.

— Então fique aí deitado no piso até eu lhe falar alguma outra coisa.

— Você é demais, Eta.

— Sou mesmo, você está mais do que certo — ela resmungou, pondo o carro em movimento. — Nenhum de vocês sabe apreciar a Srta. Eta aqui. Sempre quebrando o galho de todo mundo. Não sei o que vocês fariam sem mim.

12

Speed Mensageiros. Logotipo com muita classe, estilo anos 40. Tudo em maiúsculas, letras muito inclinadas para a direita, uma série de linhas horizontais estendendo-se à esquerda para dar a idéia de movimento rápido. Era bem provável que a placa tivesse custado mais do que um mês de aluguel da espelunca onde a firma funcionava.

O lugar já tinha sido um restaurante indiano e ainda cheirava como tal, o que Parker percebeu assim que entrou. O ranço azedo de curry velho tinha penetrado as paredes azuis e o teto pintado com tinta dourada. Ruiz torceu o nariz e olhou para Parker como se aquilo fosse culpa dele.

— Bem-vindos à nossa casa. — O sujeito que abriu a porta e deu um passo atrás para deixá-los entrar era alto e magro, com os olhos escuros e brilhantes como de um fanático.

Um garoto com jeitão punk, três piercings no nariz e cabelo azul estilo moicano estava sentado fumando um cigarro diante de uma mesinha junto à janela da frente. Depois de lançar um olhar furtivo para Parker e Ruiz, ele pôs uns óculos escuros de armação curva prateada, levantou-se da cadeira e se esgueirou porta afora enquanto eles entravam.

— Todo convidado é bem-vindo, todo pecador é redimido — disse-lhes o porteiro. Ele arqueou uma sobrancelha em sinal de reprovação ao olhar para Ruiz e reparar no sutiã de renda vermelha que brincava de esconde-esconde detrás do paletó do terninho preto. — Você tem conhecimento da história da mulher de Héber?

Parker olhou em redor. A parede do corredor longo e estreito estava revestida com placas imitando madeira crivadas de grampos e fazia as vezes de um enorme quadro de avisos. Programas e propaganda política. PROTESTE CONTRA A MÁQUINA — GUERRA CONTRA A CULTURA DO AUTOMÓVEL. Um folheto anunciava uma corrida de mensageiros que já acontecera há dois meses. Um pôster procurava atrair doadores de sangue a troco de dinheiro. Uma mixórdia de fotos mostrava mensageiros em festas, montados em suas bicicletas, fazendo palhaçadas. Anúncios rabiscados à mão em pedaços de papel rasgado ofereciam um mundo de variedades. Alguém procurava um não-fumante para dividir o quarto. Alguém estava de mudança para a Holanda, "onde a maconha é legal e o sexo é livre. Tchauzinho, seus bundões!".

Parker mostrou sua insígnia ao guia espiritual que os recebera. — Nós precisamos falar com o supervisor daqui.

O porteiro sorriu e acenou para um cubículo de acrílico arranhado e placas de gesso, onde uma mulher imensa com a cabeça coberta de trancinhas presas por um lenço colorido equilibrava o fone entre a orelha e o ombro, e tomava nota com uma das mãos, enquanto segurava um microfone na outra. — Eta, Rainha da África.

A voz da mulher retumbou num pequeno alto-falante: — John Remko! Bote a sua bunda de doido em cima da bicicleta! Você tem uma coleta para fazer. Pegue esse manifesto e se mande daqui!

Fechando a cara, o homem foi até o guichê aberto no lado do cubículo que dava para o corredor. — Srta. Eta, esse linguajar...

Os olhos da mulher estavam esbugalhados. — Não me venha com essa conversa-fiada, Pregador John! Você não é o filho do tio do meu primo. Pode ir caindo fora daqui, senão você não será mais parente de ninguém, porque vou acabar com a sua raça!

O Pregador John pegou o manifesto e sumiu no corredor escuro, como um espectro em retirada.

Parker aproximou-se do guichê. A mulher não olhou para ele. Ela tacou o bilhete sobre um quadro metálico. Cada ímã tinha uma palavra impressa — MOJO, JC, GEMMA, SLIDE. Ela segurou o bilhete sobre o quadro com o ímã de PJOHN.

— Se está procurando trabalho, meu caro, preencha o formulário amarelo. Se tiver trabalho para nós, preencha o cabeçalho do manifesto — disse ela, pegando o telefone que estava tocando. — Se você quer qualquer outra coisa, não vai arranjar aqui.

— Speed Mensageiros — ela berrou ao telefone. — O que você quer, meu querido?

Parker pôs seu distintivo no guichê e empurrou-o para que a mulher pudesse vê-lo. — Detetives Parker e Ruiz. Necessitamos de uns minutos de sua atenção. Temos algumas perguntas.

A chefe de despacho olhou para o distintivo, não para Parker, enquanto escutava o que dizia a pessoa que telefonara.

— Ora, Todd, seja o que for que você tem, meu amorzinho, é melhor morrer disso. Eu já estou com um mensageiro a menos... Pneumonia? Eu não preciso de você perambulando. Preciso de você é em cima de uma bicicleta. — Ela escutou por um instante, bufou com jeito zangado e disse: — Você não me ama. É só isso.

Ela desligou, batendo o fone no gancho, virou no seu banco alto com rodinhas e encarou Parker com olhar autoritário. — Não tenho tempo para você, Olhos Azuis. Você não traz nada além de problema. Posso ver que é nisso que vai dar. Um homem elegante e de chapéu nunca traz outra coisa que não seja problema. Eu só vou perder tempo e dinheiro com você.

Parker tirou seu chapéu de feltro, sorriu e abriu seu impermeável. — Gosta do terno? É um Canali.

— Eu gostaria mais dele se estivesse a certa distância. Pergunte o que quer perguntar, meu querido. Isso aqui não é o escritório da revista *GQ*. Tenho uma firma real que preciso tocar pra frente.

— A senhora mandou um mensageiro fazer uma coleta no escritório do advogado Leonard Lowell, ontem, por volta das seis e meia da noite?

Ela projetou o queixo para a frente e não piscou. — Nós fechamos às seis da tarde.

— E fazem muito bem — disse Parker, apenas esboçando um meio sorriso. Uma covinha apareceu na bochecha direita dele. — Mas não foi isso o que perguntei.

— Eu mando um monte de mensageiros para a rua fazer um monte de coletas e entregas.

— A senhora quer que a gente converse com cada um deles? — perguntou Parker em tom gentil. — Eu posso cancelar a minha agenda pelo resto do dia. É claro que eles vão ter de ir para a delegacia. Quantos são? Vou mandar minha parceira pedir uma van.

Depois de ouvir o revide dele, ela estreitou os olhos.

— Qual o nome que a senhora dá a esses bilhetinhos que ficam aí no quadro? — perguntou Parker.

— Volantes.

— Todo pedido é anotado num volante que fica no quadro embaixo do nome do mensageiro encarregado do serviço. É assim que funciona?

— Você quer o meu emprego? — ela perguntou. — Está precisando arrumar outra atividade? Quer que eu lhe ensine o trabalho? Você pode pegar este emprego. Aí vou ficar lixando as unhas e assistindo a Oprah e o Dr. Phil todo dia.

As unhas dela era longas como garras de urso, com esmalte roxo metálico e detalhes cor-de-rosa pintados à mão.

— Eu quero que a senhora responda a uma pergunta bem simples. Só isso. Se não puder responder, eu posso pegar todos os volantes que a senhora escreveu ontem, levá-los para a delegacia e examinar um por um. E quanto aos manifestos? Suponho que a senhora coteja as duas coisas no fim do dia. Nós também poderíamos levá-los. Continue cuidando do seu negócio.

— Você pode arrumar um maldito mandado de busca — berrou Eta. Ela pegou seu microfone de rádio pelo pescoço enquanto um barulho de estática e palavras truncadas estalava no alto-falante. — Dez-nove? Dez-nove, P. J.? Que negócio é esse de que você está perdido? Não faz nem dois minutos que você saiu. Como você conseguiu se perder? Você está perdido é nos seus miolos. Onde você está? Olhe para o diabo da placa da rua.

O mensageiro respondeu e Eta revirou os olhos. — Você mal atravessou a rua! Ora, John Remko, eu juro, se você não tomar seus remédios, eu mesma vou cuidar de enfiá-los pela sua goela abaixo! Dê meia-volta e vá andando antes que Dinheiro comece a chutar meu rabo.

Ruiz meteu o nariz na questão. — Nós podemos obter um mandado — disse ela com agressividade. — Podemos complicar a sua vida. A senhora sabe o que quer dizer *obstrução*?

Eta olhou para Ruiz como se ela fosse uma criança chata. — É claro que eu sei — disse ela arrastando as palavras. — Você deveria comer mais fibras para isso, minha querida. Tem uma farmácia logo ali, no quarteirão seguinte.

Ruiz corou. A chefe de despacho farejou seu desdém. — Querida, eu trabalhei no despacho de viaturas do Departamento de Polícia de Nova Orleans durante oito anos. Você não me assusta.

O telefone tocou de novo, e Eta atendeu de imediato: — Speed Mensageiros. O que você quer, meu querido?

Parker piscou para Ruiz, levantando o canto da boca. — Ela não é pouca coisa.

Ruiz estava fazendo beicinho, furiosa, ofendida por ter sido alvo de uma piada.

— Não pegue pesado demais — cochichou Parker. — Nós precisamos dela do nosso lado. Tratando-se de uma mulher, a sutileza sempre ganha da força.

— Como você bem deveria saber — resmungou Ruiz. — Você começou ameaçando-a.

— Mas o fiz gentilmente e com um sorriso sedutor.

A chefe de pedido alternava o telefone com o microfone, rabiscando o pedido com a outra mão. — Central para Oito. Oi, Gemma, você está aí, menina?

A mensageira respondeu e foi encarregada de recolher um pacote num escritório de advocacia no centro da cidade e entregá-lo a um advogado no prédio federal na Rua Los Angeles. O respectivo canhoto foi colocado no quadro debaixo do ímã de Gemma.

— Há algo que me deixa curioso — disse Parker, inclinando-se no balcão e apoiando ambos os cotovelos. — A senhora não perguntou em momento algum por que queremos saber se mandou um mensageiro para aquele escritório. Por que razão?

— Isso não é da minha conta.

— Um homem foi assassinado lá na noite passada. A filha dele nos disse que ele estava esperando um mensageiro ciclista. Nós achamos que o mensageiro talvez possa dar alguma informação que seja útil para o esclarecimento do caso.

Eta suspirou profundamente. — Que Deus tenha misericórdia da alma dele.

— Da vítima? Ou será do mensageiro? — perguntou Ruiz.

— Sabe como é, a senhora está me deixando desconfiado — disse Parker em tom informal, olhando para ela de cima para baixo, como se os dois se conhecessem de longa data e ele tivesse conseguido o que procurava com esse tipo de olhar em outra ocasião. — Dificultando as coisas desse jeito. Com isso, a senhora me faz pensar que está escondendo alguma coisa.

A mulher olhou para outro lado, pensando. Talvez ponderando os prós e os contras, talvez percebendo que errara em não colaborar.

— Nós vamos descobrir de um jeito ou de outro — frisou Parker. — Será melhor para todo mundo se for de maneira amigável. A senhora não vai querer que a gente arranje mandados e leve metade de seu escritório e todos os seus mensageiros. Esta empresa é de sua propriedade, sra...?

— Fitzgerald. Não, não é.

— Então teria de dar uma resposta a seu patrão, explicar-lhe por que ele está perdendo o faturamento de um dia, por que os arquivos dele estão sendo apreendidos e por que a polícia quer examinar as fichas de empregados e folhas de pagamento da firma. — Ele sacudiu a cabeça com tristeza. — Isso não seria bom para a senhora.

Ela olhou para ele, ainda firme, talvez pensando em dizer que pagava então para ver.

— Eu conheço esses garotos — disse ela. — Eles dançam lá do jeito deles, mas não são maus.

— Nós só precisamos fazer algumas perguntas ao rapaz. Se ele não fez nada errado, não tem por que se preocupar.

Eta Fitzgerald olhou para outro lado e suspirou mais uma vez, dando-se por vencida, o que enfraqueceu a sua atitude. O telefone tocou e ela atendeu, pedindo à pessoa que ligou que fizesse a gentileza de aguardar.

— Foi uma chamada de última hora — disse ela a Parker, olhando para o balcão.

— Onde está o manifesto?

— O mensageiro ainda está com ele. Ele não voltou para acertar a sua papelada. Estava chovendo. Eu fechei e fui embora para casa cuidar de meus filhos.

— E ele está trabalhando hoje?

— Ainda não chegou.

— Por quê?

Ela fez cara de irritação. — Sei lá! Não sou mãe dele. Alguns desses garotos somem e reaparecem de vez em quando. Alguns têm outros empregos além deste. Eu não fico atrás deles.

Parker tirou sua caderneta de anotações do bolso interno do paletó. — Qual é o nome dele?

— J. C.

— O que significa J. C.?

— Significa J. C. — disse ela, algo confusa. — É assim que a gente o chama: J. C. Número Dezesseis.

— Onde ele mora?

— Não faço idéia.

— Deve dizer alguma coisa na ficha de emprego dele.

— Ele é o 1.099. Não temos ficha nenhuma.

— Ele é prestador de serviços autônomo — disse Parker. — Sem documentação, sem plano de saúde, sem seguro de acidente de trabalho.

— Exatamente.

— Eu até me arriscaria a dizer que ele provavelmente recebe em dinheiro vivo.

— Isso é de outro departamento — replicou Eta.

— Você quer que eu peça o mandado? — perguntou Ruiz a Parker, tirando seu celular da bolsa.

Parker levantou uma das mãos para indicar que ela parasse. Ele estava concentrado na chefe de despacho. — A senhora tem o número do telefone dele.

— Ele não tem telefone.

Ruiz torceu o nariz e começou a apertar as teclas no celular.

— Não tem mesmo! Eu não sei de telefone nenhum dele.

Parker pareceu duvidar. — Ele nunca telefonou para a senhora? Nunca ligou dizendo que estava doente, nunca pediu nada, nunca avisou que chegaria tarde?

— Ele liga pelo rádio. Eu não tenho nenhum número telefônico do garoto.

Ruiz falou no seu telefone: — Aqui é a detetive Renee Ruiz, do Departamento de Polícia de Los Angeles. Preciso falar com o promotor público adjunto Langfield sobre um mandado.

— Talvez eu tenha um endereço — disse a chefe de despacho, de má vontade.

As luzes indicadoras do telefone piscavam como um fliperama, uma ligação em espera, outra entrando. Ela pegou o fone, pressionou o botão da segunda linha e disse: — Querido, ligue de novo mais tarde. Estou no meio de um episódio de assédio policial.

Ela foi até um arquivo no canto do cubículo e vasculhou uma gaveta, da qual tirou o que parecia ser uma pasta vazia.

— É apenas um daqueles locais de caixas de correio — disse ela, entregando a pasta. — Isso é tudo que sei. Não poderia acrescentar nada nem se você me torturasse.

Parker levantou as sobrancelhas. — Espero que não precisemos disso. A senhora pode me dizer como ele é fisicamente?

— É um garoto branco, louro e de olhos azuis.

— Tem alguma foto dele nessa parede aí? — ele perguntou, acenando para a parede revestida de placas.

— Não, nenhuma.

— Obrigado pela sua cooperação, Sra. Fitzgerald. A senhora é uma boa cidadã.

Eta Fitzgerald olhou para Parker com gesto carrancudo e atendeu ao telefone, desdenhando dele. Parker abriu a pasta e correu os olhos sobre a única folha — um pedido de emprego — em busca de alguma informação útil.

NOME: J. C. Damon.

Parker fechou a pasta e entregou-a a Ruiz. Em vez de dar meia-volta para sair pela porta da frente, ele seguiu pelo corredor em direção aos fundos daquele misto de restaurante e firma de mensageiros. A despachante afastou o fone da boca e gritou para o detetive:

— Para onde você pensa que vai?

Parker bateu a mão, despedindo-se. — Estamos de saída, Sra. Fitzgerald. Não se preocupe conosco. Nosso carro está estacionado mais perto da porta dos fundos.

Ele deu uma olhada no que já tinha sido uma pequena sala de jantar, agora transformada em escritório para os executivos da Speed, nenhum dos quais chegara ainda para trabalhar. Pelo estado do local, era razoável supor que não havia nenhuma pirâmide de sucesso a galgar nem nível mais baixo onde cair. Havia duas escrivaninhas velhas apinhadas de papéis e um cinzeiro sujo de cor verde-garrafa sobre uma mesinha de centro colocada diante de um sofá com jeito de ter sido achado na beira da estrada.

Seguindo pelo corredor, o que já fora um guarda-roupa era agora um escuro closet vermelho lotado de arquivos.

Parker empurrou a porta de vaivém da cozinha, onde o murmúrio das conversas e a fumaça de cigarros pairavam, juntamente com o cheiro leve, adocicado e difuso da maconha. O garoto de cabelo tipo moicano azul estava sentado numa mesa de aço inoxidável para preparar comidas. Ele ficou paralisado como um bichinho acuado ao perceber que foi avistado por um predador que o matará se fizer um movimento. Um homem de aparência extravagante e cabelo rastafári estava apoiado na bancada da pia, fumando um cigarro. Ele não pareceu surpreso nem assustado ao ver os policiais entrarem.

— Aí, gente, em que podemos ajudar? — ele perguntou. Era jamaicano.

— Algum de vocês conhece J. C. Damon?

O moicano não respondeu. O rastafári deu uma tragada. — J. C.? Conheço sim.

— Você o viu hoje?

— Não, hoje não.

Parker examinou devagar o espaço, que evidentemente os mensageiros haviam adotado como deles próprios. Algumas bicicletas estragadas com o uso encostadas contra a parede. Peças de bicicleta, garrafas de cerveja e latas de refrigerante só enchiam o balcão. A sala já fora esvaziada de seu equipamento comercial. Uma geladeira GE velha e imunda que alguma vez já foi branca preenchia parte do espaço antes ocupado por outras peças. Um sofá verde nojento estava no lugar do fogão. Perto da porta dos fundos, uma mesa e várias cadeiras diferentes. Em cima da mesa, revistas e papéis espalhados. Como centro de mesa, uma calota de carro que era usada como um cinzeiro gigante.

— Você sabe onde ele mora?

O rastafári negou sacudindo a cabeça. — Por que estão atrás dele?

Parker deu de ombros. — Talvez ele tenha visto algo acontecer ontem à noite.

Nenhuma reação.

Ruiz aproximou-se do moicano. — E você? O que tem a dizer quanto ao que nos interessa?

— Eu não sei de coisa nenhuma sobre ninguém. — Agora ele mostrava arrogância. Como não podia fugir nem se esconder, partiu para a arrogância: — Bonito sutiã.

Ruiz arrumou seu paletó no decote. — O cara trabalha aqui. Como é possível que você não o conheça, seu espertinho?

— Eu não disse que não o conheço. O que disse é que não sei nada a respeito dele.

— Será que você não vai saber se eu o encostar contra a parede e achar entorpecente nos seus bolsos?

O moicano franziu a testa. Parker sacudiu a cabeça e revirou os olhos. — Peço desculpas pela minha parceira. Ela tem pavio curto. É uma acusação por brutalidade atrás da outra.

Ruiz fulminou-o com o olhar. — Ele está fazendo a gente perder tempo. Você quer fazer o quê? Ficar aí e puxar um baseado com eles?

— Isso seria contra o regulamento — disse Parker calmamente.

Ela respondeu chamando-o de monte de merda em espanhol.

O rastafári soltou fumaça pelas narinas. — J. C. Nós o chamamos de Cavaleiro Solitário.

— Por quê? — perguntou Parker. — Por acaso ele usa máscara? Leva uma bala de prata com ele? Passa a noite com um índio?

— Porque ele gosta de ficar sozinho.

— Nenhum homem é uma ilha.

O mensageiro afastou-se da pia. Debaixo da espetacular cabeça enfeitada com tranças marrom-acinzentadas havia um corpo forte como um touro. Sob a bermuda de lycra, os músculos das coxas pareciam ter sido cinzelados por um mestre da escultura. Ele foi apagar o cigarro na calota-cinzeiro, e os grampos das pontas dos calçados de ciclista repicaram no piso de concreto.

— Mas aquele é... — disse ele.

Parker tirou sua carteira, deixando ver uma pilha de notas verdes quando pegou um cartão de visita e o deslizou pela mesa de trabalho em direção ao moicano. — Se você souber dele, diga-lhe que ligue para mim.

Ele guardou a carteira e foi para a porta dos fundos. Ruiz quase o derrubou ao atravessar na frente dele, tentando olhá-lo cara a cara.

— Que diabo foi aquele negócio todo? — ela falou em voz baixa, embora o tom fosse mordaz.

— Como?

— Você podia ter dado uma força, apoiando-me na questão da droga. A gente podia ter dobrado o garoto punk.

Parker viu um par de bicicletas acorrentadas num medidor de gás. — Eu podia sim, mas não era assim que queria agir. Sendo meu o caso, você segue a minha orientação. Quando o caso for seu, vou deixar que você se indisponha com quem bem entender.

O beco era como qualquer outro do centro da cidade, um vale estreito e sujo entre prédios de tijolos. A faixa de céu lá em cima tinha cor de fuligem. As poucas vagas de estacionamento detrás das firmas comerciais estavam ocupadas por furgões de entrega emparelhados como cavalos sob a chuva fraca.

— E a sua orientação é subornar todo mundo? — disse Ruiz.

— Não sei do que você está falando, Srta. Ruiz. Não rolou dinheiro algum.

Uma minivan azul-escura estava embicada no espaço entre uma parede e uma lixeira verde. Havia um decalque com os dizeres MÃE ORGULHOSA DE ALUNO EXEMPLAR afixado no vidro traseiro. O carro de Eta Fitzgerald.

— A *idéia* do dinheiro disponível é que está posta aí — disse Parker, contornando a pequena van. — Não significa nada para mim. Eu não ofereci nada. Mas nunca se sabe. O moicano pode ter achado que aquilo era uma oferta implícita. Isso pode induzi-lo a contar para a gente algo que ele não pretendia contar.

Ruiz não queria ficar calma. Parker achava que ela curtia estar zangada. A raiva era o combustível dela para a ação, a energia que provavelmente lhe dava a sensação de ser maior do que era e mais forte do que seu físico lhe permitia.

— E então o que acontece? — ela cobrou. — Ele se apresenta, conta alguma coisa e você se manda sem molhar a mão dele?

— Ele se apresenta, me conta alguma coisa e eu o poupo de você. Eu me sentiria muito feliz se tivesse alguém que fizesse isso por mim.

Ele deu uma olhada no interior da van através dos vidros. A habitual carga de cacarecos da família. Um capacete de futebol, bonecos de personagens de ação e uma Barbie preta. Garrafas de água mineral soltas, que deviam rolar para todo canto como pinos de boliche quando o carro estava em movimento.

— Aliás, por que você anda por aí com esse monte de dinheiro em cima? — perguntou Ruiz com evidente mau humor.

— Você não sabe quanto dinheiro tenho aqui comigo. Pelo que você viu, posso ter vinte dólares em notas de um. Seja como for, não é da sua conta.

Ela resolveu fazer beicinho, cruzando os braços sobre o peito, empurrando os seios para cima, aquela renda vermelha tentando o olhar de qualquer um. — Que estamos procurando?

Parker deu de ombros. — Eu gosto de examinar o terreno, só isso.

— Vamos buscar o tal cara. Eu estou gelando.

— Você perde sessenta por cento do calor de seu corpo pelo topo da cabeça.

— Cale a boca.

Ele já começava a afastar-se da van quando se virou para dar mais uma olhada e alguma coisa chamou sua atenção. Então, franziu o cenho e voltou a entrar no prédio, com Ruiz nos calcanhares como um cachorrinho.

Eta Fitzgerald, novamente fazendo malabarismo com o telefone e o microfone do rádio, gelou e olhou para eles ao ver que se aproximavam do guichê. — E agora o que é? — ela cobrou. — Você é um policial chato mesmo. Por que não vai caçar serviço em outro lugar?

Parker sorriu e pôs uma das mãos sobre o peito. — A senhora não está feliz de me ver? Isso parte meu coração.

— Eu bem que gostaria de partir alguma coisa. Vamos logo com isso. Você é pior que criança.

— É sobre seu carro — disse ele. — A senhora poderia ir lá fora conosco por um instante?

Ela empalideceu, cortou o microfone e desligou o telefone. — Meu carro? Qual é o problema com meu carro?

Parker acenou para ela segui-lo e rumou pelo corredor.

Lá fora, a garoa estava engrossando e os pingos de chuva começavam a cair. Parker ajeitou o chapéu e foi até a traseira da van.

A chefe de despacho o seguiu a contragosto, com a respiração acelerada e ofegante como se acabasse de correr.

— É a sua lanterna traseira — disse Parker, apontando para a peça. — Está quebrada. Não é grande prejuízo, mas... A polícia pode parar a senhora por isso num dia como este.

Eta Fitzgerald olhou para a traseira da van. A expressão no rosto dela era de um repentino enjôo.

— Não eu — Parker prosseguiu. — Já não me permitem multar. Algo que tem a ver com a violência no trânsito... Eu quis avisar, apenas isso.

— Obrigada, detetive — disse ela mansamente. — Eu aprecio seu gesto.

Parker tocou na aba do chapéu. — Estamos aqui para servir.

13

Jace olhava do outro lado do beco, escondido numa caixa de papelão encharcada que estava detrás de uma loja de móveis italianos. Pedacinhos de flocos de isopor grudavam nele como pulgas.

Ficar no banco traseiro do carro de Eta era arriscado demais. Era como estar preso, engaiolado, vulnerável. Nada bom. Ele precisava de espaço, de um ponto de observação e vias de saída *vapt-vupt*. Assim que ela entrara, ele tinha saído da van e cruzado o beco. A caixa repousava, semi-escondida, diante do caminhão de entregas da loja de móveis, que só abriria algumas horas mais tarde. Escondido ali, ele estaria a salvo por um tempinho.

Eta prometera voltar logo com o dinheiro, mas o Pregador John apareceu meio minuto logo que ela entrou, acorrentou sua bicicleta na lixeira e entrou. Depois foi a vez de Mojo, e em seguida do cara que eles chamavam de Ferragem, porque tinha piercings pelo corpo. Provavelmente, eles tinham deixado pendente a papelada do dia anterior, querendo ir embora para casa e livrar-se da chuva; por isso tinham vindo mais cedo para terminar o trabalho antes de começarem com as entregas.

Mas não Eta. Ela não.

Tudo que ela tinha a fazer era botar a grana num envelope e sair para deixá-lo na van. Não se via nenhum sinal de Rocco, o patrão, nem de seu chapa, Vlad, que pelo visto não fazia nada o dia inteiro além de fumar, falar com outros russos no celular e dar tacadas em bolas de golfe por todo canto do escritório. Rocco costumava aparecer por volta das nove horas. Vlad chegava em torno do meio-dia, quase sempre de ressaca.

Vamos logo, Eta. Vamos logo.

Jace embrulhou-se com seu casaco militar grande demais e olhou para a folha de jornal que tentara mostrar a Eta na van. Ele releu a matéria pela centésima vez. A violenta passagem de Lenny Lowell desta para a melhor acabara reduzida a duas colunas perdidas nas profundezas do *LA Times*. Lia-se ali que a filha do advogado, Abigail (vinte e três anos, estudante de direito na Southwestern), encontrara o pai morto no escritório e que ele tinha sido assassinado a pancadas. Esperava-se o resultado da autópsia. Detetives do Departamento de Polícia de Los Angeles estavam investigando o crime.

Abby Lowell. A morena bonita da foto na escrivaninha de Lenny. A estudante de direito. Jace perguntou-se se ela tinha visto algo. Talvez vira o Predador fugindo da cena do crime. Talvez ela saiba quem queria ver seu pai morto e por quê, e também quem eram as pessoas que apareciam nos negativos.

A porta dos fundos da Speed foi aberta e duas pessoas saíram. Primeiro um homem: estatura média, compleição média, impermeável aparentemente caro e um chapéu como nos filmes policiais dos anos 40. Sam Spade. Philip Marlowe. Com uma mulher mignon de terninho preto, um lampejo vermelho no decote em V. Zangada. Hispânica. Sam Spade nem ligava para ela.

Tiras. Pelo menos o cara devia ser, embora se vestisse demasiadamente bem para isso. Jace tinha um sexto sentido para tiras. Eles se comportavam de certa maneira, andavam de certa maneira, movimentavam-se de certa maneira. O olhar deles não parava de esquadrinhar o território quando se viam em uma situação diferente. Eles registravam todos os detalhes das redondezas para o caso de precisarem se lembrar deles mais adiante.

Esse policial contornou a van de Eta lentamente, olhando pelos vidros. Jace sentiu um calafrio percorrendo seu corpo, arrepiando sua pele. A mulher parecia mais interessada em ralhar com o cara do que na van.

Nenhum dos dois tentou abrir uma das portas, e então ambos entraram de novo no prédio.

Jace tremeu. Por que os policiais se interessariam na van de Eta? Só se alguém lhes desse motivo para isso. Ela o aconselhara a procurar a polícia. Talvez tenha tomado a decisão por ele.

Não adiantava ficar desapontado, pensou Jace, uma vez que na verdade nunca esperara nada de ninguém. Mas o diabo era que *estava* desapontado. As pessoas nunca tinham a intenção de fazer o que diziam. Ou até tinham a intenção de cumprir uma promessa no momento em que a faziam, mas não quando se viam sob pressão. Essa era sempre aquela letra miúda num contrato: *Deixa de estar em vigor após o surgimento de circunstâncias atenuantes.*

Eta tratava os mensageiros como se fosse a mãe substituta e rabugenta deles. Ela tinha bom coração. Mas por que ia arriscar o pescoço com a polícia por causa de Jace? Ela tinha sua vida, seus filhos verdadeiros. Ele não fazia parte da família dela. Ou talvez ela fosse o tipo de mãe que faz pelos filhos o que "é para o bem deles", que quase sempre acaba sendo ruim.

Jace pensou que tinha sido burrice da sua parte procurar a ajuda de Eta, pedir-lhe que mentisse por ele. Envolver outras pessoas implicava perder o controle total da situação. Mas ele vira naquilo um jeito fácil de pôr a mão em algumas centenas de dólares, um dinheiro que poderia usar para sair de circulação por um tempo, se fosse preciso. Não queria sacar dinheiro de seu banco, que não era banco coisa nenhuma, mas um cofre à prova de fogo que ele escondia num duto de ventilação do banheiro do apartamento. O dinheiro era para garantir o sustento de Tyler caso algo acontecesse.

E algo *tinha* acontecido.

Era hora de dar o fora.

Valendo-se da cobertura do caminhão de entregas, Jace saiu da caixa. Levantou o colarinho do casaco, encurvou os ombros, cobriu a cabeça com o jornal e começou a andar pelo beco. Tentou não mancar e não dar a impressão de que estava com pressa, como se não tivesse para onde ir, como se não quisesse fugir. Foi andando sem tirar os olhos do chão.

E agora, J. C.?

Os negativos estavam no envelope preso com fita adesiva debaixo da camisa. Era preciso achar um lugar onde escondê-lo, algum lugar longe de

Tyler e dos Chen. Obviamente, aquilo era valioso para alguém. Jace poderia usá-lo para tirar vantagem ou como meio de proteção se as coisas se complicassem ainda mais. Ele precisava achar terreno seguro e neutro. Um lugar público. E precisava fazer contato com Abby Lowell.

Um carro virou na entrada do beco e veio em direção a Jace. Talvez fossem os dois tiras.

Um sedan escuro.

Um pára-brisa trincado.

O medo bateu na barriga de Jace e se espalhou pelas veias como mercúrio. Rápido e venenoso. Ele quis olhar, botar um rosto na figura de seu caçador. Humanizar o monstro. Ver que à luz do dia o cara não passava de um homenzinho desajeitado que não representava uma ameaça real. Mas nada disso era verdade, claro. O sujeito queria algo que Jace tinha e, mesmo que Jace simplesmente lhe desse esse algo, era provável que ele ainda assim o matasse, porque o garoto sabia demais... embora na verdade de nada soubesse.

O carro reduziu a velocidade ao aproximar-se dele. O peito de Jace enrijeceu. O cara estava ao volante. Podia ele ter visto seu rosto? Imagens da noite anterior surgiram em sua mente. Jace na bicicleta, arremessando a trava contra o pára-brisa. Não se lembrava do rosto do motorista. Seria possível que o motorista se lembrasse do dele? Afinal, ele estava com o capacete e os óculos.

Ele olhou pelo rabo do olho quando o carro o alcançou.

Uma cabeça que parecia um cubo de pedra, olhos pequenos e malignos, cabelo escuro muito curto, cortado com máquina. A pele do sujeito era pálida, com um leve tom azulado da barba. Ele tinha um pedaço de esparadrapo sobre a ponta do nariz e uma pinta preta na nuca. Uma pinta daquelas que são como verrugas, sobressaindo na pele, do tamanho de uma diminuta borracha de lápis escolar.

O sedan passou ao lado de Jace como uma pantera na selva, silencioso, lustroso e ameaçador.

Jace seguiu andando, resistindo ao impulso de olhar para trás. Suas pernas tremiam como geléia.

O cara estava passando na frente do escritório da Speed. Certamente ele sabia onde Jace trabalhava. Ele estava com a bolsa de mensageiro de Jace.

Outra imagem na memória: ser agarrado e puxado para trás pela alça da bolsa. Não havia grande coisa na bolsa: uma bomba de encher pneus, uma câmara de ar sobressalente, alguns formulários de manifesto em branco... com o logotipo e o endereço da Speed em vermelho no cabeçalho.

Depois o sujeito tentaria descobrir onde Jace morava, e os policiais fariam a mesma coisa. Mas nenhum deles conseguiria, disso ele tinha certeza. O único endereço dele que a Speed tinha era a velha caixa de correio. E o único endereço que o pessoal dos correios tinha na ficha era o de um velho apartamento em que Jace morara por breve período com a mãe, ainda antes de Tyler nascer. Ninguém conseguiria encontrá-lo.

Mas os tubarões estavam na água, movimentando-se, à caça.

Dois tiras e um assassino.

Eu nunca quis ser alguém conhecido, ele pensou ao atravessar a rua. Acabou sendo, e isso lhe trouxe muitos problemas.

Arriscou dar uma olhada por cima do ombro. As lanternas traseiras do sedan brilharam no final do beco.

Jace começou a acelerar o passo, quase correndo, com a dor latejando no tornozelo a cada pisada. Não podia dar-se ao luxo de sentir aquela dor. Não dava para perder tempo esperando sarar. Por enquanto, precisava concentrar todas as suas energias em sobreviver.

Era preciso encontrar Abby Lowell.

14

— O que você acha? — perguntou Parker assim que voltaram a pegar o tráfego intenso.

— Que fico contente por não ter uma bosta de emprego como aquele — disse Ruiz, conferindo o cabelo no espelho do seu pára-sol. A umidade estava encrespando seus cachos. — Pois é, agora nós sabemos onde o suspeito trabalha — ela prosseguiu. — Mas ele não vai voltar a aparecer lá tão cedo. Sabemos onde ele pega a sua correspondência, mas não onde mora. Nada temos que nos leve a alguma coisa.

Parker imitou o som incômodo de uma campainha de programa de perguntas e respostas. — Errado. Em primeiro lugar, poderíamos arranjar as digitais dele no pedido de emprego. Sabemos seu nome ou pelo menos um apelido. Podemos puxar a folha corrida dele, se tiver. Esquadrinhar seus antecedentes. E é bem provável que tenha antecedentes. Ele fica na dele, sozinho, recebe em dinheiro vivo, sua correspondência vai para uma caixa postal, não tem endereço nem telefone. Age como um vigarista.

— Talvez seja um morador de rua — Ruiz ponderou. — E se ele não tiver folha corrida?

— Se o pessoal da datiloscopia puder obter uma digital nítida do pedido de emprego e achar outra semelhante na arma do crime, nós teremos isso. E a chefe de despacho sabe mais do que disse.

— Sabe, mas ela não diz.

— Ela tem consciência, não gosta de violar as leis. Só que protege seus mensageiros. Eles são como uma família, e ela é a mãe. A gente vai lhe dar um tempinho para que pense na questão e depois voltamos a conversar. Acho que ela quer fazer o que é certo.

— Pois eu acho que ela é uma vaca — Ruiz resmungou.

— Você não pode levar a coisa para o lado pessoal, porque aí perde a perspectiva. Nessa situação funcionou bem fazer com que ela ficasse contra você. Você dá uma boa policial ruim — disse Parker. — Você tem boas ferramentas para isso, mas tem de aprender a não atirar todas elas na cabeça de qualquer testemunha ou criminoso que aparecer na sua frente.

Pelo rabo do olho ele pôde ver que ela o observava. Ela não sabia o que pensar dele. Rejeitava seus conselhos e não acreditava em seus elogios. Ótimo. Era preciso mantê-la em desequilíbrio. Ela tinha de aprender a interpretar as pessoas e adaptar-se. Deveria ter aprendido no primeiro dia como policial uniformizada.

— Meu Deus — ele murmurou. — Estou parecendo um professor.

— Você é um professor. Supostamente.

Parker não disse nada. Seu astral baixara de repente. A maior parte do tempo, ele tentava ficar bastante concentrado no seu objetivo no departamento. Não se via como professor. Esperava a oportunidade de fazer a sua reaparição.

Poderia ter deixado o emprego. Não precisava do dinheiro nem do incômodo. Seu trabalho paralelo pagara suas dívidas e comprara seu Jaguar e suas roupas. Mas ele era teimoso demais para desistir. Além do mais, toda vez que um caso prendia sua atenção e fazia aquela velha adrenalina disparar, ele se lembrava de que adorava o que fazia. Era antiquado o bastante para se orgulhar do distintivo que levava e do fato de prestar um serviço público.

E, toda vez que um caso prendia sua atenção e fazia a sua adrenalina disparar, ele se lembrava de que em algum canto, bem no fundo, ainda acreditava que *aquele* podia ser o caso que provocaria a reviravolta. Aquele podia ser o caso em que ele se revelaria, redimindo-se e reconquistando o respeito de seus colegas e seus inimigos.

Entretanto, se o caso Lowell era do tipo que poderia provocar uma reviravolta na carreira de Parker, era certo que a Roubos e Homicídios entraria na marra e o tomaria dele.

Ele entrou com o carro na minúscula área de estacionamento de uma pequena série de lojas de alimentação: Noah's Bagels, Jamba Juice, Starbucks. O motorista escolhia a emissora de rádio, e o passageiro, o restaurante. Parker costumava optar por um ponto freqüentado por tiras para o café-da-manhã, não porque gostasse da companhia de muitos policiais, mas porque gostava de ouvir as conversas, captar o espírito das ruas, ficar sabendo de alguma fofoca que poderia ser útil. Ruiz escolheu o Starbucks. O pedido dela era sempre longo e complicado, e, se acabasse não sendo exatamente de seu agrado, ela mandava o balconista fazer tudo de novo, às vezes aprontando um escândalo, às vezes com um olhar sedutor. Era uma garota ciclotímica.

Parker entrou no Jamba Juice e pediu uma vitamina de banana cheia de proteinato e germe de trigo, depois entrou no Starbucks e apossou-se de uma mesa no fundo com uma excelente visão da porta, sentou-se na cadeira do canto e pegou um caderno do *Times* que algum freguês deixara por lá.

Ele não parava de pensar no fato de a Roubos e Homicídios ter ido meter o bedelho na sua cena do crime. Devia haver algo por trás daquilo. Aqueles caras gostavam de aparecer nas manchetes de primeira página e trabalhavam em casos que davam esse tipo de manchete. Lenny Lowell não tinha aparecido na primeira página. Era bem provável que o *Times* não gastasse nem um pingo de tinta com ele.

— Está cuidando da sua figura juvenil? — perguntou Ruiz ao sentar-se ao lado dele.

Parker não tirou os olhos do jornal. — Meu corpo é um templo, menina. Trate-o com veneração.

Ele não tinha visto nem falara com ninguém que tivesse aparência de repórter, mesmo sendo o detetive encarregado...

... mas lá estava aquilo, umas poucas linhas num canto inferior de uma página par junto ao anúncio de uma liquidação de pneus: ADVOGADO É ENCONTRADO MORTO.

Vítima de aparente homicídio, Leonard Lowell foi encontrado por sua filha, Abigail Lowell (vinte e três anos, estudante de direito na Southwestern), morto a pancadas no seu escritório, blablablá...

Parker prendeu a respiração por um instante ao trazer à memória os fatos da noite anterior. Abby Lowell chegando à cena do crime, muito controlada e segura de si. Jimmy Chew tinha dito que a ligação fora feita por uma pessoa anônima. Abby Lowell disse ter recebido uma ligação de um policial do Departamento de Polícia de Los Angeles, informando-a da morte do pai enquanto ela o esperava no Cicada.

Era cedo demais para ligar para o restaurante e confirmar o álibi dela.

A assinatura ao pé da matéria dizia "Repórter da Redação".

Ruiz não estava prestando a mínima atenção, concentrada como estava em tomar seu café com baunilha duplo, sem creme e semidescafeinado, com um adoçante rosa e outro azul, bem como em lançar olhares ao balconista boa-pinta.

— Ruiz. — Parker inclinou-se sobre a mesa e estalou os dedos para chamar a atenção dela. — Você achou o nome do dono daquele número telefônico que lhe dei? O número da lista de chamadas do celular de Abby Lowell.

— Ainda não.

— Então ache. Agora.

Ela começou a argumentar. Parker deslizou o papel pela mesa e bateu nele com o dedo. Levantou-se da cadeira, tirou seu telefone do bolso e buscou na lista de contatos, já saindo pela porta lateral para o frio úmido da rua.

— Kelly. — Andi Kelly, repórter investigativa do *LA Times*. Um meteorito ruivo em pequena embalagem. Obstinada, sarcástica e muito chegada a um uísque de puro malte.

— Andi. Aqui é Kev Parker.

Houve um silêncio incômodo. Ele imaginou o espanto no rosto dela antes de reconhecê-lo.

— Uau! — disse ela finalmente. — Eu conhecia um tal de Kev Parker.

— Nos tempos em que eu dava uma boa manchete — comentou Parker secamente. — Agora você nunca liga nem escreve. Eu me sinto usado.

— Você mudou de telefone e eu não sei onde está morando. Pensei até que você tinha ido viver numa comunidade em Idaho com Mark Fuhrman. Que aconteceu? Eles não aceitaram seus hábitos de fumante, beberrão, mulherengo e arrogante?

— Eu me arrependi, larguei aquilo tudo, entrei para o sacerdócio.

— Conte outra. O Kev Parker cheio de esperteza? Só falta você me dizer que começou a fazer ioga.

— Ioga não, mas tai chi.

— Baboseira. Para onde foram todos os ícones?

— Este aqui se destruiu um tempo atrás.

— Pois é — disse Kelly em tom ponderado. — Eu li isso nos jornais.

Nada como um fracasso público para ganhar amigos e influenciar pessoas. Um figurão arrogante e convencido da Roubos e Homicídios como Parker tinha sido feito de bode expiatório por um advogado defensor igualmente arrogante e convencido num processo por assassinato envolvendo gente da alta sociedade.

O promotor público tinha uma ação bem elaborada, não perfeita, mas bem elaborada e fundamentada. Havia um monte de provas circunstanciais reunidas contra um estudante de medicina da UCLA, ricaço e grã-fino, acusado de assassinar brutalmente uma aluna da graduação.

Parker era o segundo na equipe de detetives enviada à cena do crime, segundo no comando da investigação. Ele tinha fama de dar com a língua nos dentes, de estar sempre a ponto de infringir o regulamento e de adorar os holofotes, mas era um detetive realmente muito bom. Essa tinha sido a verdade que ele sustentara durante o julgamento, enquanto a equipe de advogados graúdos da defesa esmigalhava sua personalidade com meias verdades, fatos irrelevantes e mentiras deslavadas. Eles questionaram sua integridade, acusando-o de falsificar provas. Não puderam provar nada disso, mas nem precisaram. As pessoas sempre estão ávidas por acreditar no pior.

O promotor público adjunto Anthony Giradello, empenhado no caso para deslanchar sua carreira e vendo que Parker estava afundando seu barco, tinha lançado mão do mesmo recurso cruel a que qualquer promotor apelaria nas mesmas circunstâncias: pegou seu próprio chicote e passou também a bater no detetive.

Giradello tinha feito o possível para afastar seu caso de Parker, para diminuir a importância do papel dele na investigação. Certamente, Parker era um idiota, mas um idiota *insignificante* que na verdade não tivera muito a ver com a investigação nem com a obtenção ou o manejo das provas. A imprensa liberal de Los Angeles participara da investida impiedosa, sempre satisfeita com a chance de acabar com um tira que fazia seu trabalho.

Andi Kelly tinha sido a única voz a se opor à turba, frisando que a defesa estava utilizando a estratégia gasta mas eficaz de, quando tudo mais dá errado, botar a culpa num policial. Era um jogo de cartas marcadas destinado a desviar a atenção do imenso conjunto de provas, para plantar a semente da dúvida na mente dos membros do júri. Bastava à defesa convencer um jurado de que Parker era um patife, que ele não hesitaria em plantar provas e que tinha algum tipo de predisposição racial ou socioeconômica contra o réu. Apenas um jurado, pois com isso o júri não chegaria a um veredicto.

Eles conseguiram convencer todos os doze jurados. Um assassino ganhou a liberdade.

As conseqüências políticas foram terríveis. A promotoria pública pressionara pela demissão de Parker, continuando a desviar a atenção do fato de que havia sido derrotada e um assassino fora solto. O chefe de polícia, que detestava o promotor público e temia o sindicato dos policiais, recusara-se a demitir Parker, apesar de que todas as altas patentes do departamento queriam livrar-se dele. Dizia-se que ele era um problema, um descontrolado, um insubordinado. Os holofotes estavam em cima dele. Ele era uma mancha num departamento que não agüentava mais um escândalo.

A única entrevista que Parker concedeu ao longo de todo o processo foi feita por Andi Kelly.

— E aí, Kev, como vai? — perguntou Kelly.

— Estou mais velho e mais sensato, como todo mundo — disse Parker, andando lentamente pela calçada.

— Você sabe de alguma coisa que esteja acontecendo no caso Cole?

— Você deve saber mais que eu. É você quem está no tribunal todo dia. Eu sou apenas um peão, você sabe. Treinando a próxima safra de filhotes de raposa — disse Parker. — Sem dar garantia alguma, posso dizer que sei de boa fonte que Cole é um idiota.

— Isso é novidade? Ele bateu na cabeça da esposa com uma escultura que vale setecentos e cinqüenta mil dólares.

— Ele deu uma cantada em uma amiga minha bem na frente da mulher.

— Todo mundo sabe que ele a passava para trás. Ele não é esperto o bastante para dar conta de garantir total discrição, por mais que se esforce. Com tudo que Tricia Crowne agüentou daquele palhaço, a gente custa a acreditar que ela não o tenha castrado anos atrás — disse Kelly. Ela deu um suspiro. — Então, Parker, se você não tem nenhum furo para mim, vá se danar.

— Isso não é muito amável. Agora que estou sem sorte, vivendo na sarjeta, catando comida nas latas de lixo, você não pode fazer um favor a um velho amigo?

— Se você é tão bom amigo, por que não me impediu de casar com Goran?

— Você se casou com um cara chamado Goran?

— Acho que você colocou a questão em termos exatos — disse ela. — Mas não se preocupe. Eu também dei um jeito de me divorciar dele sem você ajudar. O que você quer agora, depois de ficar sumido um bocado de tempo?

— Não é grande coisa — disse Parker. — Estou investigando um homicídio. Aconteceu ontem à noite. Há umas linhas sobre o caso no *Times* de hoje. Eu gostaria de saber quem escreveu aquilo. Você pode ver isso pra mim?

— Por quê? — Como todo bom repórter, Kelly tinha o faro sempre apurado para detectar uma matéria. Se fosse um cão de caça, ela estaria apontando a presa.

— Achei estranho, simplesmente — disse Parker em tom descontraído. — Ninguém falou comigo. Estive na cena do crime boa parte da noite e não vi repórter algum.

— Talvez algum puxa-saco da redação tenha pego a notícia no rádio da polícia. Quem é a vítima?

— Um advogado defensor de baixa categoria. É surpreendente que o *Times* tenha dado espaço a isso.

— E daí?

— E daí o quê?

— Por que você se importa com o fato da notícia estar no jornal se o cara era um zé-ninguém? — perguntou Kelly.

— Porque publicaram uns detalhes errados.

— Então?

Parker suspirou e esfregou o rosto. — Nossa, eu não lembrava que você era tão chata.

— Ora, eu sempre fui assim.

— É um milagre você não ter sido enfiada num saco e afogada pela sua mãe quando tinha dois anos.

— Acho que ela tentou — disse Kelly. — Eu tenho problemas.

— Minha querida, meus problemas dão de dez nos seus qualquer dia da semana.

— Agora você está me fazendo me sentir inferior.

— Por que eu liguei para você? — perguntou Parker, exasperado.

— Porque está querendo alguma coisa e acha que sou tarada por uma boa matéria.

— Você é repórter, não é?

— O que nos remete de novo à minha última pergunta. Por que você se importa com duas frases perdidas dentro do *Times*?

Parker olhou para o Starbucks. Ruiz ainda falava ao telefone, mas estava anotando alguma coisa. Ele ponderou e descartou a idéia de comentar com Kelly a aparição extra-oficial da Roubos e Homicídios na cena do crime. O método dele era jogar suas cartas uma de cada vez.

— Veja bem, Andi, não é algo que eu possa afirmar por enquanto. É só que estou tendo uma impressão esquisita. Talvez eu esteja cismado, porque eles não me deixam sair muito da gaiola.

— Ainda nos serviços inferiores, não é mesmo?

— É. Engraçado, não acha? Eles quiseram se livrar de mim, porque me consideravam um tira corrupto, e aí me condenaram a treinar novos detetives.

— Administração na sua mais alta expressão — disse Kelly. — Mas há uma explicação para essa maluquice. Se fosse qualquer outro, eles o teriam mandado lá para South Central investigar assassinatos por drogas e desovas de cadáveres, mas sabiam que você ia se dar bem lá. Para eles era maior a chance de você se demitir se seu trabalho fosse terrivelmente chato.

— Pois é, mas eu mostrei serviço — disse Parker. — Então, o que você me diz? Pode fazer umas ligações?

— E se isso acabar sendo alguma coisa...?

— Seu telefone está no meu celular e eu vou lhe comprar uma garrafa de Glenmorangie.

— Eu ligo pra você.

— Obrigado.

Parker guardou o celular no bolso e entrou de novo no café.

— O número é de um celular pré-pago — disse Ruiz. — Não é identificável.

— O brinquedo favorito de todo criminoso — disse Parker. Todo traficante, chefe de quadrilha e bandido na cidade tinha um. O número era vendido com o aparelho. Sem papelada, não havia pista a seguir. Ele pegou o jornal e rumou para a porta. — Vamos embora.

— Com quem você estava falando? — perguntou Ruiz quando voltaram para o carro.

— Liguei para pedir um favor a uma velha amiga. Quero saber quem escreveu isso aí.

— Por estar errado?

— Por que como é que fica se não está errado? Se a filha achou o corpo...

— Então ela é suspeita.

— Ela tem de ser considerada de qualquer maneira. A maioria dos homicídios é cometida por pessoas que as vítimas conhecem. A gente sempre tem de atentar para a família.

— Mas ela tem um álibi.

— Quero que você o verifique mais tarde. Fale com o maître e o garçom do Cicada. Se ela esteve lá, quando chegou, quando foi embora, o que ela estava usando, se falou com alguém, se usou o telefone do restaurante, se deixou a mesa por algum tempo.

— Mas, se ela achou o corpo, como foi que o repórter soube disso e a gente não?

— É isso que eu quero saber — disse Parker, ligando o motor do carro. — O mais provável é que seja apenas um serviço malfeito. Alguém de nível inferior no quadro do *Times* captou a chamada na freqüência do rádio da polícia e obteve detalhes de terceira mão de um dos peritos criminais quando eles estavam em algum boteco. Sei lá. Metade do que se imprime no jornal é besteira. Você pode ficar lá, explicar um caso palavra por palavra e ainda assim o repórter vai entender tudo errado.

— Imagino que você deve saber bem disso — disse Ruiz.

Parker olhou para ela. — Menina, eu poderia escrever um livro. Mas agora nós temos mais o que fazer.

15

Segundo a mulher paquistanesa que vinha gerenciando o setor de caixas de correio nos últimos três meses, a Caixa 501 pertencia a uma mulher chamada Allison Jennings, a quem ela não conhecia. Essa pessoa tinha alugado a caixa em 1994. O pagamento do aluguel era feito por meio de um vale postal deixado na caixa uma vez por ano. Anotações manuscritas documentavam esses fatos, cada ano com letra diferente. Pelo visto, a Box-4-U tinha servido como base para muita gente arranjar coisa melhor.

A Box-4-U funcionava numa loja estreita e funda entre uma casa de comida libanesa e a loja de uma médium que prestava um serviço especial de leitura de cartas de tarô. As caixas de correio formavam um corredor entre a porta da frente e um setor com um balcão, prateleiras repletas de caixas de embalagem, envelopes almofadados, rolos de fita, plástico-bolha e enormes sacos de bolinhas de isopor para embalagem.

Com tantas coisas amontoadas, quem estava atrás do balcão tinha dificuldade se queria ver quem entrava e saía do setor das caixas de correio. Era provável que a grande maioria das pessoas que alugavam caixas entrasse e saísse sem ser identificada. Desde que o aluguel fosse pago em dia, ninguém queria saber quem utilizava o serviço.

O gerente que alugara a Caixa 501 a Allison Jennings tinha tirado uma cópia da carteira de motorista dela e a grampeara no formulário de aluguel, como se exigia. A carteira era de Massachusetts. Na cópia, a foto virara apenas uma mancha de tinta preta. Parker pediu à gerente cópias de ambas as folhas e voltou com Ruiz para a rua, onde haviam estacionado o carro numa área destinada a carga e descarga.

Ao entrar no carro, Parker parou para observar a fachada da loja da médium. Um luminoso de néon anunciava: "Madame Natalia, Médium das Estrelas." Ela aceitava Visa e MasterCard com muito prazer.

— Você quer entrar? — perguntou Ruiz. — Talvez ela possa ver seu futuro.

— Por que alguém vai querer consultar uma médium numa espelunca como essa? Se Madame Natalia pode ver o futuro, por que ela ainda não ganhou na loteria?

— Ora, talvez não seja esse o destino dela.

Parker engatou o câmbio e pôs o carro em movimento, afastando-se do meio-fio. Imaginou dizer que as pessoas é que fazem seu próprio destino, mas acabou desistindo, porque isso não era exatamente favorável no caso dele. Sabia muito bem que ele mesmo tinha provocado a sua queda na Roubos e Homicídios por ser petulante demais, falando demais e expondo-se demais. E ele tinha feito a escolha de ficar onde estava agora, um desvio para lugar nenhum. Também havia tomado a decisão de provar novamente sua capacidade e sair como vencedor. Pela lógica de Ruiz, porém, talvez esse não fosse seu destino.

Ruiz solicitou a carteira de motorista de Allison Jennings. Nunca se sabe. A mulher podia acabar sendo uma fugitiva da Justiça.

O endereço que a mulher fornecera em seu formulário de aluguel na Box-4-U era de um prédio de tijolos vermelhos num lugar perigoso do centro da cidade, onde tudo tinha ficado ao abandono durante décadas, inclusive a população. Moradores de rua enfeitavam a paisagem, vasculhando latas de lixo e dormindo na entrada dos prédios. Em frente ao edifício de Allison Jennings, um doido que usava um blusão que já tinha sido branco marchava de um lado para outro pela calçada, gritando palavrões para um grupo de operários que trabalhava no prédio.

O imóvel tinha sido destruído por dentro e estava sendo reformado para receber a mais recente invasão de pessoal alternativo urbano do centro da cidade. A placa de publicidade da empresa incorporadora prometia luxuosos apartamentos de um, dois ou três quartos no mais atualizado e badalado dos novos bairros de Los Angeles. O doido que gritava na rua não aparecia no projeto final segundo a visão do artista.

— Será que eles são malucos? — perguntou Ruiz. — Ninguém em sua sã consciência virá morar aqui. Não há nada por aqui, a não ser bocas de crack e lunáticos morando nas ruas.

— Espere só até eles abrirem um Starbucks na esquina — disse Parker. — Lá se vai a vizinhança. Traga jovens emergentes, intelectuais e tudo mais e a primeira coisa que você vai ver é o preço das drogas subir astronomicamente. O maconheiro normal não vai ter condições de viver aqui. É uma tragédia social.

— Você acha que a mulher ainda está por aqui?

Parker deu de ombros. — Não dá para saber. Ela preencheu aquele formulário dez anos atrás. Pode ter morrido há muito tempo. Talvez esse garoto, Damon, tenha comprado a caixa de Allison ou simplesmente se apossou dela. Ele deve andar por aqui em algum lugar se a está usando.

"Em algum lugar" era muito território. O Departamento Central policiava quase doze quilômetros quadrados do centro de Los Angeles, abrangendo Chinatown, Little Tokyo, o distrito financeiro, os distritos de joalheria e de moda e o centro de convenções. Muito terreno e um monte de gente.

Parker parou o carro no estacionamento do distrito policial e virou para sua parceira. — Primeiro, leve o pedido de emprego de Damon para a datiloscopia. Veja se eles conseguem algo comparável com alguma digital encontrada na arma do assassinato. Depois ligue para Massachusetts. Então procure toda Allison Jennings que houver lá. Depois veja no computador se consegue achar crimes semelhantes ao homicídio de Lowell em Los Angeles nos últimos dois anos. E ligue para a companhia telefônica e peça detalhes de ligações locais da Speed Mensageiros.

Ruiz parecia confusa. — Mais alguma coisa, patrão?

— Comece examinando as ligações. Pode ser que esse garoto, Damon, não tenha telefone, mas talvez tenha. E arranje os registros de chamadas do escritório e da casa de Lowell.

— E o que você vai fazer enquanto eu estiver fazendo essas bobagens todas?

— Vou falar com Abby Lowell para saber como foi que o nome dela apareceu no jornal. Ela vai gostar mais de falar comigo do que com você.

— Por que tem tanta certeza disso?

Ele abriu aquele famoso sorriso de Kev Parker. — Porque eu sou eu, menina.

Depois de se livrar de Ruiz, Parker foi diretamente para o escritório de Lenny Lowell. Queria examinar a cena do crime e dar uma volta pela rua à luz do dia, sem as distrações causadas por policiais fardados, técnicos de criminalística, uma novata e os capangas da Roubos e Homicídios. Passando um tempinho no lugar onde uma vítima havia morrido, ele sentia sua concentração melhorar e se acalmava, de modo um tanto macabro.

Não sabia ao certo se acreditava em fantasmas, mas sim em almas. Acreditava na essência do que constituía um ser, na energia característica da pessoa viva. Às vezes, ao visitar sozinho a cena de um crime, ele tinha a impressão de sentir a energia pairando à sua volta. Outras vezes não havia nada, apenas um vazio, uma lacuna.

Parker nunca ligara para essas coisas em sua vida anterior como figurão da Roubos e Homicídios. Estava tão cheio de empáfia que não era capaz de perceber grande coisa sobre ninguém, vivo ou morto. O único benefício concreto que resultara da sua queda era a percepção, a capacidade de sair de si mesmo e ver com maior clareza o que o circundava.

O bairro não era mais atraente à luz do dia do que de noite sob a chuva. Até menos, na verdade. Na fraca luminosidade da manhã cinzenta, o aspecto de velho, a sujeira e a deterioração do local eram indisfarçáveis.

O pequeno conjunto comercial de dois andares onde se localizava o escritório de Lowell fora construído no final da década de 50. Ângulos retos, teto plano, painéis metálicos de cores desbotadas — verde-água, rosa pálido, amarelo-marfim. Esquadrias de alumínio nas janelas. No outro lado da rua, a lavanderia 24 horas funcionava numa construção baixa de tijolos de estilo indefinível.

Os melhores advogados defensores de pilantras tinham escritórios em Beverly Hills e Century City, onde o mundo era belo. Já aquele era o tipo de lugar onde os níveis mais baixos da cadeia alimentar montavam suas bancas. Contudo, Parker teve a impressão de que o velho Lenny estava se dando razoavelmente bem.

O Cadillac de Lowell tinha sido rebocado do lugar onde ficara estacionado, junto à porta dos fundos do escritório, a fim de ser examinado em busca de provas. O carro era novo, mas tinha sido danificado. O endereço residencial era um apartamento num condomínio em um dos novos pontos valorizados do centro da cidade, próximo ao Staples Center. Coisa cara demais para um cara cujos clientes usavam a porta giratória do escritório de empréstimos para fianças.

Parker perguntou-se por que o assassino se arriscara quebrando os vidros do Cadillac se seu único objetivo era roubar o dinheiro guardado no cofre.

Era um ato de furiosa represália? Talvez um ex-cliente ou algum parente de um cliente que não fora absolvido e achava que Lowell tinha culpa nisso? Teria sido um assassinato cometido por vingança, com o dinheiro sendo apenas uma gratificação? Talvez o assassino procurasse alguma coisa que não conseguiu achar no escritório. Nesse caso, tratava-se de um crime muito mais complicado. Além do dinheiro em seu cofre, que tipo de coisa um sujeito como Lenny Lowell possuiria pela qual valesse a pena matar?

Parker descolou a fita para isolar a cena do crime e entrou pela porta dos fundos do escritório. O cheiro rançoso de fumaça de cigarro recendia nas paredes revestidas com painéis imitando madeira e penetrara o forro de isolamento acústico, tingindo-o de amarelo oleoso. O carpete era liso e prático, de uma cor escolhida para disfarçar a poeira.

Havia um banheiro à esquerda. Os técnicos em criminalística já o tinham vistoriado, colhendo digitais e tirando cabelos do ralo da pia, mas não haviam encontrado nenhum sinal de sangue. Se o sangue de Lenny respingara no assassino, este tinha sido inteligente o bastante para não tentar se limpar ali.

A sala de Lenny vinha a seguir. De tamanho decente, estava agora cheia de papéis espalhados, restos de pó para colher impressões digitais e pedaços de fita marcando a localização de provas no carpete, que absorvera o sangue do advogado numa mancha quase imperceptível (mais um argumento de venda para o fabricante: oculta grandes manchas de sangue!). As gavetas dos arquivos e da escrivaninha haviam sido puxadas.

— Você está mudando a cena de um crime — disse Parker.

Abby Lowell estava sentada à escrivaninha de seu pai. Sobressaltada e boquiaberta, ela bateu com o joelho ao tentar levantar-se e recuar.

— Meu Deus do céu! Nossa, o senhor me assustou! — ela reclamou, apoiando uma das mãos espalmada sobre o peito como para evitar que seu coração pulasse para fora.

— Sou obrigado a perguntar o que está fazendo aqui, Srta. Lowell — disse Parker, sentando-se do outro lado da escrivaninha. O braço da poltrona tinha respingos de sangue. — Não é à toa que nós isolamos as cenas de crimes.

— E vocês cuidam de providenciar o funeral? — perguntou ela, recuperando a compostura ao mesmo tempo que arrumava seu suéter de casimira. — O senhor sabe onde meu pai guardava a apólice do seguro de vida? Vai ligar para a companhia? E quanto ao testamento dele? Estou certa de que existe, mas só não faço idéia onde. Não sei se ele queria ser enterrado ou cremado. O senhor pode ajudar-me nisso, detetive Parker?

Parker negou com a cabeça. — Não, não posso. Mas, se você tivesse ligado para mim, eu teria vindo e ajudado a procurar. Assim, eu saberia no que você tocou e o que mudou de lugar. Eu saberia se pegou alguma outra coisa além do testamento e da apólice do seguro de vida de seu pai.

— Está me acusando de algo? — ela perguntou, erguendo-se um pouco na poltrona e arqueando uma sobrancelha escura e bem delineada.

— Nada disso, estou apenas explicando. É assim que a cena do crime funciona, Srta. Lowell. Não posso atentar para o fato da vítima ser seu pai. Para mim tanto faz que você se ache no direito de entrar neste escritório. Sei perfeitamente qual é o meu trabalho. Desde o instante em que seu pai parou de respirar, ele passou a ser minha responsabilidade. Tornei-me o curador dele.

— Azar do meu pai que o senhor não estivesse aqui para protegê-lo, evitando que o assassinassem. E, ao dizer "o senhor", não me refiro especificamente à sua pessoa, mas ao Departamento de Polícia de Los Angeles.

— Não temos como prever quando e onde um crime vai acontecer — disse Parker. — Se fosse possível, eu estaria desempregado. Aliás, francamente, é lógico supor que você teria melhores possibilidades que nós de proteger seu pai. Você conhecia os hábitos, os amigos e provavelmente também os inimigos dele. Talvez até soubesse que ele estaria envolvido em algo que pode ter sido o motivo pelo qual foi morto.

Ela o olhou com uma expressão de incredulidade. — Está querendo dizer que sou culpada por algum bandido ter invadido o escritório e matado meu pai? É inacreditável. Qual é o limite da sua insensibilidade?

— Nem queira saber — disse Parker, tirando o chapéu, cruzando as pernas e ficando à vontade. — Se não se incomodar, mas provavelmente se incomodará, vou dizer que você mesma não parecia tão sensível assim ontem à noite. Você entra na sala, depara-se com seu pai aí posando para o grande croqui em giz e o que parece deixá-la mais contrariada é que seus planos para o jantar foram estragados.

— Por quê? Por não ter caído em prantos? Por não ter ficado histérica? — ela perguntou. — Não sou do tipo de pessoa que reage ficando histérica, detetive. E prefiro chorar em minha privacidade. O senhor não sabe nada sobre meu relacionamento com meu pai.

— Então por que não me conta? Você e seu pai eram próximos?

— Sim, mas à nossa maneira.

— Que maneira, então?

Ela suspirou, olhou para o outro lado e voltou a olhar para Parker. Como a maioria dos relacionamentos, o de Abby com o pai era mais complexo do que ela queria tentar exprimir — ou do que ela esperava que o detetive compreendesse.

— Nós éramos amigos. Lenny não era um bom pai. Era um pai ausente. Traía minha mãe e bebia demais. Sua idéia de bons momentos comigo quando eu era criança consistia em levar-me com ele ao hipódromo ou a um bar de apostadores, onde logo se esquecia da minha existência. Meus pais se divorciaram quando eu tinha nove anos.

— Por que você não o odiava?

— Porque era o único pai que eu tinha. E porque, apesar de suas falhas, Lenny não era má pessoa. Ele só não conseguia cumprir o que se esperava dele.

Não se sentindo à vontade com a inquirição, ela deixou a poltrona de seu pai e começou a andar de um lado para outro diante das estantes de livros, de braços cruzados, reparando nas poucas coisas que haviam ficado nas prateleiras depois da busca. Ela estava esplêndida como uma modelo, com o suéter de cor azul-safira, a saia combinando e botas pretas muito bonitas. — Fiquei zangada com ele por muito tempo depois que saiu de casa. Principalmente em solidariedade à minha mãe.

— Mas você chegou a perdoá-lo?

— Nós de certa forma redescobrimos um ao outro quando comecei na faculdade. De repente, eu era uma pessoa adulta. Nós podíamos ter uma conversa. Eu queria ser advogada, e ele se mostrou interessado por mim.

— Vocês ficaram amigos — disse Parker. — Por isso você o chama de Lenny em vez de papai.

Ela voltou a desviar o olhar, evitando que ele percebesse uma reação emocional dela às lembranças do pai. Mas lá estavam os sinais: um tênue brilho de lágrimas nos olhos escuros, um ricto no maxilar inferior. Havia algum tipo de controle inflexível, pensou Parker.

Ele supôs que talvez fosse isso o que uma garotinha aprendia enquanto o pai se ocupava de avaliar as chances para a sexta corrida em Santa Anita. E também o que uma menina fazia quando ficava no meio do fogo cruzado dos seus pais, quando o pai ia embora e quando reaparecia na sua vida. Ela mantinha o controle. Suprimia as reações. E poderia sobreviver a qualquer desafio se não deixasse ninguém penetrar na sua armadura.

— Você conhecia os amigos de seu pai? — perguntou Parker em tom calmo. — E os inimigos dele? Você sabe se ele estava envolvido em algo perigoso?

Ela pareceu rir por dentro. Alguma brincadeira particular que ela não pretendia compartilhar com Parker.

— Lenny estava sempre procurando um esquema. Talvez tenha acabado por achar algum. Eu não sei. Se estava envolvido em alguma coisa... não sei. Não me disse. Nós falávamos sobre minhas aulas. Falávamos sobre seu desejo de que eu trabalhasse com ele depois de passar no exame da Ordem. Nós costumávamos freqüentar o hipódromo.

A voz dela fraquejou na última frase. Seu relacionamento com o pai já passara por todas as fases, mas só naqueles últimos tempos os dois tinham sido amigos e ele lhe dava a atenção que ela tanto ansiara quando menina. Ansiara tanto que havia escolhido a profissão do pai para agradá-lo, consciente ou inconscientemente.

Parker ficou em silêncio por um instante, passando os olhos a esmo pelas coisas que estavam em cima da escrivaninha. Abby Lowell continuava no seu ritmo lento. Ela queria ir embora, ele supôs. Nem mesmo gente inocente queria envolvimento com policiais. Ele não tinha como saber até que ponto ela era ou não inocente.

— Você está cuidando dos trâmites para o funeral? — ele perguntou. — Ele tinha outros parentes?

— Ele tem um irmão no norte do estado de Nova York e uma filha de seu primeiro casamento, Ann. Eu não a vejo há anos. Acho que ela se mudou para Boston. Também há três ex-esposas. Nenhuma delas se daria ao trabalho de atravessar a rua para cuspir no cadáver dele.

— Você é a única magnânima da turma.

Ela não comentou, como se não tivesse ouvido. Pegou sua bolsa de couro preto da Coach que estava no chão e a pôs sobre a escrivaninha. Combinava com as botas dela.

— O senhor se incomoda se eu fumar, detetive? — perguntou ela, já tirando um cigarro do maço de Newports.

Ele deixou que ela o colocasse na boca e pegasse o isqueiro antes de responder: — Sim, eu me incomodo.

Ela dirigiu-lhe um olhar severo sob as sobrancelhas e acendeu o cigarro mesmo assim. Ao soprar a fumaça para o teto manchado de nicotina, ela disse: — Eu só perguntei por formalidade.

Ela se apoiou na borda da escrivaninha. Seu perfil parecia pertencer a um desenho de Erté, com as linhas longas, elegantes e as curvas sutis do início do período art déco. Sua pele era como porcelana. Seu cabelo derramava-se para trás como uma cachoeira escura. Não parecia haver nada de Lenny nas feições dela. Parker perguntou-se se a outra filha tinha sido igualmente afortunada. Perguntou-se também se esta estava tentando distraí-lo.

— Falou com alguém ontem à noite depois de sair daqui, Srta. Lowell?

— Não. Fui embora para casa.

— Você não ligou para sua mãe, para avisá-la de que seu ex-marido bateu as botas?

— Minha mãe morreu há cinco anos. Câncer.

— Eu lamento — disse Parker automaticamente. — Você não ligou para uma amiga? Talvez um namorado?

Ela suspirou mostrando impaciência, apagou o cigarro e começou a andar de novo. — Aonde é que o senhor está querendo chegar, detetive? Se tiver alguma pergunta, faça-a de uma vez. Não precisamos ficar perdendo tempo com perguntas sobre minha vida pessoal. Tenho tarefas me esperando, e uma delas é uma aula às onze da manhã. Será que podemos acabar logo com isso?

Parker arqueou uma sobrancelha. — Uma aula? Não vai tirar sequer um dia para prantear seu pai, para tentar entender o fato de que ele foi assassinado há menos de vinte e quatro horas?

— Meu pai está morto. Isso é algo que não posso mudar. — Seus passos aceleraram-se levemente. — Ele foi assassinado e não consigo entender essa realidade. Não sei como alguém foi capaz de fazer isso. Por acaso adiantaria eu ficar em casa de pijama, refletindo sobre a falta de sentido da vida? — ela perguntou. — Pode ser que o senhor ache que sou fria, detetive Parker, mas estou lidando com isso do único jeito que faz sentido para mim: tocando pra frente, fazendo o que tem de ser feito, porque ninguém vai fazê-lo por mim.

— Agüentar agora, cair em frangalhos depois — disse Parker, levantando-se da cadeira manchada de sangue. Ele ficou onde ela tinha estado, apoiando-se na beira da escrivaninha. — Srta. Lowell, eu sou policial há quase vinte anos. Sei que cada um tem sua maneira de lidar com a dor pela perda de um ente querido.

— Tive um caso certa vez — ele disse. — Uma mulher assassinada quando roubaram seu carro. O casaco dela ficou preso na porta quando o bandido a empurrou para fora. Ela foi arrastada por quase um quarteirão. Foi terrível. O marido era pintor, um artista razoavelmente bem-sucedido. O jeito dele lidar com aquilo, de exorcizar a dor, a culpa e tudo mais foi trancar-se no ateliê e pintar. Ele pintou durante trinta e seis horas sem parar, sem dormir nem comer. Passou trinta e seis horas liberando a fúria naquele ateliê, atirando tinta, pincéis, latas, tudo que estivesse ao seu alcance. Ele ficou o tempo inteiro gritando, berrando e chorando. A assistente dele me chamou, receando que ele estivesse sofrendo um surto psicótico e que pudesse tentar o suicídio. Por fim, tudo ficou em silêncio. O cara saiu do ateliê, não disse nada para ninguém, tomou um banho e foi se deitar. A assistente e eu entramos no ateliê para ver o que ele tinha feito durante aquele tempo todo. Ele havia pintado cerca de uma dúzia de telas grandes. Um trabalho incrível, brilhante, muito além de tudo que já tinha feito. Pollock teria caído em prantos se visse aquilo. Todas as emoções que despedaçavam aquele homem estavam bem ali, como uma dor crua, raivosa e esmagadora. Quando acordou, ele voltou para o ateliê e destruiu todos os quadros. Disse que eram obras particulares, não haviam sido feitas para que alguém mais as visse. Ele enterrou a mulher e tocou a vida.

Abby Lowell ficou olhando para ele, tentando descobrir como deveria reagir, o que deveria achar, que tipo de jogada aquilo poderia ser.

Parker abriu as mãos. — Cada pessoa lida com as situações do jeito que pode.

— Então por que o senhor estava me julgando?

— Não, eu não a estava julgando. Preciso saber o porquê de tudo, Srta. Lowell. É o meu trabalho. Por exemplo, preciso saber por que saiu no *Times* desta manhã que foi você, uma estudante de direito da Southwestern, com vinte e três anos de idade, quem descobriu o corpo de seu pai.

Alguma coisa refletiu-se nos olhos dela rapidamente e desapareceu. Não era raiva. Surpresa, talvez. Em seguida, a expressão impassível. — Eu não sei, mas isso não é verdade. O senhor sabe que não é verdade — disse ela em tom defensivo. — Eu estava no restaurante quando recebi a ligação. Não conheço repórteres e não teria conversado com eles se conhecesse.

— E você não falou com ninguém depois que saiu deste escritório ontem à noite, não é mesmo?

Exasperação. — Eu já lhe disse. Não. — Ela deu uma olhada no relógio, mudou de posição e pôs a mão na bolsa.

— E antes disso? Você ligou para alguém quando estava no restaurante ou no seu carro vindo para cá? Um amigo, um parente?

— Não. O senhor certamente pode obter o registro das ligações do meu celular se não acreditar em mim. — Ela colocou a alça da bolsa no ombro e olhou para a porta da frente do escritório. — Eu preciso ir embora — disse rispidamente. — Tenho uma reunião com o gerente de uma funerária às onze horas.

— Achei que você tinha uma aula.

Os olhos escuros mostraram irritação. — A aula é à uma da tarde. Eu errei. Tenho muita coisa na minha agenda, detetive. O senhor sabe como fazer contato comigo se precisar de mim.

— Eu posso encontrá-la.

Já de saída, ela passou perto dele. Parker segurou-a pelo braço com delicadeza. — Você não gostaria de saber quando o corpo de seu pai será liberado do necrotério? Tenho certeza de que o gerente da funerária vai precisar dessa informação.

Abby Lowell olhou nos olhos dele. — O corpo só será liberado depois da autópsia. Disseram-me que pode levar vários dias, até uma semana. Quero ter tudo resolvido para poder acabar com isso assim que possível.

Parker deixou que ela fosse embora. Era justo reconhecer que ela tinha o autodomínio de uma ajudante de lançador de facas. Ele se perguntava se havia algo mais que uma menina que se protegia por trás daquela fachada.

Seu olhar percorreu a escrivaninha enquanto ele estava às voltas com tais pensamentos e observações. Ela tinha saído de mãos vazias, sem sinal das coisas que fora buscar. A apólice de seguro de Lenny, seu testamento.

Ele foi até o carro na rua, pegou uma câmera Polaroid no porta-malas e voltou a entrar. Tirou fotos do tampo e do piso ao redor da escrivaninha, dos arquivos abertos. Depois, levantou com cuidado um envelope comprido de plástico preto que estava numa gaveta semi-aberta da escrivaninha. CITY NATIONAL BANK, em letras douradas impressas na frente. Estava vazio. O contorno de uma chave pequena ficara marcado num bolsinho de plástico fosco transparente. Cofre.

Parker acomodou-se na grande poltrona de couro para executivo de Lenny Lowell e examinou a sala, tentando imaginar o que o advogado via ao vistoriar seus domínios. Qual seria o foco da atenção dele? O retrato de Abby estava derrubado em cima da escrivaninha. Parker olhou para baixo junto à poltrona. Havia alguns folhetos de viagens desalinhados parcialmente escondidos debaixo da escrivaninha. Ele puxou-os para fora com a ponta do sapato.

PERCA-SE NO PARAÍSO. ILHAS CAYMAN.

— Pois é, Lenny — disse Parker para a sala vazia. — Eu desejaria que você estivesse agora em outro paraíso, mas imagino que acabou indo para onde todos os advogados defensores de pilantras vão. Espero que você tenha levado seu protetor solar.

16

Jace levou A Besta para uma loja de bicicletas em Korea Town, onde não conhecia ninguém e ninguém o conhecia.

— Preciso consertar esta bicicleta.

O balconista estava ocupado assistindo ao programa *Court TV* na televisão num giro-visão perto do teto. Ele mal olhou para Jace de relance. — Três dias.

— Não. Preciso dela hoje. É urgente.

Sem tirar os olhos da tela, o balconista franziu a testa. — Três dias.

— O senhor não está entendendo — disse Jace, tentando entrar no campo visual do sujeito. — Eu preciso da bicicleta. Sou mensageiro e preciso dela para trabalhar.

— Três dias.

O cara ainda não tinha olhado para ele. De repente, apontou com o dedo para a televisão e deitou uma falação em coreano. Sobre uma tribuna cheia de microfones, Martin Gorman, o advogado das estrelas, dava uma entrevista coletiva. Na parte inferior da tela lia-se: "Tricia Crowne-Cole: Morte de uma Debutante." Pela fotografia que aparecia no canto inferior esquerdo, a mulher talvez tenha sido debutante na época do governo Kennedy.

Jace suspirou, limpou a garganta, pensou em ir embora, mas não podia perder o dia procurando outra oficina de conserto de bicicletas.

— Eu pago mais — ele disse. — Pago à vista. Vinte paus a mais.

O balconista virou para ele e disse: — Vinte agora. Volte daqui a duas horas.

Jace detestou dar aquele dinheiro, mas não tinha outra saída. Adeus à gorjeta que recebera de Lenny. Jace tinha apenas duzentos e quarenta dólares no bolso. Pensou em Eta, no adiantamento e sentiu algo doendo por dentro. Decepção, medo, incerteza. Ele não queria acreditar que ela tinha falado com os tiras. Família era tudo para Eta, e ela considerava seus mensageiros como sua família.

— Eu vou ficar esperando — disse Jace.

O balconista fechou a cara. Jace mostrou a nota de vinte dólares, mantendo-a fora do alcance dele.

— Por vinte paus quero o serviço feito agora.

O homem, bufando, disse alguma grosseria, mas concordou. Assim que Jace abaixou o braço, o balconista arrancou-lhe a nota tão rápido que ele ficou tentado a ver se não lhe faltava algum dedo na mão.

O cara que consertava as bicicletas na sala dos fundos tinha um cavanhaque e usava um trapo vermelho amarrado na cabeça. Parecia mais um pirata. As mãos dele estavam pretas de graxa e óleo. O balconista disse-lhe em poucas palavras que parasse o que estava fazendo para consertar a bicicleta de Jace.

— Cliente muito importante — acrescentou o balconista, voltando logo para seus assuntos mais prioritários.

O sujeito olhou para Jace. — Aí, meu chapa, quanto foi que você deu a ele?

— Por quê? Você também vai enfiar a mão no meu bolso? — perguntou Jace. — Pelo amor de Deus, sou um simples mensageiro ciclista. Tenho cara de quem está nadando em dinheiro?

— Nada disso, não vou enfiar a mão no seu bolso — disse o homem. — Vou sim, mas no bolso dele.

* * *

Havia doze Lowells na lista telefônica. Três deles tinham prenomes começando com a letra A: Alyce, Adam e A. L. Lowell. Abby Lowell era aluna da Faculdade de Direito da Universidade Southwestern, localizada no Wilshire Boulevard, a cerca de três quilômetros a oeste do centro da cidade. Supondo que a filha de Lenny morasse perto da faculdade e que o telefone dela constasse da lista, A. L. Lowell era uma aposta quase garantida.

Jace carregou A Besta rejuvenescida no banco de trás do Mini e rumou para o oeste. Seu transceptor estava bem ali, no banco do carona, crepitando e matraqueando, o que de certa forma era animador para Jace, como se não estivesse completamente sozinho, mas rodeado de amigos. Só que na verdade não tinha amigos, mas apenas conhecidos. E estava mesmo completamente sozinho.

A cabeça de Jace doía e o tornozelo latejava. Ele parou num 7-Eleven e comprou um cachorro-quente, um *burrito* de queijo, uma garrafa de Gatorade e uma cartela de Tylenol. Combustível para o motor. Conseguiu um desconto de cem por cento num par de barras de cereais. Não gostava de roubar, mas sua primeira obrigação era sobreviver. Essa lei prevalecia sobre um pequeno delito.

Ele comeu no carro, tomando cuidado para não sujar nada — Madame Chen era muito caprichosa com seu Mini —, enquanto tentava imaginar o que faria no caso de encontrar Abby Lowell em casa. Bateria na porta e diria "Oi, eu sou o cara que a polícia acha que matou seu pai?" Não. Então, como se apresentaria? Como um cliente de Lenny ou um repórter atrás de uma notícia?

Ele gostou desse último artifício. Os clientes de Lenny eram criminosos. Por que ela ia abrir a porta para um deles? Já um jovem repórter em busca da verdade... Se ela não batesse a porta na sua cara, ele poderia fazer algumas perguntas e obter algumas respostas. Era provável que ela desse uma olhada nele pelo olho mágico e ligasse para a polícia. Ele tinha aspecto de sujeito perigoso ou doido, ou ambas as coisas, com a cara machucada e a barba por fazer. Quem em seu juízo perfeito abriria a porta para alguém assim?

— Central para Dezesseis. Central para Dezesseis. Onde você está, Cavaleiro Solitário?

Jace tomou um choque de surpresa e deu um pulo. Era Eta.

— Central para Dezesseis. Tenho uma coleta para você. Dezesseis, você está ouvindo?

Ele olhou para o rádio, mas não o pegou. Os pensamentos afluíam aceleradamente. E se os tiras estivessem ao lado de Eta, obrigando-a a tentar atraí-lo?

— Central para Dezesseis. Eu arranjei dinheiro, meu querido. Não se deve deixar o dinheiro esperando.

Referia-se ela a "dinheiro" no sentido de "um cliente" ou estava falando de dinheiro vivo? Dinheiro vivo era uma boa isca. Jace pensou nos dois policiais no beco. O cara de chapéu e a *chica* cheia de curvas. Ele ainda não tinha certeza de que ela fosse da polícia, mas o sujeito de chapéu era. Da Homicídios, provavelmente.

Jace raciocinou que o fato de eles saberem onde ele trabalhava não significava que pudessem encontrá-lo. Se o que já estava ruim ainda piorasse e a barra sujasse, ele poderia pegar Tyler e cair fora. Mas isso só no último caso. O coração de Jace doía só de pensar em tirar Tyler de seu meio, em arrancá-lo do único verdadeiro lar que ele tinha conhecido, afastando-o da família adotiva que lhe dera segurança e amor. Mas que outra coisa poderia fazer?

A resposta bateu no seu estômago como uma pedra, mais pesada que o *burrito* que acabara de comer. Ele nem consideraria essa possibilidade. A mãe não o criara para desistir, fraquejar e fugir. Tyler era a única família de Jace e ele não ia abandoná-lo.

A. L. Lowell morava num espécie de sobrado antigo com dois andares e alguns delicados detalhes hispânicos na fachada. Construção dos anos 20 ou 30, época em que as pessoas tinham classe. O bairro era uma mistura excêntrica do estilo moderninho agitado de West Hollywood com o yuppie chique de Hancock Park e a decadência da classe média baixa de Wilshire. Dependendo da rua, a área era perigosa, tranqüila, turbulenta, de ambiente familiar ou do tipo onde se podia pegar um transexual para um programa.

Jace passou na frente do prédio procurando sinais de vida.

Pelo tamanho do prédio e pela disposição das janelas na frente e nos lados, ele deduziu que havia quatro apartamentos, dois em cada andar. Não havia zelador nem porteiro uniformizado.

Jace estacionou o Mini na esquina, do outro lado da rua, onde ainda tinha boa visibilidade da entrada principal, mas não despertaria suspeita de estar vigiando o lugar. Agora era questão de esperar.

Era um dia meio frio, úmido e sombrio. Ninguém queria estar na rua. Com as árvores que se enfileiravam nos passeios e ficavam de sentinela nos quintais, a intensidade da iluminação natural era escassa como dentro de uma floresta. As imensas copas de bordos muito antigos formavam uma cobertura sobre a rua diante do prédio de A. L. Lowell.

Aquele era o tipo de bairro em que Jace imaginava que teria crescido se sua vida tivesse sido normal. Um lugar onde as pessoas provavelmente se conheciam e paravam para conversar na calçada quando caminhavam com seus cachorros ou empurravam um carrinho de bebê. Ninguém dali vivia num endereço com um nome, recebia a correspondência em outro lugar com outro nome e arrumava tudo para se mudar no meio da noite.

Uma mulher idosa e encurvada saiu do prédio de Lowell com um poodle branco e alto. Ambos usavam chapéu de plástico transparente para chuva amarrado debaixo do queixo. Eles vieram andando pela calçada a passos de lesma e o cachorro foi largando montinhos de excremento para trás, como fazem os cavalos. A mulher não parecia perceber, mas também não poderia abaixar-se para recolher a sujeira se a percebesse. A dupla cruzou a rua em direção a Jace.

Eles levaram mais ou menos um século até passar pelo Mini Cooper. Jace ficou olhando pelo retrovisor até que a mulher e o cachorro — que continuava defecando — se afastaram o bastante pelo quarteirão. Talvez eles precisassem do rastro de excrementos para conseguir achar o caminho de volta para casa. Como um rastro de migalhas de pão.

Era hora de fazer alguma coisa, planejada ou não. Ele saiu do carro e cruzou a rua despreocupadamente em direção ao prédio como se fosse visitar alguém. Não havia razão para agir com nervosismo ou dissimulação.

Os nomes dos moradores estavam listados junto ao botão de uma campainha ao lado da porta principal, mas isso não tinha importância, porque a velha dona do cachorro não abrira a porta com força suficiente para que o trinco encaixasse ao fechar. Jace deu uma olhada nos números dos apartamentos e entrou.

Uma escada central conduzia ao segundo andar, onde havia um apartamento de cada lado do corredor. Jace aproximou-se primeiro da porta do vizinho para escutar se havia alguém em casa. O único som era de algum tipo de pássaro grasnando e cacarejando sozinho.

Jace bateu suavemente algumas vezes na porta do apartamento de Lowell. Ninguém respondeu. Ele olhou para trás e virou a maçaneta, supondo que estivesse travada, mas não estava. Ele voltou a olhar por cima do ombro e depois entrou, limpou a maçaneta com a manga do suéter e fechou a porta.

Pelo estado do apartamento, o bairro parecia ter sofrido um terremoto de alta intensidade. Tudo que devia ter estado nas estantes e armários estava no chão e as cadeiras estavam viradas. Alguém tinha rasgado o estofamento do sofá e de uma poltrona, e havia puxado o conteúdo para fora. Também tinha aberto caixas de cereal e o espalhado pelo chão.

Jace observou tudo, esforçando-se tanto para assimilar o que via que até se esquecera de respirar. Alguém estivera ali procurando alguma coisa. Jace se perguntou se essa coisa era o que estava preso com uma fita na sua barriga.

Mesmo tentando pisar com cuidado, ele esmagou algo com a bota ao abrir caminho pelo corredor passando junto à porta da cozinha. O pequeno banheiro estava na mesma condição, mas alguém pegara um batom e escrevera no espelho do armário: VOCÊ É A PRÓXIMA A MORRER.

— Puta merda — ele murmurou. — Isto é um filme, porra. Estou vivendo uma droga de filme.

Só que naquele filme as balas eram reais, os caras maus eram reais e morria gente de verdade.

A respiração de Jace tornara-se superficial e rápida. Ele começou a suar. Fechou os olhos por uns segundos, tentando recuperar-se e pensar o que fazer.

Precisava cair fora. Veio-lhe a idéia de que devia encontrar a filha de Lenny e adverti-la. Mas como ia fazer para encontrá-la? Ir para a Faculdade de Direito da Southwestern, ficar sentado no saguão do Edifício Bullocks Wilshire e esperar que passasse por lá? Ficar esperando no carro até ela aparecer e correr para dizer-lhe que alguém estava ameaçando matá-la? Ela provavelmente ia pensar que esse alguém era ele.

Ele pôs as mãos sobre os olhos fechados e friccionou o ponto de tensão na testa.

O soco nas suas costas foi tão inesperado que Jace demorou um instante a perceber o que estava acontecendo. Sem sua permissão, ele se viu jogado violentamente para a frente e bateu com a virilha na borda da pia. Sua cabeça foi de encontro ao espelho. Com um redemoinho de estrelas coloridas explodindo diante dos olhos, tentou recuar. O agressor agarrou-o pelos cabelos e bateu sua cabeça contra o armário do banheiro várias vezes. Jace ouviu o espelho quebrar e sentiu quando um dos cacos cortou sua bochecha.

Essa podia ser a parte do filme em que ele morria numa reviravolta imprevisível. Essa idiotice pairou na mente de Jace quando seu agressor o deixou cair. Seu queixo bateu na pia de louça com a força de um martelo. Então ele se viu no chão, esperando um chute, no melhor dos casos, ou um tiro, no pior, dividido entre a vontade de se defender e a de ficar inconsciente, embora realmente não tivesse escolha.

Jace não soube ao certo quanto tempo ficou ali deitado, entrando e saindo daquele torpor. Aos poucos, sua visão se tornou mais nítida. O piso era um mar de pastilhas octogonais brancas com o rejunte sujo. Ele pôde ver o contorno da velha banheira branca e, mais perto, a base do pedestal da pia e os canos de água enferrujados que saíam da parede e subiam serpenteando até as torneiras.

Você precisa se levantar, J. C. Tem que cair fora daqui.

Mas sua mente não conseguia transmitir essa mensagem para o corpo.

Lentamente, deu-se conta de que havia algo molhado debaixo de sua bochecha. Ergueu-se sobre mãos e joelhos e viu a poça de sangue onde seu rosto estivera encostado. Sentindo-se tonto e com braços e pernas tremendo e sem força, segurou-se na borda da pia e lentamente se pôs em pé.

A boca e o queixo doíam-lhe como se alguém tivesse batido no seu rosto com um cassetete. Pingos de sangue vermelho vivo caíam na pia. O rosto que se refletia no espelho quebrado parecia saído de um filme de terror. As pancadas contra o armário do banheiro tinham deixado o osso da face direita e o supercílio inchados. O corte na bochecha sangrava e também o nariz. Um pouco do batom do aviso escrito no espelho tinha lambuzado sua bochecha, como camuflagem de guerra.

Com muito cuidado, Jace apalpou o nariz para ver se estava quebrado. No lado esquerdo do queixo havia um hematoma, que já começava a ficar bem escuro, causado pela pancada contra a pia. Encolhendo-se de dor, ele passou a mão pelo maxilar tentando localizar uma fratura. Tinha o lábio rachado e um dente trincado.

O apartamento estava que nem um túmulo. Jace desejou que isso significasse que seu agressor tinha ido embora, e não que estava esperando que ele aparecesse para espancá-lo de novo.

Sentindo-se ainda fraco, ainda tremendo, ele abriu as torneiras, lavou o rosto e as mãos, pegou uma toalha, enxugou-se e secou a pia. Ao abaixar-se para limpar a mancha de sangue no piso, ele sentiu tudo se inclinar à sua volta e precisou pôr um joelho no chão. Acabou sentado no piso com as costas apoiadas na banheira.

Tinha de sair de lá. Queria ir embora devagar, despreocupadamente, para não chamar atenção, mas seu rosto atrairia toda a atenção de quem quer que chegasse perto, passasse ao lado dele ao sair do prédio ou na rua, ou o visse de alguma janela ao entrar no Mini e partir.

A porta do apartamento foi aberta e fechada. Jace sentou-se de forma mais ereta, tentando ouvir. Era alguém saindo ou entrando?

Esperou alguma exclamação de surpresa, mas não ouviu nada por um instante. Se Abby Lowell tinha entrado e se deparado com aquela bagunça, com o fato de que sua casa fora invadida, certamente daria um grito sufocado ou faria algum som que evidenciasse seu espanto. Talvez ela saísse de novo para pedir ajuda a um vizinho. Ou para chamar a polícia.

Jace ouviu alguém passando devagar pelos quartos da frente, como tentando examinar tudo ou achar alguma coisa, movimentando objetos.

Talvez o sujeito tenha ficado apavorado quando Jace entrou e saíra disparado sem levar o que queria. Talvez tivesse voltado para pegá-lo ou voltado com uma arma.

Uma arma. Precisava de uma.

Um caco triangular e comprido sobressaía no espelho quebrado. Jace enrolou a toalha ensangüentada na mão e o puxou. Ficou atrás da porta do banheiro e esperou.

Talvez um vizinho já tivesse chamado a polícia, já que dois policiais estavam avançando com cautela, de arma na mão, em direção ao fundo do apartamento.

O espelho estilhaçado refletiu uma imagem distorcida e surreal da pessoa que entrava cuidadosamente — um olho aqui, um nariz lá, um quadro de Picasso em movimento.

Jace deixou cair sua arma, fechou a porta com o pé e segurou Abby Lowell, tapando-lhe a boca com a mão para abafar seu grito. Ela tentou dar-lhe uma cotovelada e deu um chute para trás, acertando a canela dele com o salto da bota. Jace segurou-a firme, passando-lhe o braço em volta da cintura, e manteve a mão aberta sobre a sua boca quando tentou mordê-lo. Ela era forte, ágil e estava disposta a livrar-se dele. Jace empurrou-a para a frente, como seu agressor fizera com ele, prendendo-a contra a pia.

— Não grite — ele ordenou em voz baixa, encostando a boca no ouvido de Abby. — Não vim aqui para lhe fazer mal. Quero ajudar. Conheci seu pai. Ele era gente boa.

Ela estava olhando para ele no espelho e seus olhos arregalados mostravam medo e desconfiança.

— Vim para vê-la, para falar com você — explicou Jace. — Alguém já tinha revirado tudo no apartamento. Ele me espancou e se mandou.

Seu queixo estava sobre o ombro dela. Ele se viu no espelho quebrado. Com o inchaço, o hematoma e o sangue, parecia um monstro de filme de terror. Abby Lowell voltara a atenção para a mensagem no espelho. O batom vermelho estava borrado na palavra *você*, mas a mensagem era suficientemente clara.

Você é a Próxima a Morrer.

— Eu não escrevi isso aí — disse Jace. — Não consegui ver o cara que escreveu, mas juro que não fui eu.

Agora era ela que estava quieta nos braços dele. Ele afrouxou o aperto ligeiramente.

— Você não vai gritar? — ele perguntou. — Vou tirar a mão da sua boca se você prometer não gritar.

Ela assentiu com a cabeça. Lentamente, Jace afastou a mão da sua boca. Ela não gritou nem se mexeu. Ele afrouxou o aperto na barriga dela e recuou uns centímetros para que ela não ficasse mais presa contra a pia, mas podia imprensá-la de novo se tentasse escapar.

— Quem é você? — ela perguntou, ainda olhando para ele pelo espelho quebrado.

— Eu conhecia seu pai.

— Como? Você era cliente dele?

— Fazia algum trabalho para ele de vez em quando.

— Que tipo de trabalho?

— Isso não tem importância.

— Tem sim, para mim — disse ela. — Como posso saber que você não o matou? Como posso saber que não foi você quem fez isto na minha casa?

— E depois bati em mim mesmo até apagar? — disse Jace. — Como consegui fazer isso?

— Talvez tenha sido Lenny quem lhe fez isso antes de ser morto por você.

— E ainda estou sangrando? Então devo ser hemofílico.

— Como posso saber que você não o matou? — ela repetiu. — E agora está aqui para me matar.

— Por que eu ia querer que você morresse? Por que alguém ia querer que você morresse?

— Não sei. Minha vida estava bem normal e de uma hora para outra meu pai está morto, eu sou interrogada por detetives, tenho de cuidar dos trâmites funerários e agora isso — disse ela, enquanto seus olhos se enchiam de lágrimas. Ela cobriu a boca com a mão e tentou encher-se de coragem para enfrentar as emoções que ameaçavam dominá-la.

— Eu sei — disse Jace com delicadeza. — Eu sei — repetiu.

Ela deu meia-volta e ficou cara a cara com ele. Os dois estavam muito perto, como namorados compartilhando um segredo. Ele sentiu o perfume dela, suave e almiscarado. — Você sabe o que aconteceu com ele?

— Sei que foi morto — disse Jace. — Li no jornal que você achou o corpo.

— Isso não é verdade. Não sei de onde essa notícia saiu.

— Parece que eles sabiam muito sobre você.

Ela desviou o olhar, contrariada pela idéia. — Eu não estive lá. Não até... depois.

— Então você não viu ninguém saindo da cena do crime?

— Não. A polícia já estava lá quando cheguei. Por que você quer saber disso? Faz alguma idéia de quem matou meu pai?

Jace negou com a cabeça, embora visse na sua memória o sedan escuro passando e o sujeito de cara quadrada ao volante. — Não. E você?

— Disseram-me que foi um assalto.

— E que me diz do que aconteceu aqui? — ele perguntou. — O sujeito que comete um crime por acaso mata seu pai, depois procura você para roubá-la e deixa uma ameaça de morte no espelho? Isso não faz sentido. Eu diria que alguém esteve procurando alguma coisa aqui. Você sabe o quê?

— Não tenho a menor idéia — disse ela, olhando-o como olharia um jogador de pôquer. — Você sabe?

— Faltava alguma coisa no escritório de Lenny?

— Dinheiro. Não sei quanto. Havia dinheiro no cofre. Ele estava esperando um mensageiro de bicicleta ontem à noite. A polícia acha que foi o mensageiro. Matou Lenny, pegou o dinheiro e caiu fora da cidade.

— Não me parece que o assassino deixou a cidade — disse Jace.

— Talvez não tenha sido o assassino quem fez isso. Pode ter sido simplesmente um ladrão.

— Por que um simples ladrão ia escrever uma coisa como essa no espelho? — ele perguntou. — "Você é a Próxima a Morrer." Seria uma coincidência incrível que, na noite depois de seu pai ser assassinado, um assassino em série sem relação ao crime calhasse de escolher justamente você como sua próxima vítima.

Abby Lowell levou as mãos ao rosto, esfregando-o para aliviar a tensão, deslizando seus dedos de unhas feitas pelo pescoço ao inclinar a cabeça para trás e suspirar. — Preciso sentar um pouco.

Jace não a deteve quando ela passou deslizando junto a ele para sentar-se na borda da banheira. Ele também se sentou, no vaso sanitário fechado. Tinha vontade de deitar. Sentia como se alguém estivesse batendo na sua cabeça com um cano de chumbo. Passou a mão pelo rosto para ver se ainda sangrava.

— Quem é você? — ela perguntou de novo. — Por que veio aqui? Eu não o conheço. Você não é o tipo de pessoa com quem Lenny tratava. Mesmo se fosse, por que viria me procurar? Por que tudo isso é da sua conta?

Jace ficou observando-a por um instante. Ela estava sentada com as costas erguidas e de pernas cruzadas, elegante e refinada. Como Lenny tinha conseguido gerar uma filha como aquela? Talvez ela fosse adotada.

— Você não respondeu às minhas perguntas — disse ela.

Ela inclinou a cabeça e seu cabelo preto deslizou por cima da orelha como uma cortina. Jogou o cabelo para trás e olhou para Jace, um pouco de baixo para cima. Sensual.

— Se você sabe algo sobre a morte de Lenny — ela disse —, deve ir falar com a polícia. Pergunte pelo detetive Parker. Se sabe algo sobre o motivo pelo qual esse assaltante desconhecido arrombou meu apartamento, você deveria procurar a polícia. Pode usar meu telefone se quiser — ela propôs. — Ou então eu posso fazer a ligação.

Jace olhou para outro lado. Ela o estava encurralando. Ele ficou calmo.

— Não tenho interesse em falar com a polícia.

— Não pensei que tivesse.

— Você sabe em que seu pai estava envolvido?

— Eu não sabia que ele estava envolvido em alguma coisa.

— Alguém acha que você sabe — disse Jace, olhando para o espelho. — Alguém acha que, se não obteve o que queria de seu pai, então vai obter com você.

— Por que você não quer falar com a polícia? — ela perguntou. — Se não está envolvido em nada... se não sabe nada sobre isso, por que está fazendo tantas perguntas?

— Tenho lá minhas razões.

— Porque você sabe algo — disse ela, pondo-se em pé. Estava ficando irritada, agitada. Deu uns passos de um lado para outro. — E só pode saber alguma coisa se estiver envolvido.

— Alguém tentou me matar na noite passada — disse Jace, pondo-se em pé ao sentir sua própria raiva borbulhar. — É isso que sei. Eu estava fazendo algo para seu pai e alguém tentou acabar comigo. E, quando voltei para perguntar a Lenny em que encrenca ele tinha me metido, descobri que estava morto. Creio que isso me dá o direito de estar interessado, você não acha?

— Você é ele, não é? — disse ela. — Você é o mensageiro ciclista.

Num piscar de olhos, ela saiu e fechou a porta atrás de si. Jace pulou, abriu a porta com violência e correu atrás de Abby.

Ela pegou um telefone sem fio no seu caminho em direção à porta, mas tropeçou nos livros jogados no chão por quem invadira o apartamento.

Jace investiu sobre Abby, derrubando-a e caindo em cima dela. Ela gritou pedindo ajuda e se virou embaixo de Jace o bastante para poder bater nele com o telefone, acertando-o de raspão na sobrancelha direita. Uma explosão de estrelas surgiu diante de seus olhos. Ele barrou um segundo golpe e tentou tirar o telefone da mão dela.

— Droga, pare de brigar! — ele resmungou. — Não quero machucá-la!

— O que está acontecendo aí? — perguntou uma voz masculina vinda de algum lugar fora do apartamento

Abby tentou gritar pedindo ajuda. Jace pôs uma das mãos sobre sua boca. Ouviram-se passos no corredor.

— Srta. Lowell? Está tudo bem aí?

Ela virou a cabeça para um lado, a fim de soltar-se, e mordeu o dedo de Jace. Ele puxou a mão instintivamente e ela gritou "Não!" antes que ele pudesse tapar-lhe a boca mais uma vez.

Lá fora, no corredor, o homem gritou para mais alguém: — Ligue para o 911!

— Merda!

Jace levantou-se de um pulo e correu para a porta.

Droga, droga, droga!

Assustado, um homem de idade de cabelo branco ralo e sobrancelhas eriçadas pulou para trás. Ele tinha uma enorme chave inglesa na mão.

Jace passou ao lado dele e desceu as escadas tão rápido que só por milagre não caiu de cara no chão. Espantada e boquiaberta, a mulher do poodle olhava pela fresta de uma porta entreaberta no térreo.

Jace derrapou contornando o pé da escada e correu para a porta dos fundos, escorregando no velho piso polido, fixando seu olhar nas portas duplas e no pátio do lado de fora.

Ele empurrou as portas correndo e saiu em disparada. O pequeno pátio tinha flores e arbustos, além do muro de estuque de mais de dois metros que o circundava.

Não pense. Aja. Não pense. Aja.

Ele pegou um banco de madeira e arrastou-o até o muro.

Dando um passo para trás, respirou fundo.

O homem da chave inglesa apareceu gritando.

Jace subiu correndo no banco e se impulsionou para cima.

Agarrando-se no topo do muro, ele se atirou para o outro lado.

Não pôde evitar gritar quando pôs os pés no chão e a dor explodiu no tornozelo, subindo pela perna como a onda de um impacto estilhaçando um vidro.

Não pare. Não pare. Não pare.

Travando o maxilar, ele fez um esforço para levantar-se e caminhar, mancando muito. Era preciso ir embora. Não tinha como se esconder. Os policiais viriam com um cão. E o helicóptero não demoraria a chegar.

Cruzar a rua, descer pelo beco. Cortar entre as casas. Cruzar outra rua, descer por outro beco. Voltar para o Mini. Se estivesse de bicicleta, e não de carro, ele poderia ter pulado na Besta e caído fora, desaparecendo por ruas laterais e becos. Ninguém poderia pôr a mão nele.

Seu coração batia disparado. Jace não conseguia ouvir. Não conseguia ouvir uma sirene. Não conseguia ouvir nada além do baque irregular de seus pés batendo no chão, a sensação do ar entrando e saindo de seus pulmões.

Ele viu o carro. Enfiou a mão no bolso do casaco e tirou as chaves com tanta força que quase as deixou cair.

Com o impulso, não conseguiu parar e passou direto ao lado do Mini. Voltou, abriu a porta com um puxão e desabou no banco do motorista. Estava tonto. Sentia náuseas. Não acertava enfiar a chave na ignição.

Agora uma sirene ressoava a distância.

Deu partida no motor, engatou a marcha e começou a manobrar para fazer um retorno em U no meio da rua. O estrondo de uma buzina, pneus cantando. A frente de uma minivan apenas roçou no Mini, jogando a traseira do carro para um lado enquanto seus pneus patinavam no asfalto, chiando.

Finalmente em movimento, Jace virou à direita, depois à esquerda, outra vez à direita e à esquerda e rumou para o leste.

Assim que se viu fora de perigo, ele reduziu a velocidade. Não queria deixar uma trilha de pessoas zangadas que a polícia pudesse seguir.

Uma radiopatrulha chegaria ao prédio do apartamento de Abby Lowell. Haveria muita confusão e nervosismo. Levaria tempo para esclarecer o que tinha acontecido. Talvez não houvesse nenhum helicóptero voando nas imediações. Se algum desse com ele, Jace estaria em maus lençóis.

Continuou em direção ao leste em velocidade normal, como qualquer pessoa normal numa situação normal. Mas, sentado ao volante, ele tremia, suava e seu coração ainda estava acelerado. Sentia um aperto na garganta cada vez que via um carro preto-e-branco parecido com os da polícia.

Não podia ter feito bobagem maior do que aquela. O que pensava, que Abby Lowell lhe ofereceria um drinque e os dois se sentariam para discutir a situação tranqüilamente? O pai dela estava morto. E, por mais que se dissesse completamente inocente, ela devia saber alguma coisa. Se não soubesse, por que um bandido iria deixar uma ameaça no espelho do banheiro dela? *Você é a Próxima a Morrer.*

Próxima como se Lenny tivesse sido uma advertência ou apenas o primeiro numa lista de coisas a fazer.

Jace pôs a mão na barriga e sentiu o pacote. Qual teria sido a reação de Abby se ele tivesse dito que estava com o envelope?

Livrando-se desses pensamentos por um segundo, Jace olhou para ambos os lados do carro. Tinha seguido na direção norte e depois a leste direto até Silverlake, cerca de oito quilômetros a noroeste do centro da cidade.

Silverlake tinha sido um lugar badalado nas décadas de 20 e 30, quando estrelas do cinema mudo e magnatas da indústria cinematográfica construíram casas e estúdios na área. As colinas situadas acima do reservatório estavam repletas de residências daquela época que haviam sido reformadas por gente moderna, antenada ou com pendor artístico e muita grana.

Jace achou um lugar onde estacionar perto do reservatório. Saiu do carro para movimentar-se, esticar o corpo e ordenar seus pensamentos. Foi até a traseira do carro e balbuciou um palavrão. O objeto de orgulho e alegria de Madame Chen já não estava intacto. Metade de uma das lanternas tinha sumido, ficando espatifada na rua onde a minivan batera no carro. Na lataria, debaixo da lanterna, havia arranhões e marcas de tinta da cor clara da van.

E agora?

Agora a polícia estava à sua procura por uma acusação de assassinato *e* outra de assalto, invasão de domicílio e vandalismo. E por roubar sabia-se lá quanto do cofre de Lenny Lowell.

Jace recapitulou os poucos minutos que passara no escritório de Lowell na noite anterior. Lembrava-se de ter pensado que a sala era uma bagunça.

Tinha dado uma olhada à sua volta, reparado na televisão, tocado no troféu de boliche de Lenny e deixado um monte de impressões digitais. Não se lembrava de ter visto nenhum cofre aberto.

Sentado, apoiando as costas no capô do carro, ele bebeu um pouco do Gatorade que comprara no 7-Eleven e engoliu três comprimidos de Tylenol. Precisava manter seu nível de energia alto e diminuir a dor o suficiente para tentar chegar a uma conclusão sobre aquilo. O cérebro era o que o mantinha vivo nas ruas todos os dias. A capacidade de enxergar o que o esperava mais à frente sem deixar de concentrar-se no tempo presente.

Trabalhando como mensageiro nas ruas, sua vida estava em suas próprias mãos todos os dias. Arriscá-la era muito diferente de ser exposto a um risco por outra pessoa. Ele optara por encarar a rua. Conhecia os riscos e estava ciente de suas habilidades. Se fosse parar debaixo de um ônibus, este o mataria, e não aos passageiros. Se cometesse um erro, o prejudicado seria ele.

Nada naquela confusão toda parecia estar sob o controle dele. Tinha sido jogado no meio da encrenca como quem é sugado para dentro de um tornado. A única coisa que podia controlar era sua própria mente, que no fim das contas seria a sua única salvação.

Se pelo menos soubesse o que estava enfrentando, ou, melhor, *quem* estava enfrentando... Lembrava-se com facilidade do sujeito no carro escuro. Mas, quando procurava lembrar o ataque no apartamento de Abby, deparava-se com uma lacuna. Tentou visualizar mentalmente coisas que não vira. Tentou olhar no espelho para ver o sujeito às suas costas, mas era assim que aquilo havia acontecido.

O que é que está acontecendo e por que tenho que estar metido nisso?

Simplesmente por azar. Se não tivesse se atrasado na entrega das plantas baixas, teria ido embora para casa naquela noite como em qualquer outra e Eta teria dito a Lenny Lowell que não dava para pegar aquele pacote. Lenny Lowell seria apenas uma notícia no meio do jornal. Provavelmente Jace nem teria ligado para o fato, do mesmo modo que a maioria das pessoas de Los Angeles. Um homicídio comum e rotineiro não chamava a atenção de ninguém. Todo dia aconteciam homicídios. Tinha de haver um chamariz. Algum toque de perversão, algo bizarro e/ou uma celebridade envolvida.

Jace pensou que talvez as pessoas que apareciam nos negativos colados com fita na sua barriga fossem gente famosa. Alguma celebridade pagando chantagem para não ver revelado algum desvio de comportamento sexual. O tipo de história batida que constituía o lado emocionante de Los Angeles. Cidade dos Anjos, cidade de conduta duvidosa. Dependia de quem estivesse olhando e onde.

O reservatório era de cor cinza-chumbo, refletindo as nuvens densas que pairavam sobre ele, mas reluzindo com brilho metálico onde os raios do sol baixo no oeste ricocheteavam. No oeste, o céu era da cor da lava fundida, crepúsculo roxo que escoava para ser tragado pelo sol. Tudo desapareceria logo no oceano e a escuridão cairia como um manto sobre a cidade. Jace iria para casa e talvez conseguisse esgueirar-se escada acima nas sombras e fugir da vigilância de Madame Chen.

Queria ir para casa, estar em casa, ficar em casa ou botar seus livros na mochila e pegar o trem da Gold Line para Pasadena, a fim de freqüentar suas aulas de ciências sociais no City College. Queria fazer algo normal. Queria ajudar Tyler em algum trabalho da escola, ver televisão, fazer pipoca. Talvez eu faça exatamente isso, ele pensou, mandar o pacote de Lenny para Abby pelo correio, arranjar outro emprego, começar de novo, fazer de conta que nada daquilo tinha acontecido.

Quando se sentou diante do volante do carro e foi virar a chave na ignição, o transceptor emitiu uma descarga de estática e depois a voz de Eta: — Central para Dezesseis. Central para Dezesseis. Onde você está, menino?

Jace estendeu o braço e tocou no transceptor, que estava no banco do carona, passou o dedo sobre o botão de chamada, mas não o pressionou. Não se atreveu.

— Central para Dezesseis. Onde você está, Cavaleiro Solitário? Tem que vir pra casa ver a mamãe, docinho. É pra já. Entendeu? Ainda estou com dinheiro pra você. Está ouvindo?

— Eta, estou em outra dimensão — ele murmurou. — Estou indo para casa.

17

— **O que Abby Lowell contou** sobre o Cicada bate direitinho — informou Ruiz enquanto Parker chegava ao prédio vindo do pátio do estacionamento. Ela estava sob a cobertura da entrada, fumando um cigarro e protegendo-se dos grossos pingos de chuva que haviam começado a cair.

— O que mais você descobriu no restaurante?

— Eles têm uma excelente salada de pêra escalfada.

— Você também experimentou alguns vinhos na adega?

— Não, mas arranjei um encontro com um garçom muito atraente — disse ela, envaidecida. — Ele vai ser o próximo Brad Pitt.

— Como todos eles, não é mesmo? Você falou com o maître que estava lá ontem à noite?

— Falei. Ele disse que ela parecia impaciente, que não parava de olhar o relógio.

— Estava agitada? Chorando? Parecia abalada?

— Ele disse apenas "impaciente". Estava muito ocupado.

— E o garçom?

Ela negou com a cabeça. — Ela não chegou a ocupar uma mesa. O maître acompanhou-a até o bar. O barman disse que ela tomou vodca com tônica.

Alguns caras tentaram dar em cima dela, mas ela não se interessou. Falou pelo celular algumas vezes. Deixou uma boa gorjeta, mas o barman não a viu sair.

Parker franziu a testa, olhando para a escuridão que se fechava com a proximidade do anoitecer. — Quero os registros de ligações telefônicas dela, tanto da casa quanto do celular.

— Você acha que ela tem a ver com o caso? — perguntou Ruiz, parecendo perplexa.

— Deparei com ela no escritório do pai esta manhã. Ela disse que estava procurando a apólice do seguro de vida e o testamento dele.

— Isso é frieza, não crime.

— Ela violou o isolamento da cena de um crime — disse Parker. — E não saiu de lá levando uma apólice de seguro. Levou documentos e a chave de um cofre no City National Bank. Depois, ela foi direto para o banco e tentou ter acesso ao cofre do pai.

— Não conseguiu ter acesso?

— Ela contou ao gerente sua triste história, mas não tinha autorização de Lowell para assinar pelo cofre. O gerente lhe disse que ela precisa apresentar um pedido de homologação do testamento e uma declaração com reconhecimento de firma, além de obter uma ordem judicial. A Srta. Lowell não ficou contente.

— Você teve acesso ao cofre?

— Nós teremos um mandado judicial amanhã logo cedo — disse Parker. Já indo para a porta, ele bocejou. — Preciso tomar alguma coisa quente.

— Liguei para Massachusetts — disse Ruiz enquanto iam para a sala da equipe. — Eles entraram no sistema com o número que a gente tem para Allison Jennings. O resultado que veio corresponde a uma mulher que mora em Boston.

— Você conseguiu um número de telefone?

— Sim, e fiz mais do que isso — disse Ruiz, gabando-se. — Eu liguei para ela. Ela diz não fazer idéia de como a sua carteira de motorista foi parar lá. Disse que a bolsa dela foi roubada muito tempo atrás, e a carteira foi junto. Talvez seja isso mesmo.

Eles entraram na sala da equipe. Parker pendurou seu impermeável e seu chapéu no cabide e foi direto para a máquina de café. Serviu-se de uma xícara e recostou-se no aparador. O gosto do café estava três vezes pior do que de manhã.

— Você se mexeu que nem um dervixe rodopiando enquanto eu estive na rua — disse ele. — Estou impressionado.

Ela olhou para ele como se esperasse que a piada tivesse um final maldoso.

— Eu também falo coisas agradáveis de vez em quando — disse Parker.

— Quando são merecidas.

Ruiz não pareceu acreditar naquilo, mas não fez comentário algum a respeito. Encostou-se na sua mesa e cruzou os braços, empurrando os seios para cima e pondo à mostra o sutiã de renda vermelho. — O pessoal da datiloscopia está com o pedido de emprego de Damon. Eles ainda não ligaram de volta. E eu também arranjei a lista de ligações locais da Speed e da vítima, escritório e residência.

Parker olhou de soslaio para ela. — Quem é você? E o que você fez com a Srta. Ruiz?

Ela fez um gesto obsceno com o dedo e continuou: — O número da lista de chamadas do celular de Abby Lowell? Leonard Lowell ligou para esse número ontem de seu escritório, às 5:22 da tarde. A chamada durou um minuto e doze segundos.

Parker franziu a testa e pensou nisso. Lenny Lowell tinha ligado às 5:22 da tarde para o número de um celular não identificável. Pouco mais de uma hora depois alguém ligara do mesmo celular para Abby Lowell e dissera-lhe que seu pai tinha morrido.

Onde entrava o mensageiro de bicicleta nisso tudo? Não entrava. O advogado tinha ligado para o escritório da Speed para combinar a entrega do pacote.

Mesmo que o telefone pertencesse a Damon, aquilo não fazia sentido. Por que Lowell ia ligar diretamente para ele e depois acertar a coleta por intermédio da Speed? Não haveria razão para fazer isso.

E o que houve depois? Damon aparece, mata Lowell, pega o pacote e o dinheiro do cofre, vasculha o escritório procurando alguma coisa, quebra um vidro do carro de Lowell ao sair e em seguida telefona para uma mulher a quem não conhece para dizer-lhe que o pai dela está morto?

— Para mim, isto não está encaixando. — Parker sussurrou, contornando as mesas para sentar-se na sua poltrona. Ele bocejou e esfregou o rosto. Precisava recuperar as energias. Seu turno podia ter acabado, mas não seu dia.

Os primeiros dias da investigação de um homicídio eram cruciais. As pistas apagavam-se rápido, as testemunhas esqueciam detalhes e os culpados sumiam em suas tocas. Sem falar no fato de que, com freqüência, três dias eram o prazo máximo de prioridade que se podia dar a um caso antes que outro cadáver aparecesse e fosse preciso dar atenção a uma nova investigação, uma vez que os primeiros dias são cruciais... E assim por diante.

Não havia tempo sobrando. O Departamento de Polícia de Los Angeles emprega cerca de 9.000 policiais para uma cidade de 3,4 milhões de habitantes, enquanto o Departamento de Polícia de Nova York tem uma força de 38.000 para pouco mais do dobro de população.

— Como assim? — perguntou Ruiz, sem entender. — Para mim está tudo bem claro.

— É por isso que eu tenho o número *dois* na minha lista, e você não. A maioria dos assassinatos é fácil de resolver. Um cara mata outro porque este último tem alguma coisa que ele quer. Dinheiro, drogas, uma mulher, uma jaqueta de couro, um sanduíche de presunto. Um cara mata a mulher ou a namorada porque ela andou transando com outro cara, porque queimou a carne assada ou simplesmente porque ele é um idiota mentalmente desequilibrado. O mesmo acontece com as mulheres. Geralmente a coisa é simples. Elas matam alguém que conhecem porque estão com ciúme. Com as mulheres é sempre ciúme. Às vezes ciúme misturado com cobiça, mas em geral é só ciúme.

Parker sacudiu a cabeça. — Tem algo errado neste caso. Um mensageiro ciclista é enviado por acaso. Ele entra no escritório de Lowell, vê dinheiro aparecendo no cofre, mata Lowell, rouba o dinheiro e se manda. Lowell não ligou para ele antes e disse "Oi, venha roubar meu dinheiro e estourar minha cabeça". E, se foi um crime ocasional — ele prosseguiu —, o mensageiro não se daria ao trabalho de procurar o número do celular de Abby Lowell, ligar para ela fazendo-se passar por policial e pedir-lhe que fosse ao escritório do pai. Por que ele iria fazer isso? O que ele ganharia? — O telefone na mesa de Parker tocou. Ele pegou o fone. — Aqui é Parker.

— Kev, aqui é Joan Spooner, da datiloscopia.

Parker deu um sorriso rápido, mesmo que ela não pudesse vê-lo. — Diga-me alguma coisa que eu quero ouvir, Joan. O que você tem para mim além de seu coração?

— Um marido — ela respondeu secamente.

— Um pedicuro — disse Parker com repugnância. — Um sujeito que chega em casa toda noite cheirando a chulé alheio, quando você poderia ter ficado comigo. Muitas mulheres matariam para ficar comigo.

— Claro. Elas matam mesmo. São chamadas de criminosas — disse Joan. — É lamentável que você tenha de algemar mulheres para que elas o acompanhem.

— Algumas gostam desse jeito — ele ronronou ao telefone. — Não desdenhe disso antes de experimentar, Joanie.

Do outro lado da mesa, Ruiz revirava os olhos.

— Já chega disso. Ponha as duas mãos em cima da mesa e preste atenção. Achei uma possível similaridade nas impressões digitais do homicídio de Lowell. Não dá para apostar todas as fichas nisso no tribunal, mas é algo que você pode aproveitar. Tenho um polegar e parte de um dedo médio na arma do assassinato, e parte de um polegar na ficha de emprego.

— E as digitais são iguais?

— No tribunal eu teria de dizer que há uma possível paridade no polegar, mas o advogado defensor acabaria comigo. Cá entre nós, acho que é provavelmente a mesma pessoa.

— Eu amo você, Joanie — Parker cantarolou.

— É o que você diz, Kevin. Qualquer dia desses vai ter de demonstrar ou fechar o bico de vez.

— Cuidado com o que você deseja, boneca.

Ele agradeceu e desligou.

Ruiz tentou entrar no campo visual dele. — E aí, Romeu, o que foi que ela disse?

Parker roeu a unha do polegar por um instante, fixando o olhar num ponto indefinido, pensando. — Uma provável paridade da impressão de um polegar na arma do crime com a da ficha de emprego.

— Então é ele.

Parker sacudiu a cabeça. — Faça o papel de advogado do diabo. Se você fosse o advogado defensor de Damon, como faria para desmontar a prova da datiloscopia?

Ruiz suspirou. — Eu diria que admitimos que Damon esteve no escritório de Lowell. Ele foi lá buscar um pacote. Então, tocou no troféu de boliche. E daí?

— Exatamente. E em que parte da arma do crime é que essas impressões digitais estão localizadas? Para estourar a cabeça de Lowell, ele segurou o troféu em posição invertida. A base de mármore fez todo o estrago. Temos fotos aqui?

— Não.

— Ligue para a Divisão de Investigações Especiais antes que o pessoal todo vá para casa. Você precisa falar com quem colheu as impressões digitais da arma do homicídio. E eu preciso de fotos da parte de trás da escrivaninha e da área em volta dela.

— Você acha que sou o quê? A sua secretária? — reclamou Ruiz. — Meu turno acabou e estou morta de fome.

Parker jogou uma embalagem de Mentos por cima das mesas. — Menina, quando você está comigo, não há turno se investigamos um homicídio. Coma uma pastilha de menta. Vai ser bom para você. Sua roupa vai lhe cair melhor.

O telefone dele tocou de novo e ele atendeu: — É Parker.

— Detetive Parker? — A voz embargada tremia um pouco. — Aqui é Abby Lowell. Meu apartamento foi arrombado. Por aquele mensageiro ciclista. Eu achei que o senhor deveria saber.

— Estou indo para aí.

Parker desligou o telefone e se levantou. — Arrume essas fotos o mais rápido que puder — ele ordenou a Ruiz enquanto ia até o cabide e vestia o impermeável. — E continue examinando os registros de ligações telefônicas da Speed. Precisamos achar algo sobre Damon. Abby Lowell disse que ele arrombou o apartamento dela hoje.

— E aonde você está indo agora? — resmungou Ruiz.

Num gesto zombeteiro, Parker agitou as sobrancelhas e pôs o chapéu. — Vou acudir a donzela em apuros.

18

Abby Lowell morava fora dos limites do Departamento Central. Parker mostrou sua identificação aos policiais fardados no saguão do edifício. Cumprimentou um deles com um movimento de cabeça. O outro estava batendo papo com um sujeito barrigudo e mais velho que expunha sua teoria sobre a decadência da nossa antes gloriosa nação.

Dois detetives da Divisão Hollywood, do Departamento Oeste, estavam na sala de estar de Abby Lowell, olhando em redor como se estivessem planejando a redecoração. Tudo estava espalhado pelos cantos. A sala de estar havia sido remexida como uma salada. Um agente da datiloscopia a quem Parker conhecia estava procurando impressões digitais.

— Que festa! — disse Parker. — Vocês se incomodam se eu entrar na diversão?

O mais velho dos dois tiras de Hollywood, um sujeito de cabeça quadrada e raspada no estilo militar, virou o lábio desdenhosamente como um cachorro antes de rosnar.

— O que você está fazendo aqui, Parker? Achei que tinha sido mandado aplicar multas de trânsito.

— A vítima dessa ocorrência aqui me chamou. Parece que você não conseguiu impressioná-la com sua presença imponente.

— Pode rastejar de volta para sua toca, Parker. O caso é nosso. Depois a gente manda uma cópia do relatório para você.

Imitando o gesto de desdém do outro policial, Parker deu um passo à frente. — Você acha que eu quero a bosta de seu BO de invasão de domicílio? Faça toda a papelada que quiser e depois vá caçar assaltante de posto de gasolina, vá dar susto em aspirante a estrela que faz bico rodando a bolsa. Faça o que você veio fazer aqui. — Ele virou o indicador apontando para a sala. — Isto faz parte do meu caso de homicídio. Você não pode cantar de galo mais do que eu.

— O sempre encantador detetive Parker.

Abby Lowell estava no portal de acesso aos quartos do apartamento, com um ombro encostado na parede. Ela ainda estava com o mesmo suéter de cor azul-safira que usara naquela manhã, mas tinha vestido por cima um casaco de lã velho e folgado. Ela apertava o suéter com os braços ao redor do corpo. Estava com o cabelo desgrenhado. A maquiagem estava borrada embaixo dos olhos, como se ela tivesse chorado.

Parker aproximou-se dela. — Tudo bem com você?

Ela esboçou um sorriso forçado, frágil, que fez os cantos da boca tremerem. Olhou para baixo, à direita de seus pés, enquanto arrumava um cacho de cabelo atrás da orelha com mão trêmula.

— Ele não me matou; portanto, estou melhor que o último Lowell com quem aquele sujeito se deparou.

— Onde você guarda a sua bebida? — perguntou Parker.

— Na geladeira. Tenho Grey Goose. Sirva-se à vontade.

— Não é o meu veneno preferido — disse ele, abrindo caminho para a cozinha entre a bagunça resultante da invasão do apartamento. Achou um copo, colocou gelo, despejou um pouco de vodca e ofereceu a bebida a Abby.
— Quanto tempo faz que isto aconteceu?

Ela bebeu devagar, apoiando o quadril na bancada. — Algumas horas, mais ou menos. Só percebi que aqui está fora da sua área quando eles apareceram. Não queriam que eu lhe telefonasse.

— Não se preocupe com eles. Você fez a coisa certa. Além do mais, eu sou como um lobo. Meu território é muito grande. Que aconteceu?

— Cheguei aqui, entrei e encontrei tudo desse jeito. Passei pelo corredor, entrei no banheiro e ele me agarrou.

— Ele estava armado?

Ela negou com a cabeça.

— Como ele é? Alto, baixo, preto, branco...?

— Mais baixo que você. Louro. Jovem. Branco. Parecia que esteve brigando ou algo assim.

— Necessito que você veja o nosso especialista em retrato falado amanhã cedo — disse Parker. — Como você soube que ele é o mensageiro ciclista?

— Ele não quis dizer quem era, mas disse que conhecia meu pai, que tinha feito um trabalho para ele; por isso cheguei a essa conclusão.

— O que ele queria? Por que veio atrás de você?

— Não sei. Não quis descobrir o motivo. Eu tinha certeza de que ele ia me matar. Corri, ele me perseguiu, eu estava quase abrindo a porta e aí ele me derrubou...

Os olhos escuros brilharam, devido às lágrimas. Ela recostou-se na bancada da cozinha e cobriu o rosto com a mão. Parker olhou para ela por um instante e depois seguiu pelo corredor. O banheiro ficava à esquerda. Era pequeno, com um conjunto de banheira e chuveiro, um vaso sanitário e uma pia com pedestal. O espelho do armário em cima da pia estava quebrado e faltavam alguns pedaços.

Abaixando-se, Parker examinou um borrão de cor ferrugem clara nas pastilhas octogonais do velho piso. Sangue, ele supôs. Uma pequena quantidade havia escorrido no rejunte entre as pastilhas, escurecendo-o.

Novamente de pé, ele examinou atentamente o espelho quebrado e o que alguém tinha escrito nele com batom vermelho. VOCÊ É A PRÓXIMA A MORRER.

Por que o mensageiro ciclista iria querer a morte de Abby se o assassinato de Lenny e o roubo do dinheiro do cofre tinham sido um crime ocasional? Não fazia sentido. A pessoa que estava por trás do homicídio e daquilo tudo tinha um motivo mais complicado. E, no entender de Parker, isso fazia de Damon uma carta fora do baralho.

Abby apareceu refletida no espelho estilhaçado em inúmeras imagens pequeninas e fragmentadas, como se estivesse dentro de um caleidoscópio gigante.

— O que esse cara está procurando? — perguntou Parker, virando-se para ela.

— Não sei.

— Ora, alguém deixa sua casa toda revirada, ameaça matá-la e você não sabe por quê?

— Não, eu não sei — disse ela, endurecendo o tom. — Se Lenny estava metido em alguma coisa, não me incluiu nela.

Parker levantou uma sobrancelha. — É mesmo? Então, não é muito estranho que, pouco antes de ser morto, Lenny tenha telefonado para seu assassino? E que depois de cometer o crime o assassino tenha ligado para você para avisá-la da morte de seu pai? Eu acho isso estranho. Por que Lenny tomaria a liberdade de dar a seu assassino o número do celular e o endereço da filha?

Ela já não parecia estar a ponto de chorar. Estava ficando aborrecida. Os olhos castanhos estavam quase pretos. Não lhe agradava que ele não fosse tão simpático quanto ela queria.

— Talvez o sujeito tenha tirado tudo do fichário de Lenny.

— Mas por quê? Para que aterrorizá-la se você não pode dar-lhe o que ele quer?

— Não deveria ser preciso que eu o lembre que sou a vítima aqui, detetive.

— Por que você não me falou do cofre de segurança no banco de seu pai? — perguntou Parker bruscamente.

A respiração dela ficou presa na garganta. Ela abriu a boca para responder, mas nada conseguiu articular.

— Será que vou achar o que esse assassino está procurando — o que ele procurou no escritório de seu pai, o que ele procurou aqui — quando abrir esse cofre amanhã?

— Não sei do que o senhor está falando. Ainda estou procurando o testamento e o seguro de vida de Lenny. Pensei que poderiam estar no banco.

— Eu vou avisá-la — disse Parker. — Não preciso aguardar a homologação do testamento. Assim que estiver com o mandado judicial em mãos, vou achar o brinde na caixa de biscoitos.

Ela não teve nada a dizer quanto àquilo, mas também não se mostrou nervosa. Se o testamento de Lenny estava no cofre, provavelmente não haveria um parágrafo nele começando com *Se minha morte for violenta, minha filha estará envolvida nela.*

— Acho esquisito que você não tenha incluído uma visita ao banco em sua lista de razões para fugir de mim hoje pela manhã — disse Parker.

— Eu não estava tentando fugir do senhor. Tenho muito a fazer.

— Não duvido disso, Srta. Lowell. Aliás, como foi a sua aula?

— Eu não assisti à aula.

— Qual foi mesmo o tema?

— Eu não disse.

— Agora pode fazê-lo.

Ela tinha aquele olhar de quem deseja enforcar o outro. — Que diferença faz? Não assisti à aula.

— E qual é a funerária que você contratou?

— Ainda não decidi.

— Mas deve ter estado em alguma hoje, não? Depois do banco, antes de voltar para cá.

Ela respirou fundo e soltou o ar. — Detetive, se o senhor não se importa, eu preciso descansar. Realmente não estou disposta a ser interrogada esta noite.

— Acho que você deveria ficar com alguma amiga — sugeriu Parker.

— Vou para um hotel — disse ela secamente.

Parker aproximou-se dela ao se dirigir à porta. — Durma bem, Srta. Lowell — ele sussurrou, olhando fixamente nos olhos dela, perto o bastante para beijá-la. — Se precisar de mim, me telefone.

— Isso é pouco provável. — Ela não piscou nem hesitou. Daria uma ótima jogadora de pôquer...

Parker passou ao lado dela pela porta e voltou pelo corredor. O policial de cabeça raspada estava junto à porta da frente, falando ao celular. Parker virou para o detetive mais novo, que ainda tomava notas.

— Alguém viu o cara fugindo?

O policial olhou para outro lado, tentando recorrer a seu parceiro.

— Garoto, se você não quiser responder agora, eu posso fazer com que o meu chefe encha o saco do seu chefe, e aí vai ser ruim para todos nós. Não quero fazer isso — disse Parker em tom de desculpa. — Não tenho nada contra você, garoto, mas estou trabalhando num homicídio. Não posso perder tempo com besteira.

Um grande suspiro e um olhar para o lado. — Um dos vizinhos viu alguma coisa — disse o moço em voz baixa. — Um Mini Cooper verde-escuro ou preto.

— Um Mini Cooper? — disse Parker, absolutamente pasmo. — Onde é que já se viu um ladrão dirigindo um Mini Cooper?

Um dar de ombros e uma inclinação da cabeça. O jovem detetive buscou nas folhas anteriores da sua caderneta e mostrou suas anotações. — Ele levou uma batidinha de uma minivan quando fez um retorno em U no meio da rua. Quebrou a lanterna traseira do lado do motorista do Mini e arranhou a pintura.

— O motorista da van chegou a vê-lo bem?

— É uma mulher. Não, o que ela pôde dizer foi só que era um homem branco e jovem. Tudo aconteceu muito rápido.

— Você pode me dar seu cartão?

O jovem detetive tirou um cartão de visita do bolso e entregou-o. Joel Coen.

— Obrigado, Joel — disse Parker, rabiscando o número da placa no verso do cartão. — Se eu conseguir alguma coisa, não vou esquecer você.

Ele enfiou o cartão no bolso e foi dizer ao responsável pela datiloscopia que estavam procurando uma possível correspondência com impressões encontradas na cena do homicídio de Lowell. Pediu-lhe que falasse com Joanie.

O policial de cabeça raspada estava fechando seu telefone celular no momento em que Parker ia saindo.

Parker tocou a aba de seu chapéu e despediu-se em tom irônico: — Obrigado pela hospitalidade, colega. Ligarei assim que tiver resolvido o caso para você.

19

Eta deu um suspiro profundo ao fechar por dentro a porta principal. As portas de ferro já estavam abaixadas. O escritório era uma verdadeira fortaleza. Do contrário, as janelas já teriam sido quebradas, e o lugar estaria cheio de vagabundos, bêbados e gente doida. Mas naquela noite ela se sentia como dentro de uma prisão.

Passara o dia inteiro sem sair, atrevendo-se só de vez em quando a tentar fazer contato com seu Cavaleiro Solitário. Também não teria adiantado se ela tentasse localizá-lo de vinte em vinte minutos. Ou ele não estava com o rádio, ou não queria responder porque temia que fosse algum tipo de armadilha.

Por um triz ela não teve um ataque do coração, quando Parker lhe pedira que saísse para os fundos do prédio. Algo sobre a van dela. Mas Jace não estava lá e ela não sabia aonde ele tinha ido. Incomodava-a que ele pudesse pensar que ela havia chamado os policiais se ele os tinha visto. Voltara para dar uma olhada nos fundos do prédio depois que Parker e sua parceira com jeito de perua gostosa foram embora, mas não tinha visto nem sinal do garoto.

Depois disso, aquele miolo mole do Rocco tinha caído de pau em cima dela. Era melhor ela nem pensar em tentar proteger um fugitivo. Ele não podia ter um criminoso ligado à sua empresa.

Eta fizera questão de salientar que metade da droga de família dele era de criminosos e que não dava para pretender que um lugar como aquele fosse freqüentado por coroinhas e chefes dos escoteiros. Não dava para ser exigente como Rocco era quanto às suas companhias, comentara ela olhando com desdém para Vlad, o amigo dele, que dava tacadas de golfe e fumava, deixando as cinzas do cigarro caírem sobre o carpete.

Rocco teria sido capaz de vender a irmã por um tostão se achasse que com isso evitaria meter-se em problemas. Não queria conversa com o Departamento de Polícia de Los Angeles e a palavra *lealdade* não figurava no dicionário dele.

— Raposa imprestável e sem caráter — Eta murmurou enquanto arrumava o lugar, esvaziando cinzeiros e jogando fora latas de refrigerante e garrafas de cerveja. — Alguém deveria ter botado esse cara num saco e jogado num buraco assim que ele nasceu.

Quando a segunda dupla de tiras apareceu — um bonitão antipático da Roubos e Homicídios e seu parceiro calado —, Rocco lambeu as botas deles com tanto empenho que os dois devem ter ficado impregnados com aquela água-de-colônia nojenta com que ele se ensopava todo dia. Disse que não sabia nada a respeito de Jace Damon nem de nenhum dos que trabalhavam para ele, mas mesmo assim cuidou de esculhambá-lo. Uma vez que os detetives estavam atrás de Jace, certamente ele devia ter feito tudo que eles lhe imputavam, e na verdade Rocco sempre tivera maus pressentimentos quanto àquele garoto.

Eta duvidava que Rocco fosse capaz de identificar Jace numa fila de pessoas.

Ele ordenou que Eta dissesse aos detetives tudo que ela sabia. Ela olhou para ele como se o considerasse um imbecil — o que ele de fato era — e o deixou falando com os tiras. Enquanto não soubesse mais sobre a situação, ela guardaria para si a escassa informação de que dispunha.

— Esse cara precisa apanhar — ela resmungou, indo para a porta dos fundos. Quando ia apagar as luzes da sua sala, o telefone tocou.

Tudo que Eta sabia sobre Jace era que uma vez, fazendo compras em Chinatown, ela o vira do outro lado da rua com um menino de oito ou nove anos. Eles provavelmente estavam lá por diversão. Ela os tinha visto entrarem em uma peixaria. Quando comentou isso com Jace na segunda-feira seguinte, ele negou que tivesse estado lá. Disse que devia ter sido outra pessoa, mas ela tinha certeza de que era ele.

Só atendeu ao telefone porque pensou que poderia ser ele.

— Speed Mensageiros — disse ela. — O que você quer, meu querido? Nós já fechamos por hoje.

— Aqui é o detetive Davis, senhora. Preciso lhe fazer algumas perguntas.

Eta fechou a cara, como se quem tinha ligado pudesse vê-la. — Vocês não falam uns com outros? Eu pago impostos para quê? Para que vocês todos fiquem fazendo as mesmas perguntas várias vezes como um bando de idiotas?

— Não, senhora. Desculpe-me. Eu apenas quero fazer algumas perguntas sobre um de seus mensageiros, J. Damon.

— Eu sei disso — disse ela em tom zangado. — Você tem que se informar melhor. Quem é você? É do time reserva? Eu tenho mais o que fazer com o meu tempo do que conversar com você, meu querido. Tenho crianças em casa precisando de mim. Vou desligar.

Ela pôs o fone no gancho com violência, já olhando para o rádio. Uma última tentativa.

Ela ligou o microfone. — Central para Dezesseis. Onde você está, Cavaleiro Solitário? Você tem que vir pra mamãe, docinho. Agora. Está entendendo? Ainda estou com o dinheiro para você. Você ouviu?

Silêncio. Nenhuma estática. Nada de nada. Ela nem sequer sabia se ele estava com o transceptor. Onde ele estava? Que estava fazendo? Tentou imaginá-lo a salvo em algum lugar. Só conseguia imaginá-lo sozinho.

Eta apagou as luzes. Indo para a cozinha, ela vestiu seu impermeável. Já era tarde. Se Jace tivesse mesmo intenção de ligar, já teria ligado. De qualquer maneira, ela também tinha seu transceptor.

O beco estava escuro como breu. Começara a chover de novo. A luz acima da porta estava apagada, como sempre, quando chovia. Ela tinha pedido a Rocco que chamasse um eletricista na última vez que isso acontecera, mas é claro que ele não tinha chamado. Esperaria até que o sistema elétrico todo entrasse em curto, o que provocaria um incêndio e faria o prédio desabar.

Eta sacudiu a cabeça ao pensar que não adiantava esperar que alguma vez Rocco tivesse um pouco de bom senso. Ela tirou as chaves do carro do fundo da bolsa.

Então alguém focou uma luz no rosto dela, ofuscando-a.

— Sou o detetive Davis, senhora — disse ele.

Isso não está certo, pensou Eta. Se ele tinha estado ali atrás o tempo todo, por que não entrara para vê-la? Por que preferira telefonar?

— Eu preciso mesmo que a senhora me forneça um endereço.

Eta moveu-se lentamente para um lado, dominada por um pressentimento estranho. Isso não estava certo. Ela quis ir embora. — Que endereço? — perguntou, avançando aos poucos em direção à van.

— De seu mensageiro, Damon.

— Quantas vezes vou ter de repetir isto? — queixou-se Eta, dando mais um passo. — Não tenho endereço algum do garoto. Não tenho nenhum número de telefone dele. Não sei onde ele mora. Não sei absolutamente nada sobre ele.

A luz aproximou-se. Davis aproximou-se. — Ora, ele trabalha aqui há algum tempo, não é mesmo? Como é possível que a senhora não saiba nada sobre ele? A senhora não pode continuar alegando isso.

— Posso e é o que vou fazer. Não posso é dizer-lhe o que não sei.

A fuga dela terminou ao chegar junto à van. Ela apertou as chaves na mão.

A luz se aproximou ainda mais. Ela não tinha para onde ir.

— Está querendo fazer isso do jeito mais difícil? — ele perguntou.

— Não quero fazer isso de jeito nenhum — disse Eta, andando de lado para a parte de trás da van. Se pudesse entrar e trancar as portas... Ela virou o chaveiro na mão.

— Não me importa o que você quer, sua puta — disse ele, investindo contra ela.

Eta levantou a mão, apertando o gatilho da latinha de spray de pimenta que levava presa no chaveiro. Calculou onde os olhos dele podiam estar e pressionou o botão, soltando um grito instintivo do fundo da garganta.

Davis uivou e praguejou. O facho de luz apontou para cima e logo desceu, mas a pesada lanterna não acertou a cabeça de Eta, indo bater no ombro dela.

Eta berrou, chutou às cegas, acertou alguma parte da anatomia dele.

— Piranha maldita!

Davis a xingou e segurou algumas tranças de Eta quando ela tentou fugir. Ele deve ter pensado que poderia detê-la ali mesmo ou puxá-la para trás. Mas Eta era uma mulher avantajada e pelo menos daquela vez isso lhe dava certa vantagem.

Ela continuou avançando. Davis praguejou e atirou-se em cima das costas dela, tentando derrubá-la. A lanterna voou e o facho de luz apontou para cima e para baixo, deslizando pelo chão.

Um joelho de Eta dobrou-se com o peso e ela caiu, desequilibrando o homem. Ela tentou levantar-se do chão, mas, desajeitada e sem equilíbrio, caiu contra a van e teve de se equilibrar novamente e tentar outra vez.

Davis jogou-se sobre ela, empurrando-a violentamente de costas contra o carro. Ela reagiu, arranhando-lhe o rosto com as unhas compridas, e ele gritou mais uma vez. Em seguida, bateu com força no rosto de Eta e pressionou seu corpo contra o dela. Então, ela sentiu algo afiado na garganta.

— Diga-me — ele exigiu em voz baixa, com a respiração chiando ao entrar e sair de seus pulmões e o hálito azedo com o ranço de cigarro e cerveja.

— Eu não sei — disse Eta. Ela não reconheceu sua própria voz, suave, hesitante, amedrontada. Estava chorando. Pensou nos filhos. Naquele momento, a mãe dela estaria com eles à mesa do jantar. Jamal estaria insistindo para ficar acordado até mais tarde. Kylie falando sem parar sobre o que acontecera na sua turma da quinta série naquele dia.

— Você quer viver, sua puta?

— Sim — ela sussurrou.

— Onde ele está? Responda e aí você vai para casa ficar com a sua família.

Ela estava tremendo. Ia morrer por guardar um segredo para o qual não tinha resposta.

A faca tocou-lhe a garganta. — Me dê uma resposta. Aí você vai para casa ficar com seus filhos. Se for verdade, eu não voltarei atrás de você... nem deles.

Eta não sabia a verdade. Portanto, deu a única resposta que podia dar:

— Eu vi o garoto em Chinatown.

— Chinatown.

Ela inspirou para responder e, quando tentou falar, as palavras não saíram da sua boca, mas apenas estranhos sons ininteligíveis. Davis deu uns passos para atrás, recuperou a lanterna e apontou-a sobre Eta. Ela levantou uma das mãos para tocar a garganta e sentiu que sua vida escorria. Sua mão estava vermelha de sangue.

Horrorizada, ela quis gritar, mas não conseguiu. Quis pedir ajuda, mas parecia não ter controle da própria língua. Necessitava tossir, mas não podia respirar. Estava afogando-se no próprio sangue.

Eta cambaleou para a frente. Suas pernas dobraram-se sob seu peso. Ela caiu como uma bigorna no asfalto úmido e oleoso.

Pensou no marido... e então foi ao encontro dele.

20

Entediada, Diane Nicholson bebeu um pequeno gole de uma taça de champanhe medíocre e passou os olhos na sala elegantemente decorada. O Hotel Peninsula Beverly Hills significava classe e riqueza, duas coisas necessárias para se assistir a uma reunião a fim de angariar fundos para o promotor público de Los Angeles. Mas quase nada no mundo político causava impressão em Diane. O fulgor se esgotara muito tempo atrás.

O marido de Diane passara doze anos envolvido na política da cidade. Esse era o segundo grande amor de Joseph. Seu trabalho era o primeiro, o amor que o transformou num homem rico. Restara para Diane algum lugar posterior na lista, depois do golfe e do barco dele. Nos últimos anos do casamento, os dois se viam quando muito em eventos políticos desse tipo. Mesmo nesses casos, ela era apenas um acessório no braço dele, como um par de abotoaduras de diamante.

No funeral de Joseph, todos os amigos dele deram a Diane suas condolências, comentando que sabiam quanto ela sentiria falta do marido. Mas eles tinham tido muito mais contato com ele do que ela jamais tivera. A ausência de Joseph na sua vida era a do anseio de saber o que havia de errado nela para que o homem que supostamente a amava preferisse jogar golfe a estar com ela.

Ele se casara com ela por seu grande valor como trunfo social. Diane era bonita, elegante, informada e bem-falante. Mas sua carreira era um constrangimento para ele e ela recusara-se a abandoná-la. Quanto mais tenso ficava o relacionamento deles, mais ela se aferrava a seu trabalho, temendo perder a única coisa certa, algo que o amor de seu marido não era.

É melhor ter amado, mesmo que o amor acabe, diz o ditado. Pura lorota. Diane tinha aprendido isso da maneira mais difícil, em duas oportunidades.

Agora ela se deixava arrastar a esses eventos porque adorava bisbilhotar e porque, aparecendo com alguém, afastava os casamenteiros. Ademais, ela aceitara ir sob a condição de que seu acompanhante pagasse o jantar depois.

Seu acompanhante era Jeff Gauthier, um advogado bonitão da cidade de Los Angeles, solteirão inveterado, quarenta e seis anos, seu amigo há muitos anos. Após a morte de Joseph, Jeff propusera que os dois se acompanhassem mutuamente nos compromissos sociais. Ele não achava conveniente levar uma verdadeira namorada a esses acontecimentos caracterizados pela comida ruim. Não tanto para poupar a sua parceira do momento daquela experiência idiotizante, mas sim por achar que aparecer em companhia da parceira do momento era prejudicial para sua imagem.

— Estou saboreando o mais caro do cardápio — disse ela, inclinando-se para ele e pegando um cogumelo recheado da bandeja de um garçom que passava. — E a sobremesa.

— É o que você sempre faz.

— Posso até pedir mais uma sobremesa para levar para casa.

— Só precisamos ficar o suficiente para que eu seja visto com três pessoas proeminentes.

— Eu entro nessa contagem?

— Você é famosa, não proeminente.

— Prefiro isso, seja como for. — Aquele pessoal nunca soube entendê-la. Casada com um homem bem-sucedido como Joseph, continuava a trabalhar para o condado mexendo com cadáveres todo dia.

Ela deu uma olhada na freqüência. Os habituais suspeitos. O promotor público Steinman e a esposa, o prefeito e a esposa, o promotor público adjunto Giradello e seu ego, a variedade de gente poderosa e influente que enxameava aquele tipo de coisa, fotógrafos e repórteres de jornais e equipes dos canais de televisão locais em busca de um furo para o noticiário da noite. A mídia poderia ter poupado serviço e simplesmente apresentado fotos e filmagens do último evento ao qual aquele público comparecera. Todo mundo estava com a mesma aparência.

— Vou dar vinte dólares a um dos garçons se ele começar a rodar pratos na ponta de uma varinha — disse Diane.

— Por que você não sobe numa mesa e canta uma canção para nós? — sugeriu Jeff, conduzindo-a ao encontro de um grande incorporador imobiliário do centro da cidade.

Eles procederam aos cumprimentos de praxe. Alguns flashes pipocaram. Diane sorriu e cumprimentou a esposa do incorporador, elogiando o broche antigo que ela usava.

— Ouvi dizer que você vendeu a casa de Palisades. É verdade? — perguntou a mulher.

— Não quero uma casa daquele tamanho — respondeu Diane. — Estou tentando reorganizar e simplificar minha vida.

A mulher teria mostrado sua perplexidade não fosse pelo Botox na testa. — Barbra Sirha disse que achava que você tinha comprado algum imóvel em Brentwood.

— Em West Los Angeles. — Um CEP bem menos impressionante que Brentwood ou Pacific Palisades, bairros lotados de estrelas. Diane percebeu na mulher a necessidade de perguntar se ela tinha ficado maluca.

Os olhares passavam como navios na noite enquanto todo mundo procurava a próxima pessoa importante a ser abordada.

Foi então que essa pessoa entrou na sala.

Norman Crowne era um homem de estatura mediana, franzino, grisalho e de barba cuidadosamente aparada. Era de aparência bem modesta, à primeira vista, tratando-se de alguém com o tipo de poder que ele exercia. As pessoas esperavam encontrar um homem de físico imponente, alto, de ombros largos e com voz retumbante. Mesmo sem ter nenhum desses traços, ele possuía uma aura de poder que chamava atenção ao passar entre os convidados.

Seguiam-no o filho, Phillip, e dois guarda-costas que pareciam ter vindo direto do serviço secreto. Todos vestiam impecáveis ternos escuros e gravatas finas. Os convidados abriram caminho como se eles fossem da realeza, e

Crowne pai foi diretamente cumprimentar o promotor público, a quem estendeu a mão.

O filho, fruto do desditoso segundo casamento de Crowne, virou-se para Anthony Giradello e foi cumprimentado com afeto. Ambos tinham a mesma idade e eram formados em direito em Stanford, mas Phillip era um Crowne, com as oportunidades e os privilégios que isso implicava. Uma vez formado, ele tinha ido trabalhar para seu pai e agora ocupava um cargo cheio de vantagens no Grupo Crowne. Giradello era filho de fruticultores, nascera numa cidadezinha próxima a Modesto e tinha aproveitado ao máximo todas as chances que surgiram para galgar posições na pirâmide da promotoria pública.

— Uma família grande e feliz — cochichou Diane na lapela de Jeff quando os dois abriam caminho entre os convidados à procura da segunda pessoa importante da noite para ele. — Isso é escancarado. O julgamento do assassino da filha de Norman Crowne está para começar e só falta que ele bote dinheiro na mesa para o promotor público na frente de toda a imprensa de Los Angeles.

Jeff deu de ombros. — E daí? Não há conflito de interesses. Giradello não precisa ser subornado para cair em cima do pescoço do acusado. Ele está com tanta vontade de condenar Rob Cole que mal consegue agüentar. Cole é o O. J. Simpson dele. Ele não vai estragar esse caso. Sem falar da possibilidade de usar este julgamento para apagar a lembrança daquele caso de assassinato cometido pelo estudante grã-fino, que seu amigo Parker estragou para ele.

— Parker foi o bode expiatório. Giradello não fez seu dever de casa. Aquele julgamento foi a primeira lição que ele teve de que "o dinheiro compra a justiça". Este é a segunda — disse Diane. — Você não acha que qualquer pessoa comum nos Estados Unidos que vir essas imagens na televisão amanhã cedo vai pensar que Norman Crowne está comprando uma condenação? Que serão feitos os testes de laboratório mais sofisticados para obter provas forenses, que serão convocados mais especialistas para depor como testemunhas, que se fará um esforço maior para pregar Rob Cole na cruz do que para condenar um bandido de South Central que matou cinco ou seis pessoas?

— Bem... para dizer a verdade, isso não me incomoda — disse Jeff. — E também não vejo por que você se incomodaria. Você cuidaria de que espetassem a cabeça de Rob Cole numa lança e dessem as vísceras dele aos cachorros no canil municipal. Qual é o problema de Norman Crowne ser influente?

— Nenhum. Ele pode mandar fazer a lança sob medida. O que não quero é que haja bases para um recurso.

— Dona Justiça — zombou Jeff, levando-a ao encontro de um dos maiores respaldos do promotor público, um apresentador de programas de entrevistas no rádio de tendência tão direitista que podia até cair do planeta. — Essa é a Diane que todos conhecemos e adoramos.

— Não me dou bem com esse fanfarrão — disse ela entre dentes.

— Ora, para uma suposta namorada você dá um bocado de trabalho.

— Qualidade custa caro.

Jeff apresentou-se ao fanfarrão. Diane cumprimentou-o com um rápido aceno e um sorriso amarelo, voltando seu interesse de imediato para o clã Crowne, ao qual acabava de somar-se a filha do primeiro casamento de Tricia.

Caroline Crowne tinha apenas vinte e um anos, era baixinha e um tanto atarracada, como a mãe, mas tinha feito muito mais do que Tricia jamais fizera para melhorar o visual. Embrulhada em roupas de estilistas conservadores e equilibrando-se num par de sapatos Manolo, ela tinha as madeixas de seu cabelo ruivo encaracolado elegantemente cortadas na altura do queixo. Com o aspecto de uma jovem executiva muito bem de vida, ela estava supostamente assumindo aos poucos o papel da mãe, administrando o fundo caritativo da família Crowne.

Logo após o assassinato de Tricia, os tablóides haviam insinuado a possibilidade de que houvesse alguma coisa sórdida acontecendo entre Caroline Crowne e seu padrasto, mas os boatos foram silenciados com a rapidez com que uma lesma é esmagada ao tentar atravessar uma calçada, e a neta de Norman Crowne deixara subitamente de ser objeto do interesse da imprensa.

Obviamente, um caso entre Caroline Crowne e Rob Cole teria gerado uma lista interminável de manchetes. A pobre Tricia morre espancada para dar espaço a um romance fugaz entre sua filha e o cafajeste nojento de seu marido. Caroline estava com dezenove anos quando a mãe morreu. Mal chegara à maioridade.

Diane não achou muito difícil imaginar.

— Mais um e a gente se manda daqui — disse Jeff, cochichando ao sorrir e acenar levantando sua taça para alguém que estava à sua direita.

— Já posso sentir as profundezas do mar — disse Diane, deixando-se levar para onde o promotor público se encontrava.

Pelo canto dos olhos, ela viu uma porta se abrindo cerca de dois metros à direita dela. Bradley Kyle e seu parceiro entraram com jeito de crianças às quais a professora mandou comparecer na sala do diretor. Eles rumaram para o mesmo lugar aonde Jeff a levava, isto é, em direção ao promotor público, o adjunto deste e Norman e Phillip Crowne.

Giradello virou-se e olhou para os detetives, franzindo a testa.

Diane desviou-se um passo em direção a eles no momento em que Giradello se desculpava com Phillip Crowne e ia ao encontro dos tiras. Era mesmo para escutar conversas alheias que ela comparecia a esses acontecimentos sociais.

Jeff a interrompeu um instante para apresentá-la ao promotor público, com quem ela já tinha estado inúmeras vezes. Ela sorriu, apertou a mão do promotor e logo dirigiu seu olhar ligeiramente para a direita dele.

A conversa foi sucinta. O rosto de Giradello mostrou preocupação quando Bradley Kyle sinalizou com as mãos, como que dizendo *O que você quer que eu faça sobre isso?*. Só algumas palavras foram perceptíveis para o ouvido de quem estivesse casualmente por perto. *Fazer... o quê... não pôde... saber.* Alguém devia ter feito alguma coisa mas não conseguira.

Kyle e seu parceiro haviam trabalhado no caso do assassinato de Tricia Crowne. Não à frente da investigação, mas na segunda linha. Quando o julgamento começasse, eles seriam chamados para verificar, apurar e esclarecer observações e fatos lembrados, para recolher quaisquer detalhes imprecisos que pudessem virar pontas soltas de um novelo.

O advogado de Rob Cole, Martin Gorman, saberia tudo a respeito deles: quem eram no trabalho, quem eram fora do trabalho, se um ou outro tinha feito algum comentário negativo sobre Rob Cole, sobre os atores em geral ou sobre bonitões bobos que sempre vestiam camisas clássicas de boliche, seja qual fosse a ocasião. Era bem provável que Gorman tivesse espiões naquele exato momento, observando cada movimento de Giradello, buscando qualquer coisa que lhe desse alguma vantagem ou chance, ou pelo menos para não ser pego de surpresa.

Um julgamento da dimensão daquele era uma partida de xadrez com muitos níveis de estratégia. As peças estavam sendo posicionadas. Giradello estava colocando seu exército em formação. Alguém devia ter feito alguma coisa, mas não conseguira. Diane se perguntou o que seria.

Steinman disse alguma coisa. Jeff riu de forma cortês. Diane sorriu e acenou com a cabeça.

Uma palavra, um xingamento, um resmungo, um nome que ela não conhecia... e outro que ela reconheceu.

21

Ruiz tinha ido embora havia muito tempo quando Parker voltou ao distrito. Queria mais era estar zangado, mas não conseguia. Era importante ter vida *fora* do trabalho para preservar a sanidade mental *no* trabalho. Essa era uma lição que ele tinha aprendido com a dura experiência, pois havia concentrado tanta energia na ascensão ao estrelato na Roubos e Homicídios que, quando aquele trem saiu dos trilhos, ficou sem saber o que fazer nem quem ele era. Investira tudo na sua carreira.

Teria sido ótimo ir embora para casa sozinho, fazer uma sauna, ouvir um pouco de jazz, beber uma taça de vinho, pedir uma sopa *wonton* e um bife suculento do restaurante logo ali na sua rua. Tinha de ler um roteiro e fazer umas anotações. E dormir também parecia ser boa idéia.

A cama dele era ampla e com vista para as luzes de néon de Chinatown para quando ele não queria ou não conseguia dormir. Podia ficar olhando por aquelas janelas e perder a noção do tempo. Um resumo tridimensional das ruas que se estendiam quatro andares abaixo. Ele achava que as cores tinham efeito calmante, mas talvez fosse a justaposição da luz intensa e do som das ruas com a escuridão silenciosa em seu refúgio, seu casulo.

Mas não voltaria para casa cedo. Havia muitas coisas que precisava saber o mais rápido possível. Seus instintos já estavam à espreita naquele caso e aquela sensação se tornava cada vez mais forte. Os detalhes esquisitos da invasão ao apartamento de Abby Lowell — e da própria Abby Lowell — pareciam não fazer sentido.

Ela era uma fonte de contradições. Inspirava compaixão, mostrava desdém, era vulnerável, extremamente fria, vítima e suspeita. Tudo ao mesmo tempo. Como não sabia o que o ladrão procurava no apartamento dela? Ela estava procurando a mesma coisa.

A morte de Lenny Lowell não era um ato aleatório, algo que ocorrera sem razão. E o que podia saber um mensageiro ciclista — encarregado, por acaso, daquela coleta — sobre essa coisa misteriosa que Lowell aparentemente possuía e pela qual valia a pena matar? O dinheiro que sumira do cofre — supondo que tivesse havido algum, e quanto a isso eles tinham apenas a palavra de Abby — não passara de uma gratificação adicional para o assassino.

Um simples roubo não acabaria com o ladrão indo à procura da filha da vítima para vasculhar seu apartamento e ameaçá-la de morte. O instinto de Parker dizia-lhe que nas palavras rabiscadas no espelho do banheiro de Abby Lowell havia um "a menos que" implícito. *Você é a próxima a morrer... a menos que eu obtenha o que procuro.* O que implicava que o assaltante acreditava que Abby Lowell sabia o que ele estava procurando.

E por que o espelho estava quebrado? Como tinha sido quebrado? Isso havia acontecido depois que alguém escrevera a mensagem nele. Abby Lowell não tinha sinal algum nem falara nada sobre briga no banheiro, o espelho quebrando-se, alguém sangrando.

Ela disse que o sujeito havia dito que fizera algum trabalho para o pai dela. Onde já se viu algo assim? No manual de regras de etiqueta para assassinos? *Olá, eu sou fulano de tal, eis minhas referências, minha relação com você. Sinto muito, mas agora vou matá-lo.* Que tolice!

E depois o cara vai embora num Mini Cooper.

Parker recordou que o Fusca, da Volkswagen, tinha sido o carro preferido pelos assassinos em série na década de 70. Um carrinho simpático não é ameaçador. Como é que alguém que dirige um Fusca pode ser um mau elemento? Ted Bundy* tinha um Fusca.

Parker entrou no site do Departamento de Trânsito com a placa incompleta anotada após a invasão no apartamento de Abby Lowell e esperou, impaciente. Preparou um chá e andou de um lado para outro enquanto a infusão ficava pronta. O novato de Kray, Yamoto, estava trabalhando na sua mesa, concentrado no relatório. Quanto a Ruiz, provavelmente saíra para dançar salsa com o coroa rico que a abastecia de sapatos caros.

A garota ia dar o golpe do baú, quase com certeza. Parker se perguntou por que ela ainda não o fizera. Talvez porque imaginava que teria maior chance de pegar um peixe graúdo se subisse na pirâmide da carreira até crimes de melhor classe. Entrando para a Roubos e Homicídios, tornando-se conhecida, começando a freqüentar figuras da política e de Hollywood, ela logo arranjaria um marido ricaço.

De repente, Parker pegou o telefone e discou o número de um velho amigo que trabalhava na Homicídios em South Central.

— Metheny — berrou uma voz ríspida no outro lado da linha.

— Oi, Matusalém, você está com tudo sob controle aí embaixo?

— Kev Parker. Achei que você tinha morrido.

— Eu até cheguei a desejar isso — admitiu Parker.

Metheny rosnou como um buldogue. — Não se deixe vencer por esses babacas de uma figa.

— Mandei tatuar isso no meu pinto. Como foi que você soube?

— A sua irmã falou pra mim.

Parker riu. — Seu velho filho-da-puta. — Ele tinha sido parceiro de Metheny muitos anos atrás, quando estava galgando a pirâmide com estardalhaço para chegar à Roubos e Homicídios. De qualquer maneira, Metheny gostava dele. — Você tem contatos trabalhando em cima das gangues de latinos aí na sua área?

— Tenho sim. Por quê?

---

* Ted Bundy foi um assassino em série que agiu na década de 70. Preso em 1975, fugiu em 1977, foi recapturado em 1978, julgado e executado em 1989. (N.T.)

— Arrumei uma novata que já fez algum trabalho de força-tarefa no seu setor. Gostaria de saber como ela era.

— Você está tentando entrar na mente ou na calcinha dela?

— A mente dela já me assusta o bastante. O nome é Ruiz. Renee Ruiz.

— Vou ver o que posso descobrir.

Eles trocaram mais alguns insultos e desligaram o telefone. Parker voltou a sua atenção para os resultados de sua busca no Departamento de Trânsito.

Entre os Mini Coopers licenciados no estado da Califórnia, na região de Los Angeles, dezessete tinham placas com as possíveis combinações de números e letras que Parker incluíra na busca. Destes, sete eram verdes e cinco, pretos. Nenhum deles estava registrado em nome de Jace ou J. C. Damon. Não constava queixa de roubo de nenhum deles.

Os detetives que investigavam a invasão do apartamento de Abby Lowell também deviam estar procurando o carro, mas Parker achava improvável que eles o encontrassem antes do dia seguinte. O caso deles era basicamente de invasão de domicílio. Nenhuma violência grave. Eles não estariam empolgados o bastante para fazer serão, a menos que fosse só para prejudicá-lo.

Parker não podia permitir que eles fossem à caça antes dele. Podiam até ser bons no serviço e achar o carro certo sem problema algum. Mas era mais provável que caíssem em cima dos vários proprietários de Mini Cooper, provocando um estouro da boiada, afugentando a maioria e pondo Damon de sobreaviso. Não dava para correr o risco de perder o suspeito por estupidez e tolices de jurisdição.

Parker buscou um mapa da cidade na gaveta da sua mesa e estendeu-o sobre a mesa de Ruiz, pegou seu *Guia Thomas* e começou a localizar os endereços dos donos de Mini Cooper. Nenhum deles ficava nas imediações da caixa postal alugada por Allison Jennings e transferida a J. C. Damon.

Afastando-se daquele ponto, Parker descobriu que um dos donos dos carros morava na área de Miracle Mile, não muito longe do apartamento de Abby Lowell. Esse carro estava emplacado em nome de Rajhid Punjhar, cirurgião-dentista. Outro estava em Westwood, próximo à UCLA. Outro pertencia a Lu Chen, residente em Chinatown, a caminho da casa de Parker.

Ele marcou todos os doze e examinou o mapa da cidade com as manchas de tinta vermelha como pingos de sangue espalhados. A qual dos carros Damon tivera acesso? Onde ele morava? Por que tanto sigilo quanto àquilo? Damon não tinha ficha na polícia. E, se tinha uma com outro nome, quem do seu convívio habitual saberia disso? Se ele vivia sob um codinome, o único jeito de ser descoberto era sendo preso ou se suas impressões digitais aparecessem na cena de um crime. A polícia tinha as digitais parciais colhidas na arma do homicídio, mas elas não bastavam para se obter um resultado preciso ao processá-las no sistema.

Talvez o garoto fosse um criminoso profissional ou estivesse escondendo-se de alguém. Qualquer que fosse o motivo desse sigilo todo, Damon estava rodando por aí no Mini Cooper de alguém. Se ele não matara Lenny Lowell, por que se incomodaria em procurar a filha de Lenny? Como ele iria saber algo sobre aquela coisa perdida que todo mundo queria a qualquer custo?

E por que o pessoal da Roubos e Homicídios tinha aparecido naquela cena de crime?

Parker pôs a cabeça entre as mãos e esfregou o rosto, o couro cabeludo, os músculos tensos da nuca. Precisava de ar fresco e de respostas. Vestiu o paletó e saiu para a rua em busca de ambas as coisas.

A hora do rush chegara havia duas horas. As ruas estavam repletas de carros enfileirados pára-choque contra pára-choque. Todo mundo tinha tanta pressa em chegar a algum lugar que ninguém conseguia chegar a lugar nenhum. Uns poucos retardatários ainda saíam do Departamento Central e rumavam para os carros. A troca de turno tinha ocorrido algumas horas antes e o dia de serviço havia terminado. Logo tudo ia ficar sossegado para a noite.

Parker caminhou até seu carro e sentou-se ao volante. Era a ferramenta de trabalho, um Chrysler Sebring conversível com cinco anos de uso que ele usava para trabalhar e visitar as cenas de crime quando estava em serviço. O tempo de lazer era para o Jaguar verde-garrafa e para a sua bela, sensual e secreta amante. Ele sorriu ao pensar nisso, mas então se lembrou das perguntas que Ruiz fizera sobre o carro e aí seu sorriso se apagou. Ela tinha dito que ouvira boatos.

Ele tirou o celular do bolso do paletó, ligou para Andi Kelly e começou falando o seguinte: — O que você tem feito por mim ultimamente, gostosura?

— Nossa, você é um filho-da-puta muito insistente. Sabe como é, eu tenho outras prioridades. A hora do drinque está aí, meu caro. Tenho um encontro com um garoto de dezessete anos.

— Ainda mergulhando no uísque, não é mesmo?

— Como você sabe que não é um homem jovem?

— Porque você é bem esperta e não falaria para mim se fosse verdade. Mexer com rapazes de dezessete anos é ilegal e você sabe disso.

— Além do mais, seria uma indecência — admitiu Kelly. — Tenho idade suficiente para ser a mãe do menino. Isso é Demi Moore demais para mim. De qualquer maneira, nunca me interessei por garotos, mas só por homens — ela ronronou.

Parker limpou a garganta. — Então? Tem alguma coisa para mim?

— Minha memória não é boa antes do jantar — disse ela. — A gente se encontra no Morton's, em West Hollywood. Você paga.

22

Jace estacionou o carro de Madame Chen no espaço estreito reservado para ela detrás do escritório. Limpou o interior com guardanapos de papel úmidos, tentando apagar todo sinal de que ele estivera ao volante, tocara uma porta ou deixara suas impressões digitais em um dos bancos. Depois, ele ficou ao lado do carro por um tempo que não soube precisar, tentando decidir o que fazer em seguida.

Uma névoa espessa chegara vindo do mar e penetrara em todos os recantos e fissuras da cidade, como um filtro leitoso a suavizar os contornos dos edifícios, tornando difusa a luz amarela que brilhava nas janelas. Jace sentiu-se como um personagem num sonho, como se pudesse sumir num piscar de olhos e absolutamente ninguém fosse lembrar dele.

Talvez isso fosse o que ele devia fazer: desaparecer completamente. Alicia teria feito isso. Ela teria arrumado as malas, preparado os filhos sem dizer uma palavra e sairia no meio da noite. Eles teriam aparecido de repente, como cogumelos, em outro lugar da cidade, com novos nomes e sem saber por quê.

Jace se perguntara muitas vezes por que isso acontecia. Quando tinha a idade de Tyler, havia imaginado todo tipo de história sobre a sua mãe, atribuindo-lhe sempre o papel de heroína. Ela estava protegendo os filhos de algum tipo de perigo. Quando cresceu e passou a saber mais das coisas, compreendendo melhor a vida e as ruas, ele pensava constantemente se Alicia estivera fugindo da polícia.

Por que razão? Ele não fazia a mínima idéia. A mãe era uma pessoa serena e gentil que certa vez o fez chorar, quando o pegou roubando numa loja, dizendo-lhe simplesmente que estava muito decepcionada com ele.

Talvez tenha acontecido com ela o que aconteceu comigo, pensou ele agora; *estar no lugar errado na hora errada.*

— Por que você não quer vir para onde eu possa vê-lo, JayCee?

Madame Chen surgiu das sombras quando falou, como se acabasse de aparecer magicamente sob a lâmpada fraca em cima da porta do escritório.

— Tenho muita coisa na cabeça — disse Jace.

— Seus pensamentos pesam como pedras.

— Desculpe-me por chegar tão tarde com seu carro, Madame Chen.

— Onde você foi consertar a bicicleta? Na lua?

Jace abriu a boca para responder, mas a voz ficou presa na garganta como uma bola de massa. Ele voltou a pensar no dia em que a mãe o pegara roubando.

— Tenho de falar com a senhora sobre algo importante — disse ele finalmente. — Em particular.

Ela assentiu e entrou novamente. Jace a seguiu, de cabeça baixa. Ela acenou para uma cadeira de madeira de espaldar reto que estava junto à escrivaninha e virou-se de costas para preparar duas xícaras de chá com água da onipresente chaleira precariamente empoleirada no peitoril da janela, acima da escrivaninha atulhada.

— Imagino que não há telefones na lua — disse ela ironicamente. — Os homens da lua não têm famílias que se preocupem com eles.

— Estou numa situação complicada, Madame Chen — disse Jace.

— Você está em dificuldades — ela corrigiu, virando-se para ele, sem conseguir disfarçar a sua reação. Seu rosto empalideceu e a boca pequena formou um O de espanto.

Ele tentara limpar-se com guardanapos de papel e uma garrafa de água comprada em uma máquina de venda automática instalada do lado de fora de um mercadinho mexicano em Los Feliz. Mas a água não eliminava cortes, hematomas ou inchaços. Jace sabia que tinha o aspecto de um pugilista profissional que acabara de perder uma luta.

Madame Chen falou alguma coisa em chinês com a voz baixa e apavorada. A mão dela tremia ao apoiar uma xícara nos vinte centímetros quadrados do tampo da escrivaninha não cobertos por uma papelada. Ela sentou-se na sua cadeira. Jace notou que ela recuperava a compostura, tentando elaborar uma estratégia para uma situação totalmente além da sua experiência.

— Conte o que houve — disse ela. — Conte tudo.

Jace inspirou fundo e soltou o ar. Seu corpo dizia-lhe que não fizesse aquilo. Ele tinha pensado uma ou outra vez no assunto na tentativa de decidir o que devia e o que não devia contar a Madame Chen, o que seria mais seguro para ela e para Tyler.

— É possível que a senhora ouça algumas coisas a meu respeito — ele disse. — Coisas ruins. Quero que a senhora saiba que são mentiras.

Ela arqueou uma sobrancelha. — Você faz tão pouco caso da minha lealdade que acha preciso me dizer isso? Você é como um filho para mim.

Se seu filho estivesse vivendo uma vida secreta sob meia dúzia de codinomes. Se seu filho fosse procurado por assassinato e assalto. Se houvesse alguém tentando matar seu filho.

Madame Chen não tinha filhos. Talvez fosse por isso que era tão apegada a ele, pensou Jace. Ela não tinha um ponto de referência.

— Ontem à noite fui retirar um pacote no escritório de um advogado que foi encontrado morto depois que eu saí de lá. A polícia está atrás de mim.

— Ora! Eles estão doidos! Você jamais mataria uma pessoa! — disse ela energicamente, ofendida com a idéia. — Você não matou esse homem. Eles não podem botá-lo na cadeia por algo que você não fez. Vou ligar para meu advogado. Vai ficar tudo bem.

— Não é tão simples assim, Madame Chen. É provável que eles tenham achado minhas impressões digitais no escritório. — *E eu fui pego no apartamento arrombado da filha da vítima*, ele acrescentou mentalmente. *Conversei com ela. Ela pode me reconhecer. Ela dirá que eu a ataquei...*

— Por que a polícia acharia que você matou esse homem? — perguntou ela, já mais calma. — Que motivo você teria para fazer uma coisa tão terrível?

— Não sei. Talvez ele tenha sido roubado ou algo assim.

— Quem não deve não teme. Você deve apresentar-se à polícia e dizer o que sabe.

Jace negou, sacudindo a cabeça, antes que ela terminasse a última frase:
— Não. Se eles tiverem provas, se puderem acusar-me com facilidade, certamente é o que vão fazer.

— Mas você não é culpado...

— Não, mas *pareço*.

Ela suspirou e estendeu a mão para pegar o telefone. — Espere. Vou ligar para o advogado...

— Não! — Jace levantou-se da cadeira e pôs o fone novamente no gancho com mais força do que teria querido. Por um instante, Madame Chen olhou para ele como se jamais o tivesse visto.

— Não posso ir falar com a polícia — disse ele em voz baixa, sentando-se de novo. — A senhora precisa entender. Não posso correr esse risco.

Ele passou a mão pelo rosto e estremeceu ao tocar o corte que o espelho quebrado do banheiro de Abby Lowell fizera na sua bochecha. Provavelmente precisava de uns pontos, mas teria de se virar sem eles.

— Se eu for procurar a polícia, estará tudo acabado.

— A sua vida não vai acabar...

— Vou para a cadeia. Mesmo que depois consiga sair, antes irei para lá. Leva meses até um caso ir a julgamento. O que acontecerá com Tyler? Se o serviço social ficar sabendo sobre Tyler, eles vão pegá-lo. Aí ele vai ser encaminhado para adoção.

— Eu nunca permitiria que isso acontecesse! — disse Madame Chen, furiosa pelo fato de Jace considerar essa possibilidade. — Tyler é da nossa família. Esta é a casa dele.

— Eles não vêem as coisas assim. Vão levá-lo e eu tenho absoluta certeza que nunca deixarão que ele volte para mim.

— Não há necessidade de adoção.

— Eles não se importam com isso — disse Jace com amargura, pensando nas advertências da mãe que estavam gravadas na sua memória, além das histórias que ouvira na rua ou lera no jornal. — Eles só querem saber de normas, regulamentações e leis feitas por gente que nunca precisa lidar com elas. Vão olhar para a senhora e verão uma pessoa que está fora do sistema deles, que não preencheu a papelada que eles exigem. Vão olhar para a senhora e se perguntar o que é que uma chinesa está fazendo com um menino branco órfão que não consta em nenhum dos arquivos deles.

— Você está exagerando...

— Não — disse Jace com irritação. — Não é exagero. Eles o darão em adoção a pessoas que ficam com crianças só para receber o cheque do governo, e não vão dizer a ninguém onde ele está. Podem perder o rastro dele... isso acontece, a senhora sabe. Meu Deus, pelo que eu sei, a senhora pode até se ver em problemas pelo simples fato de Tyler estar aqui. Pode ser multada ou acusada de alguma coisa. E aí?

— Deixe-me falar com o advogado.

Jace sacudiu a cabeça com veemência, temendo mais diante da perspectiva de perder Tyler para o sistema do que temera ser morto no banheiro de Abby Lowell.

— Não posso correr esse risco — repetiu. — Não vou fazer isso. Quero que ele esteja a salvo. Prefiro deixá-lo aqui com a senhora. Ele estaria mais seguro com a senhora, mas vou levá-lo comigo se for preciso. Vou levá-lo comigo e nós iremos embora. Agora. Esta noite.

— Você está falando maluquices! — discordou Madame Chen. — Não pode levá-lo! Você não pode ir embora!

— Não posso é ficar! — replicou Jace. A voz dele tremia. Ele tentou acalmar-se, baixou o tom de voz e tentou parecer racional: — Não posso ficar aqui. Não posso voltar enquanto isto não tiver acabado. Não quero pôr a senhora em perigo, Madame Chen, nem a seu sogro. Não quero que Tyler esteja em perigo, mas não posso deixá-lo se souber que talvez ele não esteja aqui quando eu voltar.

Os dois ficaram calados por um momento. Jace não encontrava coragem para olhar para aquela mulher que tivera a bondade de acolher os irmãos Damon, dar-lhes um lar, tratar a Tyler como se fosse da família. Tratar a *ele próprio* como se fosse da família. Teria sido melhor não dizer nada a Madame Chen, seguir seu instinto e simplesmente tirar o irmão da cama na calada da noite e sumir.

Deus, que confusão. Se correr o bicho pega, se ficar o bicho come.

Se Jace se apresentasse à polícia e fosse preso, a notícia correria de imediato. Haveria jornalistas querendo saber mais. Se eles encontrassem Tyler e os Chen, o Predador também poderia encontrá-los.

Ainda que se livrasse da prova ou desse um jeito de devolvê-la, ou a entregasse a Abby Lowell, ele já tinha visto os negativos. Que não tinham significado algum para ele, mas o fato de tê-los visto bastaria para o Predador, que não deixaria uma ponta do novelo solta que pudesse levar até ele e condená-lo. Ele não ia deixar testemunhas.

— Lamento muito estar envolvendo a senhora nisso — disse ele com calma, sentindo uma dor que nada tinha a ver com os golpes que tomara. — Eu preferiria não ter de contar isso, mas não vejo outro jeito. Se alguém vier aqui me procurar... se a polícia vier... É justo que a senhora saiba por quê. Eu lhe devo isso. Eu lhe devo mais...

Houve uma rápida batida do lado de fora, e, uma fração de segundo depois, Chi abriu a porta do escritório e meteu a cabeça. Ele olhou para Jace com severidade.

— Que houve com você? — perguntou rispidamente.

As pálpebras de Jace fecharam-se um pouco. Ele pensou quanto tempo Chi estivera ali fora junto à porta. — Eu caí — disse ele.

— Não destruiu o carro da minha tia? Ficou tanto tempo fora que eu achei que tinha sido roubado. Quase liguei para a polícia.

Jace não respondeu. Não gostava de Chi nem confiava nele. A suposta atenção para com a tia, o cuidado com os interesses dela não passavam de fachada. Chi faria sempre o que fosse mais vantajoso para si próprio. Ele tinha a si mesmo em primeiro lugar na linha de sucessão para assumir a firma.

Chi olhou para Madame Chen e disse algo em chinês.

Ela endureceu o gesto e ergueu o peito. — Chi, se você tem algo a dizer, fale em inglês. Respeite-me não sendo grosseiro na minha presença.

Os olhos escuros de Chi ficaram como pedras frias quando ele olhou para Jace. Ele não pediu desculpas. — Eu gostaria de saber se todo o meu pessoal estará aqui pela manhã ou se vou ficar na mão mais uma vez porque algumas pessoas não merecem confiança.

Jace levantou-se. — Se você quer ter uma conversa comigo, por que não vamos falar lá fora?

— Você não parece à altura para isso — disse Chi, levantando um canto da boca.

— Só Chi vai sair daqui — disse Madame Chen com firmeza, olhando para o sobrinho. — Se ficou esperando sem ir embora para sua casa por um motivo tão insignificante, você dá pouco valor ao seu tempo.

Chi ainda estava olhando para Jace. — Não, tia. Eu aproveitei meu tempo muito bem.

Jace não disse nada quando Chi saiu da sala. Não ia dizer nada contra ele a Madame Chen. Mas o comentário de Chi ao sair deixou-lhe uma sensação ruim de peso no estômago.

— Não vai ser fácil para ninguém seguir minha pista até aqui — disse ele com a voz baixa. A não ser que Chi o dedurasse ou alguém tivesse anotado o número da placa do Mini Cooper no momento de sua fuga do apartamento de Abby Lowell. — Eu nunca dou este endereço a ninguém, mas quero que a senhora esteja preparada caso a polícia apareça.

— O que você vai fazer? — perguntou Madame Chen. — Se eles acham que você matou o advogado, e você age como se fosse culpado, como vão saber que devem procurar outra pessoa? Eles só vão procurar você. O verdadeiro assassino ficará livre.

Jace segurou a cabeça com as duas mãos e olhou para baixo entre as botas. A cabeça estava latejando. O tornozelo estava latejando. Ele sentia a carne inchada pressionando no cano da bota, além de uma desagradável combinação de enjôo e fome.

— É isso que você quer? — ela perguntou. — Que essa pessoa má fique à solta para fazer mais dano?

Jace quis dizer que não se importava, desde que não fosse com ele, desde que nada ameaçasse Tyler, mas sabia que não era isso o que Madame Chen queria ouvir. E também sabia que não podia ser daquele jeito, independentemente do que ele quisesse.

— Não, não é isso que eu quero. Apenas necessito esclarecer tudo antes de... vou resolver isso... vou esclarecer isso. Apenas preciso de tempo.

— Se a polícia vier — disse Madame Chen, suavemente, com tristeza —, eu não lhe direi coisa nenhuma.

Jace olhou para ela.

— JayCee, não concordo com o que você está fazendo, mas pode contar com minha lealdade, assim como sei que posso contar com a sua. E sei que você não cometeu esse crime.

Ela era uma das poucas pessoas realmente boas que Jace já conhecera, e ele estava colocando-a na insustentável situação de ter de mentir por ele. Talvez até em situação de perigo. Tudo por ter respondido a uma última chamada para um último serviço na noite mais desgraçada do ano. Por fazer um favor a Eta. Por mais uns tostões para ele mesmo e seu irmão.

Dava quase para ouvir Lenny Lowell falando: *Nenhuma boa ação fica impune, garoto.*

23

Tyler conhecia cada cantinho do prédio, do buraco secreto no teto do banheiro do apartamento, onde Jace escondia coisas, até a plataforma de carga no térreo, as despensas, os quartinhos de guardados e o espaço sob o guarda-louça no fundo da sala de descanso do pessoal, onde às vezes se escondia para bisbilhotar as conversas de Chi e dos demais.

Ainda pequeno para sua idade, ele tinha mais facilidade em passar despercebido. Teria sido mais fácil ainda se seu cabelo fosse preto e ele não sobressaísse como um pato amarelo entre os chineses. Por isso tinha pintado o cabelo uma vez, aos oito anos, comprando uma caixa de Clairol que estava com desconto na drogaria, por 3,49 dólares.

O processo acabara sendo bem mais complicado do que ele imaginava. Quando ficou pronto, seu cabelo estava preto, tanto quanto suas orelhas, seu pescoço e suas mãos, pois as luvas incluídas na caixa eram grandes demais para ele e ficavam saindo o tempo todo. Tyler terminou com uma mancha de tinta na testa, um borrão na bochecha e um pontinho na ponta do nariz.

Jace disse que, mesmo sendo um garoto esperto, ele fazia coisas bastante idiotas, e Tyler passou horas esfregando o banheiro para tirar as manchas. E depois ele deu em si mesmo uma boa esfregada.

Passaram-se semanas até aquela tintura sair. Os garotos da escola que Tyler freqüentava eram quase todos chineses. Eles zombaram dele até o cabelo crescer o bastante para substituir a parte tingida. Com mais um par de semanas, ele voltou a ser aquele pato amarelo de sempre.

Agora, quando queria ficar anônimo, ele usava um casaco preto desbotado com capuz. O casaco era de Jace, mas, desde quando, ninguém sabia. Era leve de tão gasto e da cor que Tyler imaginava que fosse a dos fantasmas, como neblina na escuridão. As mangas eram longas o bastante para cobrir as mãos até a ponta dos dedos, e o capuz tão grande que o rosto do menino sumia embaixo dele.

Passar despercebido era uma habilidade que Tyler desenvolvera desde muito cedo. Jace queria protegê-lo contra tudo e mantê-lo em refúgio como se fosse um bebê ou algo assim. Mas Tyler queria saber tudo que fosse possível. Conhecimento era poder. O conhecimento diminuía a probabilidade de surpresas desagradáveis. Um homem prevenido vale por dois.

Tyler acreditava em tudo isso. Ele era apenas um menino, e pequeno demais para controlar seu mundo por meios físicos, mas seu QI era de 168. Tinha feito todo tipo de teste na Internet. Testes para valer, não aqueles falsos que eram pura bobagem. O cérebro era seu trunfo e, quanto mais ele conseguisse aprender — lendo, observando e experimentando —, mais forte se tornaria. Talvez nunca conseguisse vencer alguém como Chi, mas sempre poderia passar a perna nele.

Cobrindo-se com o capuz, ele abriu a porta do armário de vassouras que ficava no corredor, perto do escritório de Madame Chen, e avistou Chi, que tentava ouvir a conversa na sala encostando o ouvido na porta. Tyler nunca gostara de Chi, que sempre estava tenso e carrancudo. O avô Chen dizia que Chi engolira a semente da inveja quando criança e que as raízes já estavam entrelaçadas dentro dele, de modo que nada as tiraria de lá.

Jace tinha voltado para casa muito tarde. Mais uma vez. Pelo basculante do banheiro, Tyler o vira chegar dirigindo e depois ficar ao lado do carro, parecendo uma estátua, como se estivesse tentando decidir o que faria a seguir. Assim que Jace rumou para o escritório de Madame Chen, Tyler pegou seu manto secreto da invisibilidade e desceu rápido, só de meias, deslizando como um ratinho até o armário de vassouras.

Ele sabia que algo estava errado e que era pior do que Jace ter levado um tombo andando na Besta. Tinha percebido isso quando Jace falou com ele na noite anterior. Havia uma certa tensão no irmão. Ele não olhou nos olhos de Tyler ao dizer que sofrera um acidente e que era só isso.

Tyler tinha essa sensibilidade. Por ter passado muito tempo observando as pessoas, escutando-as e as estudando sem que elas soubessem, ele havia desenvolvido uma notável capacidade para perceber se alguém estava ou não falando a verdade. Por isso soube que Jace não dizia a verdade naquele momento, mas Tyler estava assustado demais para questioná-lo sobre isso.

O avô Chen dizia que as mentiras podem ser mais perigosas que víboras. Tyler acreditava nele.

Agora, porém, agachado dentro do armário de vassouras que dividia parte de uma parede sem isolamento com o escritório de Madame Chen, ele se perguntava se a verdade não era igualmente ruim.

A polícia achava que Jace tinha matado um homem! Os olhos de Tyler marejaram enquanto sua mente voava, imaginando tudo que Jace estava dizendo sobre ir para a cadeia e ele — Tyler — ser levado pelo serviço social e dado em adoção.

Tyler não queria abrir mão da sua casa, nem do colégio em que Madame Chen o matriculara, uma pequena escola particular na qual ninguém parecia achar estranho que uma mulher chinesa comparecesse às reuniões dos pais com os professores. Seu estômago começou a doer diante da idéia de ser afastado à força de Madame Chen e do avô Chen, sendo obrigado a viver com estranhos.

Estranhos não saberiam como ele era, o que gostava de comer, o que gostava de fazer. Estranhos não saberiam que, mesmo tendo um QI de 168, ele ainda era um menino e às vezes tinha medo de coisas bobas, como a escuridão ou um sonho ruim. Como podia um estranho entender aquilo?

Podiam até ser pessoas boas, bem-intencionadas e que se esforçassem — afinal, Madame Chen e o avô Chen já tinham sido estranhos para ele —, mas também podia ser que não fossem. E, de qualquer maneira, sendo boas ou más, elas não seriam da família.

Tyler mal se lembrava da mãe. Quando pensava nela, pensava no som da voz, no toque da mão, no aroma da pele. Se havia algumas lembranças concretas, ele não tinha certeza de que não fossem invenções de sua mente. Sabia que isso podia acontecer, que o cérebro era capaz de preencher as lacunas, de cobrir as brechas entre os fatos reais e aquilo que poderia ter acontecido ou o que a pessoa desejava que tivesse acontecido.

Tyler desejava muitas coisas. Desejava que sua mãe não tivesse morrido. Desejava que todos — ele, Jace e a mãe — pudessem viver juntos numa casa, uma casa como aquelas em que as famílias da televisão moravam, como nos velhos seriados do tipo *Papai Sabe Tudo*. Desejava também que tivessem um pai, mas não tinham.

E agora desejava de todo o coração que Jace não estivesse em apuros e que não existisse nenhum risco de ele ir embora e nunca mais voltar.

Tyler encolheu o corpo, abraçando as pernas e apertando a bochecha contra os joelhos, e ficou assim, comprimido como uma bola, mantendo os olhos bem fechados para segurar as lágrimas.

Chorar de nada adiantaria, por mais que ele tivesse vontade de cair em prantos. Precisava pensar. Era preciso reunir toda a informação que fosse possível, colocá-la em cima da mesa, raciocinar e elaborar algumas idéias sobre o que fazer e como ajudar. Era isso o que se esperava dele, com seu QI de 168.

Mesmo sabendo disso, ele continuava a ser um menino e nunca na vida tinha estado tão apavorado.

24

Para uma mulher do tamanho de uma fada, a capacidade de ingestão de Andi Kelly parecia desafiar as leis da natureza. Ela comia como um lobo, como se realmente fosse morder a mão do garçom que por acaso tentasse retirar o prato antes que a última molécula tivesse sido devorada.

Parker olhava-a com perplexidade. Los Angeles era uma cidade onde não se via com bons olhos uma mulher que comesse de verdade. A maioria das mulheres que ele conhecia ia ao Morton's, pedia salada de chicória e um camarão, e depois vomitava tudo.

No entanto, Andi Kelly não correspondia a nenhum padrão específico. Pela limitada experiência de Parker com ela, parecia que Andi era quem era 24 horas por dia. Nada de desculpas, nem subterfúgios nem brincadeiras. Dizia o que queria dizer, fazia o que bem queria e usava o que queria usar. Ela era uma brisa de ar fresco com aroma de canela; ele percebeu o perfume quando se cumprimentaram com um beijo. Ela cumprimentou-o como a um velho e querido amigo que tivesse visto dois dias antes, sentou-se e começou a conversar.

Parker estava ficando tenso demais para dar conta de comer muito. A tensão nervosa que se acumulava nele durante uma investigação como aquela — um caso que prendera seu interesse, intrigando-o e desafiando — deixava-o tão acelerado que ele não queria parar, comer nem dormir. Ainda não tinha chegado a esse ponto, mas reconhecia todos os sinais. Já podia senti-los, como os tênues estremecimentos que antecedem um terremoto.

— Aí esse rapaz, o Caldrovics, diz que obteve uma informação útil sobre o assassinato que você está investigando — disse Kelly entre pedaços de um bife de alcatra de primeira.

Parker afagou uma taça de Cabernet. — De quem?

Ela revirou os olhos. — Você está brincando, não é mesmo? Esses filhotinhos de capeta já saíram do útero prontos para rasgar sua garganta, chupar seu sangue e depois passar por cima de seu corpo em putrefação para galgar a montanha do estrelato. Ele não vai me dizer.

— Faça-o falar na marra — sugeriu Parker, sem alterar a expressão.

— O que você acha que eu sou? Um tira?

— Quer dizer que está velha e marcada para morrer?

Kelly resmungou e cortou mais um pedaço suculento de seu bife. — Sou ruim demais para morrer. Sei que pareço uma pessoa doce, e todo mundo comenta que sou agradável e encantadora, mas tenho um lado escuro — advertiu ela apontando a faca para ele. — Vou virar aquele merdinha pelo avesso e palitar os dentes com os ossos dele se houver alguma coisa para mim nesse negócio. — Ela olhou para Parker com ferocidade. — É melhor que haja mesmo alguma coisa para mim nisso.

— Não é só você que está buscando alguma coisa nisso — admitiu Parker, enquanto seu olhar percorria despreocupadamente o território em volta deles.

Localizado na suntuosa paisagem de Melrose, no badalado West Hollywood, o Morton's remetia aos tempos de fascínio da velha Hollywood e ainda era ponto de encontro de negociantes e gente poderosa. Especialmente os personagens de grande importância dos velhos tempos, da geração que nunca tinha parado de comer carne vermelha. Todos eles tinham suas mesas cativas da segunda palmeira em diante, onde podiam ver e ser vistos.

Olhando à sua volta, Parker pensou se algum bisbilhoteiro poderia ouvir a conversa dele com Kelly e achar que se tratava da trama de um filme.

— A filha de Lowell não me contou tudo que sabe — disse ele. — Alguém entrou no apartamento dela hoje, mexeu em tudo, ameaçou matá-la. Chegou até a agredi-la, segundo ela disse.

— O que ela disse? — Kelly arqueou uma sobrancelha.

— Que foi derrubada. Eu não achei que ela estivesse em piores condições.

— Você não sabe que é politicamente incorreto duvidar da vítima?

— Minha vítima é Lenny Lowell, que está morto em cima de uma mesa do necrotério. Pelo que sei, acho que a filha mandou espancá-lo. Ela está procurando algo mais além do testamento do pai e não me disse a verdade sobre isso. Quem revirou o apartamento dela estava procurando alguma coisa, mas ela afirma não saber o quê. Se ela esteve naquela cena de crime antes da minha chegada ao local, eu preciso saber. É por isso que quero uma explicação de seu amiguinho lá no *Daily Planet*.

Recostando-se, Kelly olhou com satisfação para a poça de sangue e gordura que restara no prato vazio. Ela limpou a boca com o guardanapo e respirou fundo. — O negócio é o seguinte, Kev: o garoto diz que captou a chamada no detector de rádio...

— Papo furado. Ele não apareceu na cena do crime. Se captou aquilo no rádio, por que não foi para o local do crime? Ele nunca falou comigo. Ninguém me disse coisa alguma sobre um repórter.

— Bem, ele afirma que falou com alguém que sabia das coisas e que depois confirmou com outra pessoa do Departamento de Medicina Legal.

— Quem do Departamento de Polícia de Los Angeles? Quem da medicina legal? — cobrou Parker, como se Kelly tivesse dado pessoalmente instruções escritas ao rapaz.

— Epa, não mate o mensageiro — disse ela, pegando seu copo para beber o último gole de uísque. — Você me pediu que visse o que podia descobrir. Estou dizendo o que consegui saber. Quem me passou esta informação foi o chefe.

Parker suspirou, fechou a cara e pensou no que tinha ouvido. — E ele acha certo o rapaz não revelar suas fontes sobre um caso nada insignificante como este?

— Um jornalista? Estamos todos sob a proteção da Primeira Emenda, ou você esqueceu que já teve mais do que o suficiente de "fontes anônimas"?

Ninguém foi obrigado a lhe dizer onde obteve a sujeira com que você foi lambuzado.

— Isso é obstrução — reclamou Parker. — É a investigação de um homicídio. Se esse bobinho tem alguma coisa, se ele falou com alguém...

— Talvez você mesmo possa inspirar o temor a Deus nele — disse Kelly.

— Você tem mais poder que eu para isso. O cara vai achar que estou querendo transar com ele, arrumar encrenca, roubar a história. Você pode... sei lá, dar umas coronhadas nele ou algo assim. Ameaçar prendê-lo por infração de trânsito, enfiá-lo na cadeia e sumir com sua papelada enquanto ele conhece seus companheiros de cela num nível mais íntimo.

— Então eu estou pagando um bife no Morton's para você me dizer que pode apenas me dar o nome dele? — disse Parker.

— De fato, foi apenas isso que você me pediu que fizesse. Considere-o como um gesto de boa vontade que lhe trará compensações no futuro — sugeriu Kelly com um sorriso meigo. Seus olhos eram de um azul maravilhoso. Seu cabelo era da cor de um perdigueiro irlandês e parecia que ela mesma o cortara com tesoura de picotar. Combinava com ela.

Parker sacudiu a cabeça, sorrindo. — Você é um mau caminho, Andi.

— Para o paraíso — murmurou ela em tom dramático, movendo levemente as sobrancelhas.

— Como foi mesmo que a matéria acabou no jornal? — perguntou Parker.

— Era um dia fraco de notícias. Chegou a hora de rodar e faltava material para encher a página. Caldrovics tinha cinco centímetros de texto para isso.

O pager de Parker vibrou na sua cintura. Ele desprendeu o aparelhinho do cinto e deu uma olhada na tela. O telefone de Diane.

— Desculpe-me — disse ele, levantando-se. — Tenho que ligar para alguém muito mais importante que você.

Kelly revirou os olhos. — Você está tentando botar um rótulo em mim.

Parker não prestou atenção e saiu do restaurante para retornar a ligação.

A névoa marinha espalhara-se pela cidade, uma neblina fria e prateada com traços de sal. Parker sentiu que ela o envolvia e penetrava em seus ossos, fazendo com que lamentasse não ter pego seu impermeável.

Diane atendeu antes de o primeiro toque da campainha acabar. — Você teve de interromper algum encontro ardente por minha causa? — ela perguntou.

— Não exatamente.

— Onde você está?

— No Morton's. E você?

— No Peninsula. Arrecadação de fundos para o promotor público. Acabo de ouvir por acaso seu nome mencionado numa conversa.

— É mesmo? E depois todos viraram a cabeça e cuspiram no chão?

— Era Giradello — disse ela. — E Bradley Kyle.

Parker não disse nada. Tudo pareceu congelar dentro dele e ao seu redor por uns segundos, enquanto ele tentava processar o significado daquela informação.

— Kev? Você ainda está aí?

— Sim, estou sim. Sobre o que eles falavam?

— Eu peguei apenas umas poucas palavras. Acho que se esperava que Kyle fizesse algo a respeito de alguma coisa, mas não fez.

— E então meu nome apareceu por aí?

— Primeiro veio um nome que eu não reconheci. Seu nome surgiu depois na conversa.

— Você lembra qual foi o primeiro nome?

— Não sei. Não significava nada para mim.

— Faça uma forcinha. — Parker prendeu a respiração e esperou.

Diane hesitou um pouco, tentando lembrar. — Acho que começava com *D*. Desmond? Talvez Devon?

Parker sentiu uma onda de calor interno como uma bola de fogo. — Damon.

25

Parker voltou a entrar no Morton's acenando para o garçom a caminho da mesa e fazendo com a mão o sinal universal de "A conta, por favor".

— Vamos embora — disse ele a Kelly. Tirou seu cartão de crédito e entregou-o ao garçom, pegou o impermeável do encosto da cadeira e começou a colocá-lo.

Kelly olhou para ele. — Sem sobremesa? Você não é grande coisa convidando para jantar.

— Sinto muito — disse Parker. — Você sabe, não sou mesmo o tipo de cara de quem sua mãe gostaria.

Kelly fez um gesto de tédio e levantou-se. — Ela gostaria de você numa boa... para ela. Por que tanta pressa?

Parker passou os olhos rapidamente pelas mesas. O garçom regressou logo com o cartão de crédito, e Parker acrescentou apressadamente uma generosa gorjeta e rabiscou sua rubrica na tira de papel. Ele só voltou a falar depois que os dois saíram.

— Tenho um advogado defensor de baixa categoria morto por quem ninguém se importa além de seus entes queridos — disse Parker quando passavam pelo balcão do manobrista. — Por que você acha que a Roubos e Homicídios e Tony Giradello se interessariam por isso?

Kelly respirou fundo como se tivesse uma resposta, mas não disse nada. Parker pôde ouvir apenas as engrenagens do cérebro dela zunindo como peças de um relógio suíço. — Não se interessariam — disse ela. — Mas você está me dizendo que se interessaram?

— Uma dupla da Roubos e Homicídios apareceu na cena do crime ontem à noite. Kyle e o parceiro dele. Tentaram meter o bedelho dando uma de durões.

— Mas não assumiram o caso?

Parker negou com a cabeça. — Não. Eu mostrei que topava a parada, e eles ficaram na deles, mas não dá para entender. Que diabo é que eles foram fazer lá se não foi para roubar o caso? E estou falando de *lá mesmo*, no local do crime, não do *modus operandi* habitual deles.

Os policiais da divisão sempre fechavam a cena do homicídio, e em geral cabia aos detetives da divisão iniciar a investigação. Depois, se o caso era grande, ruim ou chique o bastante, e a Roubos e Homicídios decidia assumir a investigação, seus detetives entravam em cena em grande estilo, com muito espalhafato, entrevista coletiva e tudo mais.

— Nenhuma ostentação — disse Parker. — Nada de trompetes, aviso, imprensa, apenas esse palhaço do Caldrovics...

— Que não vai revelar suas fontes para uma reportagem insignificante sobre um advogado pé-de-chinelo.

— E agora eu fico sabendo que esses mesmos figurões da Roubos e Homicídios foram procurar Giradello bem no meio de um evento de arrecadação de fundos esta noite.

Kelly deu de ombros. — Pode ter sido para falar sobre qualquer coisa. Eles estão nos preparativos para o julgamento de Cole. Não é por você ser paranóico que...

— Então por que meu nome foi mencionado nessa conversa?

Kelly olhou para ele como se achasse que havia deixado passar algum detalhe na conversa anterior. — Você não tem nada a ver com a investigação do homicídio de Tricia Cole.

— Não, nada. Nenhum tira comum como eu participou. Quem descobriu o corpo foi a filha, que avisou a Norman Crowne. O grupo de assessores de Crowne ligou diretamente para o chefe. O chefe mandou a Roubos e Homicídios para lá.

— Eu sei — disse Kelly. — Eu estava lá. Foi meu caso, *é* meu caso. Então, por que Giradello estaria falando com tiras da Roubos e Homicídios sobre você?

— O único denominador comum que me liga com Bradley Kyle é Lenny Lowell — disse Parker, omitindo propositalmente que o nome de seu principal suspeito também havia surgido na mesma conversa.

Uma coisa era balançar uma cenoura na frente de Kelly, e outra bem diferente era dar-lhe tudo de mão beijada. Parker não ia comprometer seu caso abrindo o jogo. Como policial, ele tinha há muito tempo um ódio salutar por jornalistas. No entanto, gostava de Kelly, estava em dívida com ela e por certo não tinha restrições em instigá-la contra Bradley Kyle ou Tony Giradello. Do ponto de vista de Parker, o acerto era vantajoso tanto para ela quanto para ele próprio.

— Mas por que Giradello ia ter algum interesse no seu finado?

— Essa é a pergunta que não quer calar, Andi — disse Parker, tirando seu tíquete do bolso do impermeável e entregando-o ao manobrista. — Por que você não pergunta a algum conhecido seu?

Kelly também entregou seu tíquete. — E depois passo a informação a você, certo?

— Simbiose, minha cara amiga — disse Parker. — Enquanto isso, nós vamos perguntar a seu camaradinha Jimmy Olsen* se Bradley Kyle é o amigo secreto dele.

Kelly ficou surpresa: — Nós?

— Pois é, eu não conheço o cara, mas você conhece.

— Ora, ele não é meu filho. Como vou saber onde ele está?

— Você é repórter investigativa. Onde você investigaria se estivesse procurando repórteres jovens e tolinhos?

Aquele grande suspiro. O Chrysler de Parker estava chegando. — Talvez eu possa arranjar o número de um pager.

---

* Jimmy Olsen é o fotógrafo do jornal *Daily Planet* (*Planeta Diário*) na história em quadrinhos do *Super-Homem*. (N.T.)

— Talvez você possa fazer mais do que isso — disse Parker quando o carro de Kelly ficou estacionado junto ao meio-fio atrás do seu. — Onde é que esses macaquinhos costumam tomar uns goles e bater no peito hoje em dia?

Cada um foi para seu respectivo carro.

— Se você matar o cara — disse Kelly —, a exclusividade é minha.

A única classe profissional cujos membros bebiam tanto quanto os tiras, pelo que Parker sabia, era a dos escritores. Todo tipo de escritores. Roteiristas, romancistas, repórteres. O bebedouro mais próximo era o lugar onde os animais se reuniam para bater papo e chorar as mágoas. Embora solitários por natureza, os escritores têm em comum as tensões e paranóias próprias de seu trabalho. E, seja qual for a profissão, a tristeza sempre adora companhia.

O bar aonde Kelly levou Parker era um boteco intemporal que provavelmente não tinha mudado muito desde os anos 30. Só que, nos velhos tempos, o ar estaria esbranquiçado pela fumaça de cigarro e a clientela seria predominantemente masculina. No novo milênio era ilegal fumar perto de tudo que era lugar em Los Angeles, e as mulheres iam aonde bem queriam.

Kelly pegou dois bancos no canto da frente do bar, onde ela e Parker ficavam fora do tumulto, mas tinham boa visão da sala e da porta.

— Se fosse na época em que seu chapéu estava na moda, este lugar estaria repleto de jornalistas fumando um cigarro atrás do outro. Agora que voltou a ser elegante escutar Frank Sinatra e tomar coquetéis, isso aqui está cheio de profissionais jovens em busca de parceiros sexuais.

— O mundo desliza para o inferno — comentou Parker.

Ele pediu uma tônica com limão. Kelly optou pelo melhor uísque que era servido no bar e olhou para Parker levantando uma das sobrancelhas. — Você vai pagar aqui também, não é mesmo? Considero isso como parte do nosso encontro.

— Isso não é um encontro.

— Você quer algo de mim e pagou o jantar na esperança de conseguir o que procura — disse ela. — Em que isso se diferencia de um encontro?

— Não vai ter sexo envolvido nisso.

— Nossa, você me rejeita assim, na cara? — disse ela, fazendo-se de ofendida. — Você é cruel. Em geral, os caras com quem saio pelo menos não têm coragem suficiente para ser tão diretos. Isso merece um comentário.

Parker riu com vontade. — Você ainda está com tudo, Andi. É que eu meio que esqueci disso. Durante toda aquela confusão com o assassinato da estudante, você era a única pessoa que me fazia rir.

— Não sei exatamente como devo entender isso.

— Como um elogio. — Ele virou para ela no seu banco, adotando um tom sério: — Você foi honesta comigo naquele caso. Acho que nunca lhe agradeci.

Ela ficou um pouco corada, olhou para outro lado, bebeu um gole de uísque e pegou com a ponta da língua um pinguinho que ficara no lábio superior.

— Meu trabalho é dizer a verdade — disse ela. — Não é preciso ninguém me dar um tapinha nas costas por fazer o que é certo.

— Tudo bem, mas mesmo assim... Você se impôs quando ninguém estava a fim de agir assim. Eu fiquei grato por isso.

Kelly tentou desdenhar daquilo, embora Parker soubesse que ela tinha sido bombardeada impiedosamente na época.

— Não estou vendo o Caldrovics — disse ela. — Mas aquela turma lá no quarto reservado é com quem ele deve estar. O pessoal irritantemente novo e ansioso — disse com repugnância. — Tenho calças jeans da idade deles.

— Você não é velha — zombou Parker. — Se você é velha, eu também sou. Não admito isso.

— Para você é fácil dizer isso. Um cara atraente só deixa de sê-lo quando começa a sofrer de incontinência e precisa usar uma corneta acústica para ouvir. Veja só o Sean Connery. Ele tem mais cabelo saindo das orelhas do que na cabeça, mas as mulheres ainda têm fantasias com ele. Aqui nesta cidade, uma garota chega aos quarenta e tantos e é apartada do rebanho.

— Kelly, você está à cata de elogios?

Ela o olhou com zanga. — Não. Estou jogando a rede, é claro. Qual é a sua? Você é idiota? Será que treinar novos detetives tem o mesmo efeito que uma lobotomia frontal?

— Você está ótima — disse Parker. — Não envelheceu nada. Sua pele é diáfana e sua bunda está sensacional nessa calça. O que acha disso?

Ela fingiu decepção. — Você acertou nos pontos-chave, mas podia melhorar na sinceridade.

— Estou fora de forma.

— É difícil acreditar nisso.

— Mas é verdade; agora sou um cara pacato e caseiro — disse ele. — Fale-me sobre Goran.

— Não há muito a dizer.

— Você se casou com ele.

— Pareceu uma boa idéia naquele momento — disse ela, olhando para seu copo e esperando que Parker mudasse de tema, mas ele não desistiu e ela foi a primeira a pestanejar.

— Achei que fosse o amor da minha vida, mas acabei por descobrir que só eu pensava isso. — Ela deu de ombros e fez uma careta que não chegou a se refletir no olhar. — *C'est la vie*. Ninguém precisa disso, não acha? Não vejo um anel no seu dedo.

— Nada disso. Ainda estou curtindo a alegria de ser eu mesmo.

— Lá está ele — disse Kelly indicando o outro lado da sala. — Caldrovics. Ele vem dos fundos. Deve ter ido ao banheiro. Cabelo oleoso, cavanhaque sujo, parece um morador de rua.

— Peguei o peixe — disse Parker, descendo do banco do bar.

— Pelo amor de Deus, faça o que fizer, mas não mencione o meu nome — disse Kelly.

Ele colocou algum dinheiro em cima do balcão para pagar a conta e em seguida atravessou a sala entre os yuppies no cio, passando por uma dupla de velhos jornalistas que discutiam sobre a política do presidente para o Oriente Médio. Nenhum dos amigos de Caldrovics notou que Parker se aproximava. Todos estavam muito concentrados em si próprios e em algo que Caldrovics estava contando, em pé, ao lado do reservado e de costas para Parker.

Parker pôs a mão no ombro do rapaz. — Sr. Caldrovics?

A expressão foi de desagradável surpresa com um fundo de desconfiança. Trinta e quatro ou trinta e cinco anos, ainda com acne no rosto. Era provável que ainda tivesse lembranças súbitas de ter sido mandado à sala do diretor da escola.

— Gostaria de falar uma palavrinha com você — disse Parker. Ele pegou sua identificação e mostrou-a discretamente a Caldrovics.

Antes que o restante da mesa voltasse a atenção para ele, Parker se afastou, mantendo a mão firmemente apoiada na base do pescoço do rapaz.

— Sobre o quê? — perguntou Caldrovics, arrastando os pés.

— Cumprir com seu dever cívico — disse Parker. — Você quer cumprir com seu dever cívico, não é mesmo?

— Ora...

— Desculpe, não sei seu primeiro nome.

— Danny...

— Posso lhe chamar de Danny? — perguntou Parker, conduzindo-o para o corredor dos fundos. — Sou o detetive Parker, Kev Parker. Da Divisão Central do Departamento de Polícia de Los Angeles, setor de Homicídios.

— Homicídios?

— Sim. Quando uma pessoa mata outra, isso é chamado de homicídio.

— Eu sei o que significa.

Os dois saíram pela porta dos fundos para um beco onde dois empregados do bar fumavam, parecendo entediados.

— Vamos dar uma caminhada, Danny — sugeriu Parker.

— Esta área não é muito segura.

— Sei que não, mas não se preocupe. Estou com uma arma carregada — disse Parker, endurecendo o tom de voz aos poucos com cada palavra. — Duas, na verdade. Você tem alguma, Danny?

— Droga, claro que não!

— Muito bem. Estou certo de que você nunca precisará disso.

Caldrovics tentou pisar no freio. — Para onde vamos?

— Logo ali — disse Parker, dando-lhe um empurrãozinho ao passarem junto a uma caçamba de lixo, onde não podiam ser vistos pelos empregados que estavam nos fundos do bar. — Achei que um pouco de privacidade seria conveniente. Não gosto de gente bisbilhotando conversas alheias. Você sabe, como os repórteres, por exemplo. Eles nunca entendem os fatos direito, não é mesmo?

Ele sacou sua arma de serviço do coldre preso no cinto e chutou a lateral da lixeira, que ressoou como um gongo. — Todo mundo fora daí!

Caldrovics pulou para trás, de olhos arregalados. — Droga, cara! O que você está fazendo?

— Malditos maconheiros! — queixou-se Parker. — Eles estão sempre zanzando nesses becos como ratos no lixo. São capazes de cortar o pescoço de qualquer um por um tostão.

A luz de segurança dos fundos do edifício tinha o brilho branquíssimo de uma lua cheia. Parker podia ver em detalhe o rosto do rapaz, que não podia ver o dele, coberto pela sombra produzida pela aba do chapéu.

— Necessito fazer algumas perguntas, Danny — começou o detetive. — É sobre a sua pequena matéria que saiu esta manhã no jornal, a respeito do assassinato do advogado Leonardo Lowell.

Caldrovics deu um passo para trás, em direção à caçamba de lixo.

— Sou o investigador principal desse caso — disse Parker. — Portanto, tudo passa por mim. Todo mundo que tem algo a ver com esse caso ou algo a dizer sobre ele deve me procurar.

— Eu não tenho...

— É o regulamento, Danny. Eu o sigo à risca.

— Não é o que tenho ouvido dizerem — murmurou Caldrovics.

— Como é que é? — perguntou Parker, dando um passo à frente com um gesto agressivo. — Que foi que você disse?

— Nada.

— Está querendo encher meu saco?

— Não.

— Então você é apenas um bobão. É isso?

Caldrovics recuou mais um passo, mas Parker diminuiu a distância entre eles dando outro passo à frente. — Você é bobo o bastante para me desrespeitar bem na minha cara?

— Não tenho por que ouvir essa besteira de você, Parker — disse Caldrovics. — Eu fiz meu trabalho...

— Danny, você não me impressiona. Você começou mesmo com o pé esquerdo.

— Você não pode me pressionar desse jeito — disse Caldrovics.

— O que você vai fazer? Vai me dedurar? — Parker riu. — Você acha que eu ligo para o que alguém pensa de mim? Você acha que alguém vai ligar a mínima para o que você disser se não tiver testemunhas?

Eles estavam muito perto um do outro. Caldrovics estava nervoso, mas estava se saindo bem na tentativa de dissimular.

— O que você tem nos bolsos, Danny? — perguntou Parker com a voz baixa. — Tem um gravador funcionando?

— Não.

Parker enfiou a mão no bolso esquerdo da jaqueta militar que o rapaz usava, depois no bolso direito, de onde tirou um minigravador.

— Mentir para mim não é inteligente da sua parte, Danny — disse Parker, desligando o aparelhinho. — Neste exato momento o fusível da minha calma é da grossura de uma pestana. Tenho aí um assassinato que fede como ostra podre e você tem a informação de que preciso. Aí você vem mentir para mim.

— Não sei quem matou o cara!

— Não? Parece que você sabe de coisas que o restante de nós não sabe. Como isso é possível? Talvez você seja o assassino.

— Você endoidou! Por que eu ia matar aquele cara? Nunca o vi na vida!

— Por dinheiro, por uma reportagem, porque ele tinha fotos de você fazendo coisas ruins com garotinhos...

— Isso é besteira — replicou Caldrovics, tentando fugir de Parker, que o empurrou contra a caçamba de lixo.

— Epa! — reagiu Caldrovics. — Isso é agressão!

— Isso é resistência à prisão. — Parker pôs ambas as mãos em cima dele, virou-o e encostou-o de cara contra a caçamba. — Danny Caldrovics, você está preso.

— Por quê? — perguntou Caldrovics quando Parker puxou um braço e depois o outro para trás dele e o algemou.

— Pensarei em alguma coisa no carro.

— Não vou entrar num carro com você, Parker.

Parker deu-lhe um puxão para afastá-lo da caçamba. — Qual o problema, Danny? Sou um policial. Sua mãe não ensinou que os policiais são seus amigos?

— O que está acontecendo aqui? — Andi Kelly contornou a caçamba correndo e parou escorregando ao deparar-se com Caldrovics algemado e Parker empurrando-o para o beco.

— Kelly? — Caldrovics olhou para ela, pasmo.

— Eu vi quando você saiu com ele pela porta dos fundos — disse ela. — Achei que havia algo errado.

— Sai fora, Kelly — disse Parker rispidamente. — O que você está fazendo aqui? Está procurando uma manchete?

— O que *você* está fazendo, Parker? O que é que há?

— Seu camaradinha acaba de ser preso. Ele está sonegando informação sobre um latrocínio. Isso faz dele um cúmplice posterior, se não anterior.

Caldrovics virou-se para ele. — Eu já lhe disse: não tive nada a ver com assassinato nenhum!

— E por que vou acreditar nisso? Caldrovics, você é um mentiroso consumado e tenho certeza de que está sonegando informação.

— Você nunca ouviu falar na Constituição, Parker? — disse Kelly com sarcasmo. — Da Primeira Emenda?

— Vocês me dão nojo — disse Parker. — Vocês usam a Primeira Emenda como se fosse um acessório da moda. Não estão nem aí para o que aconteça com ninguém, desde que consigam o que querem. Na verdade, quanto pior, melhor. Um assassinato não resolvido dá mais manchetes que um caso encerrado.

— Essas suas acusações não vão colar — disse Kelly.

— Pode até ser que não, mas pode ser que o Danny pense duas vezes em cooperar depois de passar uma noite na cadeia com um monte de viciados em crack e traficantes.

Caldrovics olhou para ele com desprezo. — Você não pode fazer isso...

— Posso e vou fazer, seu malandro. — Parker começou a empurrá-lo novamente para o beco.

Caldrovics olhou para Kelly. — Pelo amor de Deus, vá chamar alguém!

O olhar arregalado de Kelly mudou de Caldrovics para Parker e voltou ao primeiro. — Esperem. Esperem aí — disse ela, levantando as mãos para detê-los.

— Kelly, eu não tenho tempo para isso — berrou Parker. — Estamos falando de um assassino que não parou de matar gente. Hoje ele atacou a filha da vítima, graças a seu amiguinho babaca aqui, que se prontificou a publicar o nome dela no jornal esta manhã!

Mais uma vez, Caldrovics começou a defender-se: — Ele pode ter sabido dela de qualquer...

Parker deu um puxão nas algemas. — Feche o bico, Danny! Não quero ouvir mais justificações da sua parte. Você fez o que fez. Seja homem e assuma a responsabilidade.

— O que você precisa saber dele, Parker? — perguntou Kelly.

— Onde ele arranjou essa informação? Quem lhe disse que a filha achou o corpo?

Kelly virou para Caldrovics. — Você não soube disso por ele? Se ele está incumbido do caso, por que você não o procurou para obter informação?

— Eu não devo explicações a você, Kelly.

Kelly avançou sobre ele e deu-lhe um chute na canela. — Você é idiota? Estou aqui tentando salvar sua pele e você fica fazendo cu-doce?

— Ele é um imbecil de merda — opinou Parker.

— Eu também acho. — Ela sacudiu a cabeça e deu meia-volta para ir embora. — Parker, pode fazer o que quiser com ele. Ele é panaca demais para viver. E eu nunca estive aqui.

— Kelly, pelo amor de Deus! — rogou Caldrovics.

Ela virou-se para ele e abriu as mãos. — Ora, Caldrovics, você tem informação sobre um homicídio. Tudo que ele quer saber é com quem você arranjou essa informação. Se você é tão idiota que não segue os caminhos corretos tratando-se de um crime comum... Você vai durar uns três minutos trabalhando na área criminal. Por que não falou com Parker na cena do crime? Ele teria dado detalhes. Por que você não lhe perguntou?

Caldrovics não respondeu de imediato. Está ponderando suas opções, pensou Parker. Buscando a menos ruim.

Finalmente, ele suspirou profundamente e disse: — Tudo bem, eu não fui à cena do crime. Peguei aquilo no rádio. Droga, estava chovendo, cara. Por que eu ia sair na chuva e ir lá só para alguém me dizer que o sujeito caído ali com a cabeça rachada a pancadas estava morto?

— E como você soube que a cabeça dele tinha sido rachada a pancadas? — perguntou Parker. — Não disseram isso no rádio. E por que você disse que a filha encontrou o corpo?

Caldrovics desviou o olhar.

— Você simplesmente inventou? É o que você gosta de fazer, escrever ficção? Está fazendo esse bico no jornal só até conseguir vender o grande roteiro? Era uma noite meio devagar e você resolveu enfeitá-la só para se divertir?

— Por que eu iria fazer isso?

— Porque você pode.

— Você não foi até a cena do crime? — disse Kelly, pasma. — O que é isso? Seu trabalho é esse, ou seja, visitar a cena do crime e relatar o que aconteceu. Qual vai ser a próxima? Você vai esperar para escrever a matéria quando o caso passar na televisão?

Caldrovics resmungou: — Falei com um tira. Qual é o problema?

— O problema é que você não falou comigo — disse Parker. — O problema é que, pelo que me consta, você não falou com nenhuma das pessoas que eu sei que estiveram na cena do crime. O problema é que você apresentou uma informação que é novidade pra mim, e então eu quero saber de onde ela veio. Qual foi o tira?

De novo o grande dilema interno. Fazia muito, mas muito tempo que Parker não tinha tamanha vontade de encher alguém de socos. — Ele é da Roubos e Homicídios. Por que eu não iria acreditar no que ele me disse?

Parker sentiu que tinha levado uma paulada na cabeça. Uma pressão enorme cresceu detrás de seus olhos e na nuca. — Kyle. Aquele filho-da-puta.

— Kyle o quê? — perguntou Caldrovics. — O cara com quem falei é o Davis.

— Quem é Davis? — perguntou Parker. Ele virou para Kelly, que se dedicava a maior parte do tempo a casos de alto nível e provavelmente conhecia o pessoal do Parker Center bem melhor que ele.

Kelly deu de ombros. — Não conheço nenhum Davis.

Parker olhou para Caldrovics. — Como você conheceu esse cara?

— Por aí. A gente se encontrou num bar, mais ou menos uma semana atrás. Dá para tirar as algemas? Não estou sentindo as mãos.

— Ele mostrou a sua identificação? — perguntou Parker, abrindo as algemas.

— Sim. Eu perguntei como é o negócio na equipe principal. Ele me falou sobre alguns casos em que já trabalhou.

— Você tem algum telefone dele?

— Não aqui comigo.

O celular de Parker tocou. Ele checou quem estava ligando. Era Ruiz.

— Ruiz, eu já falei um monte de vezes que não vou dormir com você.

Ela não riu porque não tem senso de humor, pensou ele. Mas também não reagiu de maneira alguma; então Parker experimentou uma sensação de pavor formigando na pele.

— Acabo de ser chamada — disse ela. — Estou de serviço, como você sabe.

— A gente se encontra na cena do crime. Qual o endereço?

— Speed Mensageiros.

26

— **Que merda** — disse Parker com um longo suspiro, sentindo que a força e a energia o abandonavam ao expelir o ar. — Que merda — ele sussurrou.

Um farol da radiopatrulha de Chewalski iluminava o local com uma intensa luz branca, como o palco de algum artista performático de vanguarda.

Eta Fitzgerald jazia formando uma lombada sobre o asfalto molhado e trincado do beco atrás do escritório da Speed, ou, melhor, o corpo dela jazia lá. Não havia sinal da grande personalidade que Parker conhecera naquela manhã. A força que ela tinha sido havia sumido. O que ele via agora era apenas uma casca, uma carcaça. Parker agachou-se junto ao corpo. Haviam cortado a garganta dela de orelha a orelha.

— Isso é que é muita mulher — disse Jimmy Chew.

— Não fale isso — disse Parker baixinho. — Não fale isso desta vez.

— Você a conhecia?

— Conhecia sim, Jimmy.

O que agora era um problema. Uma das primeiras coisas que ele incutia nos seus novatos era que não se ligassem emocionalmente com as vítimas.

Fazer isso é pegar o caminho para a loucura. Não se pode encarar todo caso de maneira pessoal. Isso é duro demais, destrutivo demais. Entretanto, é mais fácil de dizer do que de fazer quando você conheceu a vítima antes do crime.

— Puxa vida, desculpe — disse Chew. — Era sua amiga?

— Não — disse Parker. — Mas poderia ter sido em outro momento, em outro lugar.

— Não achamos nenhuma identidade aqui. Nem bolsa. Com certeza a grana dela está rodando pela cidade numa hora dessas, comprando pedra e propiciando boquetes de cinqüenta dólares. Achamos chaves no chão perto do corpo. Elas são da minivan, que está emplacada em nome de Evangeline Fitzgerald.

— Eta — disse Parker. — Ela se apresentou como Eta. Era a chefe de despacho daqui. Ruiz e eu conversamos com ela esta manhã.

— Aquele mensageiro ciclista de ontem à noite trabalhava aqui, não é mesmo?

— Sim.

— Então ele é o cara que procuramos, certo? O advogado. A chefe de despacho. O que liga os dois é ele.

Parker não disse nada, mas não achava isso. Por que Damon ia esperar até o fim do dia para matá-la? Ele devia saber que a primeira coisa que a polícia ia fazer seria investigar nos serviços de mensageiros. O dano estaria feito antes do fim do expediente daquele dia se Eta tivesse optado por dar alguma informação aos policiais. Se Damon quisesse calar a boca dela, certamente a mataria antes que chegasse ao trabalho, não quando estava saindo de lá.

Talvez ele tivesse voltado para roubá-la, mas Parker também duvidava disso. Por que o garoto iria se arriscar voltando lá? Afinal, o local podia estar sob vigilância. E ele tinha, supostamente, uma grande soma de dinheiro roubada do cofre de Lenny Lowell. Por que iria querer saber do que havia na carteira da mulher?

— Ela tem família, filhos — disse ele.

— Eu descobri que quem merece esse fim é geralmente quem está do outro lado da faca — disse Jimmy Chew.

Parker levantou-se e olhou ao redor. — Cadê Ruiz? Este caso é dela.

— Ela ainda não chegou. Deve estar demorando mais para afiar suas garras. Você arranjou um verdadeiro pitéu, Kev.

— Eu não preciso gostar deles, Jimmy — disse Parker, já indo embora. — Eu só devo ensinar-lhes alguma coisa.

— Sei, boa sorte nisso.

— Algo para a imprensa, detetive? — perguntou Kelly do outro lado da fita amarela.

Parker enfiou as mãos nos bolsos do impermeável e seguiu andando. — O caso não é meu.

— E onde está o detetive encarregado?

— Ainda não está aqui. — Parker olhou ao redor para verificar que Jimmy Chew estava fora do alcance de sua voz. — Cadê Caldrovics?

Kelly deu de ombros. — Caiu fora. Talvez esteja dando queixa de você às autoridades.

— Ele não tem marca alguma, a não ser do chute que levou de você — disse Parker. — Por falar nisso, obrigado pela ajuda.

— Ele fez por merecer aquilo e não há de quê. Fico contente de cumprir o meu dever cívico ajudando um policial.

— Tentei passar essa idéia para Caldrovics, mas ele não se mostrou receptivo.

Kelly fez uma careta. — Esses garotos de hoje... Só querem saber de si mesmos e mais nada. — Ela mal parou para respirar. — Então, o que você tem para mim, Parker? Algum furo?

— A vítima era chefe de despacho da Speed Mensageiros. Motivo aparente: roubo. A bolsa dela sumiu.

Kelly rabiscou numa caderneta. — Ela tem nome?

— A família ainda não foi informada. — Parker inspirou ar úmido cheirando a lixo e expirou-o, pensando nos familiares de Eta, como eles receberiam a notícia, como se virariam sem ela. Não podia deixar que Ruiz desse a má notícia. Dava até para imaginar o que ela ia dizer: — Então é isso, ela morreu. É questão de se conformar.

— Kev? — Kelly estava olhando para ele com preocupação.

— Lenny Lowell estava esperando um mensageiro ontem à noite. O mensageiro era da Speed. Ninguém o viu desde então.

Não era bem assim, mas Kelly não precisava ouvir todos os detalhes, e Parker ainda tinha dúvidas a respeito de Abby Lowell e seu suposto encontro com Damon.

— Ruiz e eu estivemos aqui pela manhã em busca de informação — disse ele. — Não achamos nada. O nome dele é provavelmente falso. O endereço que constava aqui não é de uma residência.

— Esse mensageiro é seu suspeito? Em ambos os crimes?

— Ele é uma pessoa do nosso interesse.

Um carro chegou rugindo pelo beco e freou derrapando atrás da radiopatrulha de Chewalski, parando a dez centímetros do pára-choque traseiro. A porta do motorista abriu-se e Ruiz desceu. Ela usava roupa de couro colada no corpo da cabeça aos pés.

— Onde você estava? — perguntou Parker com rispidez. — Fazendo bico como dominadora? Você ligou para mim meia hora atrás.

— Pois é, desculpe. Eu não moro num loft moderninho no centro da cidade. Moro no Vale.

— Por que será que isso não me surpreende? — murmurou Kelly de modo que Parker ouvisse.

— O tráfego na 101 está um porre — prosseguiu Ruiz. — Algum panaca deixou uma mesa de jantar cair do caminhão. Aí então...

Parker levantou uma das mãos. — Chega. Você já está aqui. Pode nos poupar de ouvir o resto.

— Ruiz, está é Andi Kelly — disse ele, acenando para a repórter. — Ela escreve para o *Times*.

Ruiz pareceu ofendida. — O que ela está fazendo aqui?

Kelly adotou uma postura desafiante e olhou para ela com desdém. — Repórter, crime, matéria. Entendeu?

— Senhoras, não se engalfinhem na cena do assassinato — disse Parker. — Ruiz, o caso é seu. Cabe a você decidir o que deseja que a imprensa saiba. Procure lembrar que os jornalistas também são úteis. Neste caso, quero que você me informe tudo primeiro. Este assassinato pode estar relacionado ao meu da noite passada. Temos de estar em sintonia. Você sabe quem é a vítima?

— A chefe de despacho.

O investigador forense acabava de chegar e andava em torno do corpo de Eta Fitzgerald como se não conseguisse decidir por onde começar.

— É sua a cena do crime — disse Parker. — Incumba-se dela. Não faça besteira e procure não se indispor com mais de três ou quatro pessoas. E lembre-se de que estou observando todos os seus movimentos. Uma mancada e você vai aplicar multas por estacionamento irregular.

Ruiz mostrou-lhe o dedo médio e se afastou.

— Nossa — disse Kelly. — Alguém no Parker Center *realmente* detesta você.

— Minha querida, *todo mundo* no Parker Center realmente me detesta. — Ele virou para cima as lapelas do sobretudo e arrumou o chapéu. — Eu ligo para você.

Ele voltou para a cena do crime.

— E aí, Parker — Kelly chamou antes que ele tivesse dado cinco passos. Ele olhou para ela por cima do ombro. — É verdade que você mora num loft moderninho no centro da cidade?

— Boa-noite, Andi — ele respondeu, sem parar de andar.

O investigador forense estava fazendo seu trabalho de privar a vítima do que restava da sua dignidade, cortando as roupas para examinar o corpo em busca de ferimentos, marcas, contusões, lividez.

— Quanto tempo faz que ela morreu, Stan? — perguntou Parker.

— Duas ou três horas.

O homem gemeu e lutou para virar o corpo de Eta Fitzgerald. Cerca de cem quilos de peso literalmente morto. Ao tombar, ela bateu no traseiro do investigador. Como o pescoço tinha sido cortado quase até a espinha dorsal, quando o corpo foi virado para ficar de costas, a cabeça mal o acompanhou.

Ruiz encolheu-se em sinal de repulsa e murmurou: — *Madre de Dios.*

Ela ficou branca como leite e recuou. Parker pôs uma das mãos no ombro dela para acalmá-la. — Seu primeiro pescoço cortado?

Ruiz assentiu.

— Está ficando enjoada, boneca?

Ela assentiu de novo, e Parker fez com que ela se virasse, afastando-a daquele lugar. — Não vomite em cima de nenhuma prova.

Aquela era uma morte das mais brutais. Parker conhecia muitos veteranos calejados que botavam o jantar para fora ao ver uma garganta cortada ou uma mutilação. Isso não era vergonha nenhuma. Era algo horrendo de se ver. Parker perguntava-se o que indicava a seu próprio respeito o fato de ter se tornado durão e resistir a tais cenas. Ele supunha que, simplesmente, havia aprendido a seguir seu próprio conselho e não encarar aquelas coisas de forma pessoal. E que, com o passar do tempo, desenvolvera uma inestimável habilidade de desvincular a vítima como pessoa viva do corpo da vítima.

Apesar disso, naquele caso o abalo era maior do que na maioria. Horas antes, ele tinha ouvido aquela mulher grande e vigorosa soltar uma tirada atrás da outra. Agora não havia voz, mas apenas uma lição de anatomia sobre o funcionamento interno da garganta humana.

As extremidades da ferida aberta haviam recuado como delicadas camadas de enfeite de renda, expondo uma grande quantidade de tecido adiposo amarelo brilhante, o tecido conectivo que armazena a gordura. Sob a intensa luz branca, parecia gordura de frango fluorescente.

Não havia muito sangue na ferida nem ao seu redor. Boa parte dela devia ter descido diretamente pela traquéia, agora parcialmente exposta, enchendo os pulmões e afogando a mulher. A carótida devia ter esguichado como um gêiser. Não fosse pelas chuvas intermitentes que haviam lavado o asfalto, os especialistas em cena de crime teriam achado respingos talvez a dois metros do corpo. Muito sangue tinha ficado empoçado no pavimento embaixo do corpo. O peito de Eta estava manchado nos lugares onde o sangue encharcara as roupas, cobrindo parcialmente o pequeno coração vermelho com halo de fogo tatuado logo acima do seio esquerdo.

Mesmo com tanto sangue, o assassino talvez tenha ido embora sem sequer um respingo, dependendo de onde estivesse.

Ruiz voltou com uma expressão que desafiava Parker a fazer uma piada.

— Você mandou policiais revistarem os outros edifícios? — ele perguntou. — Alguém pode ter visto alguma coisa.

Ela confirmou balançando a cabeça.

— Quem denunciou o crime?

— Não sei.

Parker virou para Chewalski. — Jimmy, quem foi?

— Um dos nossos dignos cidadãos — disse o policial, acenando para que eles o seguissem até o outro lado do beco.

Quando chegaram ao setor de carga de uma loja de móveis chamada Fiorenza, uma figura escura e imprecisa emergiu de uma grande caixa de papelão. Ao estender-se, a figura transformou-se num homem negro alto e magro, de longo cabelo grisalho emaranhado e roupas esfarrapadas. Ele vinha precedido pelo seu aroma. Cheirava como se tivesse passado muito tempo num cano de esgoto.

— Detetives, esse é Obidia Jones. Obi, eles são os detetives Parker e Ruiz.

— Eu achei aquela pobre mulher! — disse Jones, apontando para o outro lado do beco. — Eu teria tentado *recissutá-la*, mas não consegui virá-la para cima. Como vocês podem ver, ela é de tamanho *pacidérmico*. Pobre criatura, eu *pidi* e *pidi* que ela não estivesse morta, mas estava morta mesmo assim.

— E o senhor chamou a polícia? — disse Ruiz, em tom de dúvida.

— Não custa nada ligar para o 911. Eu ligo de vez em quando. Tem um telefone na esquina.

— O senhor viu o que aconteceu, Sr. Jones? — perguntou Ruiz, torcendo o nariz ante o cheiro dele.

— Não, senhora, não vi. Eu estava indisposto no momento do ato hediondo. Acho que estou *consumacionando* fibra demais na minha dieta.

— Não preciso saber disso — disse Ruiz.

O velho olhou para ela de soslaio, inclinando-se para o rosto dela. — Creio que talvez a senhora esteja comendo pouca fibra, o que pode ser a causa da sua expressão.

— Quem dera fosse tão simples assim — disse Parker. — Como foi que se deparou com a mulher morta, Sr. Jones?

— Eu voltava para a minha residência e a vi prostrada bem ali depois que o carro saiu.

— Que carro?

— Um carrão preto.

— Por acaso o senhor viu quem o dirigia? — perguntou Parker.

— Não dessa vez.

Ruiz esfregou a testa. — O que isso quer dizer?

— É que eu já o vi antes — esclareceu Jones. — Ele veio aqui mais cedo.

— O senhor reconheceria esse sujeito se o visse de novo? — perguntou Parker.

— Ele parece com um cachorro pit bull — disse Jones. — Cabeça quadrada, olhos redondos e grandes. Indubitavelmente da ralé branca.

— Nós vamos precisar que o senhor veja algumas fotografias — disse Parker.

Jones arqueou uma grossa sobrancelha grisalha. — No seu distrito policial?

— Sim.

— Esta noite? — ele especificou. — Enquanto está frio e úmido aqui fora?

— Se não for incômodo demais para o senhor.

— Não me incomodaria muito — disse ele. — Vocês todos ganham pizza lá?

— Com certeza.

— Posso levar minhas bolsas comigo? Todos os meus *pertenences* estão em minhas bolsas.

— Claro, sem dúvida — disse Parker. — A detetive Ruiz cuidará de levá-las no seu carro.

Jones olhou para ela. — Talvez haja alguns alimentos fibrosos para a senhora nessas bolsas. Pode servir-se à vontade.

— Sim, seria ótimo — disse Ruiz, olhando de relance para Parker. — E o senhor pode pegar carona com o detetive Parker.

— Não — disse Parker. — Certamente o Sr. Jones irá preferir ser levado no veículo oficial da polícia. O policial Chewalski pode até acionar o giroscópio para o senhor — disse ele a Jones.

— Isso seria muito bacana — disse Jones. — Bacana mesmo.

— Obi, vamos pegar suas bolsas e colocá-las no porta-malas do carro da detetive — disse Chewalski.

Ruiz olhou para Parker e murmurou: — Eu odeio você.

Parker não lhe deu atenção. — Só mais uma coisa, Sr. Jones. O senhor viu alguém de bicicleta aqui atrás por volta da hora do assassinato?

— Não. Todos os rapazes de bicicleta tinham ido embora bem antes disso.

— E quanto a um carrinho preto e de linhas retas?

— Não, senhor. Carro grande. Comprido e preto como a própria morte.

— Obrigado.

— Você é um tremendo babaca — disse Ruiz quando voltavam para a cena do crime.

— Tome isso como penitência — disse Parker.

— Por chegar tarde?

— Por ser você.

27

O apartamento estava escuro e em silêncio, clareado apenas por uma luminosidade branca que aparecia e sumia como a luz de um holofote, quando nuvens carregadas de chuva deslocavam-se e encobriam a lua. Jace perambulava pelo pequeno espaço como um animal enjaulado, bem ciente de que seus inimigos podiam estar se aproximando.

Tyler observara o irmão atentamente depois que ele subira, com o olhar triste e inusitadamente calado. O menino não tinha perguntado nada sobre os novos cortes e machucados. Jace pensou que talvez devesse ter contado algo ao irmão, mas não fizera isso espontaneamente e Tyler não tinha perguntado, optando pelos olhares acusatórios. A tensão no apartamento aumentara como eletricidade estática, tanto que eles poderiam ter ficado de cabelo completamente em pé. Tyler foi para a cama às dez da noite sem dizer uma palavra.

Jace tentou livrar-se do sentimento de culpa. Nunca faria nada que pusesse seu irmão em risco. Isso era o mais importante. Os temores e sentimentos de Tyler tinham de ficar em segundo plano. Ensaiou essas palavras mentalmente para quando acordasse o irmão, a fim de avisá-lo de que estava indo embora.

Arrumou suas coisas rapidamente. Uma muda de roupas e poucas coisas mais foram postas numa mochila. Embora ainda não tivesse um plano, sabia o que tinha de fazer: não podia ficar ali. Algo ia acontecer com ele; sempre acontecia. Tinha sido criado para pensar em fugas. Não podia considerar-se uma presa sendo caçada por cães. Devia ver-se em posição de força.

Tinha o que o assassino queria e, se era uma coisa pela qual valia a pena matar, certamente teria valor para mais alguém. Abby Lowell era o caminho para essa resposta. Jace não acreditava que ela não soubesse o que estava acontecendo; de outro modo, por que alguém arrombaria o apartamento dela, por que deixaria o aviso no espelho? *Você é a Próxima a Morrer*. O propósito disso tinha de ser assustá-la para que fizesse alguma coisa. Para que ameaçá-la se ela não sabia o que estava acontecendo?

Teria de dar um jeito de fazê-la sair. Conseguir que ela o encontrasse em terreno neutro, num lugar com muitas vias de escape, onde fosse possível ver o perigo se aproximando. Jace pensava dizer-lhe que estava com os negativos e perguntar-lhe que significado eles tinham para ela. Perguntaria quanto valiam para ela.

Jace perguntou-se o que ela havia contado à polícia. Ela mencionara um detetive. Qual era o nome dele? Parker. Seria ele o sujeito de chapéu nos fundos do escritório da Speed? O que Parker sabia? O que ele havia esclarecido? O que Eta lhe dissera?

Ele ainda não queria acreditar que tinha sido traído por Eta. Queria fazer contato com ela, falar com ela. Queria recuperar a confiança.

— Você está indo embora.

Tyler estava no vão da porta do quarto, vestindo seu pijama do Homem-Aranha e com o cabelo totalmente despenteado.

— Você está indo embora e nem sequer ia me dizer.

— Isso não é verdade — disse Jace. — Eu não iria embora sem avisar você.

— Você disse que nunca iria embora.

— Eu disse que sempre voltaria — corrigiu Jace. — E vou voltar.

Tyler sacudia a cabeça, e seus olhos marejavam. — Você está com problemas. Também não ia me dizer isso, mas eu sei.

— Sabe o quê?

— Você me trata com se eu fosse um bebê, um bobo que não se dá conta de nada. Como se... como...

— O que você sabe?

— Você vai embora. Poderia me levar, mas não vai me levar e eu não tenho a chance de dizer nada sobre isso, porque você acha que nem sequer devo saber o que está acontecendo!

— Tyler, você não pode ir comigo. Preciso esclarecer alguns problemas e para isso necessito ter condições de me mover rápido.

— Poderíamos ir embora juntos — argumentou Tyler. — Poderíamos ir a um lugar onde ninguém nos conheça, como quando mamãe morreu.

— Não é tão fácil assim — disse Jace.

— Porque você vai pra cadeia?

— O quê? — Jace despencou no futon. Tyler ficou diretamente na frente dele, com o rosto tenso da raiva que corava a pele pálida.

— Não minta — disse ele. — Não faça de conta que não disse isso. Eu ouvi quando você disse isso.

Jace não se deu ao trabalho de perguntar ao irmão se tinha escutado a conversa dele com Madame Chen. Era óbvio que escutara, e Jace sabia que isso não era motivo de surpresa. Tyler tinha fama de aparecer onde não deveria estar e saber coisas que não deveria saber.

— Não vou pra cadeia — disse Jace. — Falei isso pra Madame Chen mais para assustá-la. Ela quer que eu me apresente à polícia ou fale com um advogado. Não quero fazer isso e preciso garantir que ela não faça isso por mim.

— Para que o serviço social não me pegue e me entregue para adoção.

— É isso mesmo, camarada. — Jace pôs as mãos nos ombros do irmão mais novo. — Não vou deixar que você corra risco. Eu nunca permitiria isso. Você entende?

As lágrimas brilharam nos olhos de Tyler, que balançou a cabeça afirmativamente.

— Nós cuidamos um do outro, certo?

— Então você deveria deixar que eu ajude, mas não vai deixar.

Jace negou. — É complicado. Eu necessito descobrir o que está acontecendo realmente.

— Então deveria me deixar ajudar — insistiu Tyler. — Sou bem mais inteligente que você.

Jace riu com cansaço e mexeu no cabelo do irmão. — Se fosse questão de geometria ou ciência, eu iria direto procurar você, Ty. Mas não é. Isso é muito mais sério.

— Um homem foi morto — disse Tyler com a voz baixa.

— Sim.

— E se você também for morto?

— Não vou deixar que isso aconteça — disse Jace, sabendo que essa era uma promessa vã. Tyler também sabia. Mesmo assim, Jace disse: — Eu vou voltar.

Duas lágrimas escorreram pelo rosto do irmão. A expressão nos olhos dele era a de alguém muito mais velho. Uma profunda tristeza que se tornava ainda mais pungente pela cansada resignação da experiência do passado. Nesse momento, Jace pensou que a alma de Tyler devia ter cem anos ou mais e que ele vivia de decepção em decepção.

— Você não poderá voltar se estiver morto — sussurrou Tyler.

Jace puxou o menino para bem perto e abraçou-o com força, sentindo as próprias lágrimas arderem nos olhos. — Eu te amo, camarada. Vou voltar. Só por você.

— Você promete? — perguntou Tyler, com a voz abafada contra o ombro de Jace.

— Prometo — murmurou Jace sentindo um nó na garganta, pois era uma promessa que ele não sabia se poderia cumprir, como uma pedra afiada que não podia engolir e não ia botar para fora.

Os dois choraram por uns instantes e depois ficaram sentados por um momento, deixando o tempo passar, sem sentido, na escuridão da noite. Por fim, Jace suspirou e afastou o irmão de si.

— Preciso ir embora, camarada.

— Espere — disse Tyler. Ele deu meia-volta e correu para seu quarto, antes que Jace pudesse dizer algo, para voltar logo com um par de transceptores que ele lhe dera de presente no Natal.

— Pegue um — disse Tyler. — As pilhas são novas. Assim a gente pode se falar.

Jace pegou o rádio. — Pode ser que eu esteja fora do alcance, mas vou ligar quando puder.

Ele vestiu sua jaqueta militar e colocou o rádio dentro de um dos bolsos. Tyler acompanhou-o até a porta.

— Não se meta em problemas — disse Jace. — E obedeça à Madame Chen. Entendeu?

Tyler confirmou balançando a cabeça.

Jace esperava que Tyler lhe recomendasse tomar cuidado, mas ele não fez isso. Não disse adeus. Não disse nada.

Jace tocou o cabelo do irmão mais uma vez, deu meia-volta e desceu as escadas.

Chinatown estava em silêncio, e o asfalto escuro resplandecia como gelo sob a iluminação da rua. Jace subiu na Besta e começou a pedalar lentamente pelo beco. Um pé empurrando para baixo, depois o outro, numa cansativa escalada para lugar nenhum. A Besta balançou de um lado para outro com cada pedalada até os movimentos se transformarem em aumento de velocidade. Jace virou à direita no fim do beco e rumou para o centro da cidade, onde as luzes nas janelas de prédios altos brilhavam como estrelas enfileiradas.

No momento em que Jace virava numa esquina, um Chrysler Sebring com cinco anos de uso virava em outra a poucos quarteirões dali. Um portão de ferro foi aberto por comando eletrônico e o carro entrou, ocupando sua vaga junto a um antigo depósito de produtos têxteis que por um triz fora poupado da condenação, para ser transformado em modernos lofts.

Ainda em outro quarteirão, um sedan preto com pára-brisa novinho em folha dobrou numa esquina e seguiu devagar por uma rua molhada, passando por uma lavanderia, uma quitanda e a Peixaria Chen.

Parker entrou no seu loft e largou as chaves sobre a mesa de altar chinês de nogueira preta que servia de console no saguão com piso de ardósia. Ele nem sequer deu uma olhada no espelho colocado em cima da mesa. Não precisava olhar para saber que o dia pesava sobre ele como um manto de chumbo. Não lhe restava energia para sentir raiva nem tristeza, nem nada além de torpor.

Guiado pelo brilho suave das pequenas lâmpadas halógenas que iluminavam os quadros nas paredes, ele seguiu pelo corredor até seu quarto de vestir e o banheiro principal. Abriu o chuveiro quente e começou a despir-se, deixando o terno sobre uma cadeira.

Cuidaria de mandá-lo para a lavanderia no dia seguinte. A idéia de usá-lo de novo depois de ter estado naquele beco olhando o corpo de Eta Fitzgerald não lhe parecia aceitável. Embora a cena não tivesse sido verdadeiramente grotesca, como achar um cadáver que passara vários dias num quarto quente, o cheiro da morte estava nele, a *idéia* da morte de Eta estava nele.

O vapor e o impacto da água quente dissolveram parte daquilo — o cheiro, o peso — e confortaram seus músculos, aquecendo-o e expulsando o frio de fora e de dentro.

As lâmpadas de cabeceira estavam ligadas com pouca intensidade — um dos recursos do avançado sistema eletrônico que um amigo o convencera a comprar. Luzes, música, temperatura do ambiente, tudo estava interligado num sistema programado para que ele nunca se deparasse com um ambiente frio e escuro.

A mulher adormecida na cama dele era outra questão. Ela tinha ido por sua própria vontade, entrara e ficara à vontade.

Parker sentou-se na beira da cama e olhou para ela um pouco satisfeito, um pouco surpreso, um pouco intrigado.

Diane abriu os olhos e olhou para ele.

— Surpresa — disse ela suavemente.

— Estou mesmo surpreso — disse Parker, tocando o cabelo dela. — A que devo o prazer?

Ela esfregou o rosto e ergueu-se, deslizando nos travesseiros. — Eu tive necessidade de livrar-me do gosto de *socialites*. Resolvi procurar um metrossexual fogoso que ficasse comigo.

Parker sorriu. — Bem, menina, eu sou o príncipe da elegância metrossexual. Tenho um closet cheio de Armani e um monte de produtos dermatológicos no armário do banheiro. Posso preparar um jantar para quatro sem usar ingredientes congelados, sei escolher um bom vinho e não sou gay... não que haja algo errado nisso.

— Eu sabia que tinha vindo ao lugar certo.

Ela se sentou e espreguiçou-se, sem nenhum constrangimento por estar nua, mas sem ostentar a sua nudez. Isso fazia parte do atrativo de Diane, o fato de não fingir pudor. Ela era uma mulher forte e atraente, muito à vontade com seu corpo.

— Você foi chamado para alguma coisa? — ela perguntou.

— Fui. O primeiro homicídio de Ruiz à frente da investigação.

— Deus tenha piedade de você — disse ela. — Não gosto dela.

— Ninguém gosta dela.

— Ela não é mulher para mulher nenhuma.

— Que significa isso?

Diane revirou os olhos com impaciência. — Homens. Vocês não conseguem entender isso. Significa que é melhor não dar as costas para ela. Não confie nela, não conte com ela. Significa que ela será a sua melhor amiga se achar que pode tirar alguma vantagem de você, mas vai dar o bote feito cobra se não puder.

— Acho que nós já chegamos a esse ponto — disse Parker.

— Ótimo. Então você não vai ser pego de surpresa — disse ela. — Ela recebeu um caso fácil?

Parker negou com a cabeça. — Não mesmo. Pode estar ligado ao homicídio de Lowell, na noite passada.

— É mesmo? — ela ficou intrigada. — Como assim?

— A vítima é a chefe de despacho do serviço de mensageiros que Lowell chamou no fim do dia. Parece que alguém está procurando alguma coisa e está zangado pra burro porque ainda não a encontrou.

— O pessoal da Roubos e Homicídios apareceu de novo?

— Não. Suponho que eles estão muito ocupados se enturmando no seu lado da cidade — disse Parker. — Quanto tempo ficaram na festa?

— Exatamente o que eu disse a você. Eles trocaram algumas palavras com Giradello e foram embora. Aquele nome tem algum significado para você?

— Damon é o nome do mensageiro ciclista enviado ao escritório de Lowell ontem à noite.

— Pensei que o caso Lowell fosse um roubo.

— Eu acho que não é — disse Parker. — Talvez o assassino tenha roubado o dinheiro do cofre de Lowell, mas não foi por isso que ele foi lá. Pelo visto, ele acha que o mensageiro ciclista tem o que ele procura, seja lá o que for.

— Você acha que o mensageiro não é culpado?

— Não. Para mim isso não bate. Acho que o mensageiro ciclista é apenas o coelho. Eu quero pegar o cachorro que está atrás dele. — Tornou-se sóbrio ao pensar em Eta morta naquele beco. — Eu *realmente* quero pegá-lo.

Nenhum dos dois falou por um momento, enquanto cada um raciocinava à sua maneira.

— Lowell chamou um mensageiro para recolher alguma coisa — murmurou Diane. — O mensageiro saiu com o pacote...

— É o que supomos.

— Alguém matou Lowell e agora matou alguém ligado ao mensageiro ciclista, que ainda está com o pacote. O assassino está buscando o pacote.

— Isso cheira a chantagem — disse Parker.

— Humm... — Isso foi o que Diane disse, perdida em seus pensamentos.

Parker sempre acreditara que ela teria sido uma detetive notável. Era um desperdício deixá-la só mexendo em cadáveres no Departamento de Medicina Legal. No entanto, ela gostava do aspecto forense. Tinha atuado como criminalista na Divisão de Investigação Científica por muito tempo antes de entrar para o Departamento de Medicina Legal. Falava em voltar a estudar para obter uma graduação em patologia clínica.

Ela suspirou, estendeu um braço e colocou a mão na curva entre o pescoço e o ombro de Parker.

— Venha para a cama — disse ela de forma tranqüila. — É tarde. Você pode voltar a ser o maior detetive do mundo amanhã de manhã.

Ele concordou. — Não vou ser bom para coisa alguma — disse ao deslizar sob as cobertas.

— Ficarei satisfeita tendo você perto de mim — disse ela. — É só isso que eu desejo.

— Posso dar conta disso — disse Parker, já caindo no sono enquanto a acariciava e beijava seu cabelo.

28

A manhã era um sonho suave e doce no horizonte ao leste de Los Angeles. Listras de um azul escuro, laranja e rosa esperando para desabrochar. A tempestade vinda do mar que trouxera a chuva já tinha se afastado, deixando o ar limpo e fresco e a promessa de céus azuis cinematográficos.

No terraço do depósito reaproveitado, um homem executava lentamente os elegantes e precisos passos do tai chi. Garça Branca Estende suas Asas, Serpente Desce Enroscando-se, Agulha no Fundo do Mar. Ele concentrava-se na respiração, no movimento, no silêncio interior. Sua respiração escapava como delicadas nuvens que se dissipavam na atmosfera.

Em outro terraço a oeste, um ancião e um menino moviam-se em consonância, lado a lado, mantendo suas energias individuais em contato e suas mentes completamente separadas. Meditação em movimento. Lentamente, estender-se, dar um passo, transferir o peso para trás. *Zuo xashi duli, shuangfeng guaner, duojuan gong.* Uma postura conduzindo a outra e assim por diante. Uma dança em câmera lenta.

Debaixo de uma passagem elevada da auto-estrada na esquina da Quarta com a Flower, no centro de Los Angeles, Jace estava deitado sob um cobertor térmico de sobrevivência, com sua jaqueta militar por cima para esconder a superfície prateada do cobertor, que parecia uma grande folha de alumínio, mas retinha o calor do corpo, além de ser dobrável e ficar do tamanho de um sanduíche.

Jace tinha pego no sono várias vezes durante algumas horas, mas não se podia dizer que aquilo fosse dormir. Enrolado como uma bola para manter-se aquecido e chamar a mínima atenção possível, sentia como se seu corpo tivesse congelado naquela posição. Lentamente, ele começou a levantar-se. As articulações doíam como se os membros estivessem sendo arrancados.

A um quarteirão dali, na Quinta com a Flower, os mensageiros deviam estar chegando para tomar café e lanchar no Carl's Jr. Jace teria vendido a alma por uma xícara de café quente. A Missão da Meia-Noite, na Quarta com a Los Angeles, servia um café-da-manhã completo a quem pedisse.

Poderia passar lá mais tarde. Antes queria falar com Mojo, informar-se em detalhe sobre o que o pessoal estava dizendo, o que acontecia na Speed, o que Eta podia ter dito aos policiais. Mais tarde, a área embaixo da ponte ficaria cheia de mensageiros fazendo hora à espera de serviço. Eles encostariam a variada frota de bicicletas e se empoleirariam no *guard-rail* como um bando de corvos, para conversar sobre tudo, de dietas vegetarianas a Arnold Schwarzenegger.

De todos os mensageiros, Mojo era o que Jace mais respeitava e em quem estava mais perto de confiar. Ele era um rastafári maluco, com seu vodu e suas superstições, mas Jace sabia que era mais um maluco esperto do que um maluco como o Pregador John. Mojo sobrevivia como mensageiro havia muitos anos. Ninguém conseguia isso só por sorte. E de vez em quando ele tirava a máscara e deixava entrever quem estava detrás dela: um homem inteligente com um invejável sentido de paz no seu interior.

Mojo daria uma informação detalhada. Se pudesse pegá-lo sozinho...

Jace dobrou e guardou seu cobertor de sobrevivência na mochila. Escondendo-se detrás de uma pilastra de concreto, pôs a mochila nas costas, subiu na Besta e começou a pedalar em direção ao Carl's Jr. Não havia tráfego. A cidade estava apenas acordando, espreguiçando-se e bocejando.

Aquela era a hora do dia que Jace preferia, quando podia respirar fundo o ar fresco, e sua cabeça ainda estava livre do barulho, do monóxido de carbono e das muitas perguntas e respostas que passam fugazmente pela mente de um mensageiro enquanto ele se esquiva de veículos e pedestres e toma decisões instantâneas sobre o percurso mais curto e rápido para fazer sua entrega. Naquela hora, de manhã cedo, ainda havia chance de o dia ser bom. Geralmente.

Ele encostou A Besta ao lado do restaurante e optou por correr o risco de deixá-la sem a trava para poder fugir rápido, se necessário. Como não podia entrar, atravessou a Quinta e ficou na esquina com o colarinho levantado cobrindo o rosto, de ombros encurvados, mãos nos bolsos e gorro de tricô abaixado até as sobrancelhas, em nada diferente de muitos sujeitos que zanzavam por aquelas ruas do centro. Ninguém repararia nele, e muito menos se viraria para olhá-lo com mais atenção.

Os primeiros mensageiros que apareceram trabalhavam para outra agência que exigia deles vestir suéteres e blusões com seu logotipo. Jace conhecia colegas que haviam rejeitado uma remuneração mais alta por não aceitarem abrir mão da sua individualidade vestindo-se como bem entendessem. Jace teria usado uniforme se o pagamento fosse melhor, mas as agências com pessoal uniformizado não aceitavam mensageiros não registrados.

Depois de mais ou menos dez minutos, Mojo apareceu vindo pela Quinta. Embora o sol ainda não tivesse saído, ele usava os óculos Ray Charles, sua marca registrada. Seus tornozelos e canelas estavam enfaixados com fita verde brilhante sobre calças de ciclista roxas, e ele usava várias camadas de camisas e casacos esfarrapados. Parecia um bailarino que passava por uma fase ruim.

Jace começou a cruzar a rua quando Mojo subia na calçada, na entrada do beco.

— Oi, colega — disse Jace. — Você pode me dar...

— Não tenho nada para você, cara — disse Mojo ao frear. Ele passou a perna direita sobre a traseira da bicicleta ainda em movimento e desmontou elegantemente. — Não tenho nada para você, a não ser votos de felicidade.

Jace pôs a cabeça fora do casaco ao aproximar-se, esperando que Mojo o reconhecesse. Olhou ao redor para verificar que não havia mais ninguém na rua. — Mojo, sou eu, Jace.

Mojo parou de repente e olhou para ele. Levantou seus óculos de sol sobre as tranças e olhou mais um pouco. Ele não sorriu.

— Cavaleiro Solitário — disse ele finalmente. — Você está com jeito de quem foi perseguido pelo diabo, e ele já o pegou.

— É mais ou menos isso.

— Ontem vieram policiais atrás de você. Duas duplas diferentes. O primeiro me perguntou se eu conhecia você. Eu falei para ele que ninguém conhece o Cavaleiro Solitário.

— E o que Eta falou para ele?

— Que ela também não sabia nada — disse ele, com o rosto sombrio e triste das velhas pinturas de Cristo na cruz, desde que fosse um Cristo com tranças rastafári. — Para alguém que ninguém conhece, você é um sujeito muito popular, J. C.

— A coisa é complicada.

— Não, eu não acho. Ou você matou um homem, ou não matou.

Jace olhou nos olhos dele. — Não matei. Por que faria isso?

Mojo não pestanejou. — O dinheiro costuma ser o grande motivador.

— Se eu tivesse dinheiro, não estaria aqui. Estaria num avião indo para a América do Sul.

Ele olhou para a rua com nervosismo, receando que alguém saísse do restaurante e o visse. — Preciso falar com Eta, mas não posso voltar para a Speed e não tenho o número do celular dela.

— Não há telefones onde Eta está agora, meu chapa — disse Mojo.

Uma estranha tensão percorreu as costas de Jace ao fitar a cara de Jesus de Mojo. Seus olhos estavam inchados e avermelhados, como se ele tivesse chorado. — Como assim?

— Passei pela central vindo para cá. O beco está cheio de fita amarela, que nem uma cama-de-gato gigante. Um policial caminhava dentro da área isolada.

Jace sentiu o tipo de frio que não tinha nada a ver com o tempo. Era o tipo de frio que vinha de dentro.

— Não — disse ele, sacudindo a cabeça. — Não.

— Eu falei para ele que trabalho lá, e aí ele disse pra mim: "Não, rastafári, hoje não dá." — Os olhos de Mojo ficaram vítreos com as lágrimas. Sua voz tornou-se mais grave: — "Cortaram o pescoço de uma senhora aqui na noite passada."

Jace deu um passo para trás e virou para um lado e para outro, buscando um jeito de fugir daquele momento, das imagens horríveis que se espalhavam por sua mente como manchas de sangue na roupa. — Não era ela.

— A van dela estava parada lá. Ela não foi para casa com o carro.

— Talvez a van não tenha pego. Talvez ela tenha tomado um táxi.

Mojo apenas olhou para ele. Jace ficou tonto. Mentalmente, ele pedia ajuda aos gritos, mas, como nos sonhos, ninguém podia ouvi-lo. Uma enorme pressão crescia em sua cabeça, pressionando os tímpanos e o fundo dos olhos. Ele fechou as mãos como pinças sobre o crânio, como se tentasse impedir que ele estourasse, evitar que imagens e pensamentos se espalhassem. Sentiu que não conseguia respirar.

Eta. Ela não podia estar morta. Ela era tudo em excesso. Opinião em excesso, espalhafato em excesso, falação em excesso, tudo em excesso. Jace sentiu-se esmagado pela culpa por ter pensado que ela pudesse denunciá-lo à polícia. Deus do céu, ela estava morta! Com o pescoço cortado.

Ele se lembrou do sedan preto passando pelo beco naquela manhã. Lembrou-se do Predador ao volante. A cabeça quadrada, os olhos grandes e redondos, a verruga na nuca. Jace sentiu o imenso terror de ser reconhecido. Mas o carro passara a seu lado como a sombra da morte; o Predador nem sequer olhara para ele.

— Bairro ruim — disse Mojo. — Acontecem coisas ruins. Ou talvez você saiba coisas que nós não sabemos.

Jace mal ouviu o que ele dissera. Eta não estava morta porque eles trabalhavam num bairro ruim, mas por sua causa. Ele não entendia por que o peso daquilo não o esmagava ali mesmo.

Passara a maior parte da vida mantendo as pessoas a certa distância para proteger-se, mas agora essas pessoas estavam em perigo — ou mortas — por causa dele. O paradoxo deixava um gosto amargo na sua boca.

— Cavaleiro Solitário, você sabe alguma coisa que o restante de nós não sabe?

Jace negou com a cabeça. — Não, eu gostaria de saber, mas não sei.

— Então por que está fugindo? Você não matou um homem. Você não matou Eta...

— Deus do céu, claro que não!

— Então do que você está fugindo?

— Veja bem, Mojo, estou metido em algo que não compreendo. Os tiras adorariam me botar na cadeia e dar o caso por encerrado, mas eu não vou deixar. Não fiz nada de errado.

— Mas você está procurando ajuda? — Mojo levantou as sobrancelhas. — É por isso que está falando comigo? Você queria a ajuda de Eta, e agora ela está morta. Não parece ser bom negócio.

— Você não sabe se ela foi morta por minha causa — disse Jace. *Eu sei, mas você não*, pensou. — Pode ter sido assaltada por algum viciado que quis roubar a bolsa dela.

— Você acha que foi isso, J. C.?

Não, ele não achava. Mas não disse. Não adiantava dizer. Mojo já tinha uma opinião formada. Era engraçado, mas Jace ainda se sentia decepcionado, mesmo sabendo por experiência que era melhor não esperar nada de ninguém.

— Não quero nada de você — disse Jace. — E você pode ter certeza de que eu queria que nada disso acontecesse

Ele deu um passo em direção à Besta.

Mojo ficou na frente dele. — Aonde você vai?

Sem responder, Jace tentou passar ao lado dele. Mojo fechou a passagem, fazendo-o recuar com uma das mãos em seu ombro.

Jace devolveu o empurrão. — Mojo, eu não gostaria de fazer de você um cúmplice. Não se preocupe comigo. Posso cuidar de mim.

— Não estou preocupado com você. Eu me preocupo com Eta. O que aconteceu com ela é que me preocupa. A polícia veio atrás de você, e agora Eta está morta. Estou achando que você deveria falar com a polícia.

— Eu vou embora. — Jace pôs o capacete, apoiou o pé esquerdo no pedal e deu um impulso para a frente, virando a perna direita por cima da bicicleta, que começou a avançar lentamente.

— Alguém cortou o pescoço dela e você não está nem aí? — disse Mojo, mais irritado e levantando a voz. Ele montou na sua bicicleta e ficou lado a lado com Jace. Eles desceram o meio-fio e atravessaram a Flower. — Alguém tem de pagar por isso.

— Não vai ser eu — disse Jace, aumentando a velocidade. — Não sei quem a matou e não posso me apresentar à polícia.

Ele manteve o olhar fixo na rua enquanto dizia isso, para que Mojo não visse que era mentira. Sabia muito bem por quem Eta tinha sido morta. Se fosse falar com a polícia, poderia descrever o Predador em detalhe, inclusive a verruga na nuca, para que um especialista fizesse o retrato falado. Era bem provável que o cara tivesse uma ficha criminal quilométrica. A foto dele devia estar nos registros da polícia, sem dúvida. Jace poderia apontar o rosto dele na hora. Poderia identificá-lo numa fila de reconhecimento.

O problema era que, se procurasse a polícia, ele seria jogado numa cela e ninguém iria querer escutar nada do que tinha a dizer sobre coisa nenhuma. Estava sendo procurado pelo assassinato de Lenny e não tinha álibi para a hora do crime que alguém pudesse confirmar, exceto o homem que tentara matá-lo. Estava sendo procurado pela invasão do apartamento de Abby Lowell. Ela teria muito prazer em identificá-lo. Quanto a Eta... Ele não sabia a que hora ela fora assassinada; portanto, não sabia se tinha um álibi. Mas sabia, sim, que o único elemento em comum entre os três casos — além do Predador — era ele próprio.

— Você *não* vai — disse Mojo com fúria, mantendo-se ao lado dele. — Eta morreu. Ela tinha família, filhos...

— E eu não tenho, e então tanto faz se eu acabar apodrecendo na cadeia — disse Jace, olhando ao redor. Ele ergueu o peito, soltou o guidão, pegou os óculos de natação que levava pendurados no pescoço e colocou-os.

— Você não se importa com mais ninguém.

— Você não sabe porra nenhuma de mim, Mojo. Você não sabe porra nenhuma do que está havendo. Fique fora disso.

Jace ficou de pé sobre os pedais e pedalou com força, querendo afastar-se de Mojo e da culpa que ele tentava incutir nele. Queria deixar para trás aquela imagem na sua mente: Eta Fitzgerald com o pescoço cortado e seu sangue jorrando no chão imundo atrás da Speed. Não queria pensar como deviam ter sido seus últimos momentos, quais podiam ter sido seus últimos pensamentos.

A Besta oscilava acentuadamente de um lado para outro conforme a força com que Jace pedalava. O pneu traseiro novo grudava no asfalto e impulsionava a bicicleta para a frente. Ele dobrou à direita na Figueroa, onde o tráfego estava aumentando. Caminhões de entrega de produtos, carros-fortes e gente que chegava cedo à cidade para trabalhar, evitando assim a hora dos piores engarrafamentos nas vias expressas.

O cheiro de escapamento e o barulho de freios chiando e motores a diesel eram conhecidos, habituais. Como a sensação de velocidade embaixo dele. Se nada mais na sua vida estava dentro da normalidade, ele tinha pelo menos o conforto de estar no seu ambiente, sentindo, vendo, ouvindo, cheirando coisas que entendia.

Olhou para trás para ver se Mojo tinha entendido e regressara, mas o outro mensageiro aproximava-se pela esquerda. Jace tocou nos freios e contornou a esquina, pegando a Quarta, onde havia iniciado seu dia. Os mensageiros começavam a reunir-se sob a ponte. Eles viram um borrão colorido quando ele passou a toda.

Mojo, de cara fechada, vinha colado no seu lado esquerdo. Ele acenava furiosamente para Jace parar. Jace fez um gesto obsceno e pedalou mais forte. Embora dez anos mais novo que Mojo, ele estava machucado e exausto. Mojo estava inteiro e decidido, e conseguiu emparelhar com ele, com a trava em U na mão direita. Ele acenou com a trava para que Jace parasse, tentou fechá-lo contra o meio-fio e depois se abaixou com a intenção de enfiar a trava nos raios da bicicleta de Jace.

Jace jogou a Besta para a direita e pulou para cima da calçada quando atravessavam a Olive, ganhando uma buzinada de um carro que tentava virar à direita, na Quarta. Os pedestres que estavam na calçada pularam para trás, xingando. Jace esbarrou no braço de um homem com um copo de café do Starbucks na mão, fazendo com que o café voasse pelos ares como um gêiser.

Mojo ainda estava na rua e na frente de Jace, de olho no cruzamento seguinte.

A mente de Jace fazia um milhão de minúsculos cálculos instantâneos, como dados num computador: agilidade, velocidade, trajetória, ângulos, obstáculos.

Uma sirene perturbou seu processo de raciocínio. Um carro da polícia aproximava-se de Mojo, com as luzes rodando. Uma voz estrondou num megafone: — Polícia! Vocês aí nas bicicletas! Parem logo!

Quando chegaram à esquina da Quarta com a Hill, Mojo dobrou de repente à direita, entrando na trajetória de Jace, que virou o guidão para a esquerda. O sinal da Quarta mudara para o amarelo. O cruzamento estava quase livre.

A Besta passou como um foguete sobre o meio-fio, quase acertando a roda traseira de Mojo. Ainda no ar, Jace mudou de posição para fazer a bicicleta virar.

O carro da polícia estava na esquina vindo pela faixa externa e dobrando à direita, fechando um caminhão. O pneu traseiro da Besta aterrissou logo à frente do farol esquerdo do carro preto-e-branco. Ouviu-se o barulho forte de uma colisão, e o carro da polícia foi jogado para a frente quando algo bateu nele por trás.

Jace agüentou o impacto da aterrissagem, pulou sobre os pedais e apontou a bicicleta diretamente para o tráfego em mão única que vinha em sua direção pela Rua Hill.

Um coro de buzinas. Pneus cantando no asfalto. Jace passou entre as duas faixas como linha pelo buraco de uma agulha, tirando um fino de retrovisores laterais e estribos de automóveis. Os motoristas xingaram berrando obscenidades. Ele rezou para ninguém abrir a porta de algum carro.

Ele seguiu adiante, virando, pegando becos como atalho, virando novamente, sem parar. Nem sequer um míssil termoguiado poderia seguir seu rastro. Jace era um dos mensageiros mais rápidos da cidade. Esse era seu forte. Ele nem pensou. Apenas pedalou, queimando adrenalina, suando e botando para fora o medo que fazia seus braços tremerem e batia no seu peito

O danado do Mojo perseguindo-o. Deus do céu! Um só movimento errado e os dois podiam ter acabado no hospital... ou no necrotério. Jace podia ter acabado na cadeia, preso por dirigir uma bicicleta de maneira perigosa ou alguma coisa mais grave, dependendo do grau de irritação dos policiais. E eles não levariam mais do que alguns minutos, talvez uma hora, para perceber que tinham o cara que todos os policiais da cidade estavam procurando... se Mojo não lhes fornecesse essa informação voluntariamente.

É isso que você ganha por confiar em alguém, J. C.

E que dizer do que havia acontecido com outras pessoas só porque ele se aproximara delas? Jace pensou em Eta outra vez e teve vontade de vomitar.

Ao passar por um sinal verde, ele olhou a placa da rua e poderia ter achado graça se tivesse alguma em si. Era a Rua Hope.*

Parou na Music Center Plaza, situada no meio de três locais de entretenimento: o Fórum Mark Taper, o Teatro Ahmanson e o Pavilhão Dorothy

---

* *Hope*: em inglês, *esperança*. (N.T.)

Chandler, sede do Oscar até que Hollywood rejuvenesceu e recuperou a premiação.

A praça estava deserta. Nada abriria até mais ou menos uma hora depois. Jace estacionou A Besta e sentou-se num banco, tentando liberar toda a tensão do corpo. Observou o subir e descer dos muitos jatos de água em torno da escultura *Paz na Terra* e tentou espairecer por um instante.

Pelo que se dizia, a escultura era famosa. Jace achava que ela parecia representar um monte de gente tentando segurar uma alcachofra gigantesca jogada em posição invertida por uma pomba. A única coisa que lhe ocorria pensar vendo aquela obra era que o homem que a criara não tinha vivido no mesmo mundo em que ele vivia, nem no mesmo mundo em que Eta vivera.

A escultura era eterna. Uma coisa sem vida que existiria para todo o sempre. Uma coisa sem emoção, mas destinada a evocar emoções. Ela ficaria naquele local para sempre, impedindo ataques nucleares ou o Grande Terremoto.

Para Jace era impossível supor que alguém realmente se importasse se ela estava lá ou não, mas lá ela ia ficar. Enquanto isso, as pessoas iriam e viriam, viveriam e morreriam, os anos passariam e alguns deixariam saudades, ao passo que outros nunca seriam lembrados.

Ele tentou imaginar o que Eta teria a dizer sobre a *Paz na Terra*, mas não conseguiu ouvir a voz dela e nunca voltaria a ouvi-la. Só lhe restava cobrir o rosto com as mãos e chorar a sua perda.

29

A Peixaria Chen ficava a cinco minutos do loft de Parker. Segundo o cadastro de veículos, aquele era um dos endereços de carros Mini Cooper, como o que tinha sido visto fugindo das imediações do prédio de Abby Lowell após a invasão de seu apartamento. Parker parou na frente e foi primeiro à entrada para clientes, mas a loja ainda estava fechada. Na área de carga, porém, dois homens carregavam com pás as raspas de gelo para as bacias que congelariam as entregas do dia.

Parker mostrou seu distintivo. — Desculpem, cavalheiros. Estou procurando uma pessoa chamada Lu Chen.

Os homens ergueram-se imediatamente, um deles arregalando os olhos de medo, o outro olhando com desconfiança. O primeiro tinha os traços arredondados e pálidos de uma pessoa com síndrome de Down. Parker falou para o outro homem: — Sou o detetive Parker, do Departamento de Polícia de Los Angeles. Há alguém chamado Lu Chen aqui?

— Por quê?

Parker sorriu. — A pergunta era para ser respondida com sim ou não. A menos que você se chame Lu Chen.

— Lu Chen é minha tia.

— E você é?

— Chi.

— Só Chi? — perguntou Parker. — Como Cher? Como Prince?

O sujeito dos olhos desconfiados o fitou. Nenhum senso de humor.

— A sua tia está aqui?

Chi enfiou a pá na pilha de gelo. Um modo de administrar a ira. — Vou ver se ela está no escritório.

— Irei com você — disse Parker. O sujeito pareceu ofendido com tal sugestão. Uma personalidade e tanto para alguém que ganhava a vida carregando gelo com uma pá.

Chi subiu na plataforma de carga e lá ficou, com as mãos nos quadris, olhando para Parker. Não devia ter escolhido o terno Hugo Boss naquele dia, pensou Parker, mas agora não tinha jeito. O desafio estava feito.

Parker deu um impulso para cima e, já na plataforma, sacudiu a poeira, evitando demonstrar insatisfação ao ver um risco preto de sujeira na frente do paletó. Seu carrancudo guia turístico deu meia-volta e atravessou parte da pequena área de depósito, seguindo por um corredor estreito até uma porta em que se lia ESCRITÓRIO.

Chi bateu à porta. — Tia? Um detetive da polícia está aqui para falar com você.

A porta foi aberta por uma mulher pequena e arrumada que vestia blazer de lã vermelho e calça comprida preta. Ela olhou para eles com uma expressão tão rígida quanto a do sobrinho, embora de um modo que indicava força em lugar de petulância.

— Detetive Parker, senhora. — Parker apresentou sua identificação. — Eu preciso tomar uns minutos de seu tempo, se possível. Tenho algumas perguntas a fazer à senhora.

— Posso saber a respeito do quê?

— Do seu carro. A senhora é proprietária de um Mini Cooper do ano 2002?

— Sou sim.

O sobrinho bufou em sinal de contrariedade. Lu Chen olhou para ele. — Chi, faça o favor de deixar-nos a sós. Sei que você tem muito trabalho a fazer.

— Mais do que o normal — disse ele. — Por estar desfalcado de pessoal.

— Então, com licença — disse ela com rispidez. O sobrinho saiu da sala e ela virou para Parker. — O senhor aceitaria um chá, detetive?

— Não, obrigado. Tenho apenas algumas perguntas. O carro está aqui?

— Claro, sem dúvida. Eu estaciono nos fundos.

— A senhora se incomoda se eu der uma olhada?

— Não, de modo algum. O que está acontecendo? — ela perguntou, guiando-o do escritório atulhado até o beco pela porta dos fundos.

Parker contornou o carro a passos lentos. — Quando foi a última vez que a senhora dirigiu o carro?

Ela pensou por um instante. — Três dias atrás. Eu tinha um almoço beneficente no Barneys, em Beverly Hills. Então, naturalmente, choveu.

— A senhora não saiu nele ontem?

— Não.

— Alguma outra pessoa saiu com o carro? Talvez seu sobrinho...

— Não que eu saiba. Estive aqui o dia inteiro. Chi também esteve aqui o dia todo e ele tem o próprio carro.

— Alguém tem acesso às chaves?

Agora ela começava a parecer preocupada. — Elas ficam penduradas no meu escritório. O que está acontecendo, detetive? Por acaso violei alguma lei de trânsito? Não entendo.

— Um carro cuja descrição coincide com o seu foi visto saindo da cena de um crime ontem. Arrombamento e agressão.

— Que coisa horrível! Mas posso garantir que não era o meu carro. Meu carro estava aqui.

Parker franziu os lábios e levantou as sobrancelhas. — Uma testemunha anotou parte da placa. Ela quase coincide com a de seu carro.

— Como muitas outras, por certo.

Ele teve de reconhecer que ela era imperturbável. Parker examinou o lado do motorista até a traseira do carro e bateu de leve com sua caderneta na lanterna quebrada. — Como o carro que deixou a cena do crime, que foi atingido por uma minivan. A lanterna ficou quebrada.

— Que coincidência! Meu carro foi atingido enquanto eu estava no meu almoço. Deparei com o prejuízo quando estava indo embora.

— O que disse o atendente do estacionamento?

— Não havia nenhum.

— A senhora deu queixa na polícia?

— Para quê? — perguntou ela, arqueando uma das sobrancelhas. — Para angariar a compreensão deles? Pela minha experiência, a polícia não liga para coisas insignificantes como essa.

— Então, deve ter avisado à sua companhia de seguros, não?

— Pedir pagamento por um prejuízo tão pequeno? Seria bobagem dar à minha companhia de seguros um pretexto como esse para aumentar o prêmio.

Parker sorriu e sacudiu a cabeça. — Acho que a Sra. Chen deve ser excelente nas quadras de tênis.

— Pode me chamar de Madame Chen — disse ela, mantendo as costas rigidamente empertigadas. Parker calculou que ela não chegava a um metro e cinqüenta, mas de alguma maneira conseguia olhar para ele de cima para baixo. — E não faço a mínima idéia do que o senhor quer dizer.

— Queira me desculpar — disse Parker com uma respeitosa inclinação de cabeça. — Madame Chen, a senhora parece ter resposta para tudo.

— E por que não teria?

Ele tocou nos arranhões na pintura preta impecavelmente lustrosa do Mini Cooper. — A minivan que bateu no carro que foi visto partindo da cena do crime era prateada. O carro que danificou o carro da senhora também era dessa cor.

— A cor prata é muito comum.

— O negócio das cores de tintas é interessante — disse Parker. — Elas são características da marca do carro. Por exemplo, a cor prata da Ford não é igual à da Toyota nem à da BMW. Elas são quimicamente distintas.

— Isso é muito interessante.

— A senhora conhece algum J. C. Damon? — perguntou Parker.

Ela não reagiu à repentina mudança de assunto. Parker não teve certeza se aquilo era habilidade ou erro de cálculo. Uma reação exagerada teria sido mais reveladora, pensou ele.

— Como eu poderia conhecer essa pessoa? — ela perguntou.

— Ele é mensageiro ciclista da Speed Mensageiros. Um rapaz de uns vinte anos, louro, bonito.

— Eu não preciso de mensageiros ciclistas.

— Não foi isso o que perguntei — comentou Parker.

Nenhuma resposta.

— J. C. Damon era quem dirigia o carro que deixou a cena do crime.

— Por acaso pareço ser o tipo de pessoa que se associa com criminosos, detetive?

— Não, madame. Porém, mais uma vez a senhora não respondeu à minha pergunta.

Parker tentou imaginar que ligação podia existir entre aquela nobre e rígida flor de lótus e um garoto como Damon, um sujeito arredio e de baixo nível que vivia quase à margem da sociedade. Não parecia haver nenhuma, mas ele teria apostado que havia. Essa ligação era o carro. Havia coincidências demais em pontos decisivos para que qualquer delas fosse produto da casualidade e Madame Chen estava omitindo muita coisa.

Parker apoiou um dos quadris no carro, ficando à vontade. — Cá entre nós, eu não estou muito certo de que esse garoto seja um criminoso — ele admitiu. — Acho que talvez ele tenha estado no lugar errado na hora errada e agora está metido até o pescoço numa confusão grave e não sabe como sair. São coisas que acontecem.

— Agora o senhor está falando como um assistente social — disse Madame Chen. — Seu trabalho não é prender gente?

— Não estou interessado em prender pessoas inocentes. Meu trabalho é descobrir a verdade. Acho que ele poderia me ajudar nisso — disse Parker. — E então posso ter condições de ajudá-lo.

Ela desviou o olhar dele pela primeira vez desde o início da conversa, com o ar pensativo. — Sei que um jovem em tal situação pode achar difícil confiar... sobretudo na polícia.

— Sim, sem dúvida — disse Parker. — Uma pessoa jovem proveniente de um ambiente favorável não acaba em uma situação como essa. A vida é dura com a maioria das pessoas. No entanto, se um garoto assim tiver alguém na vida com quem possa contar... Bem, isso pode fazer muita diferença.

Uma pequena ruga de preocupação surgiu entre as sobrancelhas de Madame Chen. Parker estimou que ela estivesse perto dos sessenta anos, mas a pele era perfeita como uma porcelana.

Ele enfiou a mão no bolso de seu paletó e tirou um cartão de visita. — Se por alguma razão a senhora tiver necessidade de falar comigo, não deixe de ligar para mim, a qualquer hora, de dia ou de noite — disse ele, entregando-lhe o cartão. — Enquanto isso, receio que terei de apreender seu carro.

A raiva voltou a despertar a atenção dela. — Isso é um abuso! Eu já lhe disse que meu carro não saiu daqui nos últimos três dias!

— Efetivamente, é o que a senhora disse — admitiu Parker. — Acontece que eu não acredito. O carro corresponde com a descrição, além do número da placa e do dano no carro que estou procurando. Receio que a senhora acertou todos os três aspectos. Um guincho virá buscar seu carro, que será hóspede do Departamento de Polícia de Los Angeles até os testes de laboratório serem realizados.

— Vou ligar para o meu advogado — replicou Madame Chen.

— A senhora tem esse direito — disse Parker. — Devo lhe dizer também que, se os testes derem os resultados que acredito que darão, existe a possibilidade da senhora ser acusada de cúmplice.

— Isso é absurdo!

— Estou apenas informando. Não é assunto da minha alçada. Certamente não desejo que isso aconteça, Madame Chen. Tenho a impressão de que a senhora é uma pessoa que leva suas responsabilidades muito a sério.

— Alegra-me que o senhor me tenha em tão alta estima para me tratar como a uma criminosa vulgar — ela respondeu com rispidez, virando-se bruscamente e voltando para o escritório.

— Não a considero vulgar de modo algum, Madame Chen — disse Parker. — Porém, para sua informação, há sempre um atendente no estacionamento do Barneys.

O olhar dela poderia ter derretido qualquer homem mais fraco.

Parker sorriu. — Sou freguês habitual.

Impassível, ela se afastou sem mais nem menos e desapareceu dentro do prédio.

Parker suspirou e olhou ao redor. A família Chen tinha um belo negócio de pequeno porte em funcionamento. Limpo e arrumado. Tudo do bom e do melhor. Ele já tinha comprado pitus ali para um jantar íntimo com Diane. Excelente qualidade.

Poderia até fazer isso de novo quando o caso estivesse encerrado.

Havia deixado Diane dormindo na sua cama, depois de colocar uma laranja sobre seu travesseiro vazio e um bilhete: *Café-da-manhã na cama. Ligo para você mais tarde. K.*

Tinha sido bom cair no sono com Diane nos braços e acordar com ela ainda lá. Parecia uma boa idéia fazer isso com mais freqüência. Não que ele quisesse algo permanente ou que gerasse vínculos legais. Tampouco ela queria isso. Regras e normas modificam expectativas e questões de confiança num relacionamento, e não para melhor, pelo que ele tinha visto. Entretanto, conforme ia se sentindo mais assentado na vida fora do trabalho, e mais satisfeito com o Kev Parker remodelado, a estabilidade, a normalidade e a relação se tornavam mais atraentes.

Ele pegou o celular e ligou para a Central de Despacho pedindo que mandassem um carro vigiar o Mini Cooper até que o mandado de apreensão fosse emitido.

Enquanto esperava, ele olhou para os prédios do beco. Muitas janelas dando para o terreno dos Chen. Era bem provável que houvesse vários pares de olhos observando o que acontecia ali naquele momento. Assim que o carro da polícia chegasse, a notícia correria por todos os cantos de Chinatown num instante, pelo menos entre os chineses.

Se indagasse entre os vizinhos, talvez Parker achasse alguém que havia notado a ausência do Mini Cooper ou visto o carro sair ou voltar. Mas ele não tinha intenção de fazer nada isso. Não queria ter Madame Chen como inimiga nem que ela o considerasse como tal. Não era preciso expor sua tarefa perante os vizinhos e atiçar as chamas da fofoca.

Parker teve a nítida sensação de estar sendo observado. Não de cima, mas do nível em que ele se encontrava. Seu olhar percorreu primeiro a plataforma de carga e depois o outro lado do beco, detendo-se numa pilha de paletes localizada atrás do prédio seguinte.

Metendo as mãos nos bolsos, Parker foi andando não em direção aos paletes, mas para o outro lado do beco, onde uma floricultura estava recebendo uma entrega de grandes ramalhetes de íris roxas e girassóis amarelos.

Ele andou vagarosamente pelo beco, mantendo os paletes no seu campo visual periférico. Assim que passou por eles, olhou para trás.

Uma pequena figura mudou de posição para não perdê-lo de vista, apertando-se entre os paletes e o muro do prédio.

Parker virou e olhou direto para seu pequeno espião. Um menino. Oito ou nove anos. Estava afundado num moletom preto desbotado nove números maior que ele; seu rosto surgiu das profundezas do capuz e seus olhos azuis arregalaram-se quando encontraram o olhar do detetive.

— Oi, menino...

O garoto fugiu antes mesmo que as palavras saíssem da boca de Parker, dando início à perseguição. Rápido que nem um coelho, o menino passou disparado pelo terreno dos Chen, rumando para a tampa de uma grande caçamba de lixo azul. Parker correu a toda atrás dele, pisou no freio quando o garoto fez uma curva de cento e oitenta graus e derrapou uns três metros antes de conseguir mudar de direção.

— Pare aí, menino! Polícia! — gritou Parker, voltando a toda velocidade pelo beco, com a gravata ondeando para trás, como uma bandeira, sobre o ombro dele.

O garoto virou de repente à esquerda e entrou num estacionamento cercado por edifícios em forma de U. Parker não viu como poder sair de lá senão pela porta dos fundos do prédio do meio. A porta estava fechada.

Os carros estavam estacionados em quatro fileiras duplas, com os pára-choques encostados uns nos outros. Parker ficou andando atrás dos carros, com a respiração acelerada e ofegante. Pôs as mãos na cintura e percebeu com desagrado que estava suando. A camisa ainda tinha os vincos da lavanderia. Não havia sido usada mais de duas horas e teria de voltar para lá.

De repente, viu de relance um cabelo louro e jeans azuis quando o garoto passou correndo entre um Mazda verde e um Saturn branco, agachando-se de modo que sua já baixa estatura ficava reduzida à metade.

— Tudo bem, rapaz — disse Parker. — Saia daí. Prometo que não vou prendê-lo. Nada de algemas, nada de coronhadas...

Houve um leve sussurro no cascalho fino debaixo dos carros. Um relance da perna de uma calça, um tênis preto sumindo embaixo de um Volvo.

Parker ficou andando lentamente de um lado para outro atrás dos carros.

— Só quero lhe fazer algumas perguntas — disse ele. — Poderíamos começar perguntando por que você se mandou daquele jeito, mas vou lhe dar essa de desconto. Um brinde. Para seu conhecimento: se você correr, os policiais irão atrás. Nisso somos como cachorros.

Ele seguiu o barulho de passos rápidos voltando para o outro lado do estacionamento. Abaixou-se e olhou embaixo de um BMW X5 branco que ostentava placas personalizadas nas quais se lia 2GD4U.* Seu olhar cruzou com o de grandes olhos azuis sobre um narizinho sujo de poeira.

---

* Trocadilho fonético com 2GD4U (two gee dee four u) = *too giddy for you* (doido demais pra você). (N.T.)

— Sou Kev Parker — disse ele, segurando seu distintivo para que o menino visse. — Departamento de Polícia de Los Angeles. E você é...?

— Tenho o direito de permanecer calado.

— Tem, mas você não está preso. Há alguma razão pela qual eu deveria prendê-lo?

— Tudo que eu disser pode ser e será usado contra mim.

— Quantos anos você tem? — perguntou Parker.

O menino pensou por um instante, avaliando os prós e contras da resposta. — Dez — disse ele finalmente.

— Você mora por aqui?

— Você não vai me fazer falar — disse o menino. — Eu conheço meus direitos contra auto-incriminação definidos pela Quinta Emenda da Constituição.

— Um especialista em direito. Estou impressionado. Qual mesmo é seu nome?

— Eu não disse. É melhor você nem tentar me enrolar — disse o garoto. — Eu assisto a um monte de seriados de policiais.

— Sei, você está por dentro do jogo da gente.

— Além do mais, sou provavelmente bem mais inteligente que você. Não estou falando isso pra magoar nem nada — disse ele em tom sério. — É só que tenho um QI de 168, ou seja, bem acima da média.

Parker riu com vontade. — Menino, você não é brincadeira. Por que não sai daí debaixo? Talvez você possa me explicar o Teorema de Pitágoras.

— O quadrado da hipotenusa de um triângulo reto é igual à soma dos quadrados dos catetos. Das doutrinas e teorias de Pitágoras e dos pi-ta-gó-ri-cos — disse ele, fechando os olhos bem apertados ao pronunciar a palavra difícil —, que desenvolveram alguns princípios básicos de matemática e astronomia, deram origem à doutrina da harmonia das esferas e acreditavam na me-tem-psi-co-se, o eterno retorno das coisas, e no significado místico dos números.

Parker apenas olhava para ele.

— Eu leio muito — disse o garoto.

— Estou vendo. Vamos, gênio — disse Parker, estendendo a mão. — Todo o meu sangue está indo para a cabeça. Saia daí debaixo antes que eu sofra um derrame cerebral.

O garoto saiu arrastando-se de debaixo do carro como um caranguejo, levantou-se e fez uma vã tentativa de sacudir a poeira da roupa. As mangas do moletom eram no mínimo quinze centímetros mais compridas que os braços dele. O capuz tinha caído para trás, expondo uma densa cabeleira loura.

— Na verdade eu não me considero um gênio — admitiu modestamente. — Apenas sei muita coisa.

— Por que você não está na escola? — perguntou Parker. — Você já sabe tudo e eles o deixam ficar de folga?

O menino arregaçou uma das mangas e olhou um relógio tão grande para ele que parecia um pires afivelado no braço.

— São só sete horas e trinta e quatro minutos.

— Então está quase no horário da escola, não é?

O garoto franziu a testa.

— E você mora aqui na vizinhança, senão estaria mais preocupado com a hora — disse Parker. — Você é observador. Você é esperto. Aposto que sabe muita coisa do que acontece no pedaço.

O menino encolheu um dos ombros e remexeu a poeira com a ponta do pé, olhando para o chão.

— Você está fora do alcance do radar — disse Parker. — Pode passar despercebido, ver e ouvir coisas. Ninguém nem repara.

O outro ombro foi encolhido.

— Então, por que você estava me vigiando lá fora?

— Sei lá.

— Só porque quis? Está se preparando para virar um voyeur e espionar as garotas?

O menino enrugou o rosto pequeno mostrando aversão. — Por que eu ia fazer isso? As garotas são esquisitas.

— Concordo. Então, talvez queira virar espião. É isso?

— Não. É só que minha curiosidade é in-sa-ci-á-vel.

— Não tem nada de errado nisso — disse Parker. — Você conhece os Chen, da peixaria?

Ambos os ombros encolhidos.

— Conhece um cara chamado J. C. Damon aqui no pedaço? Ele é mensageiro ciclista.

Olhos um tanto arregalados. — Ele está encrencado?

— Um pouco. Preciso falar com ele. Acho que ele pode ter alguma informação útil para mim em uma investigação importante.

— Sobre o quê? Um assassinato ou coisa assim?

— Um caso em que estou trabalhando — disse Parker. — Acho que ele pode ter visto alguma coisa.

— Por que ele não vem e conta para você, se é só isso?

— Porque está com medo. Ele é que nem você; foge de mim porque acha que sou o inimigo. Mas não sou.

Parker pôde ver as engrenagens rodando na mente do menino. Agora ele estava curioso e interessado, meio a contragosto, como quem finge desinteresse.

— Não sou um cara ruim — disse Parker. — Sabe como é, tem gente que acusa primeiro e depois pergunta. É capaz de ter policiais desse jeito por aí buscando o tal do Damon. Seria muito melhor para ele se viesse me procurar antes de ser pego por eles.

— Eles vão fazer o que com ele?

Parker deu de ombros. — Não sei. Não tenho controle algum sobre eles. Se acreditarem que o cara é culpado, ninguém sabe o que pode acontecer.

O menino engoliu em seco, como se engolisse uma pedra. Um menino louro, bonito, de olhos azuis. Como a descrição de Damon que Parker dera a Madame Chen. Este estava bem ali nos fundos da loja dos Chen, observando e escutando. Agora seu interesse ia além da pretensa curiosidade insaciável.

— Eles podem atirar nele? — perguntou o garoto.

Parker deu de ombros. — Coisas ruins podem acontecer. Não estou dizendo que eles vão fazer isso, mas...

Ele enfiou a mão num bolso, tirou um cartão e o entregou ao menino. O garoto apanhou-o como se receasse ser algemado. Um daqueles truques de policial que ele conhecia. Olhou o cartão, fitou Parker e em seguida guardou o cartão no bolso do blusão de moletom.

— Se você vir esse Damon por aí... — disse Parker.

A radiopatrulha preta e branca virou, entrou no beco e parou atrás do prédio dos Chen. O policial desceu e se dirigiu a ele:

— Detetive Parker?

Parker começou a levantar a mão. O menino caiu fora como um raio.

— Droga! — gritou Parker, correndo atrás dele.

O garoto voltara para dentro do U formado pelos edifícios. Não há saída, pensou Parker, aproximando-se dele. Havia apenas o estreitíssimo espaço entre dois dos edifícios, um raio de luz de sol da espessura da lâmina de uma navalha. O menino correu em torno da fileira de carros da frente. Parker tentou pegar um atalho, pulando em cima do capô de um Ford Taurus e escorregando de bunda. Ele estendeu um braço para pegar o menino ao descer do carro, mas aterrissou mal, cambaleou e caiu sobre um joelho.

O menino nem sequer desacelerou ao chegar aos edifícios. Ele correu para dentro da fresta, cabendo exatamente entre as duas paredes.

Parker xingou, virou de lado, conteve a respiração e foi entrando, enquanto as teias de aranha roçavam seu rosto e os tijolos agarravam seu terno. O garoto saiu pelo outro lado antes que ele tivesse avançado mais de três metros.

— Oi, detetive — chamou do estacionamento o policial uniformizado.

Parker surgiu com expressão carrancuda, tirando teias de aranha da frente do paletó.

— Posso ajudar de alguma maneira?

— Pode — disse Parker, cheio de raiva. — Ligue para a Hugo Boss e apresente minhas desculpas.

30

Sentada à sua mesa com a cabeça apoiada numa das mãos, Ruiz denotava expressão que combinava esgotamento, asco, petulância com pouca esperança. Havia oferecido à sua aromática testemunha a poltrona de Parker, diante da mesa também dele, dispondo-se a sofrer o fedor em nome da vingança.

Obidia Jones parecia ter passado uma ótima noite dormindo numa cela de espera. Um jantar tardio do Domino's, café e pasta do Starbucks para o café-da-manhã. Ele folheou os álbuns de fotos como se estivesse lendo uma revista, fazendo um comentário de vez em quando, ao ver alguém conhecido.

— Pessoalmente, prefiro um café-da-manhã mais substancioso — disse ele, arrancando um pedacinho de seu biscoito dinamarquês. — Algo encorpado para grudar entre as costelas de quem come. Algo que represente todos os principais grupos alimentares. Um bom *burrito* graúdo para o café-da-manhã.

Ruiz revirou os olhos com impaciência.

Kray passou com expressão de aborrecimento. — Ora, Ruiz, não dá para você levar isso aí para outro lugar? Por que todos temos de agüentar esse fedor nojento?

Ruiz olhou para ele. — Kray, considerando o tempo que você leva sendo um bundão, eu acho que já deveria estar acostumado com o cheiro.

Yamoto, que estava ao lado da cafeteira, segurou o riso e evitou o olhar venenoso do seu parceiro.

— Sua piranha — resmungou Kray em voz baixa.

— Fale isso um pouco mais alto — zombou Ruiz. — Aí eu posso protocolar uma queixa por assédio contra você, para que volte a passar pelo treinamento de sensibilidade. Quantas vezes seriam, contando essa?

Kray fez uma careta e imitou a colega como se fosse um menino de cinco anos de idade.

Parker entrou na divisão, deu três passos dentro da sala e deu de cara com o mau cheiro. Quando viu o Sr. Jones sentado na sua poltrona, ele dirigiu um olhar penetrante para Ruiz.

Ela sorriu como um gato astuto e disse: — *Touché*.

— Acho que encontrei o carro — disse Parker, sem ligar para ela. — Tenho que ligar para um promotor público adjunto e pedir um mandado. Se dermos sorte, teremos algumas digitais por volta do meio-dia.

— Onde ele estava? — perguntou Ruiz.

— Em Chinatown. Não faz sentido por enquanto, mas vai fazer. Eu sinto isso.

A expectativa era como café, como anfetamina. Ele movimentava-se mais rápido, falava mais rápido, pensava mais rápido. O antegozo crescente era quase melhor que sexo.

— Adoro quando tudo se encaixa direitinho — disse ele. Tinha ido para casa trocar de terno depois do lance na Peixaria Chen. Não pretendia pôr a bunda na sua própria poltrona naquele momento. Foi até a mesa de Kray e usou o telefone sem pedir licença, como se Kray não estivesse sentado bem ali.

— Como está indo, Sr. Jones? — perguntou Parker enquanto esperava que alguém atendesse à ligação.

— Estou muito feliz. Todos vocês são extremamente *magnanimônicos* com a sua hospitalidade.

— Tem sido bem tratado pela Srta. Ruiz?

— Ela teve até a gentileza de me servir café.

— Teremos de marcar isso no calendário — disse Parker. — Ela nunca é tão amável comigo.

— Deve ser a sua água-de-colônia — resmungou Kray.

— Não preciso de água-de-colônia — disse Parker. — Meu cheiro é de manhã de primavera. Mas você deveria trocar essa camisa horrível, seu capiau. Quantos dias você fica cozinhando dentro dela? Yamoto, há quantos dias ele usa essa camisa?

— Muitos.

Fazendo cara feia, Kray bateu no fone. — Largue o meu telefone, Parker.

— Foda-se... Não! Você não, minha querida! — Parker estendeu a mão e derrubou uma das pilhas bagunçadas da papelada de Kray na borda da mesa, murmurando a palavra "babaca" para ele. — Aqui é Kev Parker. Estou falando com a incrivelmente adorável Mavis Graves?

Mavis Graves tinha sessenta e três anos e braços do tamanho de pernis, mas não há mulher que não goste de um elogio.

— Mavis, preciso falar com Langfield sobre um mandado. Ele ainda está aí?

Stevie Wonder apareceu na linha. *My Cherie Amour.*

Parker apontou um dedo para Ruiz. — Chegou minha ordem judicial para o cofre de segurança de Lowell?

— Ainda não.

— Aqui é Langfield. O que você precisa, Parker?

— Necessito de um mandado de busca para um carro que eu acredito ter sido usado numa fuga após uma agressão.

— Você acredita?

— Um carro cuja descrição coincide foi usado numa fuga. Tenho parte do número da placa fornecido por uma testemunha, além de uma lanterna traseira danificada recentemente. O carro que saiu da cena do crime levou uma batida de uma minivan e teve uma lanterna traseira quebrada.

— Onde está o carro? Você o achou abandonado?

— Não, ele está em Chinatown. Pertence a uma senhora zangada que não está sendo muito prestativa comigo.

— O que ela disse sobre o carro?

— Que não foi usado ontem e que a lanterna traseira foi quebrada num estacionamento em Beverly Hills.

— Você tem algum suspeito? Ela é suspeita?

— A mulher não é suspeita, mas eu acho que ela sabe mais do que está dizendo. Se eu puder obter impressões digitais e colocar meu suspeito no carro...

— Então você está supondo?

— O carro é esse.

— Não há outros que correspondam à descrição em Los Angeles?

Parker suspirou. — De que lado você está, Langfield?

— Do meu. Não vou lhe arranjar um mandado que você só pode justificar depois que tiver feito a busca. Nenhum juiz vai aceitar isso como prova. Você tem como ligar seu suspeito a essa mulher?

— Ainda não.

— Então você não chegou a coisa nenhuma.

— Tenho o carro, o dano no carro, parte da placa...

— Você não tem nada. Não pode nem sentar e olhar para o carro com o que tem.

— Tudo bem, obrigado por estragar todo o meu trabalho — disse Parker, friccionando a testa. — Você podia ter conseguido isso, Langfield. O juiz Weitz teria assinado...

— O juiz Weitz está senil. Não vou descumprir regras por você, Parker. Você é o exemplo típico do que ocorre quando os tiras driblam formalidades. Não serei parte de...

Parker largou o fone na mesa de Kray. Langfield ainda estava discursando.

— Panaca — ele murmurou, afastando-se e tentando controlar-se. Tinha de continuar concentrado no resultado. Voltou e pegou o fone de novo. — Há marcas de pintura na lataria danificada desse carro. Se eu puder comparar a tinta com a da minivan que bateu nele...

— Você terá resolvido um incidente de trânsito. Ainda não haverá razão para entrar no carro.

— Isso é bobagem. O carro saiu da cena do crime!

— Se isso for feito de trás para a frente, tudo que você achar e puder levar até quem perpetrou o crime vai ser em vão porque a busca não foi correta. Você quer que outro arque com as conseqüências porque...

Parker jogou o fone mais uma vez. Saiu da divisão, entrou no banheiro masculino, lavou o rosto com água fria e depois ficou ali com os pulsos debaixo da torneira.

Olhou-se no espelho, mas não se perguntou por quanto tempo ia ser obrigado a pagar pelo crime de arrogância. Não se dava ao trabalho de repetir o que já era conhecido, ou seja, que tinha sido escolhido como bode expiatório e que isso não era justo.

Ele nunca pedia desculpas. O que tinha acontecido tinha acontecido. Mesmo que outras pessoas não o fizessem, ele devia deixar aquilo no passado e ser dono de seu presente. Daria um jeito de arranjar o carro. Não podia perder tempo e energia reclamando porque a vida não era um mar de rosas.

Quando ele voltou para a divisão, o telefone de Kray continuava fora do gancho e ouvia-se *Isn't She Lovely*.

O capitão Fuentes saiu de sua sala e o chamou com o dedo. — Oi, Kev. Posso falar com você aqui dentro?

Parker seguiu-o e fechou a porta. — Não fui eu. Não é meu. E juro que ela tinha dezenove anos.

Fuentes não riu, apesar de ser um sujeito bom e com muito senso de humor. Naquele momento, seus olhos pretos e expressivos pareciam carregar os pesares do mundo quando estava sério.

— Você está com jeito de quem vai me dizer que tenho seis semanas de vida — disse Parker.

— Recebi uma ligação agora há pouco. O Departamento de Roubos e Homicídios está tomando de você a investigação do assassinato.

Parker sacudiu a cabeça. Foi como se a fúria começasse a ferver nos pés e abrisse caminho para cima. Aquilo era pior que ser informado de que lhe restavam seis semanas de vida. Em seis semanas ele ao menos teria uma oportunidade de tentar salvar-se. Estava perdendo seu caso naquele dia, naquele momento, não dali a seis semanas. O primeiro caso em anos que pintava como sendo importante. O tipo de caso com que um detetive mostra serviço — ou consegue sair do purgatório.

— Não — disse ele. — Não o caso Lowell.

— Não posso fazer nada, Kev.

— Eles deram alguma explicação? — Ele podia imaginar a cena que Diane descrevera por telefone. Bradley Kyle e seu parceiro, Moose Roddick, tendo uma conversa particular com Tony Giradello.

— O capitão Florek me disse que eles pensam que o caso pode estar ligado a algo que já estão investigando.
Acabo de ouvir seu nome mencionado numa conversa...
— Ele só falou isso — disse Fuentes. — Você sabe tão bem quanto eu que eles não precisam ter uma razão. Ele podia ter dito "Porque o céu é azul", e eu também não poderia fazer coisa nenhuma. Sinto muito, Kev.

Não, agora não, pensou Parker. Não quando tudo está bem ali, próximo à superfície. Tudo que ele precisava era cavar mais um pouco, um pouco mais fundo.

— Você pode fazer de conta que ainda não tivemos esta conversa — disse ele.

— Kev...

— Eu não estou aqui. Você não me viu. Não estou acessível pelo rádio. Meu celular não funciona.

— Kev, você não vai encerrar o caso nas próximas três horas, não vai?

Parker não respondeu.

— Eles querem tudo que você obteve — disse Fuentes. — Junte tudo e leve para o Parker Center.

— Não.

— Kev...

— Não vou fazer isso. Não irei lá. Se o pentelho do Bradley Kyle quer este caso, ele que venha aqui e pegue. Eu não pretendo ir lá como um, um...

Parker pôs a mão na boca e se conteve antes de perder ainda mais o controle. Inspirou fundo e soltou o ar. Olhou para Fuentes, desejando que dissesse o que ele queria ouvir. Fuentes limitou-se a olhar para ele com algo demasiadamente próximo da compaixão nos olhos.

— Você não me viu — disse Parker serenamente. — Nós não estivemos falando.

— Não posso enrolar esse pessoal por muito tempo.

— Eu sei. — Parker concordou. — O que você puder fazer. Eu agradeço, capitão.

— Vá embora daqui — disse Fuentes, sentando-se atrás da sua mesa. Ele ajeitou seus óculos de leitura e procurou alguns papéis. — Eu não vi você. Nós não estivemos falando.

Parker saiu do escritório de Fuentes e fechou a porta. Ruiz observava como um falcão. Bons instintos, quando ela queria deixar de atrapalhar a si mesma e utilizá-los, pensou Parker.

Ela tinha o assassinato de Eta Fitzgerald, que estava ligado ao assassinato de Lowell. Parker continuaria nele dessa maneira. Bradley Kyle não se livraria dele com tanta facilidade.

Ruiz levantou-se da sua poltrona e foi até ele. — Você já tem sua ordem judicial — disse ela. — Que está acontecendo?

— A Roubos e Homicídios pegou o caso Lowell.

— Por quê?

— Porque eles podem.

Parker sentia-se como se tivesse abelhas na cabeça. Necessitava ter uma estratégia, agir rápido, provocar uma reviravolta. Tinha apenas poucas horas de vida, no que dizia respeito àquele caso.

— O que você vai fazer? — perguntou Ruiz.

Antes que Parker pudesse articular uma resposta, Obidia Jones soltou um leve grito de empolgação:

— É ele! Esse é seu *perpetuador*, bem ali! — disse ele, batendo com um dedo comprido e torto em um retrato do álbum de fotografias que estava na sua frente.

Parker e Ruiz aproximaram-se dele. Ela apertava o nariz com o polegar e o indicador.

— Quem é que está aí, Sr. Jones? — perguntou Parker.

O velho deslizou o dedo para baixo a partir do rosto fotografado, revelando exatamente o que já lhes dissera: uma cabeça parecendo um bloco de concreto, olhos pequenos e malignos, barba por fazer. Eddie Boyd Davis.

— Só que ele tinha um pedaço de esparadrapo no nariz — disse Jones. — Como se tivesse levado um soco de alguém.

— Sr. Jones, vejo que é um excelente cidadão — disse Parker. — Acho que a Srta. Ruiz deveria beijar o senhor na boca.

Jones pareceu ao mesmo tempo escandalizado e esperançoso.

— Mas isso seria contra o regulamento — disse Ruiz.

Parker olhou novamente o rosto do homem que matara Eta Fitzgerald a sangue-frio. Bateu levemente com o dedo no nome do sujeito e falou para Ruiz com a voz baixa:

— Arranje toda a informação que puder sobre este cão danado. Quero saber se ele tem algo a ver com Lenny Lowell. E, se Bradley Kyle entrar aqui, você não sabe de nada, você não me viu.

— Quem dera que isso fosse verdade — murmurou ela.

A atenção de Parker já se voltava para outra coisa. — Você é uma gracinha — disse ele, dando-lhe um tapinha na bochecha.

Ele abriu um par de gavetas da mesa, tirou um arquivo e puxou alguns papéis de uma bandeja de arame. Pegou a pasta da investigação de assassinato sobre o caso Lowell, contendo relatórios e notas oficiais, esboços da cena do crime, fotos Polaroid e tudo mais que tinha a ver com o homicídio, exceto suas anotações pessoais. Colocou tudo numa caixa plástica de correio que guardava embaixo da mesa para esse fim e depois foi até a mesa de Ruiz para usar o seu telefone.

— Para todos os efeitos, você não me viu sair daqui com esta caixa — disse ele a Ruiz enquanto discava o número da Divisão Hollywood. — Tudo bem?

— Tudo bem — disse ela, mas antes houve uma certa hesitação.

— É seu caso também — disse Parker. — Lowell e Fitzgerald: se eles pegarem um, vão pegar o outro. Você quer isso?

— É a Roubos e Homicídios. Eles fazem o que bem querem. Nós não podemos impedi-los.

Parker olhou para ela com dureza. — Se você me entregar a Bradley Kyle, vai ganhar um inimigo que desejará não ter.

— Nossa, eu disse que está tudo bem — disse ela de má vontade. — Não me ameace.

— O que você vai fazer? — ele zombou. — Falar com a corregedoria?

— Vá se danar, Parker. Só não me meta nessa encrenca.

Lembrando o que Diane previra, Parker pensou que Ruiz o trairia com facilidade. Ela poderia entregá-lo a Kyle, que tinha condições de fazer com que as pessoas certas da Roubos e Homicídios reparassem nela.

— Departamento de Polícia de Los Angeles, Divisão Hollywood. Qual o setor com que deseja falar?

Parker não disse nada e desligou o telefone. Estendeu o braço ao longo da mesa, pegou seu dicionário e colocou-o sobre a mesa de Ruiz.

— A sua lição de hoje — disse ele. — Procure a palavra *parceiro*. Ligo para você mais tarde.

Pegou a caixa plástica, saiu da sala e depois do prédio. Tinha apenas algumas horas de vida. Não podia perder um minuto.

31

Indo de carro para a agência do City National Bank, onde se encontrava o cofre de Lenny Lowell, Parker ligou para Joel Coen.

Coen atendeu logo ao segundo toque. Ainda era novo o bastante para ser ansioso.

— Oi, Joel, aqui é Kev Parker. Tenho algo para você sobre o caso de invasão de domicílio de Lowell, mas é para se mexer logo, entendeu?

— Nossa, o que é?

— Tenho o carro daquela fuga. Ele está estacionado detrás de uma peixaria em Chinatown. Mini Cooper preto, lanterna traseira esquerda danificada, placa coincidente com a parte do número anotado.

— Opa! Como você arranjou isso tão rápido?

— Sou hiperativo. Você sabe qual era a cor da minivan?

— Prata.

— É isso aí. Não consegui arrumar um mandado, por circunstâncias atenuantes, mas você não terá problemas. Ligue para o escritório do promotor público e assegure-se de *não* falar com Langfield. E, quando tiver o carro pronto para tirar as digitais, certifique-se de que elas vão para Joanie, da datiloscopia. Diga-lhe que foi por indicação minha e que é para ela procurar uma coincidência com o homicídio que estou investigando.

— Entendi.

— E ande logo, Joel. Te prepare que vem muita merda por aí. Se a Roubos e Homicídios souber desse carro, ele está perdido, e também seu caso.

— A Roubos e Homicídios? Por que eles iam...

— Não pergunte. Quanto menos você souber, melhor. Vá logo para Chinatown. Tenho uma unidade tomando conta do carro.

Ele deu o endereço a Coen e desligou o telefone no momento em que chegava ao banco. Meio que receando encontrar Bradley Kyle e seu parceiro na porta, Parker estacionou o carro e entrou, de ordem judicial em mãos.

O gerente verificou o documento meticulosamente e depois pediu a Parker que o acompanhasse até o nível inferior, onde se localizavam os cofres. O de Lowell era do maior tamanho disponível. Eles puseram o cofre em cima de uma mesa comprida de nogueira, numa sala reservada. Parker pôs luvas de látex, respirou fundo e abriu a tampa.

Dinheiro vivo, novinho e verde. Pilhas de dinheiro. Pilhas e mais pilhas de notas de cem dólares. Parker tirou-as do cofre e as empilhou em cima da mesa. Vinte e cinco mil dólares. E debaixo do dinheiro, no fundo do cofre, um pequeno envelope contendo um único negativo fotográfico e um comprovante de depósito bancário com números rabiscados no verso.

— Aquele filho-da-puta nojento — murmurou Parker. Não era preciso saber quem estava na foto para dar-se conta do que era aquilo. Chantagem.

Extorquindo um de seus clientes. Devia ser isso. Lowell tinha colocado alguém contra a parede e passara a espremê-lo. Isso explicava o apartamento num condomínio, o Cadillac novinho, o dinheiro vivo.

Ele olhou o negativo contra a luz. Duas pessoas fotografadas a certa distância. Elas podiam estar num aperto de mãos ou entregando e recebendo alguma coisa. Era impossível saber.

A primeira linha de números escritos no comprovante de depósito parecia ser um número telefônico de outro país. A linha abaixo podia ser um número de conta, pensou Parker, recordando o folheto de viagem que achara no piso do escritório de Lenny. As Ilhas Cayman. Um lugar fascinante para se visitar... ou para esconder dinheiro numa conta numerada.

Parker voltou a colocar o negativo e o comprovante no envelope. Pediu ao gerente uma sacola do banco para o dinheiro, rotulou-a como prova e colocou tudo num saco de papel pardo da Mercearia Ralph's que levara para isso.

A subida no elevador até o térreo se deu em silêncio. Se o gerente do banco estava curioso por saber o que acontecia, o fato é que ele não demonstrou isso e não perguntou. Provavelmente já tinha visto policiais tirando coisas mais esquisitas que dinheiro de cofres de clientes. O próprio Parker havia aberto a tampa do cofre de segurança de um suspeito de assassinato e deparara-se com uma coleção de dedos humanos mumificados.

As portas do elevador abriram-se, emoldurando um retrato vivo de Abby Lowell sentada num banco de mármore, esperando. Ela tinha roupas boas demais para uma estudante de direito. Traje de *tweed* de lã de camelo composto de saia e paletó justo de corte inspirado nos anos 40, com um cinto estreito marrom de couro de crocodilo. Sapatos e bolsa combinando. Talvez compensasse ser a filha de um chantagista.

Com um movimento elegante, ela deixou seu banco quando Parker saiu do elevador. Olhou diretamente para ele com expressão serena, mas com uma dureza subjacente que seguramente apavorava muitos caras da sua idade.

— Achou os papéis de meu pai?

— Bom-dia, Srta. Lowell. Vejo que sobreviveu à noite de ontem. Belo terninho. É Prada?

Ela não respondeu, mas seguiu ao lado dele em direção à porta lateral.

— Achou os papéis de meu pai? — tornou a perguntar.

— Poderia dizer que sim.

— Como assim?

— Nem o testamento nem a apólice do seguro de vida estavam no cofre — disse ele, colocando os óculos de sol enquanto caminhava. Os saltos dos sapatos de couro de crocodilo dela repicavam ritmicamente no piso do terraço.

— Então, o que o senhor está levando nessa sacola?

— Provas.

— Provas de quê? Meu pai foi a vítima.

— Seu pai está morto — disse Parker. — Tudo que eu puder achar que permita esclarecer por que ele foi morto e quem o matou é prova, no que me diz respeito. Não se preocupe. Você receberá tudo de volta depois... a não ser que descubramos que você o matou.

Ela inspirou como se fosse dizer alguma coisa, pensou melhor nisso e tentou de novo. Franziu a fronte em sinal de frustração.

— Qual é o problema, Srta. Lowell? Não encontra um jeito de fazer a pergunta sem se incriminar?

As portas automáticas abriram-se diante deles, e os dois saíram para a sombra de uma marquise. A claridade da manhã já ofuscava.

— Essa insinuação me ofende — disse ela com irritação. — Eu gostava de Lenny.

— Mas você mesma disse que ele não era grande coisa como pai — disse Parker. — Quando você era pequena, ele a arrastava para todo lado como se fosse um pedaço de papel higiênico colado na sola do sapato dele. Isso deve tê-la magoado muito. Toda menina adora o pai. Elas querem que esse amor seja retribuído.

— Não preciso da sua psicanálise — ela replicou. — Tenho alguém muito bem-apessoado que é pago por isso.

— Você certamente tem gosto à altura de Beverly Hills, Srta. Lowell — disse Parker. — A maioria dos estudantes que eu conheço vive na dureza. Será que Lenny estava bancando esse seu estilo de vida? Eu não teria imaginado que ele faturasse tão alto defendendo o tipo de gente que defendia. Por acaso ele tinha alguma outra fonte de renda?

— Eu tenho meu dinheiro — disse ela. — Recebo da minha mãe. Não que isso seja da sua conta.

— Então talvez fosse você quem bancava o estilo de vida *dele* — sugeriu Parker. — Apartamento num condomínio no centro, Cadillac novo...

— E quem paga pelo seu estilo de vida, detetive? — perguntou ela com intencionalidade. — Chapéus Gucci, terno Canali... Eu não teria imaginado que o senhor faturasse tanto como funcionário público.

Parker acusou a estocada inclinando a cabeça. — *Touché*, Srta. Lowell.

— O senhor está recebendo suborno? — ela perguntou. — Dando um jeitinho em certos casos? Extorquindo traficantes de drogas?

— Não, mas acredito que seu pai estava chantageando alguém — disse ele bruscamente. — Acabo de tirar vinte e cinco mil dólares do cofre dele.

Se não estava surpresa, ela era uma ótima atriz, pensou Parker. Os olhos castanhos arregalaram-se e as bochechas empalideceram. Ela desviou o olhar, tentando recuperar-se. Para dissimular, abriu a bolsa e tirou uns óculos de sol Dior.

— De onde você acha que esse dinheiro todo pode ter vindo? — perguntou Parker.

Já andando pelo estacionamento, ele abriu o porta-malas do carro com o controle remoto. Não mencionou o negativo, para ver se ela lhe perguntava se havia achado mais alguma coisa no cofre. Mas, se ela de fato queria saber isso, era inteligente demais para dizer algo.

Parker olhou para ela, que o acompanhou até o carro. — Alguma idéia?

— Não.

— Você se engana se acha que sou bobo, Srta. Lowell. — Ele pôs a bolsa de papel no porta-malas e fechou a tampa. — Seu pai é assassinado, e o assassino liga para seu celular para avisá-la. Ele arromba seu apartamento, mexe em tudo, ameaça matá-la, mas você diz que não sabe o que ele está procurando. Você está afoita para abrir o cofre de Lenny, e aí eu encontro vinte e cinco mil no tal cofre, e você afirma que não sabe nada disso. Está achando que eu caí do berço e bati com a cabeça quando era bebê?

Ela não teve resposta para aquilo. Pressionou os lábios com seus dedos de unhas impecavelmente manicuradas, como parecia fazer sempre que se via em dificuldades, e cruzou o outro braço sobre o abdômen, segurando a si mesma.

Dando-se apoio, confortando a si mesma, pensou Parker. Provavelmente ela tinha adquirido esse hábito quando menina, enquanto ficava sentada, em segundo plano, ao lado do pai no hipódromo. A despeito de tudo que achava dela, ele sentiu pena da criança solitária que ela deve ter sido.

Ela deu uns passos lentos em círculo, sem saber para onde ir. Não podia fugir nem se esconder.

— Quem é que ele estava chantageando? — perguntou Parker.

— Eu não creio que estivesse chantageando — disse ela, mas não olhou para ele ao falar.

— Você conhece um cara que se chama Eddie Boyd Davis?

Ela negou com a cabeça. Estava segurando as lágrimas, travando alguma batalha interna que Parker não conseguiu inferir.

— Se você sabe alguma coisa sobre isso, o momento é agora, Abby — disse ele. — Pule fora logo, antes que isso vá longe demais. Lenny está morto. Quem o matou tem você na mira. Não vale a pena morrer por um saco de dinheiro.

Ela levantou e soltou os ombros ao dar um suspiro lento e uniforme, controlando-se de novo.

— Para que pago impostos? Não é para o senhor me atender e proteger? — ela perguntou. — É de esperar que o senhor impeça que me matem.

— Não posso lutar contra o que não sei, Abby.

— O que o senhor não sabe? — ela perguntou, impaciente e frustrada. — Por que não consegue achar aquele mensageiro ciclista?

— Não creio que o mensageiro ciclista tenha nada a ver com isso — disse Parker.

— Mas ele me atacou!

— Isso não me convence.

— Está me chamando de mentirosa?

— Se ele matou seu pai pelo dinheiro que estava no cofre, por que iria ficar zanzando por aí atrás de você? — perguntou Parker.

— Não sei! Talvez ele seja um psicopata que escolheu primeiro o Lenny e agora a mim.

— Isso só acontece nos filmes, boneca — disse Parker. — Mandaram o garoto ir ao escritório de seu pai por acaso. Eu acho que calhou dele estar no lugar errado na hora errada.

Mesmo através dos óculos de sol ele pôde ver que ela empalidecera.

— Ah, eu entendo — disse ela rispidamente. — Ele entrou na minha casa e me agrediu, mas é apenas uma inocente testemunha involuntária? E eu sou o quê? A *femme fatale* intrigante? Isso é que é fantasia. Fui incluída no elenco de seu próprio filme *noir*.

— É assim que funciona — disse Parker. — Eu vejo a coisa desta forma: Lenny estava chantageando alguém e foi morto por isso. Quanto a você, sim, acho que está metida nisso até seu bonito pescoço.

— Eu só não lhe dou um tapa na cara porque acho que você me prenderia por isso — disse ela.

— Eu não me daria a esse trabalho — disse Parker. — Se você não confessar tudo, acho que vou ter motivos bem melhores para prendê-la, Srta. Lowell.

Ela sacudiu a cabeça e olhou para outro lado. — Não posso acreditar que isso esteja acontecendo.

— Não? Bem, pelo visto você aceitou sem dificuldade o fato de alguém ter arrebentado a cabeça de seu pai. Eu diria que você enxerga as coisas de maneira bastante distorcida se acha que sou seu pior problema.

Foi então que ela o esbofeteou, e com força. A dor na bochecha e o tinir no ouvido confundiram-se numa só sensação.

Parker deu a volta por cima: — Pois é, não posso negar que eu lhe dei licença para fazer isso.

Ela apertou os lábios em sinal de ódio. — Estou farta de você, detetive Parker.

Ela deu meia-volta como um soldado e foi embora, com a bolsa de couro de crocodilo bem apertada embaixo do braço. Seu veículo estava estacionado a cinco carros do de Parker. Era um BMW Série 3 conversível azul. Zero quilômetro. Ela virou para Parker antes de entrar no carro.

— Seu capitão vai saber de algumas coisas por mim.

— Tenho certeza que ele vai esperar ansiosamente esse momento.

Parker ficou olhando enquanto ela dava ré para sair da vaga e partia, tendo como primeira providência fazer com que ele fosse afastado do caso.

— Sinto muito, boneca, mas alguém já se antecipou a você nisso — murmurou ele, sentando-se ao volante do Sebring.

32

Parker virou para entrar no estacionamento do Estúdio Paramount e acenou para o segurança.

— É bom vê-lo por aqui, Sr. Parker.

— Olá, Bill. Tudo bem?

— Tudo. Veio ver o Sr. Conners?

— Hoje não. Preciso falar com Chuck Ito. Ele está me esperando.

O segurança anotou algo na sua prancheta e acenou para Parker entrar.

O escritório de Chuck Ito ficava num prédio situado no fundo do estacionamento. Chuck era editor de cinema, mas seu hobby ainda era a fotografia e ele tinha o que havia de mais moderno em equipamento eletrônico, tudo incluído como despesas profissionais em suas declarações de imposto de renda.

— Olha o que o gato trouxe para cá. — Era esse o cumprimento de Ito. Parker o conhecia havia cinco anos e era sempre assim que ele iniciava a conversa.

— Meu terno fica ofendido com o que esse comentário insinua — disse Parker.

— E daí? Ele só fala italiano — disse Ito. — Não sabe se está sendo insultado ou não.

Ele olhou o relógio e fez um trejeito. — Temos de andar logo, Kev. Tenho uma reunião às dez horas com alguém muito mais importante que você.

Parker pareceu incomodado. — Quem é mais importante que eu?

— Quase todo mundo.

— Isso é cruel.

Parker sentou-se numa cadeira e jogou em cima da mesa o envelope que achara no cofre de segurança de Lenny Lowell.

Ito pegou o envelope. — O que você arrumou para mim, Kev? Alguma coisa para eu acabar preso? — Ele tirou o negativo e segurou-o no alto para olhá-lo diante de uma luz. — Quem é que está nessa foto?

— Eu até diria, mas depois teria de acabar com você.

— Então tem algo a ver com a sua vida secreta como mulher?

— Vou deixar isso passar para não perder tempo — disse Parker. — Depois caio de porrada em você. Preciso que revele isso para mim logo.

Ito olhou para ele como se fosse um idiota. — Dê uma chegada no shopping. Lá eles podem fazer isso em uma hora.

— Ou algum garoto que recebe salário mínimo vai jogá-lo na trituradora de papel por descuido. Isto é uma prova num caso de homicídio.

— Então por que você não o leva ao laboratório do Departamento de Polícia de Los Angeles, já que é uma prova?

— Você está de brincadeira? Com muita sorte o receberei de volta até o Natal, se é que o recebo. Acho que eles têm apenas uma pessoa, e o equipamento mais moderno lá é de ferrotipia.

Uma mistura de verdade e exagero. O público em geral foi levado a acreditar que todo laboratório de investigação criminal de toda cidade do país é como o de *CSI: Crime Scene Investigation*, quando na verdade nenhum deles é. A grande maioria não tem pessoal nem verba suficientes e está sobrecarregada de serviço. No Condado de Los Angeles, famoso por fazer com que a prova de DNA caísse na boca do povo durante o julgamento de O. J. Simpson, há três pessoas que trabalham com provas de DNA. Na maioria das vezes, as descobertas deles só são apresentadas bem depois de o julgamento ter acabado.

Além do mais, Parker não podia dizer a Ito que não deveria ter aquela prova em seu poder. Se conseguisse revelar o negativo, ele poderia ver com quem estava lidando e ganhar vantagem sobre a Roubos e Homicídios. Era por isso que não o colocara num saco nem o rotulara no banco. Pretendia mandar revelar o negativo, depois colocá-lo num saco lacrado para ser apresentado como prova e ninguém ficaria sabendo.

— Preciso dele urgentemente.

— Hoje, para mim, urgentemente vai ser lá no fim do dia. Por volta da hora do jantar. Posso fazer com que um dos meus ajudantes...

— Não, não posso arriscar deixando que muita gente mexa nesse negócio.

— Eu posso ir parar na cadeia por causa disso, não é mesmo? — perguntou Ito.

Parker fez uma careta. — Cadeia? Não... Trabalho forçado, talvez. Você é réu primário, não é?

— Você é um amigo e tanto — disse Ito, fingindo estar perplexo.

Parker levantou-se e foi até a porta. — Ótimo — disse ele com um aceno despreocupado. — Só não diga a ninguém que você está com o negativo. Se for pego com ele, eu não o conheço.

Chantagem. A palavra ficou ressoando na mente de Parker enquanto dirigia de volta para o centro de cidade. Se Eddie Davis era uma das pessoas na fotografia, isso lhe dava um motivo de peso para acabar com Lowell. Se os dois estiveram envolvidos em alguma coisa juntos, um podia ter passado o outro para trás por cobiça. Outro bom motivo.

Fosse como fosse, Davis estava atrás do negativo. Por isso havia saqueado o escritório de Lenny e quebrado os vidros de seu carro. Teria feito o mesmo no apartamento de Lowell, não fosse pelo fato de que ficava num prédio com segurança. Provavelmente era Davis quem tinha bagunçado o apartamento de Abby Lowell. O negativo desaparecido era a explicação provável para a ameaça que ele rabiscara com batom no espelho do banheiro. *Você é a Próxima a Morrer...* Se não entregar o negativo.

No entanto, devia haver mais de um. Parker supunha que o que estava no cofre do banco tinha sido um seguro ou garantia, algo que Lenny poderia usar se necessário. E Parker pressentia que quem estava com os outros era J. C. Damon. Ele se perguntou se o garoto fazia idéia do que era aquilo.

O telefone de Parker tocou, interrompendo seus pensamentos.

— Alô, aqui é Parker.

— Como você não tem amigos, eu liguei para um dos meus. — Era Andi Kelly. — Não há nenhum Davis na Roubos e Homicídios.

— Eu sei.

— Como é que você sabe? — Ela pareceu ofendida por não ter um dado exclusivo.

— Porque sou melhor do que você, boneca.

Kelly riu. — Que tolice.

— Eu sei porque uma testemunha identificou Davis num álbum de fotos hoje de manhã.

— Foi ele quem matou aquela mulher ontem à noite?

— O caso não é meu — disse Parker. — Você vai ter de falar com Ruiz.

— Não gosto dela.

— Ninguém gosta dela — disse Parker. — Ela é antipática, explosiva e chata. E não é mulher em quem outra possa confiar.

— Como você sabe disso? Os homens nunca entendem isso.

— Estou em contato com o meu lado feminino — disse Parker.

— Ela é capaz de entregar você por um tostão e ainda dar troco — disse Kelly.

— Pois é, realmente há alguma verdade nisso — murmurou Parker, pensando se Ruiz não estaria naquele instante o entregando para Bradley Kyle, descrevendo em detalhes cada papel que ele levara consigo ao sair do Departamento de Polícia.

— Você é o supervisor do treinamento dela — disse Kelly. — Usurpe a alçada dela. Pegue o caso. Qual é o problema se ela ficar com ódio de você?

— Ela já me odeia.

— Está vendo?

— Tudo bem — disse Parker com resignação. Kelly era teimosa como uma mula. Se queria uma coisa, ela não desistia até concretizar seu intento. Era capaz de segurar uma história e não largar de jeito nenhum. — Sim, aposto no Davis para o assassinato da noite passada.

— Por quê? Qual o motivo dele?

— Ainda estou trabalhando nisso — ele desconversou. — Mas eu apostaria que ele deu uma chegada na Speed para obter informação sobre o mensageiro ciclista.

— O mensageiro ciclista. Ele não era uma "pessoa do seu interesse" ontem à noite?

— Ele ainda é uma pessoa do nosso interesse. Só que eu não considero que seja um suspeito. Preciso encontrá-lo, falar com ele, antes que a Roubos e Homicídios meta o bedelho e estrague tudo. Eles estão assumindo o caso Lowell.

— Você está brincando. Por que eles iam se interessar por isso?

— É o que estou tentando descobrir.

— Espero que você me diga quando conseguir.

— Andi, você é a única pessoa em quem posso confiar nisso tudo — disse Parker em tom sério. — Estou cercado de maus espíritos. Não me faça pensar que está apenas me usando como se eu fosse um gigolô barato.

— Acho que você deveria ser mais esperto, Kev — disse ela. — Nada em você é barato. Eu diria que conto com seu apoio, mas preferiria contar com outra coisa sua. E gosto, sim, da idéia de você dar uma de gigolô.

— Sua oferecida sem-vergonha.

— Sim. Você sabe que estou chegando aos quarenta anos. Não tenho tempo para namoricos. De qualquer maneira, alguma vez deixei você na mão?

Parker ignorou a oportunidade de continuar com as alusões. — Não, nunca — disse ele, deixando escapar um suspiro. — O chefe da Roubos e Homicídios disse ao meu capitão que eles acham que o assassinato de Lowell pode estar ligado a alguma coisa que já estão investigando.

Kelly ficou em silêncio por tanto tempo que Parker pensou que ela tinha perdido o contato.

— E aí voltamos à conversa de Bradley Kyle e Moose Roddick com Tony Giradello, na qual seu nome foi mencionado — disse ela finalmente.

— Exato. Andi, o que tenho aqui é um caso de chantagem — disse Parker.

— Quem está contra quem e pelo quê?

— Ainda não sei, mas já há duas pessoas mortas. E Bradley Kyle tem apenas um caso desse nível em andamento.

— Tricia Crowne-Cole.

33

Jace acorrentou A Besta a um parquímetro e entrou no bar. Era um lugar pequeno, escuro e abafado, com redes de pesca, bóias e salva-vidas pendurados nas paredes. Tudo estava impregnado do cheiro de cerveja e cigarro, em ostensivo desafio às leis estaduais contra o fumo. Fregueses habituais de uma mesa achavam-se no direito de olhar com desaprovação para qualquer recém-chegado. Eles não tiraram os olhos de Jace no percurso da porta até o balcão.

Jace ficou de cabeça baixa e ocupou um banco alto no outro extremo do balcão. Pediu um hambúrguer e um refrigerante, não atendendo a sua necessidade de algo bem mais substancial para mitigar a dor física e emocional.

A televisão próxima ao teto no outro extremo do balcão estava no canal Court TV. O programa era todo dedicado ao julgamento de Cole por homicídio. Martin Gorman fazendo uma declaração em uma tribuna enfeitada por uma penca de microfones. Depois, cortam para o promotor público adjunto Giradello fazendo a mesma coisa em outro lugar.

A defesa tinha apresentado um pedido visando a excluir toda e qualquer referência ao passado de Rob Cole — drogas, dinheiro, mulheres —, alegando que esse tipo de prova serviria apenas para gerar no júri uma predisposição negativa. Giradello argumentou que o passado de Cole devia ser aceito como prova para estabelecer um padrão de conduta. O juiz decidiu em favor da acusação. Um golpe violento na estratégia de Gorman. Ele queixava-se da tentativa de Norman Crowne de comprar a justiça e se queixava ainda mais porque aparentemente Crowne estava tendo sucesso nisso.

O hambúrguer chegou. Jace mordiscou um pedaço, ainda olhando para a televisão. Ele pensou que a decisão deveria ter sido em favor da defesa. O valor probatório dos fatos do passado de Cole não bastava para justificar o preconceito que resultava da sua índole.

Ou seja, Cole era um perdedor por seu envolvimento com drogas, dinheiro e mulheres. E daí? Nada disso fazia dele um criminoso violento. Até então, ele nunca tentara matar ninguém. A imprensa nunca tinha noticiado que Cole maltratasse fisicamente a sua mulher. Não havia nenhum padrão de comportamento com crescente nível de violência. Jace imaginava que, se Cole tivesse sequer encostado um dedo em Tricia, Norman Crowne teria caído em cima dele com a força de uma tonelada de tijolos, e a fofoca teria corrido como fogo num pavio por Los Angeles.

Porém, a decisão favorecera a acusação, e, se isso sinalizava o curso que seguiria o resto do julgamento, Martin Gorman tinha um trabalho talhado para ele.

Era provável que Gorman estivesse com a razão. Norman Crowne tinha enorme influência na política de Los Angeles e dinheiro até dizer chega.

Jace relembrou a noite em que pegara o pacote com Lenny. Naquele momento, a televisão apresentava uma reportagem sobre o caso Cole, e Lenny lhe tinha dito o seguinte: *Martin está apostando contra a banca num jogo de cartas marcadas. O dinheiro fala mais alto. Lembre-se disso.*

Ele se perguntou se Lenny sabia dessas coisas porque tinha acesso a informação confidencial sobre o caso ou simplesmente porque era um falastrão que gostava de se autoconvencer de que seu papel no drama era mais importante do que na verdade era ou poderia vir a ser. Talvez fosse por ambas as razões.

Lenny certamente tinha conhecimento das sujeiras de alguém. De quem aparecia nos negativos que Jace levava presos com fita na barriga. E o que

Lenny tinha, o que aqueles negativos mostravam, valia muito para essa pessoa, senão ele não se daria ao trabalho de chantageá-la.

Advogados como Lenny não têm grandes clientes. Não havia celebridades nem milionários na lista dele. Portanto, se ele não estava defendendo as pessoas que apareciam nos negativos, como podia saber a informação que estava usando para chantageá-las?

A única opção óbvia era que alguém, um cliente, tinha envolvido Lenny em alguma coisa, dando-lhe condições de agir na questão.

O videoteipe voltou a focalizar Giradello. Ele era um filho-da-puta com jeito durão. Um homem a quem não convinha enfrentar. Se Rob Cole tinha nem que fosse um neurônio na cabeça, deveria usá-lo para bolar um jeito de evitar o promotor público adjunto. Negociar um acordo. Enforcar-se no xadrez. Qualquer coisa.

Giradello era implacável no tribunal. Ele ia direto no pescoço. Certamente ia fazer picadinho de Rob Cole e talvez até lançasse sua carreira política a partir da posição de vantagem atingida em cima do cadáver ensangüentado dele. Se conseguisse a condenação de Cole, ele teria a eterna gratidão de Norman Crowne.

Crowne e seu filho comentaram a decisão do juiz. O ancião estava calmo e falou com dignidade. O filho, Phillip, foi mais emocional. Extasiado quanto à decisão judicial, depois melancólico quanto à irmã, depois furioso com Cole, depois voltando à melancolia. Jace achou estranha aquela exibição e se perguntou se o Crowne mais novo estava envolvido em alguma coisa.

— Eu acho que eles deveriam deixar Rob Cole em paz — disse uma freguesa habitual do bar, uma loura oxigenada que vestia uma blusa tipo tubinho, aparentemente denominada assim por ressaltar as dobras tubulares de gordura na cintura da mulher.

— O que você quer é transar com ele, Adele. — Quem falou foi um sujeito meio careca que usava a mesma roupa havia tanto tempo que ela estava outra vez na moda.

— E o que há de errado nisso? Ele é muito mais bonito que você.

— Também é muito mais bonito que você. Ouvi dizer que ele é gay. Seja como for, o que eu digo é que estou de saco cheio dessas celebridades acharem que podem ficar impunes. Tomara que a Justiça mande fritar a bunda dele.

— Isso não se faz mais, seu imbecil. Agora é uma picada. Injeção letal.

— É fácil demais. Quando prendiam o cara com correias na cadeira elétrica, ele sabia que iria sofrer um bocado.

— Isso é cruel e estúpido.

— Quem se importa? O elemento está sentado naquela cadeira porque matou o filho, a mulher ou seja lá quem for. Por que a gente vai aliviar a barra dele?

Jace não queria mais ouvir falar naquilo. Não estava nem aí para Rob Cole. O cara era um perdedor. Não era bom ator, e qual era a dele com aquelas camisas de boliche sem graça?

Ele deu cabo do hambúrguer, saiu do bar e buscou um telefone público. Inseriu um quarto de dólar e discou o número de Abby Lowell. Ela atendeu no terceiro toque:

— Alô.

— Srta. Lowell, nós nos conhecemos ontem no seu apartamento.

Silêncio. Depois, finalmente: — Sim, e então?

— Tenho algo que acho que você pode querer. Um pacote com alguns negativos.

— Não sei do que você está falando.

— Não estou para brincadeira — disse Jace. — Tenho os negativos que seu pai estava usando para chantagear alguém.

Ela não disse nada, mas o silêncio pareceu denso e carregado.

— Não quero ficar com eles — disse Jace. — Para mim eles são apenas um problema.

— Por que você acha que eu quero os negativos? — ela perguntou.

— Talvez você não queira. Talvez eu deva entregá-los à polícia.

Silêncio.

— Eles têm valor para alguém. Eu os estou oferecendo de primeira fornada.

Houve outro longo silêncio. Por fim, ela disse: — Quanto?

— Dez mil.

— O quê? Isso é muito dinheiro.

— Não, não é. Mas quero me livrar disso e será por essa soma.

Jace esperou.

— Onde e quando?

— Encontre-me na Pershing Square às cinco e quinze. Vá sozinha.

Jace desligou o telefone e ficou ali, olhando para o ontem. O sol batia no cotidiano daquela parte insignificante da cidade. Carros passavam. Gente andava de um lado para outro. As placas nas vitrines das lojas anunciavam produtos em dois idiomas.

Ele acabara de montar o cenário para também cometer uma extorsão.

Se estava envolvida na chantagem, Abby Lowell pagaria para receber os negativos e pagar pelo seu silêncio. Se fizesse tudo certo, Jace poderia pegar o dinheiro dela para compensar a família de Eta e talvez um pequeno seguro para ele e Tyler caso tivessem de sair da cidade. Poderia colocar a polícia no encalço de Abby; por intermédio dela, a polícia poderia pegar o Predador e tudo aquilo acabaria. Era o que ele esperava.

Tudo de que precisava era um pouco de sorte.

A voz de Lenny Lowell ecoava no fundo de sua mente: *É melhor ter sorte que ser bom, garoto.*

34

Tyler correu direto para a peixaria depois de fugir do detetive Parker. Deparou-se com Madame Chen chorando, em silêncio, no seu escritório. Ao vê-lo bisbilhotando na sala, por trás da porta, ela passou um lenço de papel embaixo dos olhos e se recompôs. Tyler nunca a vira chorando e ficou ainda mais amedrontado do que já estava.

— O que houve? — perguntou o menino, entrando lentamente na sala.

— Estou muito bem, meu ratinho. Um momento de fraqueza serve para que vejamos quão fortes realmente somos.

— Jace foi embora — disse Tyler.

— Eu sei. Nós conversamos muito ontem à noite.

Tyler não disse que tinha ouvido a maior parte dessa conversa porque estava escondido no armário de vassouras. Ele sabia que Madame Chen reprovaria essa conduta.

— Eu pedi que não fosse embora — disse Madame Chen. — Ele achava que era melhor assim. Queria proteger-nos e resolver seu problema sozinho.

— Eu não gosto disso — disse Tyler. Ele se empoleirou na cadeira de espaldar reto ao lado da escrivaninha, apertando os joelhos contra o peito. — E se ele nunca mais voltar?

— Ele voltará para você.

— Não, se acontecer alguma coisa ruim e ele for morto, acabar na cadeia ou coisa assim.

— É verdade — disse ela. — Mas essas coisas podem acontecer em todo canto, Tyler. Não temos como controlar esse tipo de situação. O que podemos é orar pelo melhor.

— Não acredito em oração — disse Tyler. — Já orei um monte de vezes e nada do que pedi virou realidade. Acho que Deus não estava escutando.

— Então, devemos ter pensamentos positivos — disse Madame Chen. — Devemos nos concentrar e pensar em reunir nosso *chi* numa bola e abraçá-la bem forte no centro de nós. Talvez possamos gerar uma luz tão brilhante que guiará JayCee de volta para nós em segurança.

Tyler pensou nisso. Sentia-se mais à vontade com a idéia da energia positiva do *chi*. Já pesquisara o tema em artigos na Internet e conversara longamente com o avô Chen. Isso parecia bem mais tangível, lógico e científico que acreditar num homem invisível que vivia nas nuvens e jamais respondia a nenhuma das preces de Tyler. O *chi* estava dentro dele, ele podia controlá-lo. Era paradoxal que alguém carrancudo e zangado como o sobrinho de Madame Chen se chamasse Chi. Não havia nada positivo nele.

O que Tyler temia eram as forças de energia negativa no mundo. Ninguém podia controlar a energia de outros, muito menos um menino. Nem tendo um QI de 168.

— O que está pensando, meu ratinho?

Tyler olhou para ela por um instante, tentando decidir o que desejava dizer. Um turbilhão de pensamentos fervilhava em seu interior e ele não sabia como controlar todos ao mesmo tempo. Se tentava controlar seu medo pelo irmão, seu medo do serviço social vinha à tona. Se tentava dominar a raiva que sentia porque Jace o deixara, o que vinha à tona era o medo da incerteza quanto a seu futuro.

Finalmente, ele simplesmente disse, com a voz trêmula: — Estou assustado.

E logo teve raiva de si mesmo por ser tão criancinha.

— Eu sei — disse Madame Chen. — Também estou com medo. Nós devemos superar isso juntos. Seu irmão é uma boa pessoa. Ele tem um bom coração. Leal e corajoso. Vai fazer o que é certo e voltará para ficar em casa conosco. Só devemos acreditar nisso, Tyler. Preocupar-se com coisas que ainda não aconteceram é gastar energia à toa.

— Sim, senhora — disse Tyler, perguntando-se como poderia seguir aquele conselho. No terraço do prédio havia um pequeno jardim do qual o avô Chen cuidava. Era ali onde ele e o Avô Chen praticavam os movimentos do tai chi todas as manhãs. Tyler pensou que talvez subiria lá para procurar o avô Chen e meditarem juntos.

Alguém bateu na porta do escritório. Chi enfiou sua cara feiosa sem ser convidado. Tyler pensou se ele estivera ali escutando como na noite anterior. Madame Chen recebeu-o com seu olhar mais severo.

— Chi, sei que sua mãe lhe ensinou boas maneiras. O que você fez com elas? Será que as jogou fora com as cabeças de pescado podres? Não é possível que eu tenha de repreendê-lo como a uma criança sendo você um homem-feito. Jamais abra uma porta antes de ser convidado a entrar.

— Desculpe-me, tia — disse ele sem remorso. — Há mais detetives da polícia aqui para falar com a senhora.

— Diga-lhes que sairei logo.

— Na verdade, eles estão bem aqui atrás de mim.

Madame Chen lançou um olhar furioso para seu sobrinho e falou em chinês: — Chi, às vezes acho que você é uma maçã podre cheia de lagartas.

Nesse instante, a porta foi aberta completamente e os dois homens que estavam atrás de Chi arrastaram-no para dentro. Um deles era grandalhão e medonho, de cabelo com corte baixo e óculos de armação preta. O outro tinha a aparência de um homem de negócios, embora seu paletó estivesse um pouco folgado nos ombros. Como se o tivesse tomado emprestado de um sujeito de maior envergadura.

Tyler não gostou do olhar daquele último. Teve vontade de pular da cadeira e cair fora do escritório para sumir num dos seus esconderijos. Mas, quando deslizou o corpo para fora da cadeira e começou a mover-se lentamente em direção à porta, o grandalhão barrou-lhe a saída.

— Sra. Chen... — começou a dizer o outro.

— Pode me chamar de Madame Chen — disse ela em tom gélido ao levantar-se da sua poltrona.

— *Madame* Chen — ele recomeçou. — Sou o detetive Kyle e este é meu parceiro, o detetive Roddick. Somos da Divisão de Roubos e Homicídios da Polícia de Los Angeles. Gostaríamos de lhe fazer algumas perguntas a respeito de seu carro.

— Mais um querendo saber do carro — comentou Chi.

Kyle virou-se para ele. — Mais um?

Madame Chen olhou duramente para seu sobrinho. — Chi, você já pode ir embora.

Ele tentou parecer confiante, como se tivesse certeza de que ela não lhe daria um fora diante daqueles homens. — Eu só pensei que poderia...

— Saia. Agora — disse ela com firmeza. Depois, em chinês, acrescentou que ele era uma pedra no seu sapato e que, se não mudasse a conduta, ela ia tirar essa pedra e se livrar dela.

Chi ficou de cara amarrada e saiu da sala parecendo humilhado e furioso. Mais uma vez, Tyler tentou escapulir, e mais uma vez foi impedido pelo cara grandalhão.

O detetive Kyle virou para ele. — E quem é você?

— Eu não sou obrigado a falar com você — disse Tyler. — Sou apenas um menino.

— Eu só perguntei seu nome. Você tem alguma razão para achar que pode ter problema se falar comigo?

— Não, senhor. É que não gosto do senhor, só isso.

— Tyler! — exclamou Madame Chen. — Não fale desse jeito com ninguém! Que coisa grosseira!

— Eu disse a verdade.

— Dizer a verdade é sempre muito bom, meu jovem — disse Kyle num tom falso e condescendente. — Então quem é você?

Tyler olhou para o homem de forma obstinada.

— Ele é meu filho — informou Madame Chen.

Os tiras olharam para ela e para Tyler.

— Adotivo — ela emendou.

Os detetives olharam novamente para Tyler. Com olhos grandes e inocentes, ele começou a tagarelar sua opinião sobre eles dois num mandarim impecável.

Eles olharam para ele e depois se voltaram um para o outro. Madame Chen evitava não rir do que ele estava dizendo, o que fez com que a reprimenda que ela lhe dera em chinês perdesse toda a eficácia. Tyler começou a dar risadinhas.

— Vá embora, Tyler — disse ela. — Os cavalheiros precisam conversar comigo em particular.

Tendo sido dispensado, Tyler escapuliu pela porta do escritório e quase tropeçou em Chi, que, evidentemente, estivera bisbilhotando mais uma vez.

Tyler olhou para o rosto ranzinza de Chi. — Você está precisando de alguma coisa? Posso falar para Madame Chen que você está aqui esperando.

— Por que não vai cuidar da sua vida? — disse Chi com a voz baixa. — Tenho mais direito que você de estar aqui.

— Hoje não — disse Tyler. — Você é apenas um sobrinho. Eu sou o filho adotivo de Madame Chen. Não ouviu isso aqui da porta?

— Não se acostume com essa idéia — avisou Chi. — Pode ser que não leve muito tempo até você ir embora daqui. Seu irmão é um criminoso. Aí, quando ele for para a cadeia, o pessoal do serviço social virá e levará você. Eu vou cuidar disso.

O pior pesadelo de Tyler. O medo e a raiva borbulharam na cabeça dele e depois na garganta. Ele quis chorar. Quis gritar. Em vez disso, recuou e chutou a canela de Chi tão forte quanto pôde.

Chi soltou um grito de dor e em seguida uma saraivada de palavrões, pegando Tyler pelos ombros e cravando neles seus dedos grossos.

Tyler berrou bem alto: — Não me machuque! Não bata em mim!

A porta do escritório se abriu de repente e os dois tiras saíram no momento em que Chi começava a sacudir o menino.

Madame Chen gritou: — Chi! O que há com você? Solte-o já!

Os tiras não lhe deram outra escolha. O grandalhão segurou Chi e deu-lhe um puxão para trás, enquanto Kyle segurava Tyler e o fazia recuar.

Tyler encolheu-se formando uma bola no chão, choramingando.

O policial grandalhão empurrou Chi de cara contra a parede, algemou-o e começou a revistá-lo em busca de armas.

Madame Chen agachou-se junto a Tyler e tentou confortá-lo em chinês. O menino sentou-se e deixou que ela o abraçasse, fingindo que tremia de medo, soluçava e tentava parar de chorar.

Madame Chen perguntou-lhe se estava machucado. Ele respondeu negativamente, sacudindo a cabeça.

O tira grandalhão estava lendo os direitos de Chi. Madame Chen lançou um olhar fulminante para o sobrinho e disse-lhe bem claro que ele era uma vergonha para a família. Tyler olhou para Chi, fez uma careta e deu-lhe a língua.

— Eu não lhe fiz nada! — exclamou Chi. — O merdinha me deu um chute!

Madame Chen aproximou-se, levantou a mão, segurou a orelha do sobrinho e deu-lhe um beliscão, sem parar de admoestá-lo, gritando em chinês. Tyler jamais a vira tão zangada.

— Senhora — disse o detetive Kyle, tentando afastá-la de Chi com delicadeza. — Nós vamos cuidar disso. Nós vamos tomar conta dele.

— Acho bom! — disse ela, ainda olhando com fúria para Chi. — Talvez ele aprenda alguma coisa na cadeia. Uma profissão, talvez, que ele possa exercer quando sair.

— A senhora sempre olha por eles mais do que por mim! — gritou Chi. — Eu sou da sua família! Sou sua carne e seu sangue! Eu mereço...

Furiosa, Madame Chen interrompeu, arengando em chinês ainda mais aceleradamente. Os detetives olharam um para o outro, frustrados por serem incapazes de entender o que se dizia. O que se apresentara como Kyle olhou para Tyler.

— Dá para você nos dizer o que eles estão falando? O que ele quis dizer com "a senhora sempre olha por eles mais do que por mim"?

— Às vezes Chi fica paranóico e de-lu-só-ri-o — disse Tyler, esfregando o ombro dolorido. — Você pode procurar a palavra se não sabe o significado. Eu tenho um dicionário.

— Eu sei o significado — disse Kyle. — Por que você sabe essas coisas?

— Porque sou inteligente e tenho uma vontade in-sa-ci-á-vel de aprender sempre mais.

Sem saber mesmo o que dizer quanto àquilo, Kyle preferiu mudar de assunto: — Você está machucado? Precisa ir para o hospital?

Tyler negou sacudindo a cabeça.

— Isso já aconteceu antes? Ele o machucou alguma outra vez?

— Não. Também não me machucou desta vez.

— Vamos, você pode me dizer — disse Kyle no mesmo tom condescendente que usara antes. — Não precisa ter medo de que ele tente machucá-lo de novo.

— Você vai colocá-lo na cadeia? — perguntou Tyler subitamente. — Eu acho que você não deveria fazer isso. Ele cuida da peixaria. De certa forma precisa ficar aqui.

— Vamos ver — disse Kyle. — Por enquanto ele está preso.

— Ele é mentiroso e encrenqueiro — disse Tyler. — É bom você saber disso logo de saída. Não dá para acreditar em *nada* do que ele fala.

Uma coisa era meter Chi em dificuldades, mas mandá-lo para a cadeia era mais complicado. Quem podia saber o que ele ia falar para a polícia?

— Na verdade, ele não me machucou — disse Tyler. — E eu dei mesmo um chute nele antes.

— Por que você fez isso, filho? — perguntou Kyle.

Tyler melindrou-se um pouco ao ouvir a palavra *filho*. — Porque ele diz coisas ruins só para magoar as pessoas.

— Ele magoou você? O que ele disse?

— Que tem mais direito que eu de estar aqui, porque sou adotado. Mas não acho que você deva prendê-lo por isso.

— Maltratar crianças é crime — informou Kyle, como se Tyler fosse idiota. — Nós temos de levá-lo conosco, e provavelmente alguém do serviço social virá para conversar com você.

Esbugalhando os olhos, Tyler fitou Madame Chen.

— Não há necessidade de nada disso — disse ela a Kyle.

— Senhora, se uma criança está em perigo no seu ambiente...

— Ele não está em perigo. Chi administra a peixaria e tem pouco contato com Tyler. Nunca houve um incidente como este, nem haverá outro jamais. Não pretendo apresentar queixa.

— A senhora não precisa fazer isso. O condado e o estado cuidam dos direitos das crianças.

— Eu cuido dos meus direitos. E também dos da minha família — disse Madame Chen com firmeza. — Não necessito nem quero a ajuda de vocês. O que aconteceu foi algo anormal. Rivalidade familiar, se assim quiserem. Isso é um problema de família. Não é preciso assoberbar o sistema judicial com uma simples briguinha familiar que acabou em cinco segundos. É com esse tipo de caso que o senhor ocupa seu tempo, detetive Kyle? — ela perguntou. — Eu tinha a impressão de que só eram de seu interesse os casos de vulto, os assassinatos. Não há assassinatos para o senhor investigar?

— Bem... há sim, senhora — gaguejou Kyle.

— Suponho que o senhor não veio aqui para prender meu sobrinho.

— Não, senhora.

— Então chega de conversa — decidiu Madame Chen. — Vocês estão me custando caro e fazendo com que fiquemos perdendo tempo. Se prendessem toda pessoa que fala grosso com uma criança, as cadeias estariam superlotadas.

Kyle e Roddick olharam um para o outro.

— Estamos perdendo tempo — disse Madame Chen em tom impaciente.

Roddick fitou Kyle esperando um sinal. Kyle deu de ombros e sacudiu a cabeça. — Tudo bem, a senhora está certa. Talvez tenhamos reagido exageradamente.

Pelo visto, mexer com Chi daria trabalho demais e não valeria a pena. O grandalhão abriu as algemas. Chi esfregou os pulsos, mostrando-se zangado. Madame Chen mandou que ele voltasse ao trabalho para recuperar as boas graças dela.

— Posso saber o motivo pelo qual os senhores vieram aqui? — ela perguntou.

— Temos razões para acreditar que seu carro pode ter sido usado para cometer um crime. Gostaríamos de dar uma olhada nele.

Madame Chen olhou-os com perplexidade. — Agora vejo como é que meus impostos são mal empregados. O detetive que esteve aqui antes dos senhores já olhou o carro. Eu lhe disse que o carro foi danificado num estacionamento. Ele insistiu em recolhê-lo. Então chegaram mais policiais e rebocaram o carro. E com isso uma mulher idosa como eu fica sem seu meio de transporte.

— Quem foi o outro detetive que veio primeiro? — perguntou Kyle.

— Detetive Parker — disse ela. — O carro não está aqui. Talvez os senhores devessem perguntar a seu colega onde ele se encontra agora.

Kyle andou pelo corredor estreito até a porta lateral. Não havia nem sinal de um Mini Cooper.

— O detetive Parker parece ser um homem muito distinto — comentou Madame Chen. — É gentil, cuidadoso, veste-se muito bem. Eu tive raiva dele por levar meu carro, mas ele apenas estava fazendo seu trabalho. Não tenho nada a esconder — disse ela, puxando Tyler para perto de si e passando um dos braços sobre os ombros dele.

Kyle não estava prestando atenção nela. Os músculos de seu rosto relaxavam e retesavam-se. Ele não estava contente.

— Por acaso a senhora conhece um jovem chamado J. C. Damon?

Madame Chen não piscou. — Por que eu conheceria essa pessoa?

— Talvez o tenha visto no bairro. Vinte e poucos anos, cabelo louro, olhos azuis. Ele trabalha como mensageiro ciclista.

— Sou uma mulher ocupada, fico no meu escritório a maior parte do tempo.

Nada do que ela estava dizendo era exatamente uma mentira, mas também não era exatamente a verdade. Tyler ficou ao lado dela, parecendo inocente como um cordeiro.

— E você, filho? — perguntou Kyle.

— Realmente, o senhor não deveria falar assim comigo — disse Tyler em tom amável. — Poderia ser embaraçoso descobrir que o meu QI é de 168.

Os policiais voltaram a olhar um para o outro.

— Obrigado por nos conceder um pouco do seu tempo, senhora — disse Kyle. — Talvez a visitemos de novo depois que seu carro tiver sido examinado em busca de provas.

Ele ficou olhando para Tyler atentamente, reparando nos olhos azuis e no cabelo louro. Tyler prendeu a respiração. Os detetives foram andando em direção à porta.

Boo Zhu veio apressado do interior do depósito e parou na beira da plataforma de carga. Tyler sempre o achara parecido com Humpty Dumpty. O brilho do sol fazia com que ele entrecerrasse os olhos como uma toupeira. Ele virava para um lado e para outro.

— Eu conheço! Eu conheço! — disse ele muito alvoroçado, botando para fora sua língua grossa. — Eu conheço o JayCee!

35

Parker deixou o Sebring na área de estacionamento proibido diante do restaurante e entrou. A iluminação do lugar era tão fraca que, por um instante, ele pensou que tinha ficado cego. Assim que seus olhos se adaptaram, ele viu Diane, sentada num reservado do canto e olhando o relógio. O restaurante ficava na parte da frente de um nightclub que havia sido um local movimentado no tempo em que Frank Sinatra e sua turma faziam ponto lá. Nunca tinha sido redecorado. A maioria da clientela do salão principal tinha cabelo azul.

Normalmente, uma vez por mês, Diane e Parker encontravam-se lá para almoçar. Além de servir uma comida razoável, o lugar era tranqüilo e não era freqüentado por nenhum dos colegas de serviço dela ou dele. Os dois preferiam manter suas vidas privadas em particular. Seus almoços mensais eram como pequenos oásis em meio ao caos do dia-a-dia. Folgas agradáveis.

Parker beijou-a no rosto e desculpou-se pela demora.

— Para ganhar tempo, eu já pedi a comida — disse ela, acenando para a salada de verduras picadas no lado dele da mesa. — O seu prato habitual.

— Ótimo, obrigado. — Ele acomodou-se no reservado, suspirou fundo e tentou desacelerar seu ritmo interno. Estava em altas revoluções naquele momento. As coisas estavam acontecendo e o tempo era escasso.

— Tem sido um dia infernal até agora — disse ele, passando a informá-la a respeito dos últimos movimentos de tropas do Império do Mal: a Roubos e Homicídios.

— Eles nunca vão lhe dar sossego, Kev — disse ela, beliscando sua salada.

— Não, não vão. E sabe de uma coisa? Eles que se danem. Vou criar minhas oportunidades. Se eu conseguir manter a vantagem sobre eles por mais um dia...

— Você acha que está tão perto assim de resolver o caso? — ela perguntou. Com os cotovelos sobre a mesa, ela apoiou a cabeça em uma das mãos, parecendo extenuada.

Parker inclinou-se para a frente. — Tudo bem com você?

Ela se refez, reanimando-se como se tivesse virado o botão de seu nível de energia. Um canto da boca encurvou-se para cima. — Estou cansada. Toda aquela farra e impostura social que aturei por você ontem à noite. E eu nem sequer ganhei um orgasmo em agradecimento pelo incômodo.

— Vou cuidar disso.

— Sim, já sei... É o que vocês sempre dizem — disse ela com um sorriso falso.

— Certo, mas eu tenho como fazer isso, menina — disse Parker com sua voz mais sedutora. Uma das mulheres de cabelo azul que estavam no reservado detrás de Diane inclinou-se para ouvir melhor a conversa deles. Parker piscou um olho para ela.

Diane sacudiu a cabeça. — Você é um sem-vergonha.

Parker deu um largo sorriso. — Sou mesmo. Você não está contente?

— Estou. — Ela enfiou o garfo num pedaço de frango desfiado. — Então, você já descobriu quem é que um cara como Lenny Lowell podia conhecer que valesse a pena chantagear?

— Ainda não, mas estou pertinho assim — disse ele, juntando o polegar e o indicador. — E eu me mandei com o dossiê do assassinato, de modo que Kyle e Roddick vão levar um tempinho para recuperar o tempo perdido.

— Isso deve estar realmente ligado a alguma coisa graúda, senão eles não se meteriam nesse problema todo com você.

— O capitão deles disse ao meu que está relacionado a algo que eles têm em andamento. Ainda não consegui ligar os pontos, mas só há um nome que me vem à mente: Tricia Crowne-Cole.

Diane endireitou-se na cadeira. — Como assim? Rob Cole matou a esposa — disse ela com firmeza. — Como é que isso pode ter algo a ver com aquilo? Você está delirando?

— Alguém pagou muito dinheiro a outra pessoa para guardar um segredo.

— Você nem tem certeza disso.

— Tenho sim, na verdade.

— Rob Cole matou a esposa — ela repetiu. — Kevin, você não estava lá. Você não viu o que ele fez com ela. Foi coisa pessoal, perversa...

— Havia outras pessoas na vida dela. A filha, que talvez tenha andado transando com o marido dela. O irmão, que era obrigado a viver à sombra da perfeita irmã Tricia...

Diane foi contando na ponta dos dedos. — Rob Cole é quem foi indiciado, quem vai ser julgado, quem não tem álibi e muitos motivos...

— Tony Giradello podia indiciar quem lhe desse na telha.

— Ora, Parker, dê um tempo! Giradello não tem como levar adiante um julgamento tão badalado se não puder fundamentá-lo. Ele ainda está com o prestígio abalado pelo que houve da última vez. O júri será montado daqui a uma semana. Ele checou tudo tintim por tintim, fez todos os exames possíveis e arregimentou todas as testemunhas especializadas.

— Bem, ele está recebendo ajuda à vontade para isso, cortesia de Norman Crowne, não é mesmo?

— E agora essa besteira de conspiração! O que você andou fumando?

— Ora, Diane, você mesma disse isso: parece que Norman Crowne está comprando a justiça. Quem pode afirmar que não está comprando o silêncio também?

— Tricia era a queridinha dele — disse ela. — Seu amor por ela não podia ter sido maior. De jeito algum ele pagaria para proteger alguém envolvido na morte dela.

— Mesmo se esse alguém fosse a própria neta? — perguntou Parker. — Você sabe tanto quanto eu que as pessoas fazem coisas inacreditáveis em nome do amor.

— Eu sei disso. Sei muito bem. Mas aqui você está redondamente enganado. Você está vendo fantasmas. Rob Cole matou a mulher.

— Tudo bem, nós vamos saber ao certo hoje à noite — disse Parker. — Eu roubei um negativo do cofre de Lowell, onde ele também tinha um monte de dinheiro escondido. Está sendo revelado agora mesmo. Não creio que seja uma foto da filha dele quando era bebê. — Ele olhou o relógio e sorriu. Mal tinha comido três bocados da sua salada, mas a fome não significava nada para ele naquele momento. A fome física fora engolida pela fome de terminar a caçada. A satisfação o sustentaria por dias e dias.

— Preciso ir embora — disse ele, tirando umas notas da carteira. — Adoro ver quando você fica teimosa, mas teremos de deixar o final desta discussão para mais tarde.

Diane afastou sua salada e encostou-se, fazendo beicinho.

— Meu Deus, você fica belíssima quando está zangada — disse Parker ao sair do reservado. Inclinando-se, ele a beijou no rosto. — Veja bem, pode até ser que eu esteja redondamente enganado...

— Está mesmo.

— Sei que Robbie é o cara que você adora odiar, menina, mas é como diz o pessoal no turfe: só os tolos apostam no favorito.

Ela olhou para ele sem dizer nada, abaixando as sobrancelhas.

— Não estou torcendo contra você — disse Parker. — Estou torcendo por mim. Se isso acabar, eu ganho. Você odeia Rob Cole mais do que me ama?

A expressão no rosto dela enterneceu-se e ela sorriu a contragosto. — Vou apostar uns tostões em você, mesmo sendo mínimas as suas chances.

— Você não se arrependerá.

— É o que veremos.

— Tem trabalho marcado para mais tarde? — ele perguntou. — Acho que você deveria ligar para cancelar tudo. Tire o dia livre e descanse um pouco.

— Estou de folga — disse ela. — Só cuidando de algumas coisas. Banco, supermercado...

— Eu ligo para você. — Parker virou-se para sair.

— Kev...

Diane estava saindo do reservado quando ele se virou para ela, que o abraçou e murmurou: — Desculpe-me.

Ele recuou e sorriu. — Você é impetuosa. Não precisa pedir desculpas por isso.

Os belos olhos azul-celestes brilharam com um reflexo de lágrimas muito peculiar. — Eu o amo, você bem sabe disso.

As senhoras idosas do reservado ao lado olhavam sem dissimular, fascinadas como se estivessem assistindo a um teatro interativo.

Parker não teria ficado mais surpreso se ela tivesse batido nele com uma marreta. Tinha dito a palavra que começa com *A*. Ele abriu um largo sorriso e contou uma piada, porque não soube o que fazer, tamanho o seu desconcerto. — Ora essa, Diane Nicholson! — disse ele, pestanejando. — Você me deixou tonto.

Ela sorriu, sacudiu a cabeça e acenou para ele ir embora. — Caia fora daqui, seu bobo.

Diane Nicholson o amava. Ele não sabia ao certo como devia interpretar aquilo. Ela o amava como amigo? Ele sabia disso. Amava-o no sentido de *amar* mesmo? Que momento para jogar aquilo em cima de mim, pensou Parker, embora sem rancor algum. Talvez seu carma estivesse mudando, finalmente.

Se conseguisse fechar aquele caso com grande sucesso, ele teria o mundo em suas mãos.

Ligou para Joanie, da datiloscopia, e deixou um recado, pedindo-lhe que procurasse urgentemente o nome e o endereço de Eddie Davis no fichário recolhido no escritório de Lowell e enviado para identificação de digitais e que ligasse para o celular dele.

Parker pedira a Ruiz que averiguasse tudo sobre Davis, mas não achava conveniente ligar para perguntar se ela tinha a informação. Kyle e Roddick já deviam ter estado lá. Ele havia mexido em casa de marimbondos e não duvidava que àquela altura Ruiz estaria puxando o saco de Bradley Kyle.

Parker parou o carro dentro do lote com chão de terra que era usado como estacionamento de um boteco mexicano numa área semi-industrial da cidade, com muito mato e poeira, perto do rio Los Angeles. Dan Metheny almoçara ali todos os dias que Parker havia trabalhado com ele e, evidentemente, não vira razão para mudar esse hábito ao longo dos anos.

Estava sentado diante de uma das mesas de piquenique sob a cobertura de zinco, com um prato de pura gordura e colesterol na sua frente. Ele olhou para Parker através dos óculos de sol espelhados. Parker não tinha visto os olhos de Metheny mais de duas vezes desde que o conhecera.

— Oi, boa-pinta! — disse o homem de idade. — Veio mostrar pro povinho comum daqui como é que deve se vestir?

Metheny estava naquele trabalho fazia uns cento e doze anos ou coisa assim. Era um negro alto e troncudo (como ele próprio se descrevia) que comia carne vermelha demais, bebia uísque demais e fumava dois a três maços por dia. O estresse de trabalhar em South Central já deveria tê-lo matado, mas ele continuava na luta. Ruim demais para morrer.

— Eu *sou* povinho comum — disse Parker, sentando-se na cadeira do outro lado da mesa.

— Rapaz, nunca houve nada de comum em você. É por isso que todo mundo o detesta.

— Bem, é bom saber disso.

— Que se danem — resmungou Metheny. — Há muita solidão lá no primeiro escalão.

— Eu não saberia dizer. Tenho passado o tempo inteiro alguns degraus mais embaixo, sendo cagado pelos macacos que estão em cima.

— Pare de ter pena de si mesmo. Giradello teria feito com que você fosse controlar parquímetros se tivesse podido. No entanto, você ainda é detetive. Ainda está em serviço. E tem aparência de um artista de cinema. Você não tem motivo para choramingar.

— A Roubos e Homicídios acaba de botar a mão no assassinato que eu estava investigando, e tenho uma novata mais disposta a apunhalar-me pelas costas do que a olhar para mim.

— É aquele brotinho, a Ruiz? — disse Metheny entre dois bocados de *enchilada*.

— É sim.

— Perguntei a alguns caras que conheço que trabalham com gangues de latinos, mas nunca ouviram falar dela. Acho que podem ter esquecido.

Parker negou com a cabeça. — Acredite, aquela não passa despercebida. Eles se lembrariam dela, sem dúvida.

— Você já viu a ficha funcional dela?

— Vi, parece ser boa. Tentei telefonar para o seu último supervisor, mas fiquei sabendo que ele morreu. Provavelmente ela arrancou e comeu o coração dele enquanto o coitado se esvaía em sangue a seus pés.

Metheny ficou calado por um instante, pensando com todos os vincos de seu rosto de buldogue encurvando-se para baixo, ao que se somava o bigode grisalho no estilo *Fu Manchu*.

— Parceiro, eu não gosto disso — disse ele finalmente. — Sabe o Alex Navarro? Ele está por dentro de tudo o que acontece com as gangues de latinos. Se ele não conhece essa menina, é porque ela nunca esteve por lá.

— Então quem ela é? — perguntou Parker. — E por que ela anda por aí comigo?

Agora ele tinha uma sensação ainda mais forte de estar sendo encurralado. A Roubos e Homicídios tomava o caso dele e, de repente, Ruiz não era quem ele pensava que fosse.

— Pode ser que ela usasse outro nome naquela época — disse Metheny. — Você sabe como são esses informantes secretos. Eles "mergulham" em seus papéis — disse ele com certo desdém.

Metheny era um tira do estilo antigo, da escola para a qual o jeito era dar pontapé na bunda e anotar nomes. Para ele tudo era preto ou branco. Havia gente boa e gente ruim. Ele ia para as ruas armado da lei e de mais ou menos nove armas escondidas não aprovadas pela ACLU. Um guerreiro da justiça.

— É, pode ser — admitiu Parker a contragosto, mas não acreditava nisso.

— Homem, livre-se dela e a desmascare.

— Sim, deixa comigo.

Não havia outro jeito. Parker sabia que não podia confiar em Ruiz. Bem que poderia descobrir por quê. Saber quantos eram mesmo seus inimigos.

Parker já estava se questionando quanto à seqüência daquilo tudo. Ruiz chegara para trabalhar com ele poucos dias antes do assassinato de Lowell e agora o traía, entregando-o à Roubos e Homicídios, agora assumindo o caso. Mas como era possível — mesmo que a informação sobre a chantagem tivesse vazado — que alguém soubesse que Lenny Lowell seria assassinado?

Ele não gostou de nenhuma das possíveis explicações. Tentou convencer-se de que estava agindo como um paranóico e vendo conspirações que não existiam. Somente o assassino podia prever a morte de Lowell, e ninguém podia ter previsto quem estaria de plantão para pegar o caso.

Metheny observava-o, reparando no processo de raciocínio e nas sutis mudanças de expressão facial que o acompanhavam.

— Cara, não tem nada aí de coincidência — disse Metheny. — Não com a Roubos e Homicídios. Aquele pessoal é incapaz de arregaçar as mangas sem motivo.

— Não faz sentido Ruiz estar ligada a eles — disse Parker. — Para que iriam precisar dela se podiam pegar o caso quando bem quisessem?

— Então o que é que faz sentido? — perguntou Metheny. — Uma vez conheci um cara que fazia entalhe de figuras enormes com uma motosserra em troncos de árvore. Eram boas pra caramba. Ele tinha uma representando um alce. Juro que parecia mesmo um alce. Dava quase para sentir o seu cheiro. Eu perguntei ao sujeito como conseguia fazer aquilo, e ele respondeu: "Começo com um pedaço bem grande de tronco de árvore e vou entalhando e tirando tudo o que não parece com um alce."

— Deixe de fora tudo que esta encrenca não poderia ser e aí só vai sobrar a verdade. Se Ruiz não é quem diz ser, então quem ela é? Se não é algum tipo de espiã da Roubos e Homicídios, que outra possibilidade resta?

Uma sensação de enjôo percorreu o corpo de Parker. Ele apenas ficara zanzando com Ruiz por alguns dias. Ela o irritava tanto que ele não prestara muita atenção a outros detalhes dela além do fato de ser um pé no saco. Mas ela sabia de seu Jaguar e de seu loft, e fizera vários comentários sobre o preço das roupas que ele usava e sobre a facilidade com que esbanjava dinheiro.

— O que resta? — perguntou Metheny.

As palavras tinham sabor amargo na boca de Parker. — A corregedoria.

36

Eu conheço o JayCee! — disse Boo Zhu, com os olhinhos brilhando de excitação. Ele ria e resfolegava. Seu nariz estava gotejando. Em lugar de limpá-lo, ele passava a língua anormalmente comprida sobre o lábio superior.

— JayCee, Ty! JayCee, Ty! — Boo Zhu olhava orgulhosamente para Chi, que estava de pé num canto da plataforma tentando fazer de conta que não tivera nada a ver com aquela revelação.

O detetive Kyle virou-se para Madame Chen, que se encontrava no portal da outra parte do prédio. Sob a luz resplandecente, ela estava pálida como as tábuas da parede detrás dela.

— Quem é ele? — perguntou Kyle.

— O filho de um primo — disse Madame Chen, cruzando a pequena área de estacionamento. — Ele é deficiente, como o senhor pode ver.

Kyle olhou para ele. — Qual é o seu nome?

— Boo Zhu! Boo Zhu conhece!

— Você conhece J. C. Damon? — perguntou Kyle.

Boo Zhu começou a dançar com a graça de um urso, fora de si pelo orgulho de ter a resposta a uma pergunta que pelo visto mais ninguém sabia.

— Boo Zhu gosta de agradar — disse Madame Chen.

— A senhora quer dizer que ele não sabe o que está falando?

— Ele sabe que agradará ao senhor dizendo o que ele acha que o senhor quer ouvir. — Ela dirigiu um olhar severo a Chi. — Ele lhe dirá que conhece o presidente se o senhor perguntar.

— JayCee, Ty! JayCee, Ty, madame! — disse Boo Zhu, apontando com um dedo grosso para a porta do escritório. — Sim, madame? Sim?

Tyler recuou correndo do portal, com o coração galopando tão rápido que pensou que ia desmaiar. Com cuidado, ele ajoelhou-se no chão e engatinhou ao longo da parede até o canto da janela aberta, para depois levantar a cabeça lentamente, apenas o bastante para ver por cima do peitoril.

— Acalme-se, Boo Zhu — disse Madame Chen.

— Eu bom garoto!

— Você é muito bom — disse Kyle. — Você sabe a resposta, não é mesmo?

— Detetive, por favor — disse Madame Chen. — Mentalmente, ele é apenas um menino. Ele não entende.

— Quem é Ty? — perguntou Kyle.

— Ty R! Ty R! — exclamou Boo Zhu.

— Tyler?

— Ty R, JayCee!

— J. C. Damon?

Boo Zhu começara a cantarolar uma canção tola para dançar e a sua euforia excluía tudo mais.

Kyle virou para Chi. — E você, o que tem a dizer? Conhece J. C. Damon?

Os olhos de Tyler encheram-se de lágrimas. Tinha tanto medo que achou que ia molhar as calças como um bebê.

— Caso vocês ainda não saibam — disse Kyle —, procuramos J. C. Damon para interrogá-lo a respeito de um homicídio, além de outros crimes. Se vocês o estão protegendo, estão dando abrigo a um criminoso. Se ele usou o veículo de vocês para cometer um crime, podem ser acusados de cumplicidade.

Chi olhou para sua tia por um instante. Quando falou, o fez em chinês: — Tia, a senhora não pode se arriscar nem arriscar o negócio. Mentir à polícia é uma falta grave.

— Como também é trair a família — replicou Madame Chen.

— Ele não é da família.

— Você me trairia, Chi. Se você fizer isso, eu não o conheço. Não o conhecerei mais.

— Nós podemos ir até o centro da cidade — disse Kyle. — Posso arranjar um intérprete. Se eu achar que vocês estão sonegando informação, posso prendê-los como testemunhas relevantes.

Madame Chen virou-se para ele. — Detetive Kyle, o senhor acha que sou boba? Sou uma mulher inteligente em duas línguas. O senhor é um fanfarrão em apenas uma. Vou ligar para o meu advogado, que por sinal representa tanto a minha empresa quanto a minha família, inclusive meu sobrinho.

— A senhora não pode impedir seu sobrinho de falar conosco — disse Kyle, virando-se para Chi. — Você conhece J. C. Damon?

Chi olhou para a tia.

Tyler prendeu a respiração.

— Eu me submeto ao critério de minha tia — disse Chi com humildade, baixando a cabeça. — Como matriarca da nossa família, ela sabe o que é melhor. É o desejo dela que consultemos o nosso advogado.

Kyle virou mais uma vez para Boo Zhu, ainda fechado no seu mundinho de contentamento, cantando sozinho. — E você, Boo Zhu? Conhece J. C. Damon?

— Isso é um abuso! — queixou-se Madame Chen. — O senhor vai parar com isso imediatamente!

— Sim — disse Boo Zhu, com seu sorriso de orgulho estampado no rosto redondo ao olhar para Madame Chen. — Ty é irmão, né, madame?

Kyle ignorou Madame Chen. — Tyler é irmão de J. C. Damon?

Boo Zhu olhou para Madame Chen e seu rosto começou a corar ao perceber que talvez tivesse feito algo errado. — Sim, madame. Sim?

Kyle virou para seu parceiro. — Onde está o menino?

— Ele entrou.

— Quero vê-lo aqui fora. Agora.

O detetive grandalhão se dirigiu para o escritório.

Tyler escapou como um coelho. Na televisão, os policiais faziam todo tipo de coisa que não deviam fazer. Jace sempre lhe dissera que não dava para confiar neles. Não dava para confiar em ninguém além da família. A vida que ele conhecia dependia daquilo.

Ele saiu disparado pelo corredor e subiu as escadas. Correndo como um tufão pelo apartamento, pegou sua mochila e passou a mão no walkie-talkie que ganhara de Jace.

Saiu correndo do apartamento e subiu o último lance de escada em direção ao terraço. Não havia ninguém no jardim. O avô Chen tinha ido encontrar seus amigos para jogarem conversa fora, como todos os dias.

De bruços, Tyler arrastou-se até a beira do terraço e olhou para baixo. O pátio estava vazio. Só Boo Zhu ainda estava lá, sentado na borda da plataforma de carga, balançando-se e chorando.

Tyler teve pena dele. Não tinha dúvida de que Chi instigara Boo Zhu, garantindo-lhe que todos ficariam felizes e orgulhosos dele se dissesse aos policiais que conhecia Jace. Agora Boo Zhu estava perturbado e com medo. Ele não conseguiria entender por que a sua revelação não havia agradado a todo mundo. Nem por que Chi o abandonara.

Com o coração martelando contra as costelas, Tyler concentrou a atenção tentando ouvir passos ou vozes embaixo dele, na escada ou no apartamento. Talvez eles ainda estivessem procurando no térreo. Ele resolveu esperar. Contar até cem, talvez. Quando pudesse ouvir os policiais já perto do terraço, ele desceria.

Passou a mão pelo rosto para enxugar as lágrimas provocadas pela sensação de pânico.

Cem, noventa e nove, noventa e oito...

E se não os ouvisse chegar? Seu pulso batia forte.

Noventa e sete, noventa e seis, noventa e cinco...

Poderiam prendê-lo como testemunha relevante? No xadrez?

Noventa e quatro, noventa e três...

E se chamassem logo o serviço social?

Noventa e dois...

Se eles pegassem seu walkie-talkie, ele não conseguiria fazer contato com Jace.

Noventa e um.

Se o serviço social o pegasse, Jace nunca conseguiria achá-lo. Jamais.

As lágrimas começaram a brotar mais rápido. Tyler rastejou para trás, afastando-se da beira do terraço, correu para o outro lado do edifício e começou a descer pela escada de incêndio. Ela estava enferrujada. Alguns dos pontos de fixação na parede estavam soltos, porque os velhos parafusos haviam cedido. A escada suportava o peso de um menino como Tyler, mas trepidava e rangia. Ele torceu para que ninguém ouvisse o barulho.

Seus pés moviam-se tão rápido quanto podiam. Ele era ágil, mas estava assustado e o medo induzia a erros. Tropeçou ao dar uma topada com a borracha grossa do bico da bota, mas agarrou o corrimão ao cair, ralando os nós dos dedos e dando uma pancada com o cotovelo antes de se segurar.

A última parte da escada de incêndio ficava recolhida a mais de três metros do chão para impedir seu uso como via de acesso ao edifício. Tyler segurou-a com ambas as mãos e tentou puxá-la para baixo, mas sua força não era suficiente para deslocar a escada.

Sem parar para pensar no perigo, ele trepou como um macaco até o outro lado da escada, tendo o chão a uma boa distância dele. Teria ficado apavorado se tivesse tempo para olhar. Pendurado com as duas mãos, ele começou a pular sobre o degrau mais embaixo. A escada desceu uns centímetros, depois mais alguns e, de repente, desceu totalmente, tão rápido que Tyler perdeu o fôlego e parando tão bruscamente que ele continuou caindo, pois o solavanco da escada fez com que suas mãos soltassem o degrau.

Tyler caiu o último metro e meio e bateu com o traseiro no chão, exalando todo o ar retido nos pulmões.

Após rolar pelo chão, Tyler levantou rapidamente e se agarrou contra o muro de tijolos até a terra parar de movimentar-se embaixo dele.

Os tiras haviam entrado no prédio. O beco era o único caminho possível. Se virasse à direita, ele logo estaria na rua, mas não tinha certeza de que não haveria um carro da polícia à sua espera. Era de lá que o carro preto-e-branco dos policiais tinha vindo mais cedo. Se virasse à esquerda, ele teria de cruzar o estacionamento. Se o detetive Kyle tivesse saído de novo... ou Chi...

Tyler virou à esquerda e seguiu lentamente por trás do edifício, olhando bem ao seu redor quando chegou à esquina. Não havia ninguém no estacionamento nem na plataforma de carga, a não ser Boo Zhu, ainda perdido em sua aflição. Tyler respirou fundo três vezes, atravessou o espaço aberto correndo o mais rápido possível e escondeu-se detrás da pilha de paletes, onde o outro detetive o encontrara. O detetive Parker.

Por que Kyle e Roddick tinham ido fazer as mesmas perguntas de novo? Eles nem sequer sabiam que o Mini Cooper já havia sido rebocado. Talvez eles não fossem policiais de verdade. Talvez fossem caras ruins. É provável que tivessem matado o homem de cujo assassinato Jace fora acusado.

Quem quer que eles fossem, Tyler não gostava deles. Parker parecia até bom sujeito, mesmo sendo um policial. Kyle era apenas o que Madame Chen dissera dele: um fanfarrão.

Grudando nos prédios como um carrapato, Tyler seguiu pelo beco até o estacionamento onde Parker o pegara. Ele refez o percurso pelo espaço estreito entre os dois edifícios, onde Parker perdera seu rastro. A mochila raspou contra as paredes em alguns pontos.

Na saída para a calçada, Tyler abaixou-se e olhou para trás em direção à peixaria. Passava gente na rua de um lado para outro. Ninguém reparara nele na abertura estreita, semi-oculta por um quadro-negro que apresentava as promoções do restaurante chinês.

Kyle e Roddick saíram e ficaram no meio da calçada, fazendo com que o fluxo de pedestres os contornasse como a correnteza contorna as rochas. Eles estavam discutindo alguma coisa e gesticulando. Kyle tirou um celular do bolso e começou a falar com alguém. Roddick pôs as mãos na cintura, virou-se e olhou diretamente — assim pareceu — para onde Tyler estava.

Tyler prendeu a respiração. Uma mulher magra com cabelo escuro e comprido e óculos de sol de estrela de cinema vinha pela calçada com um cachorro pug rechonchudo. Os olhos saltados do cão avistaram Tyler e ficaram ainda mais arregalados. As unhas arranhavam o chão da calçada enquanto ele forçava a coleira, latindo e tentando fazer com que sua dona se aproximasse da placa do restaurante chinês.

Com um gesto zangado, a mulher puxou com força a coleira. — Orson, não!

Roddick ainda estava olhando para a rua.

Orson, o pug, continuou latindo. Tyler tentou fazê-lo se calar. Foi então que a mulher magra o viu e deu um pulo para trás, assustada. Tyler olhou para ela implorando silêncio com o dedo apertado contra os lábios.

Roddick deu uns passos, e então Kyle disse alguma coisa e voltou a guardar o celular no bolso do paletó. Os dois foram até um carro estacionado na frente de um hidrante e entraram.

A mulher que passeava com Orson não deu importância à presença de Tyler e continuou andando. Orson tentou ficar, mas teve de ceder ao puxão da coleira e seguiu em frente. Os detetives pegaram o tráfego e passaram direto, sem olhar.

Tyler soltou o ar com força. Sentia-se tonto e via grandes pontos rodopiando diante dos olhos. Recostou-se de lado contra o prédio à sua direita, pensando no tempo que levaria até seu coração desacelerar e voltar ao normal.

Tirou a mochila das costas e procurou o walkie-talkie no bolso da frente.

— Escoteiro para Cavaleiro. Escoteiro para Cavaleiro. Você está me ouvindo?

Nada.

— Escoteiro para Cavaleiro. Você está aí, Cavaleiro?

Silêncio.

Tyler apertou o rádio contra a bochecha e fechou os olhos. O ímpeto de urgência e excitação já se afastara, e agora um medo sombrio e pegajoso penetrava e ocupava seu lugar. Um tipo de medo que fazia seu estômago doer, que lhe fazia desejar não ser grande demais para refugiar-se num colo quente e sentir braços fortes e protetores em volta dele.

A segurança que ele experimentara com os Chen havia acabado. Simplesmente isso. Seu lar, sua única família, havia sido descoberto e estava ameaçado. A outra segurança que ele conhecera na vida era com o irmão. De repente, ele não tinha nenhuma das duas.

Nunca se sentira tão sozinho na vida.

Olhou para a rua, onde todo mundo continuava sua rotina, sem saber que ele estava sozinho, assustado e que talvez nada voltaria a ser como antes em sua vida.

Por que eu sou eu e não aquele cara entregando pacotes no outro lado da rua? Por que eu sou eu e não aquela mulher empurrando carrinho de feira? Por que eu sou eu e não aquele homem descendo do carro?

Ele deixava Jace maluco quando fazia perguntas como essas. *Por que eu sou eu em vez de outra pessoa?* Por que sua vida era essa? Sem mãe nem pai. Por que a família que ele conhecia era a família dos outros? Jace dizia que não fazia sentido a gente se perguntar coisas como essas, mas Tyler não desistia. Jace dizia que algumas perguntas não tinham resposta. A vida era o que era, e tudo que eles podiam fazer era vivê-la da melhor maneira possível.

Tyler enxugou o nariz na manga e piscou para esconder as lágrimas ameaçadoras. Acreditava no irmão. Tentaria fazer o que Jace teria feito. Não tinha tempo para chorar. Precisava usar a cabeça. Não adiantava ter um QI de 168 se não era capaz de usá-lo quando lhe era mais necessário.

Então, ele fechou os olhos e imaginou que trancava todos os seus medos numa caixa e a enterrava bem fundo dentro de si mesmo. Precisava pensar como um herói em vez de esperar que esse herói aparecesse, o que talvez nunca fosse acontecer.

37

— **Tenho a informação sobre Davis** — disse Ruiz quando Parker se sentou à sua mesa. — Além de algumas acusações menores ligadas a drogas, ele tem um histórico de agressões, com duas condenações.

— Liquida a sua dívida com o fornecedor de drogas tirando dinheiro dos demais viciados que não pagaram — especulou Parker.

— Ele saiu da cadeia há cerca de dois anos — prosseguiu Ruiz. — E seu advogado titular no último julgamento foi Leonard Lowell.

Parker assentiu com a cabeça. — Último endereço conhecido?

— Ele acaba de comprar uma casa nas colinas de Hollywood. Teve de informar o agente da condicional sobre a mudança.

— E, se eu for lá em cima dar uma olhada nisso — disse Parker —, será que Bradley Kyle estará lá para me cumprimentar?

Ele olhou para sua parceira, esperando uma resposta. Ruiz suspirou e olhou para outro lado.

— O que você vai querer que eu diga, Parker? O pessoal da Roubos e Homicídios pode pegar o que bem quiser...

— Inclusive minha parceira?

— O que isso quer dizer exatamente?

— Quer dizer que eu acho que sua agenda e a minha não coincidem.

Parker levantou-se da cadeira para caminhar, tentando descarregar um pouco da raiva que estava sentindo.

— Não vou mentir para a Roubos e Homicídios por sua causa — disse Ruiz. — O que você já fez por mim? Preciso pensar na minha carreira.

— E que carreira é essa?

Ela olhou para ele, parecendo confusa e frustrada, e talvez com um pouquinho de temor no olhar.

— Você quer trabalhar em homicídios? — perguntou Parker, andando de um lado para outro com as mãos na cintura e os ombros tensos. — Ou isto é apenas uma pesquisa de campo para você?

Alguns detetives que estavam no outro lado da sala viraram para assistir à discussão cada vez mais acalorada. Ruiz olhou para eles com frieza.

— Parker, se você tem alguma coisa a me dizer, acho que deveríamos conversar em uma das salas de interrogatório.

— Por que esse recato repentino? Você mostra o decote para qualquer um, mas não quer que o pessoal saiba a quem deve esse prazer?

— Você endoidou de vez! — disse ela, pondo-se em pé. — Será que andou cheirando?

— Você conhece Alex Navarro?

Silêncio.

— Suponho que isso significa não — disse Parker. — Alex Navarro é O Homem que lida com as gangues de latinos.

— Ah, sim — ela gaguejou. — Eu estava em um nível baixo demais na pirâmide para ter contato com ele.

— Alex Navarro pode mencionar os integrantes de todas as gangues de Los Angeles. Se você perguntar quem foi morto em 1º de junho de cinco anos atrás, ele não só vai poder responder à sua pergunta como vai lhe dar todos os detalhes do caso, até mesmo a marca da roupa de baixo que a vítima usava na hora do crime. Navarro não se lembra absolutamente de nada da oficial Renee Ruiz trabalhando na Unidade de Gangues.

— E daí? — ela o desafiou. Ele teve de reconhecer que ela tinha coragem. — Então, eu não trabalhei para ele. Qual é o problema?

— Você, Dona Ambição Voraz, que não perde oportunidade de se esfregar contra a autoridade que estiver mais perto. Nunca deu em cima do grande chefão da sua força-tarefa secreta?

— Está me chamando de puta? — disse ela.

— Isso seria um elogio — replicou Parker. — Estou chamando você de mentirosa.

— Vá se danar, Parker!

— Estou chamando você de alcagüete! Quem a mandou aqui? — gritou Parker.

— O que há com você? Por que está fazendo isso?

— Porque estou de saco cheio — disse ele, encarando-a. É justo dizer que ela não recuou. — Não gosto que brinquem comigo. O que você entregou a Bradley Kyle quando ele esteve aqui?

— Você é um babaca. Por que vou lhe dar satisfações?

— O que você entregou a ele?

— Tudo que você não levou consigo — ela reconheceu.

— Falou para eles sobre o Davis, deu o endereço dele?

— Eu não tinha escolha.

— A gente *sempre* tem escolha, Ruiz. Você podia ter dito a eles que eu tinha levado *tudo* comigo. Podia ter deixado de fora a informação sobre a casa de Davis.

— Mas eles estão assumindo o caso! — disse ela, frustrada. — Você não entende isso? O caso já não é seu, Parker. Qual é a diferença se eu dou a informação agora em vez de mais tarde? De qualquer jeito eles vão acabar tendo essa informação.

Fuentes pôs a cabeça para fora de seu escritório. — O que está acontecendo aqui?

— Ele é maluco! — disse Ruiz, acrescentando logo a versão em espanhol, caso Fuentes ainda não tivesse entendido na primeira vez.

— Quero os dois na minha sala agora — disse Fuentes.

— Preciso ir embora — disse Parker, já indo para a porta. — Tenho um trabalho a fazer.

— Entre aqui, Kev. Estou falando sério.

Parker parou e ponderou seus prós e contras. Fuentes não ia fazer nada se ele fosse embora, mas Ruiz teria tempo para se recompor. Ele queria acabar com aquilo. Imediatamente.

Ambos entraram no escritório de Fuentes. Ruiz foi para um lado da sala, e Parker permaneceu próximo à porta. Ele não esperou que Fuentes determinasse o tom da conversa. Encarou o capitão e disse: — De onde foi que ela veio? Quem a mandou para cá?

— Não seja tão paranóico — disse Fuentes.

— Parece que ele endoidou de vez — disse Ruiz, cruzando os braços firmemente sob os seios.

Parker levantou as mãos e caminhou em volta de onde estava. — Por que ninguém responde a essa bendita pergunta?

— Ela veio da Unidade de Gangues...

— Não me enrole! — gritou Parker. — Eu sei que ela não veio da força-tarefa de gangues de latinos.

— Se você não gosta das respostas que recebe para suas perguntas, então pare de perguntar — disse Fuentes, parecendo calmo demais. — As coisas são como são, Kev.

— Certo. As coisas são como são — disse ele, assentindo com a cabeça. — Como sei que ela mente, só posso entender que você também está mentindo.

Fuentes nem se incomodou em fazer objeção. — Ela é sua novata. Que diferença faz de onde vem? Seu trabalho é treiná-la.

— Isso importa se não for essa a razão pela qual ela está aqui — disse Parker. — Quem é você, Ruiz? Uma raposa da Roubos e Homicídios? Um rato da corregedoria? Escolha seu bicho preferido.

Mais uma vez ninguém respondeu. Ruiz e Fuentes trocaram olhares que indicavam que certamente ambos sabiam alguma coisa que Parker não sabia. Ele olhou para os dois, achando surpreendente o fato de ainda esperar algo de alguém, pelo menos de Fuentes. Devia ter aprendido essa lição muito tempo atrás. Achava que tinha aprendido. Talvez apenas tivesse se conformado e agora, quando finalmente tinha um caso em que podia mostrar sua capacidade, o torpor estava se desfazendo.

— Dane-se isso tudo — disse ele, virando-se para a porta.

— Parker, onde você acha que está indo?

— Tenho um trabalho a fazer.

— Você está fora do caso Lowell — disse Fuentes. — Você tem de entregar tudo para a Roubos e Homicídios antes que eles fiquem zangados mesmo e resolvam acusá-lo de obstrução.

— Eles podem fazer o que bem entenderem — disse Parker. — Não sei por que estão assumindo esse caso, mas estou começando a ligar as coisas e não gosto do que vejo surgir como conclusão. Não vou deixar tudo nas mãos deles e ir embora sem mais nem menos.

— Kev, você pode acabar com a sua carreira por causa disso — disse Fuentes. — Não fique no caminho deles.

— Não me importo — disse Parker, apoiando a mão na maçaneta. — Demita-me se quiser, caso não queira ter problemas. Você pode me tirar o emprego, mas esse caso é meu e vou cuidar dele, nem que tenha de fazer isso como um simples cidadão.

— Kev...

— O que você deveria fazer é o seguinte — disse Parker. — Diga aos chefões que eu acabei perdendo as estribeiras. Vou passar os próximos seis meses sendo examinado por um dos psiquiatras do departamento. Você pode tirar o corpo fora. Não será afetado de modo algum se eu estiver completamente maluco.

Fuentes olhou para ele e suspirou. — Não sou seu inimigo, Kev — disse finalmente. — A gente precisa perceber quando é chegado o momento de estar fora de alguma coisa.

Parker virou para Ruiz. — Você não tem nenhum comentário espertinho a fazer? Não vai me dizer que isso irá para a minha ficha permanente? Seja para quem for que você esteja trabalhando, o certo é que esse alguém ficará muitíssimo decepcionado com você.

Ruiz não teve nada a dizer quanto a isso, o que fez daquele momento, com certeza, o mais revelador que Parker já passara com ela.

— Por sinal, boa representação a sua — disse Parker. — Eu caí direitinho. Jamais teria desconfiado que você era uma alcagüete.

— Você não sabe do que está falando — disse Ruiz com impaciência.

— Muito pelo contrário — disse Parker. — Sou autoridade no que se refere a prejudicar Kev Parker. Tenho anos de experiência. Então é isso, estou indo embora. Se não tiver emprego para mim quando eu voltar, *c'est la vie*. Eu realmente não faço isso por dinheiro.

— Então *por que* faz? — perguntou Ruiz incisivamente.

— É disso que se trata? — perguntou Parker, rindo apesar de aquilo não ter graça nenhuma. — Como é que Parker pode ter um Jaguar? Como

Parker comprou um *loft* em Chinatown? Como é que Parker pode usar ternos de estilistas famosos?

— Como você consegue? — ela perguntou sem cerimônia e sem pedir desculpas. — Como é que você pode manter esse estilo de vida com um salário de detetive?

— Não posso — disse ele. — E o restante da resposta não é da conta de ninguém.

— A questão é se você está obtendo esse dinheiro...

— Vocês são realmente incríveis. — Ele olhou para ela sacudindo a cabeça com surpresa. — Por mais da metade da minha vida tenho sido um tira no mínimo danado de bom. Chego aqui todo dia, aplico cento e dez por cento do meu esforço nos casos em que trabalho, treino merdinhas irritantes como você para que subam até o nível em que eu deveria ter estado nos últimos cinco anos e você ainda tem a coragem de me investigar porque não compro meus ternos numa loja vagabunda?

— Não vou me desculpar com você por fazer meu trabalho — disse Ruiz, encarando-o. — Nesses últimos três anos você quitou duas hipotecas — a sua e a de seus pais —, comprou um loft num prédio de luxo em Chinatown, começou a usar roupa de marcas famosas e passou a dirigir um Jaguar nos dias de folga. Não está fazendo isso tudo com o que o Departamento de Polícia de Los Angeles lhe paga. Como é possível que não tenha pensado que essa situação seria do interesse da corregedoria?

Parker sentiu o rosto ficar cada vez mais quente. — Vocês têm alguma queixa contra mim? Têm alguma coisa que me incrimine?

— Na verdade, temos sim — disse ela. — Você estragou um processo por assassinato em que um réu rico saiu sem receber sequer uma advertência. A sua renda parece ter aumentado ano após ano desde então. E aí, Parker, precisa de um lápis para ligar esses pontos?

— Isso é inacreditável — Parker murmurou. — A corregedoria tem me vigiado o tempo todo com seus olhos intimidadores. Como Giradello não pôde se livrar de mim abertamente nem conseguiu fazer com que eu pedisse demissão, vocês ficam se esgueirando pela porta dos fundos por ele? Eu perguntaria por que vocês não me chamaram para me submeter a um interrogatório implacável, mas sei como a corregedoria trabalha. Persiga primeiro, pergunte depois.

— Por acaso você teria colaborado mais do que está colaborando agora? — perguntou Fuentes.

— Não. Não fiz nada de errado. Não fiz nada de ilegal. O que faço no meu tempo livre é assunto pessoal. Passei anos demais sem nada além deste emprego, e o que ele me deu? Fui esmagado e abandonado.

— Se você odiava tanto seu trabalho, por que não se demitiu? — perguntou Ruiz.

Parker sacudiu a cabeça e depois a segurou com as mãos como se fosse um coco, achando que ela podia até rachar com a dura frustração de lidar com a estupidez de uma mentalidade tão bitolada.

— Você chegou a pensar no que acaba de dizer antes que saísse da sua boca? — perguntou ele, espantado com o fato de alguém poder ser tão obtuso. — Eu não odeio o meu trabalho. *Eu amo o meu trabalho!* Você não compreende isso? Se o odiasse, por que eu iria me dedicar a ele se tivesse alguém me propiciando uma renda de seis dígitos? Por que eu não iria mandar todos vocês à merda?

Ruiz limitou-se a olhar para ele, tentando mostrar-se imperturbável e superior, mas não conseguindo uma coisa nem outra.

— Se você não entendeu por que ainda estou no Departamento de Polícia de Los Angeles, sabendo o que sabe a meu respeito, sabendo o que lhe foi informado por quem quer que a tenha mandado aqui, então nunca vai entender.

Nos velhos tempos, a resposta dele teria sido muito diferente. Quando tudo girava em torno dele, da sua imagem e de quantos casos ele conseguia esclarecer em um mês. Depois, já privado de todos os holofotes e forçado a olhar para si mesmo com severidade, ele deu-se conta aos poucos de que sua carreira consistia realmente de outra coisa, algo mais profundo e de maior significação, mais satisfatório, num nível bem diferente.

— Por que você faz o que faz, Ruiz? — ele perguntou serenamente. — É pelo poder? É pelo controle? É pela pressa em galgar a pirâmide? Eu vou lhe dizer agora mesmo que isso não basta. Se a única meta é a sorte grande, o que você acha que acontece quando se chega lá? O que isso significa para você? Do que você relembra? O que você tem?

— Tenho uma carreira — disse ela.

— Não, você não tem nada — disse Parker. — Olhe dentro de si mesma. Você não tem nada. Eu sei.

Ele olhou para Fuentes, que mal conseguiu segurar seu olhar. Simplesmente fazendo seu trabalho, pensou Parker com amargura. A panacéia de toda pessoa que não podia justificar seus atos de outra maneira.

— Vou tirar o resto do dia.

Ninguém tentou impedi-lo quando ele passou pela porta.

38

A casa onde Eddie Davis morava nas colinas de Hollywood era do tipo da que um diretor de cinema pornográfico alugaria para rodar um de seus filmes. Estilo dos anos 70, não muito conservada, teto plano em declive, janelas trapezoidais e persianas verticais verdes. Havia um portão que dava para o quintal dos fundos, onde Parker sabia que encontraria uma piscina em forma de rim, uma grande banheira de água quente e um bar feito de bambu. O cafofo de solteiro farrista de Eddie Davis.

Não era um bairro de alto nível. Nada de mansões nem grandes celebridades nas redondezas, mas, sim, provavelmente alguns roteiristas de média categoria e um ou dois diretores de séries de televisão. Contudo, devia ser de longe o mais ostentoso dos lugares em que Davis já morara em toda sua miserável vida. Desde que tivesse alguma atriz pornô pelada na sua banheira ensebada, Eddie se sentiria em estado de beatitude. Era bom ver que ele investia com sensatez o dinheiro ganho na chantagem.

Parker estava no seu carro, estacionado a certa distância em um ponto mais elevado que facilitava a visão. Ele observava a casa de Davis buscando sinais de vida, enquanto esperava ser atendido por seu contato na companhia telefônica. James Earl Jones tentava vender-lhe a idéia do serviço de banda larga da Verizon.

— Aqui é Patti. Em que posso ajudá-lo?

— Ouvir sua voz já é um bálsamo para minha alma, boneca.

Ele pôde sentir o sorriso dela. — Kev Parker. Se você pudesse engarrafar esse charme, teria um produto e tanto.

— Sim, água-de-colônia barata — disse Parker. — Estou trabalhando nisso no meu tempo livre. Escute, Patti, preciso de um favor. Você pode mandar por fax para mim a relação de ligações locais de um possivelmente notório cérebro criminoso?

Ele deu o nome e o endereço de Davis, além do número de seu fax particular.

— Você tem um mandado judicial para isso?

— Não exatamente.

— Kevin...

— Tenho ingressos de cadeiras bem perto da quadra para o jogo do Lakers contra o Spurs na próxima sexta-feira.

— Bem perto da quadra?

— Num lugar privilegiado. Você vai poder cheirar o hálito do Jack Nicholson.

— Esse nunca foi realmente meu objetivo.

— Você será invejada por todo torcedor do Lakers na cidade.

— Não sei — disse ela. — Você sabe que não posso.

— Ninguém vai ficar sabendo, boneca. Nada disso será descoberto. Eu só preciso de uma chance — disse Parker. — Além disso, será que seu maridinho não merece uma noite na cidade com sua garota preferida?

— Ele pode ter quantas quiser — disse Patti. — Eu botei aquele sacana para correr. Mas meu filho adoraria.

— Os ingressos são seus se você quiser, ou seja, são seus de qualquer maneira — disse ele, dando uma de magnânimo. — Leve seu filho e divirta-se. Lamento que a coisa não tenha dado certo pra você.

— Ah, acho que deu certo sim — disse ela, embora o tom de sua voz já não denotasse grandes alegrias. — Todos me dizem que estou melhor agora.

— Entendo, então todos podem vivenciar isso por seu intermédio. Mostre-lhes que você está realmente numa boa.

— Como se você soubesse.

— Aprendi com as experiências de meus amigos.

Ele deixou o silêncio pairar, esperando que Patti o preenchesse.

— Diga-me que o mandado judicial está vindo — disse ela suspirando.

— O mandado está vindo. Ligue para mim se ele se perder no caminho — disse Parker. — Pegue os ingressos na Will Call. Vou deixar seu nome lá.

Não havia atividade na casa de Davis. Nem jardineiro no quintal nem carro de faxineira na entrada da garagem. Eddie podia estar dormindo depois de seu último assassinato, pensou Parker sentindo a raiva brotar de novo por Eta e pela família dela.

Uma morte absolutamente sem sentido que mudaria a vida de muitas pessoas, mas não para melhor. Enquanto isso, Eddie Davis devia estar deitado, coçando o saco, ou numa lanchonete, ou fazendo qualquer outra coisa que um imbecil como ele fazia para passar o tempo. Ficar sentado por aí enfiando o dedo no nariz e tentando decidir se era melhor direcionar seu dinheiro adquirido desonestamente num investimento qualquer ou num grande negócio de crack e cocaína.

Parker deixou o carro descer pela colina, passou pela entrada de Davis, estacionou e voltou subindo a pé até a casa. Olhando através dos vidros sujos da porta da garagem ele viu várias motocicletas mais velhas parcialmente desmontadas, além de uma Kawasaki Ninja ZX12R vermelha novinha em folha. Uma besta com injeção eletrônica que valia uns doze mil dólares. Mais um sinal da recente prosperidade de Eddie. Não havia nenhum sedan preto de grande tamanho.

Parker subiu de um pulo numa grande jardineira de cerâmica cheia de plantas mortas para dar uma olhada por cima do portão do quintal dos fundos.

Piscina em forma de rim. Bar feito de bambu. Banheira de água quente ensebada. E um chow-chow castanho muito feio que parecia estar com sarna. O cão levantou-se, deu uma volta, sentou-se de novo, olhou para Parker e depois se virou para mordiscar uma das áreas de seu lombo despeladas pela sarna.

Parker desceu da jardineira e foi até a porta da frente da casa para bisbilhotar pelas seteiras. A indispensável mobília de filme pornô — sofá de módulos baixos de couro preto, almofadas espalhadas pelo chão da sala de estar em torno de uma mesinha de centro de estilo marroquino, feita com uma enorme bandeja de bronze forjado e atulhada de latas de cerveja, caixas de pizza e embalagens de salgadinhos abertas. Além disso, a única peça de mobília na sala era uma grande televisão preta de tela larga acompanhada de gigantescas e fálicas caixas de som.

No outro lado da alta cerca de tábuas de madeira situada na parte sul da casa, portas de correr davam para o que provavelmente era o quarto principal. Quando Parker subiu em outro grande vaso de plantas mortas e olhou para dentro, o chow-chow veio contornando a casa, sentou-se e ficou olhando mais uma vez. Os olhos do cachorro eram pontos escuros e desprovidos de emoção na cabeçorra. Olhos de matador frio, pensou Parker. Era bem provável que o velhaco lhe arrancasse uma perna se ele tentasse pular a cerca.

— Opa! Quem é você?

Parker desceu da jardineira. Eddie Davis olhava para ele do banco do motorista de um Lincoln Town Car preto parado junto ao meio-fio. Ele tinha olhos como os do cão e parecia ter sido jogado no meio de uma briga de hóquei: um pedaço de esparadrapo sobre o nariz, um olho inchado e vermelho, arranhões em uma das bochechas.

— Steve — respondeu Eddie com um sorriso. — Você é Eddie? O Rick me mandou.

— Qual Rick?

— Você sabe. O Rick daquele troço lá na praia. Ele me falou que talvez você teria uma moto para vender. Uma Kawasaki estradeira, ano 98, 99? Se ele está certo, tenho dinheiro vivo aqui no meu bolso. Você não sabe o quanto estou interessado nessa moto.

— Por que você estava olhando por cima da minha cerca?

— Pensei que você estivesse lá atrás na piscina.

Davis pareceu ponderar se a cobiça pesaria mais que a cautela.

— Tudo bem, se você quer que eu volte outro dia... — propôs Parker, abrindo as mãos. — Só que aí vai ficar para o fim da semana que vem, porque vou ficar fora da cidade, a serviço. Achei que, se passasse por aqui, talvez desse a sorte de encontrar você...

Davis olhou para ele por um tempo mais prolongado.

— Você é quem sabe — disse Parker.

— Abra seu paletó.

— Como é que é?

— Abra seu paletó.

Para ver se ele carregava algo. Para ver se era um tira. Parker abriu o paletó.

— Nossa, se você me disser que acha que pareço um tira, meu alfaiate vai querer se matar!

Davis não respondeu. Tinha tanto senso de humor quanto o cachorro. Ele deu ré, recuou e subiu com o Lincoln pela entrada para carros.

Parker se aproximou, aguçando os sentidos com cada passo, reparando no local, no carro, no número da placa, num adesivo de estacionamento no canto inferior direito do vidro traseiro. Ele observou a linguagem corporal de Davis ao sair do carro — tenso, cauteloso. Parker tinha certeza de que ele estava armado. Podia ser uma pistola ou mesmo a faca que usara para cortar a garganta de Eta Fitzgerald.

Embora as casas não estivessem próximas demais uma de outra, Parker pensou que Davis dificilmente se atreveria a matá-lo na frente da própria casa em plena luz do dia.

— Não conheço ninguém que se chame Rick — disse Davis. Seu olho esquerdo lacrimejava, quase fechado pelo inchaço. Davis fez pressão sobre ele com um lenço sujo.

— Rick Dreyer — disse Parker. — De Venice Beach. O cara com pernas e braços cheios de tatuagens. Ele faz trabalhos de pintura muito bons. É um gênio com a pistola de ar comprimido.

O olho bom se estreitou. — Ouvi falar nele.

Parker deu de ombros. — Talvez ele seja amigo de um amigo ou coisa assim.

Davis pensou nisso. A mente dele funcionava na velocidade do crescimento da grama. — Stench o conhece.

Parker abriu o paletó de novo e apoiou as mãos na cintura. — Tanto faz — disse ele com um grande sorriso de amigão. — Sabe como é, Eddie, eu tenho que pegar um avião, aí...

Davis apertou o botão do controle remoto do portão da garagem, que começou a subir, rangendo e gemendo. Com uma inclinação da cabeça, ele convidou Parker para entrar. Parker virou um pouco de lado, querendo ter plena visão de Davis. O sujeito não era alto, mas tinha a compleição física de uma geladeira.

— Então, quanto você quer por essa coisa linda? — perguntou Parker.
— Oito mil?
— Nossa!

Parker parou de repente. Davis andou mais dois passos dentro da garagem antes de dar meia-volta. O sol atingiu o rosto dele, obrigando-o a fechar os olhos.

Parker tirou sua arma do coldre colocado nas costas e, balançando-se com os braços, bateu com as costas da mão no rosto de Davis com toda força.

O golpe virou a cabeça de Davis para a direita, com o nariz já quebrado e jorrando sangue. Ele cambaleou para trás, tropeçou nos próprios pés e caiu. Bateu com o traseiro no concreto e ficou estatelado, abanando os braços, com a cabeça repicando no piso.

Sob o efeito da fúria e da adrenalina, Parker avançou sobre ele, abaixou-se e bateu no rosto dele com a SIG-Sauer.

— Eddie Davis, você está preso pelo assassinato de Eta Fitzgerald. É só uma palavra sair da sua boca que bato em você até acabar com a sua raça. Você teria direito a um advogado, mas também o matou; portanto, está fodido mesmo. Deu para entender isso?

Davis gemeu, virou para o lado tossindo e passou a cuspir sangue. — Porra, puta merda!

Parker deu-lhe um pontapé nas costelas, e Davis fez um barulho de um guerreiro ninja de filme B. — Isso é por xingar — disse Parker. — Eta era uma mulher direita e temente a Deus.

— Quem é Eta? — Ele soava como Marlon Brando em *O Poderoso Chefão*.

— A mãe de quatro filhos e único arrimo da família que você esfaqueou e deixou jogada num beco, como se fosse um saco de lixo, na noite passada, sem razão alguma, além do fato de você ser um monte de merda que passa por ser humano. Vire-se. De cara para baixo.

Davis gemeu, virando-se lentamente sobre cotovelos e joelhos. Parker pôs um pé na bunda dele e o empurrou contra o chão.

— O que está havendo aí dentro?

Parker olhou de relance para o lado. Um homem mais velho, de bermuda e sem camisa, parecendo uma morsa albina, estava sentado num carrinho de golfe parado junto ao meio-fio.

— É assunto da polí...

Parker soltou o ar dos pulmões numa brusca rajada quando algo bateu forte em suas costas e costelas. Seu corpo se contorceu de dor, ele tropeçou nas pernas de Davis e caiu, contundindo a rótula ao bater no concreto.

Davis rolou para sair de debaixo dele, conseguiu pôr-se de pé e bateu de novo nas costas de Parker com o dobro de força. Parker caiu para a frente sobre uma motocicleta, derrubando-a. Ao cair, essa moto empurrou uma outra, e esta uma terceira. Todas caíram como peças de dominó.

Parker empurrou a moto e moveu-se de lado. O cano de escapamento que Davis tinha apanhado quase o acertou na cabeça e retiniu contra um pára-lama cromado.

A pistola de Parker sumiu entre as peças de motocicleta espalhadas no chão. Não havia tempo para procurá-la. Parker rolou e se levantou, curvando-se.

Davis tentou acertá-lo mais uma vez violentamente com o cano, mas não conseguiu. Com o rosto deformado, inchado, sangrando e espumando pela boca, ele parecia uma gárgula. Seus olhos ainda tinham a mesma expressão de calma mortal.

Ele investiu contra Parker, levantando o cano por cima da cabeça. Parker recuou, correndo em direção ao Town Car, e rolou para a direita no momento em que Davis esmurrava com o cano, amassando o capô do carro.

O velho estava como que congelado em seu carrinho, olhando boquiaberto.

Davis arremessou o cano sobre Parker, entrou no carro e ligou o motor. Os pneus patinaram e cantaram quando o Town Car foi para trás, esmagando a frente do carrinho de golfe, que rodopiou como um pião.

Parker correu para a garagem, achou a SIG e saiu de novo correndo pela rampa. O velho tinha caído de seu carrinho e tentava erguer-se. O carrinho, sem motorista, descia pela colina.

Mancando e xingando, Parker rangeu os dentes e correu em direção a seu carro. Segurou uma coluna do teto do carrinho de golfe e pulou para cima da parte traseira, onde os tacos costumam ficar.

O carrinho corria ladeira abaixo. Parker pulou fora a quatro metros de seu Sebring, dando uma pancada ao bater contra a lateral do carro.

— Porra! Que merda! — gritou ao jogar a SIG no banco do carona e virar a chave na ignição.

O Town Car de Davis estava quase saindo do seu campo visual, derrapando em uma curva.

Parker saiu em disparada com o carro descendo a colina. À sua frente, o carrinho de golfe mudou de direção. Parker virou o volante bruscamente à esquerda e a traseira do Sebring balançou para um lado e para outro, arrancando a caixa de correios de alguém e uma jardineira de gerânios.

Quando fez a curva, Davis tinha sumido. A rua bifurcava-se em pistas que beiravam o desfiladeiro como correntezas de um rio. Parker não avistou nenhum Town Car preto descendo por nenhuma delas. Parou o carro e ligou para a Divisão Hollywood para dar a descrição do carro e de Eddie Davis, informando que ele estava armado e era extremamente perigoso.

Eddie Davis. Estava ali, tão perto, e agora havia fugido, sumindo no mundo. Parker não podia saber para onde ele teria ido. Canalhas como Davis têm tocas em todo canto. Ele se enfurnaria numa delas e era impossível saber quando sairia.

Agora ele sabia que a polícia estava atrás dele. Talvez tentasse fugir. Mas não tinha os negativos e obviamente estava disposto a arriscar tudo para deitar a mão neles.

Os negativos eram o trunfo para atrair a presa para uma armadilha. Davis não tinha como saber que o único negativo que Lenny escondera estava em poder de Parker.

Parker telefonou para Ito, a fim de saber se havia revelado o negativo que Lenny Lowell guardara para se garantir, mas a ligação caiu na caixa postal de Ito. Ele deixou uma mensagem pedindo a Ito que ligasse urgentemente.

Necessitava saber o que — ou quem — estava enfrentando. Um homem prevenido vale por dois. Estava chegando a hora de encerrar o caso Lenny

Lowell e começar um tremendo problema. Como acontecia com os casos reabertos, aquele estava se mostrando realmente extraordinário. Parker pensou que, paradoxalmente, se estivesse certo quanto ao alvo da chantagem de Lenny Lowell — e ao próprio motivo da chantagem —, seria bem provável que aquele caso fosse o último para ele. Em uma cidade que vivia sob o estímulo da fama e do poder, aquela mensagem significaria algo que ninguém queria ver exposto: a verdade.

39

O acampamento da mídia fora do tribunal parecia algo assim como um campo de refugiados para vidrados em tecnologia. Varas de iluminação, geradores, cabos e fios serpenteando para todo lado pelo chão, homens de bermudão levando câmeras de vídeo com logotipos das redes de TV, pessoal do som com fones de ouvido, repórteres no ar impecavelmente vestidos da cintura para cima. Da cintura para baixo, bermudão, chinelos, tênis.

Os furgões dos noticiários tinham feito sua área de estacionamento própria. As antenas parabólicas lembravam flores esquisitas e enormes voltando-se para o sol. Ambulantes vendiam refrigerantes e cappuccinos, sanduíches e burritos, sorvetes e picolés, camisas clássicas de boliche e camisetas que pediam "Libertem Rob Cole".

O pessoal da mídia impressa perambulava à solta, como coiotes no deserto, sem ficar amarrado pelos cabos e sem precisar de maquiagem nem iluminação. Fotógrafos com várias câmeras penduradas no pescoço e bonés virados para trás zanzavam à procura de algum ângulo que ainda não tivesse sido explorado. Aqui e ali, repórteres formavam pequenos grupos, fumavam e conversavam sobre o trabalho.

Parker ligou para Andi Kelly quando se aproximava do lugar.

— Aqui é Andi Kelly.

— Isto é 1994 demais — reclamou Parker. — Será que ninguém achou nada novo desde O. J. Simpson? Não há nada mais emocionante para que seja noticiado?

— As celebridades criminosas estão na moda outra vez. É TV realidade retrô. Uma coqueluche.

— O que virá depois? A volta de David Lee Roth e dos grupos de *hair metal*?

— O mundo está deslizando para o inferno. Onde você está?

— Entre o cara que vende CDs piratas dos programas de TV de Cole e a van do noticiário do Canal 4. E você?

— Ah, à beira de um colapso nervoso!

— Encontre-me ao lado do cara do café expresso.

— Você paga.

— E por acaso você já pagou a conta alguma vez?

— Nunquinha.

Parker pagou um expresso duplo para ele e um pingado grande com caramelo e creme batido para Kelly.

— Você tem o metabolismo de um mosquito — comentou Parker.

— Tenho, é ótimo mesmo. O que você está fazendo aqui?

— Falando com você — disse ele, mas seu olhar esquadrinhava a multidão, com o radar ativado para detectar qualquer sinal de Kyle ou Roddick. Acenando com a cabeça, ele propôs sair daquela confusão: — Vamos caminhar um pouquinho. Você não vai perder nada, vai?

Ela deu tchauzinho para o tribunal e revirou os olhos com impaciência.

— Cole está aí dentro tentando parecer consternado diante das pessoas que poderão compor o júri. Brilhante, sem dúvida. Ele começa a mostrar todo o seu leque emocional, sob todos os aspectos.

Eles seguiram pela rua até uma curta distância daquele carnaval e se viraram para olhar.

— Você está um pouquinho desarrumado, Kev — disse Kelly.

— Tem sido um dia terrível até agora.

— E ele ainda não acabou — disse ela. — Você teve de enfrentar seus amigos da Roubos e Homicídios?

— Não vou lhes dar esse prazer — disse Parker, ainda esquadrinhando. Naquele momento ele estava totalmente no papel de caçador, com a mente a toda, o pulso acelerado, a pressão sangüínea subindo. Não conseguia ficar quieto. Para aliviar a pressão, ele mudava o peso de uma perna para outra, um jeito de soltar um pouco de vapor para não estourar.

— Não sou bom perdedor — disse ele. — Peguei tudo que tinha sobre o caso e caí fora. É provável que eles já tenham emitido um boletim geral sobre mim.

— Quem derrubou você no chão?

— Hein?

— Meu talento investigativo me diz que alguém andou brincando com más intenções no parquinho. — Ela abaixou-se e puxou o pano da calça dele na altura do joelho que batera no piso na garagem de Davis. Uma mancha de graxa e um pequeno rasgão marcavam o local. Em ambas as pernas da calça a poeira cobrira de um tom bege o tecido caro de finas listras marrons e azuis.

Parker arregalou os olhos como quem vê a si mesmo pela primeira vez. — Mas que filho-da-p... Vou acionar o pilantra do Davis quando o pegar. Isto é um Canali!

— Ora, você é idiota? Como é que usa um terno de grife para sair na porrada?

— Sou detetive. Quando é que eu entro numa briga? — disse Parker, mais enraivecido agora do que ao ser agredido por Davis com o cano de escapamento.

— Hoje, pelo visto.

— Além do mais, minhas roupas são o meu disfarce. Ninguém imagina que sou policial. Eu me visto bem demais para ser um tira.

— Então, você pode abater o custo de seus ternos no imposto de renda?

— Meu assessor financeiro diz que não.

— Isso é ruim. — Kelly deu de ombros. — Tudo tem um preço. Mas o que aconteceu?

— Eddie Davis me pegou bisbilhotando a casa dele. Aproveitei a oportunidade para prendê-lo. Aí ele aproveitou o ensejo para tentar me matar. Ele está solto. Neste momento está sendo procurado por todos os policiais da cidade. Você já ficou sabendo de alguma coisa interessante sobre ele?

— No minuto e meio desde que você me pediu que investigasse o sujeito?

— Eis o que sei dele até agora — disse Parker. — É um criminoso de quinta categoria com mania de grandeza. Até recentemente, ele tinha um advogado de defesa de quinta categoria chamado Lenny Lowell.

— Surpresa, surpresa.

Parker deu mais um relance rápido, movimentando apenas os olhos. Um tanto perto demais, um sujeito troncudo de terno amarrotado e gravata estava acendendo um cigarro. Parker aproximou-se dele e viu a identificação.

— Oi, camarada, vá dar uma volta por aí.

O sujeito encarou-o. — Estou aqui fumando um cigarro. Cuide da sua vida.

Parker olhou para ele ameaçadoramente. — Não. O negócio não é assim, meu chapa. *Você* é que vai cuidar da *sua* vida lá — disse ele, apontando um dedo para o tribunal.

Kelly esgueirou-se na frente dele e tentou fazer com que recuasse um passo. — Kevin... — Ela olhou por cima do ombro para o fumante. — Desculpe. Ele começou com os adesivos semana passada.

Parker deu meia-volta e caminhou mais quinze metros pela rua. Kelly correu para alcançá-lo.

— É só algo que estou pensando — disse ela —, mas talvez você devesse baixar a dose de testosterona.

Parker não lhe deu atenção. — Minha amiga estava numa festa de arrecadação de fundos para o promotor público quando ouviu mencionarem meu nome naquela conversa entre Giradello e Kyle. O principal convidado da noite era Norman Crowne.

Kelly franziu a testa, tentando montar aquele quebra-cabeça. — Um advogado de quinta categoria como Lowell... um bandido barato como Davis... Esses caras são menos importantes que formigas no mundo de alguém como Norman Crowne.

— Eu acho que Lowell e Davis estavam chantageando alguém — disse Parker. — Suponho que Eddie se cansou de dividir a grana. Mas como é que um capanga como Eddie Davis, sabidamente do mais baixo nível, arranja alguém para chantagear?

— Sessenta e dois por cento dos relacionamentos começam no trabalho — brincou ela. Então a ficha caiu: — Meu Deus! Você acha que alguém contratou Davis para matar Tricia Cole.

— E não pode ter sido Rob Cole — disse Parker. — Nem mesmo ele cometeria a idiotice de estar na casa na hora em que a polícia chegou. Não, ele estaria em outro lugar para criar um álibi.

Kelly tentou assimilar a idéia. Parker começou a andar, enquanto seu processo de raciocínio também se acelerava. Havia carros pretos enfileirados junto ao meio-fio, com seus motoristas ao volante, e policiais motociclistas do Departamento de Polícia de Los Angeles na frente e atrás, a distâncias uniformes. Criadagem para as grandes figuras que logo sairiam do tribunal. Três limusines — um par de Town Cars e um Cadillac Escalade preto com vidros escuros.

Parker observava os detalhes quase distraidamente, só para manter a atenção concentrada em algo inofensivo e assim poder respirar e refrear sua energia por um instante. Depois de caminhar de um lado para outro passando pelos três carros algumas vezes, ele parou de repente, ainda sem saber ao certo as razões. Em seguida, deu meia-volta para passar de novo junto ao último carro.

— O que há? — perguntou Kelly, aproximando-se dele.

No canto inferior direito do vidro traseiro havia um pequeno adesivo roxo redondo com um emblema dourado e uma seqüência de números pretos. Um adesivo de identificação para o estacionamento de uma empresa. A cena surgiu na memória de Parker. Ele ia andando em direção ao Lincoln Town Car, continuando o que estava fazendo, reparando em pequenos detalhes, arquivando-os ordenadamente em seu cérebro, mas concentrando-se no assunto de maior importância: Eddie Davis. Lembrou-se do azul intenso do céu, do verdor da grama, do carro preto, da placa, do pequeno adesivo de estacionamento no canto inferior do vidro traseiro. Não era maior que um quarto de dólar.

Com a respiração superficial e acelerada, Parker sentiu uma estranha tontura quando olhou a placa traseira.

CROWNE 5.

40

O primeiro pensamento de Parker foi egoísta: *Minha carreira acabou.*

— Eddie Davis anda por aí num Lincoln Town Car — disse ele com a voz baixa.

— Você está ficando doido, Kevin — disse Kelly. — É absolutamente impossível que um pistoleiro ande por aí dirigindo um veículo das Empresas Crowne.

Parker já estava ligando para alguém do celular. Enquanto falava com a pessoa do outro lado da linha, ele percebeu que estava tremendo. Teve de apertar o telefone contra a orelha para segurá-lo com firmeza. Enquanto esperava receber a informação que pedira, ele imaginou ouvir o tique-taque de um relógio.

Kelly sacudia a cabeça, murmurando com seus botões: — Não consigo fazer com que nada disso entre na minha cabeça. Como é que a coisa funciona?

— As Empresas Crowne deram queixa pelo roubo de dois Lincoln Town Cars pretos no último ano e meio — disse Parker, guardando o celular no bolso.

— Então Davis roubou um deles.

Parker olhou para ela. — Eddie Davis vai andando pela rua uma noite, resolve que quer roubar um carro e acaba pegando precisamente um Town Car pertencente às Empresas Crowne. Qual é a probabilidade disso acontecer?

Kelly franziu a testa. — Bem, se você colocar a questão nesses termos...

— Você tem acompanhado esse caso desde o primeiro dia — disse Parker. — Se você tivesse de escolher um outro suspeito além de Rob Cole, quem seria?

Ela pensou nisso por um instante enquanto também olhava ao seu redor em busca de espiões. — Bem, temos a encantadora Caroline, que achou o corpo da mãe. O relacionamento dela com Rob certamente não era o de uma filha com o pai. Eles andavam juntos como colegas de escola. Como o desenvolvimento mental de Robbie parou aos dezessete anos, mais ou menos, é bem provável que ele achasse isso normal.

— Também temos o Phillip, irmão de Tricia. Imagino que viver à sombra de Santa Tricia tinha de acabar sendo maçante. Ela era a menina-dos-olhos do pai, enquanto Phillip... sempre ficou como que num segundo plano.

— Ele jantou com Tricia no Patina na noite em que ela foi morta. Muita gente os viu lá, ao que parece discutindo seriamente. Ele diz que ela falou em divorciar-se de Cole, que procuraria um advogado na semana seguinte. Como ela não falou sobre isso com mais ninguém, nós temos apenas a palavra de Phillip.

Ela fez uma pausa, olhou para outro lado e fez um esgar, como se tentasse decidir se ia lhe dizer determinada coisa.

— É melhor você falar — disse Parker. — Eu sei que há mais alguma coisa nessa sua cabecinha. Não quero ter de lançar mão da tortura.

— Que tipo de tortura? — ela perguntou, com um olhar apaixonado.

— Do tipo ruim.

Ela suspirou e disse: — Tudo bem. Lá no início desta confusão ouvi um boato de que Tricia acusara Phillip de enfiar a mão numa das instituições de caridade.

— Quem lhe disse isso?

— Foi um primo de uma mulher cujo marido tinha uma irmã casada com um cara cujo tio morava num prédio e cuja zeladora tinha uma filha que trabalhava no escritório do Fundo Crowne. Um negócio assim. Eu escarafunchei tudo nessa história, mas não consegui comprovar nada. Phillip tem um álibi para a hora do assassinato, mas se foi o mandante...

— Ele pode ter pago Davis com um Town Car — conjecturou Parker. — Aí ele teve de justificar o sumiço do carro da frota e alegou que devia ter sido roubado.

— Só que você está se esquecendo de uma coisa — disse Andi.

— Do quê?

— Rob Cole cometeu o crime. Ele estava lá, na casa, caindo de bêbado, quando o corpo de Tricia foi encontrado. Ele não tem álibi algum. É bem sabido que o temperamento dele é agressivo. Se Tricia queria se livrar dele, por certo ele tinha motivo para querer se livrar dela.

O motor da primeira limusine na fila foi ligado e o carro avançou lentamente, enquanto uma das motocicletas da polícia posicionava-se na frente com o giroscópio ligado.

— Eles devem estar saindo — disse Kelly.

Ela retornou para o tribunal a passo rápido, que logo se transformou em corrida. Parker seguiu-a, sentindo a rótula latejar quando começou a acelerar.

Na área ocupada pela imprensa, uma multidão agitava-se num imenso burburinho. Deslocamento de torres de iluminação, cabos sendo puxados, ordens dadas a gritos em inglês, espanhol e japonês.

Curiosamente, Cole tinha muitos fãs no Japão, apesar de que os programas de notícias do mundo inteiro vinham exibindo com freqüência imagens em que ele, completamente bêbado, amaldiçoava gente de diversas origens étnicas — inclusive japoneses — ao sair de um clube em West Hollywood.

Andi passou rapidamente entre as pessoas, aproveitando a vantagem de ser pequena até chegar às últimas fileiras impenetráveis, formadas pelos repórteres ao vivo das redes de TV e das emissoras de notícias locais. Parker vinha mais atrás, levantando uma das mãos para mostrar seu distintivo e mandando que o público abrisse caminho com voz de policial e tom autoritário. Ele encontrou Kelly porque a cabeça dela apareceu de repente entre dois homens de ombros largos para depois desaparecer de novo. Ela estava pulando, tentando ver a entrada principal do tribunal.

Kelly virou-se para Parker.

— Abaixe-se.

— O quê?

— Abaixe-se, vamos! Quero subir nos seus ombros.

— E se eu não quiser que você suba?

— Ande logo, Parker, pare de agir como um menino.

Ele a levantou justo quando as portas se abriam e a procissão começava a sair: Norman Crowne e seu séquito de advogados, assistentes e guarda-costas.

Crowne havia comparecido ao tribunal ao longo das inúmeras audiências que antecediam o julgamento. Mesmo durante o processo de exame de membros do júri e testemunhas, quando ninguém de seu grupo era autorizado a entrar na sala do tribunal, Norman Crowne apresentara-se no fórum para externar seu apoio à memória da amada filha.

Parker vira em entrevistas de televisão aquele homem digno e sereno cuja dor era quase palpável. Vê-lo responder a perguntas e falar sobre Tricia era uma experiência pungente. Aquela emoção certamente não era forçada, fingida nem insincera. Era a emoção crua e natural de um homem que, sendo evidentemente muito reservado, não se sentia à vontade tentando cobrir a pior das feridas com um manto de orgulho pequeno demais.

Era simplesmente impossível imaginar que ele tivesse ligação com alguém como Eddie Davis ou precisasse ceder à chantagem de um calhorda como Lenny Lowell.

De braço dado com ele, a neta, Caroline, vestindo um terninho muito formal com paletó cortado de modo a dissimular as formas rechonchudas. Parker conhecia o bastante da psicologia humana para saber que a idéia de Caroline apaixonando-se pelo padrasto não era tão absurda quanto podia parecer a princípio.

O pai biológico de Caroline, unanimemente considerado um canalha agressivo, saíra da vida dela muito cedo, deixando-lhe um vazio e uma idéia deturpada do que constituía um bom relacionamento. Depois, na adolescência de Caroline, na fase em que as meninas lutam com seus hormônios e desenvolvem sua visão da própria sexualidade, Rob Cole chegou para resgatar a coitada Tricia da solidão.

Além do acanhamento e da personalidade embaraçosamente tímida dela, ele vira os bilhões de dólares que a respaldavam. Entretanto, tinha sido convincente no papel de Príncipe Encantado, o que fez com que todo mundo o adorasse. A vida era um conto de fadas.

Não era difícil imaginar que também Caroline tivesse entrado nesse conto de fadas ou ficasse gamada pelo padrasto. Afinal de contas, ele era muito atraente na época.

Segundo os psicólogos, as filhas estão sempre competindo com as mães pela atenção do querido papai. Quando o querido papai acaba sendo um sujeito de personalidade fraca, narcisista, amoral e quase patológica, tem-se aí a receita para um sério problema.

Alguns passos atrás de Caroline e Norman Crowne vinha o filho deste, Phillip. O tampinha da família. Se o pai era considerado franzino, o filho estava mais para esquelético, sendo um magricela pálido de cabelo fino e desbotado.

Ele tinha um cargo de vice-presidente nas Empresas Crowne, com a incumbência de controlar o estoque de clipes ou coisa dessa ordem. Norman continuava a ser quem mandava, o homem cujo nome aparecia nos documentos. Talvez essa fosse a razão da palidez de Phillip: ele passara a vida inteira à sombra do pai.

O irmão de Tricia Crowne exprimira mais ira do que simples dor pela morte dela. Ele era quem falava mais em vingança, em vez de justiça. O fato de Tricia ter sido assassinada ofendia-o moralmente. O fato de que Rob Cole a matara ofendia-o ainda mais. Vendo Cole como o que realmente era, Phillip Crowne nunca gostara dele como marido de Tricia. Tinha nojo do réu Cole.

Era difícil imaginar que algum dos Crowne nem sequer tivesse ouvido falar de um sujeito como Eddie Davis.

Parker olhou todos eles descendo os degraus, precedidos por dois auxiliares do xerife fardados que os acompanharam até o carro.

O Sr. Crowne não tem nada a informar neste momento.

Meu avô está muito cansado.

Meu pai e todos nós consideramos a decisão tomada pelo juiz esta manhã um triunfo da justiça.

Nem todos eles haviam entrado na limusine quando a atenção da multidão já se voltava novamente para o tribunal. Instantaneamente, os Crowne, suas opiniões e emoções viraram notícia ultrapassada. Rob Cole e sua hoste acabavam de sair.

O advogado de Cole: Martin Gorman, um grandalhão ruivo com jeito de Popeye. Ele sobressaía ao lado de seu cliente, apoiando uma das mãos no ombro dele como se quisesse guiá-lo ou protegê-lo.

A assistente de Gorman, Janet Brown, baixinha, gorducha e com cara de ratinho. Com certa semelhança sinistra com a vítima e, portanto, um membro estratégico da equipe de Gorman. Se uma mulher como Janet Brown podia acreditar em Rob Cole e defendê-lo das acusações de ter assassinado a esposa com brutalidade, como podia ele ser má pessoa?

Por um preço convincente, Janet Brown teria se apresentado como defensora até de Calígula.

Logo depois, lá estava Rob Cole em pessoa. Um sorriso bonito com um monte de coisa alguma por trás.

Cole era o tipo de sujeito que Parker olhava uma vez e pensava: *Que panaca!* Diane não era a única pessoa que percebera isso. Parker também se deu conta de imediato. Ele só não queria revelar isso a Diane porque achava a animosidade dela por Cole tão divertida quanto intrigante. Mas Parker conhecia esse tipo de animal. Já tinha sido Rob Cole em outros tempos, embora mais novo e muito mais bem-apessoado.

A diferença era que a um idiota bonitão de trinta e poucos anos ainda podia desculpar-se a arrogância. Ele tinha tempo para evoluir para algo melhor. Mas um idiota de cinqüenta e poucos anos já tinha passado da data de validade para mudar. Rob Cole seguiria usando camisas de boliche da década de 50 quando estivesse com setenta e cinco anos, na clínica geriátrica, gabando-se de que elas eram sua marca registrada e seu público ainda as adorava. Era o papel mais repetido da carreira dele: estrelar como Rob Cole.

Cole representava esse personagem todos os dias de sua vida inteira. Cada dia era uma ópera de três atos, e ele era Camilo.* Revestira-se de seu personagem de homem-bom-injustamente-acusado perante a mídia. Nobre e estóico. Expressão séria, lábios apertados, cabeça erguida. O cabelo grisalho bem curto, estilo militar. Óculos escuros, na moda, mas discretos.

---

* Referência ao Conde Camilo, personagem conquistador da opereta *A Viúva Alegre*, de Franz Lehár. (N.T.)

A maioria das pessoas não queria procurar níveis mais profundos quando se deparava com os Rob Coles da vida. A fachada era impressionante e ninguém ia além dela. Era a bênção e a maldição de ser um rosto bonito. Como a aparência era tudo em que as pessoas queriam acreditar e elas realmente não se importavam se existia alguma coisa por detrás, o rosto também começava a acreditar que não havia nada ali com o que se preocupar. Ainda bem que Rob tinha o rosto, pois do contrário não teria coisa alguma.

Para a audiência dos possíveis membros do júri, Gorman vestira o cliente com um terno cinza-escuro clássico e impecavelmente cortado, camisa da mesma cor e gravata listrada. Um visual vigoroso, mas discreto, mostrando respeito pelo tribunal e pela gravidade das acusações que pesavam contra Cole. Ninguém veria as camisas de boliche nem os jeans justos até que o veredicto virasse notícia velha. Era de esperar que nem mesmo então.

Muita gente poderosa queria que o próximo visual de Rob Cole fosse da cambraia da penitenciária. No entanto, Parker tinha a desagradável impressão de que Rob Cole podia ser um patife e muitas outras coisas, mas não era culpado, por mais que fosse o desejo de muita gente.

O telefone de Parker tocou quando Cole e seu grupo passavam ao seu lado. Andi estava sobre seus ombros, retorcendo-se e pressionando-o com os joelhos para forçá-lo a virar, como se ele fosse um elefante indiano. Ele mudou de posição e tirou o telefone do bolso.

— Aqui é Parker.

— Parker, sou eu, Ruiz. Onde você está? Numa manifestação?

— Algo parecido com isso — gritou Parker, tapando o outro ouvido com um dedo. — O que você quer? Isto é, além da minha cabeça em cima de uma bandeja.

— Eu estava apenas fazendo meu trabalho.

— Pois é. Acho que o Dr. Mengele falou a mesma coisa.

— Seu mensageiro ciclista telefonou.

— Como?

— Eu disse que seu mensageiro...

— Sim, eu ouvi isso. Como você sabe que era ele?

— Ele disse que o nome dele é J. C. Damon.

— E?

— Disse que é para você estar na Pershing Square às cinco e vinte e cinco.

— Espere aí.

Parker deu um tapa na coxa de Kelly. — O passeio acabou!

Ela passou uma perna para trás, deslizou pelas costas dele, deu-lhe um tapinha na bunda e correu até seu fotógrafo. Parker afastou-se da multidão.

— J. C. Damon ligou para você e pediu que me dissesse que era para eu estar na Pershing Square às cinco e vinte e cinco — ele repetiu. — Ora, Ruiz, você acha que sou idiota? Acha que pôs a isca graúda e eu me interessei, e portanto devo ser um idiota?

— Não é armação.

— Claro. E você é virgem. Tem mais alguma coisa para me vender?

— Ora, Parker, vá à merda — disse ela. — Talvez tenha me sentido culpada por dois segundos e pensei em fazer algo decente. O cara telefonou, perguntou por você e disse que conseguiu seu nome com Abby Lowell. Se você não quiser aproveitar a dica, dane-se. Eu vou ligar para a Roubos e Homicídios.

— Vai me dizer que ainda não falou de nada disso para Bradley Kyle?

— Quer saber de uma coisa? Tudo bem — disse ela, muito aborrecida. — Você não vai mesmo acreditar em nada que eu lhe disser. Faça o que bem entender.

Ela desligou na cara dele.

Parker pôs o telefone no bolso e ficou ali, vendo o último dos carros ir embora. O pessoal da TV já tinha voltado às suas posições com o tribunal ao fundo para fazer suas inserções destinadas ao noticiário das cinco da tarde.

Tinha de ser muito bobo para confiar em Ruiz. A Roubos e Homicídios tinha assumido o caso. Ela entregara pessoalmente todo o material que ele tinha deixado para trás. Era uma informante da corregedoria. Não dava para acreditar em nada que ela dissesse. Era bem provável que Bradley Kyle estivesse ali quando ela ligou.

Andi afastou-se da turma dos meios de comunicação e foi andando pelo gramado. — Acho que aqui já acabou a diversão para mim — disse ela. — Vamos para algum lugar romântico onde você possa contar como é que um dos filantropos mais estimados de Los Angeles está envolvido com um maníaco homicida.

— Isso vai ter de ficar para outra hora.

— Lá vem você de novo com a rejeição! — disse ela, virando os olhos. — Para onde está indo? Está saindo com outra repórter?

— Vou à Pershing Square.

— O que há na Pershing Square além de vendedores de drogas?

— Um circo — disse Parker, já a caminho de seu carro. — Você deveria levar um fotógrafo. Acho que lá vai ter até palhaço.

41

A Pershing Square é um oásis de verde bem no meio do centro de Los Angeles, um tabuleiro de damas do melhor e do pior da cidade. Cruzando a Rua Olive está a grande dama do luxo dos anos 20: o Millennium Biltmore Hotel, onde senhoras de suéter e pérolas curtiam uma refeição ligeira no fim da tarde e os bailes de debutantes não eram coisa do passado. A uma quadra dali, desempregados de olhar faminto demoravam-se na porta dos locais de pagamento de seguro-desemprego, com vitrines protegidas por pesadas grades de ferro, e mulheres hispânicas que só entravam em Beverly Hills pela porta de serviço empurrando carrinhos de bebê e compravam em lojas de roupa barata nas quais ninguém falava inglês. A cinco quarteirões daquele ponto, aplicava-se a justiça nos tribunais federais e distritais, mas aqui um sem-teto doido defecava detrás da estátua do General Pershing.

O parque é formado por retângulos de gramado separados por faixas de concreto e largos degraus que ligam os níveis contíguos. Dentro de estruturas quadradas de concreto, com aspecto de casamatas e pintadas em cores brilhantes, as escadas rolantes conduziam ao estacionamento subterrâneo. Um campanário de concreto roxo-escuro de trinta e cinco metros de altura ergue-se no meio da praça.

Na época do Natal há um rinque de patinação no gelo montado num lado do parque. Só mesmo em Los Angeles: gente fazendo patinação artística com cerca de vinte graus de temperatura e palmeiras como pano de fundo. O rinque tinha sido desmontado um mês atrás.

Jace sempre achara o lugar planejado demais, de linhas demasiadamente horizontais. Havia concreto em excesso no meio da praça. As esculturas eram frias. Nem tanto as estátuas tradicionais, mas sim as enormes esferas de cor ferrugem empoleiradas aqui e ali em pedestais de concreto.

Mas o melhor da Pershing Square era a amplidão visual. Do seu ponto de observação, Jace podia ver a maior parte do parque. Podia ver gente indo, vindo, perambulando. Podia ver os seguranças que subiam da garagem subterrânea de tempos em tempos para dar uma olhada e logo desciam novamente para se certificarem de que nenhum mendigo estava tentando entrar nos banheiros reservados aos usuários pagantes. Considerando onde os mendigos e vagabundos faziam suas necessidades, parecia conveniente rever essa política.

O dia de trabalho havia acabado para as pessoas de terno que desciam dos prédios do centro para voltar de carro para suas casas no Vale, no Westside, em Pasadena ou em Orange County. Embora fosse comum ouvir que o centro da cidade era o lugar da moda para se morar, Jace não via tanto pessoal de vanguarda assim disposto a misturar-se com a população nativa sem-teto, nem tantos yuppies assim dispostos a passear com seus filhos esbarrando nos viciados que zanzavam na Pershing Square.

A cinco metros dele, dois sujeitos estavam negociando um saquinho de alguma coisa. Um maconheiro de cabelo verde-limão estava sentado num banco do parque do outro lado da calçada. Junto à fonte de concreto, um grupo de adolescentes brincava de Hacky Sack.* Uma equipe de cinema passara o dia filmando no local e estava montando a iluminação na praça para uma cena noturna.

Passava das cinco horas. O sol escondera-se detrás dos prédios altos. Somente os moradores do Westside tinham luz do sol nessa hora. Pershing Square caíra na penumbra artificial da área central. Nem dia nem noite. As luzes já estavam ligadas.

Jace deixara A Besta entre dois caminhões de equipamento estacionados no outro lado da Quinta, em frente à praça. Ele estava perambulando ali mais ou

---

* Bola de borracha ou couro contendo areia, utilizada para se fazerem embaixadinhas. (N.T.)

menos desde as três horas da tarde, de olho em qualquer pessoa com aparência de policial que chegasse à praça, atento caso o Predador passasse de carro, esperando que Abby Lowell aparecesse. Já percorrera o parque de ponta a ponta, reconhecendo pontos de observação e planejando rotas de fuga.

Ele achava que ela compareceria. Se, como ele acreditava, ela estava envolvida no esquema de chantagem, certamente iria sozinha. Não ia querer que os policiais a vissem, e, uma vez que o Predador ameaçara matá-la, não era possível que estivesse de parceria com ele. Se ela levaria ou não o dinheiro, era outro departamento.

Tudo dependia de que cada coisa acontecesse no momento certo. Tempo, planejamento, pensamento rápido e... sorte. Ele tomara especial cuidado com os três primeiros fatores, uma vez que até aquele momento o último tinha sido bem escasso.

Tyler devia estar preocupado com ele. Jace sabia que o irmão talvez tentasse fazer contato uma centena de vezes pelo walkie-talkie. Ao pensar em Tyler, ele sentiu uma profunda tristeza. Mesmo que o plano desse certo, Jace não sabia se sairia são e salvo, se os tiras não continuariam interessados nele nem se eles não acabariam descobrindo tudo sobre Tyler. Seu instinto dizia-lhe que ele e Tyler se veriam forçados a fugir.

A idéia de afastar o irmão dos Chen causou-lhe um mal-estar físico. Para Tyler, estar com eles provavelmente era melhor que ficar com o irmão, vivendo como um criminoso perseguido, mas Jace não podia deixá-lo. Tinha prometido à mãe que cuidaria do irmão mais novo, que ele estaria seguro e nunca cairia nas garras do serviço social. Eles eram uma família. Pelo que Jace sabia, ele era o único parente vivo de Tyler. Não podia incluir o balconista de bar que provavelmente era o pai do garoto. Doador de esperma não é parente.

Mas Jace se perguntava se o motivo pelo qual fazia questão de cumprir a promessa que fizera a Alicia não atendia mais a seu próprio interesse do que ao de Tyler. Seu irmão era tudo que ele tinha, sua âncora, seu único verdadeiro escape do isolamento afetivo. Era por causa de Tyler que ele tinha os Chen. Era por causa de Tyler que ele tinha metas e esperanças de um futuro melhor. Sem Tyler, ele ficaria à deriva, sem ligação com ninguém.

Jace sentiu-se como se seu coração estivesse encostado no estômago, pulsando e absorvendo ácido como uma esponja. Ele tirou da cabeça a questão da injustiça na vida deles e o fato de que ambos haviam sofrido além da conta. Não adiantava pensar nisso, nem havia tempo. Abby Lowell acabava de surgir vindo do estacionamento...

Ela trocara o terninho Prada perfeito que havia usado no banco e optara por calças de cor camelo e botas, um suéter preto com gola rulê e um colete acolchoado verde-água. A garota tinha estilo.

Olhando com binóculo de grande alcance, Parker viu Abby Lowell caminhar em direção ao lado do parque que dava para a Quinta, onde o rapaz de cabelo verde-limão estava sentado no banco. Ela levava uma bolsa Louis Vuitton e uma bolsa esportiva de náilon.

Parker estava num quarto belamente mobiliado no quinto andar do Biltmore, dando para a Rua Olive. A Pershing Square descortinava-se à sua frente. Era o campo de jogo de uma partida da qual ele não pretendia participar.

Não acreditara na conversa fiada de Ruiz sobre o telefonema de Damon. E o fato de ela e seus colegas da Roubos e Homicídios não serem capazes de bolar uma tocaia mais viável do que aquela não falava muito bem da qualidade intelectual daquele grupo.

Parker supunha que Abby Lowell tinha procurado o pessoal da Roubos e Homicídios, que por sua vez encenara aquele pequeno quadro vivo para atraí-lo, jogar uma rede em cima dele e tirá-lo do meio. Se Damon realmente ia aparecer e se de alguma maneira Bradley Kyle sabia disso, Kev Parker certamente não teria sido convidado para a festa.

Quanto à carta que a Srta. Lowell realmente guardava na manga, ele não tinha certeza. Ela estava envolvida naquilo até os sedutores olhos castanhos; quanto a isso, Parker não tinha dúvida alguma. Mas Eddie Davis era um brutamontes, e, segundo ela, ele a ameaçara de morte.

Os chantagistas procuram duas coisas: dinheiro e poder. Não se trata de uma atividade de grupo. Quanto mais gente envolvida, mais diluído fica o poder e mais são as oportunidades de que se cometa algum erro.

Do outro lado da rua, Abby Lowell fitou o cara de cabelo verde, foi até a outra ponta do banco e sentou-se, pondo a bolsinha de náilon no colo.

Pagamento, pensou Parker. Era isso o que eles estavam armando: fazendo com que parecesse que ela ia pagar a Damon pelos negativos.

Ele esquadrinhou o perímetro do parque com o binóculo, à procura de Kyle ou Roddick. Depois, apontou o binóculo para cima e examinou a fachada dos prédios. Era um hábito. Pensou onde Kelly estaria naquele momento. Talvez no térreo, no Smeraldi's, comendo torta de creme de coco e olhando a praça pela janela, esperando que a ação começasse.

Uma equipe de cinema estava montando o equipamento para uma filmagem noturna, iluminando as esculturas por trás para dar-lhes uma aparência misteriosa ou sinistra, dependendo do que o roteiro exigisse. Eles ficariam lá metade da noite para fazer uma cena. Levaria um tempão para arrumar a iluminação e posicionar as câmeras ao agrado do diretor de fotografia. Depois, dependendo do diretor e do orçamento, levaria um tempão para filmar a cena. Eles iam ensaiá-la, conversar sobre ela, voltar a ensaiar, conversar mais um pouco. Filmariam de um jeito, depois de outro e aí fariam os grandes planos. A agitação do negócio do cinema. Como ver pessoas dormindo.

Parker observou com o binóculo os dois caminhões de equipamento que podia ver estacionados na Quinta. Nada parecia fora do normal.

Na praça, sentada no banco, Abby esperava em atitude tensa. Ela olhou com expressão de desgosto para o sujeito de cabelo verde, mas ele estava dopado, parecendo catatônico.

5:10.

Na mureta situada perto das estátuas estava sentado um sujeito de blusão militar e boné preto puxado para baixo. Ele olhava para o chão e parecia tão ausente quanto o maconheiro do banco. Logo, porém, ele virou a cabeça ligeiramente para o lado da Quinta. Para Abby Lowell. Parker teve um fugaz relance do rosto sob uma nesga de luz antes que ele abaixasse a cabeça de novo. Branco, jovem, machucado.

Damon.

Parker nunca tinha visto o garoto, mas soube com a mais absoluta convicção que era J. C. Damon. Havia uma certa tensão na postura do rapaz, embora ele tentasse parecer despreocupado. Seu olhar voltava uma e outra vez para o banco do parque, furtivamente e com apreensão, para depois observar tudo dentro de seu campo visual.

Parker percorreu com o binóculo a linha entre Damon e Abby Lowell, continuando depois na área atrás dela, um amplo semicírculo com cerca de seis metros de raio, para ver se havia policiais. Ele ampliou o arco para incluir a área diretamente em frente a Damon. Nenhum sinal de Kyle nem Roddick, nem de ninguém que Parker conhecesse.

5:12.

Mais uma vez, ele varreu com o binóculo a área onde Abby Lowell se encontrava, onde o garoto que ele acreditava ser Damon estava sentado. Foi e voltou de um ponto para outro.

Parker soltou o binóculo, que ficou pendurado em seu pescoço, deu meia-volta e saiu do quarto apressadamente. Achou as escadas e desceu correndo, cruzou o saguão de entrada da Rua Olive e saiu do prédio.

O sinal da Quinta estava fechado, retendo o tráfego na frente do hotel. Parker cruzou driblando os carros parados e bateu com o punho no capô de um Volvo quando o motorista buzinou.

5:14.

Ao chegar ao nível da rua, ele viu que Damon descera da mureta e caminhava em direção a Abby Lowell. O rapaz de cabelo verde levantou-se do banco e também se virou para ela.

Parker apressou o passo. Cabelo Verde não fazia parte da equação. Estendendo a mão, o rapaz aproximou-se de Abby.

Damon continuava a caminho.

Abby Lowell pôs-se de pé.

Pelo rabo do olho, Parker viu mais alguém atravessando a praça, vindo da direção das escadas rolantes de acesso ao estacionamento subterrâneo. Impermeável folgado, talvez comprido demais, colarinho virado para cima.

Bradley Kyle.

Parker hesitou.

O motor de uma motocicleta acelerando ressoou muito próximo. O som pareceu amplificado. A cena ficou congelada por um instante na mente de Parker.

Então alguém gritou e o inferno desencadeou-se.

42

Jace não se importou com o rapaz de cabelo verde. Ele só queria pedir uns trocados. Além do mais, a presença dele gerava certa distração. Abby olhava-o com preocupação, parecendo incomodada.

O coração de Jace batia acelerado. Passe o envelope para ela, pegue a bolsa preta e corra sem parar. Ele enfiou uma das mãos sob a camisa e começou a descolar a fita que prendia o envelope contra sua barriga.

No fundo da mente, ele reparou num barulho parecido com o de uma serra elétrica começando a funcionar. Em seguida, um grito. Depois, tudo pareceu acontecer ao mesmo tempo.

— *Pare aí! Polícia!*

Ele não soube de onde o grito tinha vindo. Seus braços abriram-se para os lados. Um contorno branco orlava os olhos de Abby Lowell.

O rapaz de cabelo verde tinha uma arma.

— Jogue-se no chão! Jogue-se no chão!

A motocicleta vinha rugindo em direção a eles pelo lado da praça que dava para a Rua Olive.

Jace não teve tempo de respirar nem de pensar que o tira de cabelo verde atiraria nele. Ele se jogou sobre Abby, derrubando-a no banco do parque.

Jace caiu sobre ela de lado, no exato momento em que a moto atingia o policial de cabelo verde. O sangue respingou para todo lado.

Havia pessoas correndo, gritando apavoradas.

Ouviram-se disparos. Ele não sabia quem estava atirando nem quem era o alvo desses disparos.

Jace tentou ficar em pé. Seus olhos fixaram-se na motocicleta. Vermelha, carenagem preta, capacete. O piloto já tinha virado cento e oitenta graus, quase deitando a moto no chão. Ela voltava para Jace como um foguete. Ele passou por cima do banco e correu para salvar sua vida.

Parker começou a correr assim que viu a motocicleta. Uma Kawasaki Ninja ZX12R. Eddie Davis. Ele devia ter voltado para sua casa antes que os policiais de Hollywood chegassem lá, largou o Town Car e pegou a moto, a que agora corria em direção a Damon e Abby Lowell, e também ao rapaz de cabelo verde, de costas para o perigo que investia contra ele.

Parker correu a toda e abriu a boca para gritar. Não ouviu o som. A moto atingiu Cabelo Verde. Uma cena de pesadelo, um corpo dobrando-se do jeito errado, e toma sangue para todo lado.

Davis apertou os freios e inclinou a moto até quase deitá-la de lado. Cavalo-de-pau. A moto novamente na vertical e acelerador no máximo.

As pessoas gritavam. A equipe de filmagem saiu em debandada; alguns corriam em direção à moto, outros para a rua, agitando os braços.

Parker sacou sua arma.

À sua direita, Bradley Kyle estava atirando.

Damon pulou por cima do banco do parque.

Abby Lowell tentou segui-lo.

Davis passou atroando.

Parker disparou. *BAM! BAM! BAM!*

A moto fez uma curva fechada para a direita e foi atrás de Damon.

Jace ouviu a moto aproximando-se. Ele chegou à Quinta, que estava vazia. O tráfego tinha sido desviado por causa do pessoal do filme. Os caminhões de equipamento pareciam estar a um quilômetro de distância. Havia pessoas perto deles, olhando para Jace. Elas nada podiam fazer.

Ele virou à direita, fazendo uma curva bem aberta, de modo a poder olhar para trás sem diminuir a velocidade. Os faróis ofuscaram-no. Perto demais.

Mais quatro passadas rumo aos caminhões.

Mais três passadas.

Ele teve a sensação de que não se movia, sem poder respirar.

Duas passadas.

Ele pegou um atalho entre os caminhões, dobrou bruscamente à esquerda e quase levou um tombo. Cambaleou para a frente até se reerguer, empurrado pela determinação.

A moto apareceu subindo o meio-fio, seguindo pela calçada e chegando pelo lado de trás dos caminhões. Jace mergulhou entre outros dois caminhões, pegou a Besta e subiu nela ainda correndo, atrapalhando-se ao buscar os pedais para começar a pedalar.

Se pudesse continuar escondido entre os caminhões, se pudesse passar para o outro lado da Rua Olive antes que a motocicleta chegasse...

Erguido sobre os pedais, ele pedalou pela Quinta até a Olive e passou pelo cruzamento, com buzinas berrando e faróis indo para cima dele; teve sorte de não acabar contra um pára-brisa. Ele pulou o meio-fio e subiu na calçada.

Olhando por cima do ombro, Jace pôde ver a moto acelerando pelo lado oposto da rua. O cara chegaria ao cruzamento antes dele.

O sinal na esquina da Olive com a Quarta fechou. Nada bloqueava o cruzamento. A motocicleta saltou para fora do meio-fio, chegou à Quarta e fez uma brusca virada à esquerda cantando pneus.

Pedalando com toda a força, Jace sentia como se suas coxas fossem explodir. Ele queria aumentar a velocidade, mas parecia não conseguir. A motocicleta passou pelo cruzamento e um coro de buzinas a recebeu quando o piloto abriu caminho entre os carros que vinham em sentido contrário pela rua de mão única.

Jace chegou à esquina, virou à esquerda e seguiu junto aos parquímetros a fim de não ser encurralado contra os prédios caso a motocicleta subisse a calçada. Ele pôde ver seu perseguidor forçando passagem entre os carros à frente dele, tentando chegar ao cruzamento.

Virando novamente à esquerda, Jace atravessou uma pracinha com uma fonte e parou. À sua frente, a íngreme descida de Bunker Hill, uma escadaria dupla de pedra com uma queda-d'água entre os dois lados. Ela descia como uma encosta escarpada até a Quinta, onde o tráfego estava engarrafado. Ouvia-se o barulho das sirenes.

Jace olhou para baixo. Aquilo seria sua morte ou sua salvação. Ele engoliu em seco. Detrás dele, as buzinas ainda atroavam. Ele ouviu a motocicleta aproximando-se.

Jace olhou para trás, viu os faróis vindo, virou-se para a descida à sua frente, respirou fundo e avançou na beira da escadaria.

Várias pessoas foram em ajuda do sujeito de cabelo verde. Kyle passou por ele correndo, indo atrás da motocicleta e de Damon. Parker acudiu Abby Lowell. Ela estava apoiada no encosto do banco do parque, como se tivesse se virado para ver a ação que se afastava da praça.

— Srta. Lowell? Tudo bem? — ele falou acima do barulho das sirenes e dos gritos das pessoas.

Havia uma mancha de sangue nas costas do colete verde-água. Ela levara um tiro. Ele encostou um joelho no banco, inclinou-se sobre ela e, com cuidado, jogou para trás o longo cabelo para poder ver o rosto dela.

Os olhos castanhos que se voltaram para ele refletiam espanto. A respiração de Abby chiava como a de um asmático. — Não consigo me mexer! Não consigo me mexer! Oh, meu Deus! Oh, meu Deus!

Parker não tentou movimentá-la para ver se a bala tinha saído. Abby podia sangrar até morrer diante dele, mas, se ele a virasse e um fragmento de osso ou da bala se deslocasse na direção errada, ela ficaria tetraplégica. Uma escolha horrível.

— Teremos uma ambulância aqui em dois minutos — disse Parker, pressionando com dois dedos o lado do pescoço dela. O pulso galopava como um cavalo de corrida. — O que você sentiu? Sentiu que foi atingida por alguma coisa vindo de trás?

— No meu ombro. Sim. Nas minhas costas. Duas vezes. Fui baleada? Oh, meu Deus. Fui baleada?

—Sim.

—Oh, meu Deus!

Agora ela soluçava, histérica. Nem sinal da mulher estóica e controlada que tentava lidar corajosamente com a realidade ao ver o pai assassinado caído a seus pés.

—Por que você veio aqui? — perguntou Parker. Ele tirou um lenço limpo de um bolso, pôs a mão cuidadosamente embaixo dela e apalpou buscando ferimentos de saída de bala. —Quem combinou tudo?

O pranto era tão desesperado que ela se engasgava e sufocava.

—Quem disse pra você vir aqui? — voltou a perguntar Parker. Ele puxou o lenço, agora vermelho de sangue.

—Ele! — afirmou ela com um gemido. —Oh, meu Deus, eu vou morrer!

—Não, você não vai morrer — disse Parker com serenidade. — Os paramédicos estão aqui. Eles cuidarão de você logo.

O pessoal do serviço de emergência médica tinha corrido até o homem do cabelo verde e tentava ressuscitá-lo. Ele estava deitado no chão como um boneco quebrado, com o olhar fixado na vida após a morte.

—Oi! — chamou Parker. —Tenho um ferimento por arma de fogo aqui! Ela está sangrando!

Um dos membros da equipe de emergência médica levantou a vista e acenou para ele. — Estou indo!

Parker virou para Abby. —Quem a chamou? Quem chamou Davis?

O que Parker queria saber não tinha importância alguma para ela naquele momento.

De qualquer maneira, isso não importava. Simplesmente, Parker ficara pasmo ao ver Damon aparecer e perguntava-se se o rapaz tinha mesmo tentado fazer contato com ele. E, nesse caso, o que isso significava?

Ele esperava descobrir.

A Besta pulava e derrapava nos degraus de pedra. Estava indo rápido demais. Jace tocou nos freios e virou um pouco para o lado, colocando a bicicleta num ângulo em que pudesse controlar a descida.

Déjà-vu. Ele já tivera esse sonho uma centena de vezes. Perdendo o controle, despencando aos trambolhões, com o equilíbrio rolando e virando na sua cabeça. Ele não sabia se estava na posição certa ou de pernas para o ar. A náusea crescia na garganta.

A bicicleta descia batendo nos degraus, com a parte traseira ameaçando ultrapassar a dianteira. Jace tentou corrigir deslocando seu peso, mas A Besta se livrou dele e despencou aos tombos pelos últimos quinze degraus até a calçada. Jace rolou pulando por detrás dela, tentando segurar-se para tornar a queda mais lenta.

Ele aterrissou na calçada e imediatamente olhou para cima, para a fonte na Quarta. A motocicleta estava lá, no topo. Nesse mesmo instante, o doido com a mão no acelerador tomou uma decisão e os faróis apontaram repentinamente para baixo.

Louco desgraçado.

Jace levantou sua bicicleta, montou nela e desceu pela Quinta. A toda velocidade, ele fez a curva na esquina da Figueroa, virando para o Hotel Bonaventure. Ele olhava continuamente para trás por cima do ombro. Nenhuma motocicleta.

Então, ele se perdeu no mesmo lugar onde começara seu dia, sob o emaranhado de pontes que ligam o centro da cidade à via expressa Harbor. O lugar onde, três dias atrás, ele ficava com os outros mensageiros à espera de chamadas de suas centrais, e todos se queixavam porque ia chover.

O perseguidor — caso tivesse sobrevivido à descida para a Quinta — suporia que Jace havia virado em alguma rua. Não lhe ocorreria buscar ali. Isso era o que Jace esperava.

Jace escondeu-se com a bicicleta atrás de uma enorme sapata de concreto, onde não podia ser visto por quem passava pela rua. Ele tirou a mochila e a deixou cair, tirou o blusão e jogou-o no chão, sentindo tanto calor que achou que ia vomitar. A camisa estava encharcada de suor, do tipo que recendia a medo. Ele tremia como se estivesse com malária. Suas pernas fraquejaram e ele caiu de joelhos.

Merda como essa só acontece nos filmes, pensou, dobrando-se para a frente e encolhendo-se até formar uma bola no chão.

Que porra foi aquilo? Que porra foi aquilo que acabara de acontecer?

As imagens surgiram em sua mente em rápida sucessão. Ele ia ter pesadelos pelo resto da vida. O pedinte de cabelo verde. Os tiras. As armas. O cara da motocicleta.

Quem era ele? O Predador? Ele tinha trocado o grande glutão de gasolina por aquela fera oriental de duas rodas? Já era suficientemente medonho de carro. Com o capacete e as linhas agressivas da moto esportiva, ele era um demônio vindo do inferno para a era de *Matrix*.

Por que ele tinha aparecido lá? Como ficou sabendo? Como os policiais ficaram sabendo? Para Jace não fazia sentido que Abby Lowell tivesse avisado qualquer um deles. Por que iria fazer isso? Ela estava metida naquilo, o que quer que "aquilo" fosse.

Jace tentara falar com o detetive Parker, que, segundo ela, estava investigando o caso. Mas não conseguira localizá-lo e, ainda que a mulher com quem ele falou tivesse agido de imediato, não teria havido tempo suficiente para a polícia estar a postos no parque. O cara de cabelo verde já estava lá uma hora *antes* dele telefonar.

Era evidente que Abby Lowell o traíra. Ela pensou que podia fazer com que o prendessem e ir embora sem arcar com as conseqüências. Tinha ligado para Parker, provavelmente logo depois de Jace falar com ela. Entretanto, se ela tivesse armado tudo, teria ido embora sem os negativos, o que todo mundo queria. Os negativos ainda estavam no envelope, ainda preso com fita na barriga de Jace.

E, mesmo que ela tivesse avisado a polícia, isso ainda não explicava a presença do Predador, se é que tinha sido ele quem o perseguira.

O que podia fazer agora?

Seu pulso já estava mais devagar e a respiração normalizara-se. Sentia frio e o suor tinha secado na sua pele pelo efeito da friagem da noite. Não queria pensar, nem ter de pensar. Estava sozinho. Sob a ponte, a luz era estranha, sombria, mas pontilhada pelo brilho branco e difuso das lâmpadas de iluminação pública lá em cima, como um luar infiltrando-se através de uma floresta de concreto. O zumbido dos pneus na pista em cima dele era como um ruído penetrando sua mente exausta.

Ele fez força para levantar-se e ficar de joelhos, vestiu o casaco, pegou a mochila e tirou dela o cobertor metalizado. O walkie-talkie caiu quando ele estendeu o cobertor.

Jace levantou o aparelho, ligou-o e o segurou próximo ao rosto, mas não pressionou o botão de chamada.

Sua voz teria delatado seu medo, que viajaria nas ondas eletromagnéticas e chegaria ao ouvido de Tyler, apavorando-o. Se já era ruim saber o que estava acontecendo com o irmão mais velho, mais ainda o que *tinha* acontecido com ele e ainda por cima perceber que ele sentia medo.

Afinal, o que podia dizer ao garoto? Não sabia o que fazer. Havia gente tentando matá-lo. Para onde quer que fosse, ele só conseguia ficar mais enredado na confusão, como se tivesse entrado numa mata densa e intrincada.

Não tenho plano nenhum, pensou. Sentiu-se vazio por dentro, como se fosse apenas uma casca, e, caso alguém lhe desse um bom pontapé, a casca se espatifaria em milhões de pedaços e ele deixaria de existir.

— Escoteiro para Cavaleiro. Escoteiro para Cavaleiro. Vamos, Cavaleiro. Você está me ouvindo?

O walkie-talkie crepitou, falando ao lado da cabeça de Jace. Ele nem sequer pulou. Era como se sua mente tivesse evocado a voz do irmão.

— Cavaleiro, você está ouvindo? Vamos, Jace. Responda aí.

Ele notou a preocupação, a incerteza na voz de Tyler. Mas não respondeu. Não podia. O que poderia dizer-lhe depois de ter complicado a vida dos dois daquele jeito?

Ele apenas fechou bem os olhos e murmurou: — Eu sinto muito. Sinto muito mesmo.

43

Tyler pôs o rádio na mochila e fez um grande esforço para não começar a chorar. Talvez fosse bom tirar uma barra de granola e comer para distrair-se. Aliás, era mesmo a hora do jantar. Mas desistiu da idéia de comer, porque teve enjôo só de pensar nisso.

Ele voltou para o interior da Biblioteca Central, sua base de operações durante a maior parte do dia. De alguma maneira, sentia-se mais calmo ficando naquele prédio grande, seguro, belo e repleto de coisas que ele amava: livros. Aquela enorme quantidade de conhecimento, sabedoria, emoção e mistério que o circundava, sua pelo pequeno preço de ler palavras.

Mas estava realmente cansado e ainda não tinha um plano que não dependesse de superpoderes, como os do Homem-Aranha. Duvidava que houvesse naquele prédio um livro sequer capaz de lhe dizer o que devia fazer. Continuava pensando que seria bom se pelo menos pudesse falar com Jace, mas Jace não respondera a nenhuma de suas ligações ao longo do dia, e isso o preocupava.

Por que Jace se incomodaria em levar o rádio se não pretendia usá-lo? Ele não respondia porque estava fora da área de alcance ou porque as baterias do rádio estavam fracas? Ou era porque *não podia* responder? E, se não podia responder, era porque estava preso ou num hospital por ter sido baleado, ou porque estava morto?

Talvez ele simplesmente tivesse ido embora de Los Angeles, para o México ou algum outro lugar, e Tyler não voltaria a vê-lo. Como quando a mãe deles morreu. Ela tinha saído com Jace para ir ao hospital e jamais voltara. Sem lhe dizer adeus, nem que o amava, nem que sentiria saudades dele. Simplesmente se foi.

Essa horrível sensação de vazio apossou-se dele de dentro para fora, como mandíbulas gigantescas abrindo-se para engoli-lo de vez. Tyler pôs os pés em cima do banco e abraçou os joelhos, apertando-os, enquanto seus olhos marejavam novamente.

Jace sempre lhe dizia que ele se preocupava antes da hora. Isso não era verdade, pensou Tyler, pois em tal caso já teria tirado a preocupação da cabeça, qualquer que ela fosse.

Já tinha pensado que talvez encontrasse Jace se fosse aos lugares em que sabia que os mensageiros ciclistas costumavam ficar.

Jace nunca lhe dissera nada, mas ele tinha lançado mão da Internet, muito tempo atrás, para descobrir tudo que pôde sobre os mensageiros ciclistas que trabalhavam no centro da cidade. Sabia que havia cerca de cem mensageiros trabalhando para umas quinze empresas. Sabia que o "preço de tabela" era o preço-base que o cliente pagava pela entrega. Sabia a diferença entre ter o imposto retido na fonte e ser prestador de serviços.

Tyler sabia que os mensageiros costumavam ficar em certos lugares quando esperavam entre um serviço e o seguinte. Portanto, ele tinha ido à estação da Rua Spring, em Chinatown, pegara o trem da Gold Line até a Union Station, fizera uma baldeação para a Red Line, descera na estação Pershing Square e caminhara pela Quinta até a esquina com a Flower.

Em um dos lados da rua havia mensageiros fazendo hora na frente da biblioteca, mas nenhum deles era Jace. Entrou no Carl's Jr., do outro lado da rua, onde encontrou muita gente esquisita — um careca com a cabeça coberta de tatuagens, garotos góticos com piercings em todo canto, cabelo verde ou cor-de-rosa, tranças —, mas Jace não estava com eles.

Na esquina da Quarta com a Flower, Tyler andou de um lado para outro em frente ao Hotel Westin Bonaventure, olhando para o lado oposto da rua, onde havia mensageiros matando o tempo embaixo da ponte, mas não se atreveu a perguntar se tinham visto seu irmão — por medo mesmo, já que o aspecto deles era um tanto medonho, e por receio de fazer a pergunta errada à pessoa errada e complicar tudo ainda mais para Jace. E se essa pessoa o denunciasse à polícia ou algo assim?

No entanto, se Jace tivesse estado por lá, olhando para o hotel, ele certamente teria visto o irmão andando de um lado para outro. Ninguém havia falado com ele, a não ser um porteiro do hotel, que desconfiou de sua presença. Tyler saiu de lá rapidamente.

Ao longo da tarde, ele tinha ido e voltado várias vezes entre a biblioteca e os pontos freqüentados pelos mensageiros, sempre pensando que dessa vez encontraria o irmão, mas sem resultado. Tentara inúmeras vezes contatá-lo pelo rádio, também sem ter sucesso. Agora já havia anoitecido e ele tinha medo de voltar à Quarta.

O centro da cidade era muito movimentado durante o dia, mas, assim que todas as pessoas que trabalhavam nos prédios de escritórios iam embora para suas casas, só ficava nas ruas gente assustadora demais — doidos e viciados buscando encrenca. Não era lugar para um garotinho passear sozinho.

Ele sabia muito bem que Madame Chen devia estar preocupada. Preocupadíssima. Ao pensar nisso, ele se sentiu realmente culpado. Quase ligou para ela algumas vezes ao longo do dia, mas desistira por não saber ao certo o que poderia lhe dizer. E ainda não sabia. Não sabia o que ia fazer.

Receava que os detetives tivessem grampeado os telefones dos Chen, e, se ele ligasse, os policiais conseguiriam achá-lo. Já estava aflito pensando que os Chen poderiam ser presos por dar abrigo a um fugitivo ou algo assim. Talvez a peixaria estivesse sob vigilância, de modo que os policiais o veriam se ele tentasse voltar.

Tyler estava sentado num banco próximo aos banheiros. A biblioteca fechava às oito horas. Ele supôs que poderia passar a noite ali se achasse um bom esconderijo. Mas se ficasse trancado dentro do prédio, onde o walkie-talkie não pegava, Jace não conseguiria falar com ele se tentasse contatá-lo. Além disso, Tyler imaginava que seria arrepiante estar ali quando as luzes fossem apagadas e todo mundo tivesse (supostamente) ido embora.

Estava novamente na estaca zero: sozinho e assustado.

Tyler enfiou as mãos nos bolsos do moletom e tocou o cartão de visita que o detetive Parker lhe dera. Não parecia ser um mau sujeito. Era um cara engraçado num sentido legal. E, quando ele disse que não queria que acontecesse algo de ruim com Jace, Tyler havia sentido vontade de acreditar nele. Quanto ao outro detetive, Tyler teria desconfiado mesmo se ele afirmasse que o sol nascia no leste.

Confie sempre no seu instinto, dizia-lhe Jace.

Eram 6:19. Seu instinto estava lhe dizendo que devia voltar para casa. Talvez, se subisse pela escada de incêndio até o terraço, ele pudesse esgueirar-se para dentro do prédio e mostrar a Madame Chen que estava tudo bem com ele. Teriam de comunicar-se escrevendo bilhetes, por linguagem de sinais ou algo assim, caso houvesse dispositivos de escuta no edifício, mas ela saberia que ele estava bem, ele dormiria em sua cama e depois sairia sorrateiramente de manhã cedo e voltaria ao centro da cidade para tentar achar o irmão. Não era nenhum plano genial, mas era um plano.

Tyler passou os braços pelas alças da mochila e rumou para a rua. Estava havendo algum tumulto no outro lado da Quinta, ao pé da escadaria de Bunker Hill. Havia gente reunida falando com nervosismo e gesticulando muito. Dois carros da polícia estavam parados no meio-fio, com os giroscópios funcionando. O tráfego parara completamente e soava como um concerto de buzinas.

Não importava o que estivesse acontecendo, Tyler não queria ter nada a ver com aquilo. Ele seguiu apressado pela calçada em direção à Rua Olive, com a mochila batendo em seu traseiro a cada passo. O troço pesava muito porque estava cheio de pertences essenciais à sobrevivência: barras de granola, o walkie-talkie, Game Boy, garrafa d'água, livros do colégio, gibis e dicionário de bolso.

Tyler pensou que, se precisasse subir uma ladeira realmente íngreme, a mochila o derrubaria, deixando-o caído de costas, e ele teria de ficar esperando como uma tartaruga até que alguém o virasse. Portanto, resolveu que deixaria os livros do colégio em casa no dia seguinte.

Ele atravessou a Grand Avenue e seguiu em frente, porém o tráfego não melhorava e, à medida que se aproximava da Rua Olive e da Pershing Square, apareciam mais gente, mais carros da polícia, e uma maior confusão começava a acontecer.

A praça estava iluminada por holofotes, cheia de atividade, fitas amarelas para isolar a cena de um crime e pessoas falando aos gritos. A cena parecia tão irreal que Tyler teve a impressão de estar entrando numa locação de filmagem. Abrindo caminho entre as pessoas, ele chegou a poucos passos do centro da confusão com os olhos bem abertos e os ouvidos bem atentos.

— ... e eles estavam em pé logo ali, e então eu só sei que vi...

— ... *Parado! Polícia!* Aí, cara, foi como...

— .... maluquice! Achei que aquilo fazia parte do filme, mesmo que...

— ... o cara da motocicleta. Quer dizer que não era dublê?

— ... atirando...

— ... gritando...

— ... uma moto medonha!

Tyler conseguira chegar até a fita amarela esticada para isolar a cena do crime. Não viu ninguém algemado nem alguém morto caído no chão. Mas a cerca de três metros dele havia dois homens discutindo e ele os conhecia. Os detetives Parker e Kyle. O tira bom e o tira ruim.

O rosto do detetive Kyle estava tão vermelho que parecia que a cabeça dele ia estourar como uma espinha. O detetive Parker estava tão furioso que um policial fardado ficou na frente dele para impedi-lo de bater em Kyle.

Uma comichão subiu pelas costas de Tyler, desceu pelos braços e penetrou a barriga. Ele sentiu os joelhos fraquejarem. Pelo que Tyler sabia, os dois detetives tinham apenas um caso em comum: Jace.

— ... atirando...

— ... gritando...

— ... *Bam!* E o cara ali, morto no chão...

Tyler olhou ao seu redor para ver se A Besta estava encostada em algum lugar ou jogada no chão.

— ... *Bam! E o cara ali, morto...*

Tyler tentou recuar um passo, mas topou com alguém que acabava de chegar e estava atrás dele. Ficou tonto e achou que ia passar mal.

Parker não parava de gritar para Kyle, que também lhe respondia gritando:

— Eu não estava atirando nela! Quantas vezes preciso lhe dizer isso? — Kyle apontou o dedo para ele. — Nenhuma! Eu não tenho de dizer coisa nenhuma a você, Parker! Você não está neste caso e, no que depender de mim, nem na polícia você está.

— Você não tem poder algum sobre mim, Bradley — berrou Parker em resposta, tentando se desvencilhar do policial gorducho que ainda o impedia de aproximar-se do outro detetive. — Nada que você possa dizer ou fazer tem como afetar minha vida mais que um peido de camundongo.

Ele recuou, levantou as mãos na frente do policial fardado para mostrar que não tinha a mínima intenção de agredir e depois passou pelo lado dele, contornando-o. Chegou até o detetive Kyle, aproximou-se e disse algo que só eles dois puderam ouvir.

Logo em seguida, Parker virou, deu três passos e olhou diretamente para Tyler.

44

Parker ficara com **Abby Lowell** até que os paramédicos a colocaram na ambulância e seguiram para o hospital. Ela iria diretamente para a sala de cirurgia. Levaria horas até que alguém pudesse falar com ela, e, quando finalmente as visitas fossem autorizadas, a Roubos e Homicídios teria total e absoluto controle de quem entrasse e saísse do quarto dela.

Uma dupla de policiais motociclistas que haviam sido enviados para a Pershing Square por causa da filmagem saíra atrás de Davis, que, por sua vez, tinha ido atrás de Damon. O Departamento de Polícia de Los Angeles enviara helicópteros ao local, e todos os helicópteros dos meios de comunicação da cidade sobrevoavam a cena do crime como um bando de abutres sobre a presa abatida. Com o engarrafamento, os carros da polícia não tinham como participar da perseguição, mas nem por isso os giroscópios e as sirenes deixavam de funcionar.

Bela bosta de confusão, pensou Parker.

— Posso saber o que está fazendo aqui, Parker? — disse Bradley Kyle, com o rosto vermelho e o vapor saindo das orelhas.

— Ora, Bradley, é bem verdade que eu não aceitei seu convite para este pequeno sarau — disse Parker —, mas não dá para você ficar tão surpreso de me ver aqui, não acha?

Kyle nem se incomodou em negar a acusação. Mais um ponto contra de Ruiz. Ele olhou para outro lado e perguntou: — Alguém viu o número da placa da moto?

— Ela pertence a Eddie Davis — disse Parker. — Você também o convidou? Por acaso vocês estavam planejando reencenar o tiroteio de OK Corral?* — perguntou ele, com uma voz que destilava um ácido sarcasmo. — Parabéns, Wyatt Earp, você quase conseguiu matar alguém. Ou será que o alvo era Damon? Ele seria o bode expiatório perfeito se estivesse morto.

— Eu não atirei em ninguém.

Parker olhou ao redor, fingindo-se pasmo. — Será que *de novo* eu não reparei no cara escondido na grama da colina? Eu só atirei depois de Davis se virar e ser identificado. Você começou a atirar bem antes disso.

Kyle não o olhava.

— Você vai tentar me convencer de que foi o finado? — perguntou Parker. — A contração da mão dele ao morrer fez o dedo puxar o gatilho e atingiu Abby Lowell nas costas... duas vezes?

Foi então que Jimmy Chew ficou entre os dois, de costas para Kyle. — Oi, colegas, vamos esfriar a cabeça. Um policial morto já é o bastante, certo?

— Eu não estava atirando nela! — gritava Kyle, parecendo um imbecil. Parker desejou que as equipes dos noticiários da TV tivessem filmado aquilo.

Kyle se movimentou para o lado de Chew só para apontar o dedo na direção de Parker.

— Quantas vezes preciso lhe dizer isso? Nenhuma! Eu não tenho de dizer coisa nenhuma a você, Parker! Você não está neste caso e, no que depender de mim, nem na polícia você está.

Parker gargalhou em tom escarnecedor. — Você não tem poder algum sobre mim, Bradley. Nada que você possa dizer ou fazer tem como afetar minha vida mais do que um peido de camundongo.

Ele levantou as mãos diante de Jimmy Chew para mostrar que não tinha intenção de agredir fisicamente, deu um passo para trás e depois contornou o policial.

---

* Referência ao famoso episódio ocorrido em Tombstone (Arizona), em 1881, quando os irmãos Earp mataram Billy Clanton e Frank e Tom McLaury. (N.T.)

— Pena que Ruiz não veio à festa — disse Parker. — Ela poderia ter apreendido sua arma e iniciado a investigação da corregedoria agora.

— É mesmo? — Kyle zombou. — Ouvi dizer que ela já tem muito serviço.

— Ela não tem nada — disse Parker. — Está é fazendo todo mundo perder tempo, inclusive eu. Eu não atirei em ninguém. Não ando por aí me escondendo, feito um cãozinho de estimação de Tony Giradello, tentando fazer com que esta besteira de farsa continue.

— Parker, você não sabe do que está falando.

— Não sei? O que sei é que Eddie Davis anda dirigindo um Lincoln Town Car igualzinho aos Town Cars das Empresas Crowne. Como você acha que isso aconteceu, Bradley? Sei que Davis e Lenny Lowell estavam chantageando alguém e faço uma idéia razoável do motivo. E você? O que você sabe sobre isso?

— Eu sei que você levou toda a papelada da investigação de um assassinato e roubou provas do cofre de Lowell, inclusive vinte e cinco mil dólares em dinheiro vivo — disse Kyle. — Isso é um delito grave.

— Bobagem — disse Parker. — Eu tinha um mandado judicial. O dinheiro está protegido em lugar seguro. Ele ainda não chegou ao Departamento de Bens e Patrimônio porque estive um pouco atarefado defendendo-me das punhaladas pelas costas de minha parceira e meu capitão, bem como tentando evitar que a Roubos e Homicídios me passasse para trás de novo.

— Você está interferindo em uma investigação — disse Kyle. — Eu poderia mandar prendê-lo.

Parker se aproximou de Kyle e sorriu como uma víbora.

— Vá em frente, Bradley — disse ele calmamente. — Faça isso, seu calhorda. Faça isso aqui, agora. Todos os meios de comunicação de Los Angeles estão assistindo. Mande o Jimmy aqui botar as algemas em mim e depois vá lá explicar aos repórteres por que você bateu um papo com Tony Giradello no coquetel de arrecadação de fundos para promotores públicos e mencionou meu nome e o de Eddie Davis na mesma conversa.

Kyle não tentou negar nem retificar nada. Diane não estava certa quanto ao nome, exceto que começava com *D*. Parker deduzira que se tratava de

Damon, mas isso foi antes que Obi Jones identificasse Eddie Davis. — Não tenho por que dar explicações. Estou fazendo o meu trabalho.

— Ah, claro — disse Parker. — Ultimamente tenho visto muito isso.

Revoltado e furioso, ele deu meia-volta e afastou-se de Kyle, procurando Kelly na multidão. Então viu o garoto do beco olhando para ele. Andi Kelly estava atrás do menino.

Parker preferiu não reagir. Não queria que Bradley Kyle ficasse curioso por saber o que ele estava olhando.

Seu olhar fixou-se alternadamente no garoto e em Andi. Teria sido bom utilizar a telepatia, mas ele não a dominava. Provavelmente Kelly achou que ele estava tendo um ataque.

— Parker! — A voz veio de trás dele. Era Kyle. — Você não pode ir embora sem mais nem menos.

Parker virou-se para ele. — Bradley, apesar de todos os boatos que tenho ouvido a seu respeito, você não pode cantar e assoviar ao mesmo tempo. Pelo menos não comigo. E, como você fez questão de frisar, este caso já não é meu.

— Você é um policial. Você sacou sua arma e disparou.

— Não dá para acreditar — murmurou Parker. Ele olhou para Jimmy Chew. — Ei, Jimmy, venha aqui.

Chewalski aproximou-se. Parker tirou sua SIG do coldre e a entregou ao policial. — Leve-a para a balística para fins de exclusão no que diz respeito a um tiroteio com policiais envolvidos. Informe à corregedoria onde ela está.

— Deixe comigo, chefe — disse Chew, que olhou para Kyle mostrando que o considerava um bobalhão e se afastou.

Kyle ficou com cara de garoto mimado que deu um chilique e vê que seus amigos recolhem seus brinquedos e vão embora para suas casas.

— Você é uma testemunha — disse ele, fazendo beicinho.

— Sou, é claro — disse Parker. — Ficarei feliz apresentando-me amanhã e informando extensa e detalhadamente como você atirou numa mulher pelas costas.

Deixando Kyle de lado, ele procurou seu amiguinho de novo, mas o garoto tinha sumido e Kelly também. Parker passou embaixo da fita e afastou-se das luzes, do barulho e das pessoas, cruzando a rua para voltar ao Biltmore, sentar-se num lugar civilizado e beber alguma coisa civilizadamente.

Ele saiu da praça, andou pela calçada e olhou à sua esquerda. A prefeitura estava fazendo uma obra num muro de arrimo ao longo daquele lado da praça. Como acontece na maioria dos projetos de construção na cidade, alguém achara necessário instalar um monte de placas de compensado e montar uma espécie de túnel de cerca de vinte metros junto à calçada. Um espaço ideal para a expressão dos grafiteiros e um abrigo acolhedor, durante a noite, para moradores de rua e ratazanas. O garoto estava na entrada do túnel.

Parker parou, enfiou as mãos nos bolsos e olhou para ele.

— É estranho encontrar você aqui — disse Parker. — Você vai muito longe para ser apenas um menino. Suponho que trabalha para a corregedoria.

— Não, senhor.

— O que o trouxe aqui?

— O metrô.

Parker riu um tanto cansado. — Todo mundo é esperto. — Ele suspirou e deu uns passos em direção ao túnel. — O que eu quis dizer foi: o que você veio fazer? Aqui é bem longe de Chinatown, e, sendo um garoto esperto, você sabe que não é um lugar legal para andar à toa sozinho depois do anoitecer. *Eu* não andaria à toa por aqui sozinho. Onde estão seus pais? Eles permitem que você fique zanzando pela cidade?

— Não exatamente. — O garoto mordiscou o lábio inferior e olhou para todos os lados, menos para Parker. — Se eu contar uma coisa, o senhor promete não me prender?

— Isso depende. Você matou alguém?

— Não, senhor.

— Você é perigoso para a sociedade?

— Não, senhor.

— É um inimigo do estado?

— Eu acho que não.

— Então, o que quer que você tenha feito, eu vou lhe dar uma colher de chá — disse Parker. — Seja como for, estou achando que vou perder este emprego logo.

— Não gosto daquele outro cara — admitiu o garoto. — Ele não é gente boa. Eu o vi na Peixaria Chen esta manhã.

Parker arqueou uma sobrancelha. — É mesmo? E o que ele estava fazendo lá?

— Ele foi ver o carro de Madame Chen, só que outros policiais já o tinham levado, e aí ele ficou por conta. Depois ele perguntou um monte de coisas e foi muito rude mesmo.

— Pois é... — Parker inclinou-se um pouco para falar confidencialmente: — Eu acho que ele tem problemas de auto-estima.

— Ele fez Boo Zhu chorar. Boo Zhu tem um de-sen-vol-vi-men-to mental deficiente.

Parker divertia-se vendo como o menino se esforçava para articular palavras difíceis. As palavras estavam na mente dele, mas a língua não atingira a maturidade tão rápido quanto o intelecto.

— É isso aí — disse Parker. — É bem provável que ele também seja ruim com animais pequenos. O tipo do garoto que teve um monte de hamsters, você sabe como é.

O menino não sabia, mas era gentil demais para dizê-lo. Uma figurinha extraordinária.

— Então, o que você quer me contar, sabendo que eu não vou prendê-lo por isso?

O garoto olhou para todos os lados em busca de espiões e bisbilhoteiros.

— Tenho uma idéia — disse Parker. — Eu ia atravessar a rua para jantar. Você está com fome? Quer vir comigo? Os sanduíches são por minha conta.

— Sou o-vo-lac-to-ve-ge-ta-ri-a-no — disse o menino.

— E faz muito bem. Então, coma todo tofu que você puder. Vamos nessa.

O garoto foi andando ao lado dele, mas fora de seu alcance. Enquanto esperavam o sinal abrir na esquina, Parker disse: — Acho que a gente já deveria se chamar pelo primeiro nome. Qual é o seu?

Aquele olhar desconfiado, meio de relance.

— Não posso descobrir nada sobre você apenas com seu primeiro nome — disse Parker. — Pode me chamar de Kev.

O sinal abriu. Parker esperou.

O garoto engoliu em seco, inspirou fundo e soltou o ar. — Tyler... Tyler Damon.

45

Tyler Damon relatou a Parker a saga dos irmãos Damon, enquanto bicava, como um passarinho, um prato de massa no Smeraldi's. De vez em quando, seus grandes olhos azuis percorriam o saguão do Biltmore, na Rua Olive, reparando em tudo, como se ele tivesse caído numa versão Los Angeles de um livro de Harry Potter.

Parker compadeceu-se dele profundamente. O pobre menino tinha muito medo do que poderia acontecer com o irmão mais velho e com ele próprio. Devia estar sentindo que tudo na sua vida estava mudando de uma hora para outra e lá estava ele, contando tudo a um tira.

— Que vai acontecer conosco? — perguntou com aflição.

— Vai ficar tudo bem com você, Tyler — disse Parker. — Precisamos achar seu irmão para tudo ficar bem com ele também. Temos como conseguir isso?

O menino levantou os ombros magros até as orelhas. Depois, ficou olhando seu prato. — Até agora ele não respondeu minhas chamadas pelo rádio.

— Ele esteve bastante ocupado hoje. Tenho a impressão de que nossa sorte vai melhorar esta noite.

— E se aquele cara da motocicleta o pegar?

— O cara da motocicleta ficou sem ela — disse Parker. — Pelo que ouvi dizer lá no outro lado da rua, seu irmão se mandou a toda na bicicleta dele. Aí o cara ruim deu um mergulho do topo da escadaria de Bunker Hill. Era para ele ter morrido.

— Mas conseguiu escapar?

— Sim, mas seu irmão tinha ido embora bem antes disso. — Parker deixou o dinheiro sobre a mesa e levantou-se. — Vamos indo, garoto, vamos cair fora daqui. Você vai no banco do carona.

Tyler Damon arregalou os olhos. — Vou mesmo?

— Você tem de ser meu parceiro. Não vai dar certo sem você.

— Antes disso, preciso ligar para Madame Chen.

— A gente liga para ela do carro. Ela não vai botá-lo de castigo nem nada disso, vai?

O menino negou sacudindo a cabeça. — Só não quero que ela fique preocupada.

— Tudo bem, a gente liga para ela.

Eles saíram pelo saguão principal, onde Andi Kelly estava à espera. Parker acenou e fez o sinal universal de "Eu ligo para você", mas não parou. Necessitava que Tyler Damon confiasse nele e não conseguiria isso voltando sua atenção para outras pessoas.

O carro de Parker estava na área de estacionamento proibido com um cartão do Departamento de Polícia de Los Angeles preso no pára-sol. Eles entraram e o menino tentou não demonstrar que estava impressionado com o conversível. Parker fechou a capota para ter privacidade e porque já anoitecera e fazia um frio danado. Ele se propôs a levar o garoto para dar um passeio no Jaguar depois que aquilo tudo terminasse.

— Então — disse ele —, o Jace tem namorada?

— Não.

— E namorado?

— Não.

— Ele tem amigos com os quais poderia ficar?

— Eu acho que não — disse Tyler. — Ele não tem tempo para ficar à toa.

O menino explicou onde estivera procurando o irmão e por quê. Parker pensou nisso por um instante.

— Você sabe se ele estava com muito dinheiro?

— Nós não temos muito dinheiro — disse o menino.

— E cartões de crédito?

Tyler negou com a cabeça.

Também não era provável que Damon estivesse num hotel, pensou Parker. Confinado demais, gente em excesso, muita probabilidade de problemas.

Ele telefonou para a Missão da Meia-Noite e perguntou a um amigo se alguém com as características de Jace Damon havia aparecido, pedindo-lhe que ligasse de volta se isso acontecesse.

A ligação seguinte foi para Madame Chen, para acalmar seus temores de que Tyler tivesse sido seqüestrado ou coisa pior. Ela disse que queria falar com o menino; enquanto os dois conversavam em mandarim, Tyler fitava Parker de vez em quando, e Parker fingia não escutar. Depois, o menino devolveu-lhe o telefone.

— Madame Chen, eu necessito da ajuda de Tyler esta noite. Preciso encontrar Jace antes que mais alguém o encontre, e não posso fazer isso sem Tyler.

Pelo silêncio que se seguiu, Parker percebeu que ela não gostava da idéia.

— Não deixarei que nada aconteça com o menino — prometeu Parker.

— O senhor o trará de volta ainda esta noite?

Era uma pergunta e não uma ordem. Ela estava preocupada. Era uma mulher admirável, pensou Parker, pois literalmente tirara aqueles garotos da rua. Nenhuma das pessoas que ele conhecia — inclusive ele próprio — teria feito algo parecido.

— Eu o levarei de volta assim que puder.

Outro silêncio. A voz dela soava tensa quando ela falou novamente: — Ele tem aula amanhã.

Parker não comentou a incongruência do que ela acabava de dizer. Tudo que ela queria era que a vida voltasse ao normal.

— Eu o levarei de volta assim que puder — ele repetiu. Queria dizer a Madame Chen que ele podia prever isso e que tudo daria certo como num filme do canal Hallmark, mas não podia.

— Cuide dele — disse ela. — Cuide dos dois.

— Vou cuidar, fique tranqüila — disse Parker, desligando o telefone.

Tyler olhava para ele, para seu rosto, tentando ler nele como leria sobre Pitágoras ou resolveria um problema de matemática. De certa forma devia ser frustrante para ele, pensou Parker, ter aquele altíssimo QI de 168, mas ser ainda um menino pequeno, com medos de menino pequeno e nenhum domínio concreto sobre a própria vida.

— Você tem apelido? — perguntou Parker.

O garoto hesitou por um instante. Como se tivesse um que não fosse de seu agrado.

— No rádio, meu nome é Escoteiro — disse ele, mais animado. — Jace é o Cavaleiro.

Parker aprovou. — Escoteiro. Gostei disso. Afivele o cinto, Escoteiro. Vamos logo.

46

Precisava livrar-se dos negativos. Simplesmente livrar-se deles, entregá-los a alguém que não quisesse matá-lo. Tinha sido bobagem tentar obter alguma coisa por eles, mas a intenção era que alguém pagasse por Eta. Talvez para acalmar sua própria consciência, pensou Jace.

Mas não. Isso não tinha a ver com ele. Ele tinha atendido um pedido. Não tivera nenhum outro motivo. Não era por sua escolha que se encontrava naquela situação, como também não havia sido escolha de Eta. Outras pessoas haviam agido com premeditada intenção criminosa. Jace e Eta apenas estavam no meio do caminho. Agora era preciso que ele se afastasse.

A friagem da noite tornara-se mais úmida. Dava para sentir o cheiro do mar nela. Jace adorava noites como aquela quando não estava embaixo de uma ponte de concreto, encasulado num pedaço enorme de papel de alumínio. Gostava de vestir um casaco bem quente e subir no terraço dos Chen para ver as luzes. Gostava do matiz suave e difuso que as envolvia quando a bruma marinha pairava no ar. Esse era um dos poucos momentos em que ele realmente curtia a sensação de estar sozinho.

Jace pôs-se em pé, contendo-se para não gemer quando as articulações e os tendões enrijecidos se estenderam a contragosto. Precisava manter-se em movimento, porque do contrário não conseguiria mover-se de modo algum e algum viciado podia tropeçar nele e dar-lhe uma paulada para pegar seu cobertor metalizado.

Talvez pudesse entregar os negativos a algum repórter ou canal de TV, pensou. Assim, todo mundo em Los Angeles ficaria sabendo daquilo ao mesmo tempo e veria quem estava pagando a quem e por quê. Talvez todo o pesadelo que ele estava vivendo poderia virar um reality show na TV. Ele deveria redigir o acordo imediatamente, enviá-lo a um agente, produtor ou quem quer que conviesse.

— Escoteiro para Cavaleiro, Escoteiro para Cavaleiro. Cavaleiro, você está me ouvindo?

A voz abafada saiu do bolso do casaco de Jace. Ele reprimiu a vontade de responder.

— Responda, Cavaleiro! — implorou a voz de Tyler. — Jace! Atenda, estou em dificuldades!

Parker segurou o menino pelos ombros e fingiu dar-lhe um solavanco. Tyler pôs as próprias mãos no pescoço e fez um barulho como se estivesse sendo estrangulado.

— Tyler!
— Ja...

Ele tapou a boca com a mão para cortar a voz.

Parker pegou o walkie-talkie. — Eu quero os negativos, senão o garoto morre.

— Deixe-o em paz, seu pilantra!
— Eu quero os negativos! — gritou Parker.
— Você terá os negativos quando meu irmão estiver comigo.

Parker deu-lhe instruções para que os encontrasse no nível mais baixo do estacionamento sob o Hotel Bonaventure em meia hora.

— Se você machucar meu irmão, eu acabo com você — ameaçou Damon.

— Se você fizer besteira, como fez lá na praça, eu mato os dois — disse Parker.

Ele desligou o rádio e olhou para seu jovem colega.

— Isso foi muito maldoso — disse Tyler.

— Foi sim — admitiu Parker. — Mas, se você só tivesse ligado pelo rádio e pedido que ele viesse porque um tira aqui estava mandando, acha que ele viria?

— Não.

— Acha que ele vai ficar zangado?

— Acho.

— Você prefere que ele fique zangado ou seja morto?

O menino ficou calado enquanto Parker ligava o motor do carro e deixava a entrada principal do hotel.

— Gostaria que nada disso estivesse acontecendo — disse Tyler.

— Eu sei.

Eles ficaram em silêncio, esperando que Jace surgisse da escuridão.

— Kev? — perguntou o menino com voz tímida.

— Fale, Escoteiro.

— Quando perguntei o que vai acontecer com Jace e comigo... Eu queria dizer depois que isso acabar. Jace e eu ficaremos juntos?

— Como assim?

— Jace sempre diz que, se alguém ficar sabendo de nós, o serviço social virá e tudo mudará.

— Você é meu parceiro — disse Parker. — Eu não vou dedurar você.

— Mas aquele outro detetive sabe que eu moro com os Chen e também que Jace é meu irmão. E ele está muito aborrecido com você.

— Não se preocupe com ele, garoto. Bradley Kyle vai ter muita coisa com que se preocupar. Confie em mim.

De repente, Tyler se ergueu e ficou atento. — Lá está Jace!

— Tudo bem. Fique abaixado no banco — disse Parker, engrenando o carro. — Ele não deve vê-lo antes de descermos.

Eles entraram na garagem, bem atrás de Jace, seguindo-o a certa distância e deixando que ele descesse de um nível do subsolo para outro.

— Seu irmão tem uma arma? — perguntou Parker.

— Não, senhor.

— E estrelas de arremesso chinesas?

— Também não.

— Ele está craque na arte de matar pessoas usando a mente?

— Alguém pode fazer isso?

— Eu vi num filme de ninjas.

O menino soltou um risinho. — Isso não é coisa real.

— A percepção é uma realidade — disse Parker.

Havia poucas vagas ocupadas no último nível do subsolo. Era gente que queria estacionar o mais perto possível dos elevadores para poder ficar protegida num deles em caso de terremoto, enquanto o prédio despencava em cima dela.

Jace mantinha a bicicleta em movimento, como se ela fosse um tubarão que necessitasse movimentar-se continuamente para viver. Parker reduziu a velocidade do carro até parar e desligou a trava automática das portas.

— Agora, Escoteiro, pode ir.

Jace estava quase quieto na bicicleta, movimentando-se só o bastante para não ter de sair da imobilidade se precisasse se movimentar rápido. Então, de repente, Tyler vinha correndo em direção a ele.

— Tyler! Corra! — gritou Jace. — Pegue o elevador! Procure os seguranças!

Mas Tyler correu direto até ele. Jace largou a bicicleta e pegou o irmão, empurrando-o para as portas dos elevadores. Se o Predador tinha os dois na mira, por que não ia matá-los? A única boa testemunha é aquela que está morta.

— Tyler! Ande logo!

Tyler correu em círculo em torno dele. — Pare de berrar! Será que pode me escutar para variar?

Aquilo só podia ser um pesadelo, pensou Jace. Ele enfiou a mão sob o casaco, tirou o envelope com os negativos e atirou-o com toda a força que pôde para longe deles e do cara que saía do conversível prateado do qual Tyler pulara.

Não era o Predador.

— Você tem que me escutar! — insistiu Tyler.

O cara do carro estendeu os braços. Ele segurava um distintivo numa das mãos.

Jace empurrou Tyler para trás e recuou alguns passos. — Que negócio é esse?

— Jace, sou Kev Parker. Estou aqui para ajudá-lo a sair desta encrenca.

47

Eddie Davis ouvira dizer muitas vezes que nunca chegaria a ser nada que prestasse na vida. As razões eram diversas. Algumas pessoas achavam que a culpa era dele, por considerá-lo bobo, preguiçoso e sem determinação. Outras — a mãe dele, especifica — sempre haviam culpado o destino. Simplesmente, a vida tinha algo contra Eddie. E Eddie optou por acreditar na segunda explicação.

Ele tinha um bocado de inteligência e muitas grandes idéias. Mas é claro que nenhuma delas implicava a necessidade de estudar nem de encarar qualquer tipo de trabalho duro. Por isso eram grandes idéias. Só um idiota podia querer trabalhar. As pessoas o invejavam porque ele conseguira desvendar esse mistério da vida, e sempre ficavam contra ele. Era isso que estragava sua vida com muita freqüência.

A encrenca infernal em que estava envolvido agora era um exemplo típico. Ele tinha bolado um plano genial. E a única pessoa em quem ele devia poder confiar acabara por traí-lo. Seu advogado, pelo amor de Deus!

Toda pessoa deveria poder confiar no próprio advogado. Há aquele negócio do direito de sigilo profissional, certo? Nisso consistia a genialidade do plano; ele envolveu seu advogado quando o jogo já estava rolando.

O assassinato já tinha acontecido. Como tudo que ele dissesse a Lenny era confidencial, o advogado não podia dedurá-lo. Eddie precisou que alguém tirasse as fotos do momento em que o cliente lhe pagava. Ele ficaria com setenta por cento do dinheiro, e Lenny com trinta. Uma vez que a idéia era sua e ele se encarregara do assassinato, era óbvio que merecia receber mais. O trato era tentador demais para Lenny resistir.

Eles extorquiram o cliente algumas vezes e depois combinaram receber um grande pagamento final em troca dos negativos. Foi então que Eddie soube que havia detetives fuçando e fazendo perguntas a seu respeito. Os mesmos detetives que tinham investigado o assassinato. Para Eddie, isso só podia ter uma explicação: Lenny o dedurara e pensava em ficar com todo o dinheiro e o único negativo que haviam reservado caso quisessem usá-lo depois, ou seja, Lenny teria deixado Eddie de fora de seu próprio jogo e fugiria para o Taiti ou qualquer outro lugar onde ninguém o achasse.

Era de esperar que um advogado levasse os segredos de seu cliente para o túmulo, certo?

Lenny Lowell levara os de Eddie bem cedo. E isso foi bem merecido.

Eddie tinha combinado o pagamento do último cala-boca e dissera a Lenny que o cliente estaria lá, mas não dissera nada ao cliente. Seu plano era interceptar os negativos e matar o mensageiro como advertência a Lenny. Com isso ele teria o advogado no bolso para que o defendesse, mentisse por ele, fornecesse álibis, fizesse com que Eddie precisasse dele no futuro.

Mas tudo deu errado por causa daquela porra de mensageiro ciclista. Eddie ficou muito danado. Como, afinal de contas, a culpa era de Lenny, ele resolveu que, se não podia matar o mensageiro, podia muito bem matar o advogado. Fazer com que entregasse o último negativo e depois socar a cabeça dele até ela virar mingau. Era muito prazeroso arrebentar a cabeça de alguém.

— Ai! — uivou Eddie, virando-se para fitar ameaçadoramente a mulherzinha que suturava seus ferimentos. — Sua puta! Isso dói!

A mulher olhou para outro lado e desculpou-se em espanhol com sotaque mexicano — ou pelo menos aquilo soou como desculpa.

Ele virou de novo, bebeu um gole da garrafa de tequila e deu uma tragada no cigarro. Um dos policiais o acertara bonitinho. A bala abrira um talho de oito centímetros num dos lados de seu torso e talvez tivesse lascado uma costela. Se tivesse atingido seu corpo uns cinco centímetros mais à esquerda, aquela bala teria arrancado um rim e ele estaria morto. Deveria achar que a sorte o ajudara, mas não achava.

Se a sorte tivesse ajudado, sua Ninja 12-K não teria virado sucata no pé da porra de escadaria de Bunker Hill. A única sorte naquilo tudo era que ele não tinha quebrado o pescoço e conseguira roubar um carro para se mandar de lá.

Agora ele estava naquela imunda "clínica" clandestina de mexicanos no leste de Los Angeles, sendo suturado por uma mulherzinha que provavelmente se virava limpando banheiros de gente branca.

O estabelecimento era administrado por um sujeito chamado Héctor Muñoz, que provavelmente nem era médico, mas ficava de bico calado se recebesse uma grana, além de sempre ter bom estoque de oxicodona, a droga preferida de Eddie.

O telefone celular que Eddie deixara sobre a mesa metálica a seu lado — onde estavam todas as agulhas, as tesouras e o urinol que ele estava usando como cinzeiro — começou a tocar. Ele sabia quem era. Estava esperando aquela ligação. Levara duas horas preparando a mentira que ia dizer. Seu cliente pretendia receber os negativos. Agora Eddie tinha de dar a notícia de que isso não ia acontecer.

Ele pegou o telefone. — Alô.

— Você pode ter os negativos. — Ele nunca ouvira aquela voz. Era um rapaz. O mensageiro ciclista. — É só que eu não quero morrer, só isso. Não vale a pena. Achei que Abby Lowell fosse pagar por eles. Nunca imaginei que ela chamasse a polícia. Ela me disse que estava nisso com você...

— Como é que você arranjou este número de telefone?

— Com ela.

Ele parecia assustado. E era para estar. Esse garoto só tinha sido fonte de problemas para Eddie. Ele quebrara um pára-brisa, destruíra a Ninja, tinha feito Eddie perder tempo e dinheiro. Porra, por causa dele tivera de matar mais duas pessoas. E agora o garoto ainda achava que podia extorquir dinheiro dele.

— O que você quer? — perguntou Eddie bruscamente.

A enfermeira de meia-tigela voltou a espetá-lo com a agulha. Ele virou e deu um soco com o dorso da mão na mulher, jogando-a contra a mesa metálica e fazendo uma barulheira. A mulher pôs as mãos no rosto e começou a chorar.

— Dê a porra do nó e suma daqui!

Ela começou a tagarelar e matraquear. Héctor Muñoz escancarou a porta que dava para o outro lado da sua empresa, uma boate de striptease que apresentava uma banda de *mariachi* formada por garotas nuas. Ele sorriu nervosamente e seu bigode fino agitou-se sobre o lábio superior como uma minhoca.

— Oi, Eddie. O que houve, *muchacho*?

— Fecha a porra dessa porta!

Eddie tornou a aproximar o telefone do ouvido. — O que você quer?

— Quero ficar fora disso — disse o garoto. — Só quero ficar fora disso. Eu nem sei quem aparece nas fotos. O que sei é que, se vale a pena matar pelos negativos, eles devem valer dinheiro. Arranje uma grana para mim. O bastante para eu me mandar da cidade...

— Feche o bico — Eddie interrompeu. — Esteja no Elysian Park daqui a vinte minutos.

— Ir lá para que você possa me matar? Esqueça. Eu tenho o que você quer. Você pode vir aqui.

— Onde você está?

— Embaixo da ponte na Quinta com a Flower.

— Como vou saber que você não está armando uma arapuca para mim?

— Com os tiras? Ora, eles acham que eu matei o advogado. Por que ia chamá-los? Se quisesse mexer com polícia, eu teria ficado na Pershing Square.

— Ainda não estou gostando disso — disse Eddie.

— Então não venha. Sabe o quê? Esqueça. Talvez eu possa vendê-los a qualquer tablóide ou coisa assim.

— Tudo bem. Fique calminho. Ainda deve estar cheio de policiais aí nas redondezas. É arriscado demais. Pelo amor de Deus, eu estou usando um carro roubado.

— Isso é problema seu.

Eddie teve vontade de estrangular aquele pentelho. — Veja bem, eu posso lhe arrumar cinco mil, mas você tem que me dar umas horas para arranjar o dinheiro, e o encontro tem que ser onde não haja tiras passando o tempo todo.

Eddie pensou nisso um instante. Ele queria um lugar onde não houvesse muita gente naquela hora da noite. Precisava ter vias de fuga e bom acesso a uma auto-estrada. — A praça na Rua Olvera. Daqui a duas horas. Garoto, se você me trair, eu arranco seu pau e enfio na sua boca enquanto você sangra até morrer. Está entendendo?

— Sim, tanto faz. É só você trazer o dinheiro.

Eddie desligou e desceu da maca de exames. Héctor abriu a porta mais uma vez e entrou. Ele era magro, tinha a pele oleosa e sacudia-se da cabeça aos pés feito um chihuahua de merda. A mulherzinha mexicana foi logo chegando perto dele para matraquear um palavrório, gesticulando e acenando para Eddie, que dera a última tragada no cigarro e estava vestindo a camisa.

— Héctor, preciso que você me empreste seu carro.

Héctor exibiu aquele sorriso nervoso. — Está feito, cara, o que você precisar. — Ele tirou um chaveiro do bolso da calça e arremessou em direção a Eddie. — É o Toyota azul com chamas nas laterais.

— Ótimo.

— Cara, o que você vai fazer?

Eddie o encarou feio com seu olhar frio e disse: — Vou matar alguém. A gente se vê depois.

48

Nos fins de semana a praça na Rua Olvera costuma estar repleta de turistas e famílias mexicanas vendo apresentações de dança asteca ou escutando bandas de *mariachi*. Nas noites de dias úteis, em pleno inverno, não há turistas, mas apenas mendigos procurando um banco para dormir.

A passos lentos, Jace percorria um semicírculo no canto da praça, sentindo-se como um bode preso a uma estaca como isca para o leão, esperando o sujeito que já tentara matá-lo repetidas vezes. O sujeito que transformara sua vida num pesadelo e matara uma mulher inocente. Jace deixou que sua abominação mitigasse seu medo. Faria sua parte para ajudar a acabar com o assassino de Eta. Discutira com Parker para que lhe permitisse participar. Era seu dever para com Eta.

O sussurrar do vento nas folhas das árvores o impacientava, pois ele tentava aguçar o ouvido para perceber o barulho de um sapato raspando o calçamento ou do cão de uma arma ao ser engatilhada.

Jace estivera ali com Tyler inúmeras vezes. A caminhada era agradável vindo de Chinatown e era um passeio barato para pessoas com poucos recursos. Havia espetáculos gratuitos e uma feira ao ar livre com barracas que vendiam bugigangas e camisas baratas.

A praça era tida com o centro do povoamento original de Los Angeles, em 1781. Em uma cidade onde a mudança e a vanguarda determinam o rumo, as construções de adobe e as calçadas de velhos ladrilhos davam a impressão de fazer parte de outro mundo. Tyler adorava aquilo, porque lhe dava uma chance de exercitar sua capacidade de absorver detalhes e história como uma esponja.

Se alguma coisa acontecesse àquele menino, Jace iria esquartejar Kev Parker com as próprias mãos. Não dera tempo para levar Tyler para casa. Eles tiveram de organizar tudo e tomar suas posições antes que Davis pudesse chegar. Ele pedira umas horas. Não havia como saber o que ele pretendia fazer nesse tempo. Talvez a sua intenção fosse a mesma deles, isto é, chegar ali ainda cedo e com um plano.

Parker dera a Tyler a função de vigia, deixando-o no carro com o walkie-talkie.

Um negro grandalhão estava deitado de lado, dormindo, roncando e fedendo a uísque num banco junto ao qual Jace passara duas vezes. Parecia um leão-marinho tombado sobre o banco, coberto com farrapos e banhado pelo luar. Outro espectador involuntário que morreria sem ter nada a ver, pensou Jace. Ele bateu nos sapatos do sujeito.

— Oi, colega, acorde. Levante-se.

O homem não se mexeu. Jace segurou o tornozelo dele e deu um puxão.
— Ei, senhor, precisa ir embora daqui.

O velho bebum continuou roncando. Jace se afastou dele. Para alguém que estava tão ausente assim do mundo, era provável que ficar ali fosse o mais seguro. Jace seguiu andando.

Um ponto de luz piscou no outro lado da praça. Era Parker. Davis estava chegando.

A excitação que crescia nas entranhas de Eddie era bem semelhante à expectativa de fazer sexo. Enrijecido pela tensão, com todas as terminações nervosas começando a zunir. Ele curtia seu trabalho.

Curtia ser um cara tão esperto. Bolara o plano perfeito para eliminar todas as pontas de novelo soltas naquele negócio e sumir no mundo numa boa. Já se via deitado na praia, na Baixa Califórnia, com um charuto, uma garrafa de tequila e uma mexicana de topless pronta para fazer todo tipo de safadeza que ele quisesse.

Ele viu o garoto andando pela praça, provavelmente prestes a cagar nas calças. Um idiota. Mas talvez nem tão idiota a ponto de ir desta vez sem uma arma ou alguma coisa para se defender.

O que ele não tinha levado era a polícia. Eddie já fizera seu reconhecimento. Nenhum carro com jeito de veículo de policial à paisana nas redondezas. Sempre dava para identificar os tiras pelos carros de merda que a prefeitura lhes fornecia. O lugar estava deserto, a não ser por alguns coitados sem-teto com seus carrinhos de supermercado parados junto aos bancos.

Quanto a Eddie, a sua carga era bem leve. Ele levava apenas sua faca.

Parker dera uma arma a Jace. Era um .22 que ele havia tirado de um estojo no porta-malas de seu carro. Parecia um tanto absurdo um policial fazer isso, mas Jace logo percebera que Kev Parker não era um cara muito convencional. Ele usava um conversível que não tinha rádio da polícia, mas apenas um rastreador de radiofreqüência. Não tinha parceiro, pelo menos não naquele momento. Havia parado no caminho para pegar uma maluca que era repórter de um jornal.

Se não tivesse visto a identificação de Parker, Jace não acreditaria que era um tira. Para começar, ele se vestia bem demais para um policial. Até os sapatos dele pareciam caros, detalhe que chamava a atenção porque uma coisa que caracterizava os policiais é que eles usam sapatos ruins.

Contudo, Jace não gostava da idéia de confiar nele. Tudo estava acontecendo rápido demais. Mas não parecia haver outra saída. O único jeito de se livrar daquela encrenca era que alguém tirasse Eddie Davis de circulação.

Jace viu Davis vindo, com sua figura de pequena máquina de venda automática vestindo paletó escuro comprido. As palmas das mãos de Jace começaram a suar e a azia subiu pela garganta como o conteúdo vermelho de um termômetro.

Tudo acabaria em cinco minutos. Jace só esperava estar vivo para contar a história.

* * *

Usando um binóculo de visão noturna, Parker viu Eddie Davis cruzar a praça. Se o Departamento de Polícia de Los Angeles não tinha condições de comprar canetas que não vazassem, Parker não sofria tamanha limitação de orçamento. Ele guardava um pequeno tesouro de engenhocas no porta-malas do carro.

No cavalete do binóculo, um grampo segurava um pequeno microfone sem fio parabólico que captava sons e os enviava a um discreto fone de ouvido. Na outra orelha havia outro fone de ouvido pequenino ligado ao walkie-talkie, com o qual Parker se comunicava com Tyler, no carro.

Deixara o menino com Andi Kelly e realmente não sabia qual dos dois era mais capaz de tomar conta do outro. Haviam pego Kelly quando estavam a caminho. Se o pressentimento de Parker se confirmasse, ela teria em mãos uma história sensacional.

— Cadê o dinheiro? — perguntou Jace. Davis ainda estava a uns três metros dele.

— Está a caminho.

— O quê? Você não falou nada de mais ninguém — disse Jace. Ele tremia. O sujeito ali na sua frente era um assassino.

— Você não perguntou — disse Davis. — Eu não costumo andar com uma quantia como essa no bolso. O que você achou? Que eu ia roubar um caixa automático?

Banhado pela luz da rua, ele parecia uma coisa saída de *Despertar dos Mortos*. Havia uma tira de esparadrapo sobre o nariz. Um dos olhos dele estava quase fechado pelo inchaço e parecia que alguém o atingira no lado esquerdo do rosto com um tijolo.

Ele estava de braços cruzados, com jeito descontraído, como se estivesse batendo papo com um desconhecido num ponto de ônibus.

— E aí, cadê os negativos?

— Eles estão num lugar seguro — disse Jace, passando a mão sobre a arma que estava no seu bolso. Não sabia usar armas, mas Parker disse: *Saber o quê? É só apontar e disparar.*

— Deve haver alguém graúdo nessas fotos para elas valerem tanto e até gente ser morta por causa delas — disse Jace.

Davis sorriu como um crocodilo. — Matar é a parte mais divertida.

Ele deu um passo mais para perto.

Jace sacou o .22 do bolso. — Você está ótimo ficando bem aí. Não quero que chegue mais perto.

Davis deu um suspiro de tédio. — Garoto, você é um pé no saco. Como vou saber que você está com os negativos? Pode ter vindo aqui para me assaltar.

— Talvez tenha vindo para matá-lo — disse Jace. — Sabe a mulher que você assassinou na Speed Mensageiros? Ela era uma boa pessoa.

— E daí? — Davis deu de ombros. — Eu apenas faço o meu trabalho. Não é nada pessoal.

Jace teve vontade de atirar nele logo, *Bam!*, à queima-roupa, na cara. Era isso que ele merecia. Não seria preciso os contribuintes gastarem um tostão com ele.

Isso é por Eta...

— Espero que meu irmão não seja morto. — Tyler tentou parecer racional a respeito disso. Na verdade, estava tão apavorado que teve a sensação de que vomitaria.

— Kev não vai deixar que isso aconteça.

Eles estavam abaixados nos bancos da frente do carro de Parker. Ou melhor, Andi é que estava bem abaixada. Tyler não precisava se abaixar muito para ficar praticamente invisível.

— Você é namorada dele? — ele perguntou.

— Não... Kev é um solitário. Até esta semana, fazia muito tempo que eu não o via — disse ela. — Ele é um bom sujeito. Antes não era, mas agora sim. Antes era um babaca.

— E aí, o que houve?

— Aí ele olhou atentamente para si mesmo e não gostou do que viu. Tenho certeza de que ele é o primeiro homem na história documentada que tomou a decisão de crescer e mudar, e realmente fez isso.

— Ele parece muito legal... para um policial.

— Você não gosta de policiais?

Tyler sacudiu a cabeça.

— Por quê?

Ele levantou um ombro. — Porque não gosto, só isso.

Ele olhou para outro lado para evitar que ela tentasse entendê-lo. Uns faróis lampejaram quando um carro virou em direção a eles.

Tyler deu um pulo no banco, procurou o walkie-talkie e apertou o botão de chamada.

— Escoteiro para Líder! Escoteiro para Líder! Desconhecido na área!

Se havia uma coisa que Parker detestava era o surgimento de um fator imprevisível, a menos que o fator imprevisível fosse ele próprio. Davis tinha chamado um penetra, mas que negócio era aquele? Além de não precisar de ajuda para apanhar um envelope com negativos entregue por um garoto, ele não tinha intenção alguma de pagar por eles.

Parker apertou o botão de seu microfone. — Entendido. Temos um desconhecido chegando na área.

Contagem regressiva para o show começar.

— Você não vale mesmo merda nenhuma — disse Jace.

Davis não reagiu. — Pois é, as pessoas sempre falam isso pra mim. — Ele fez menção de meter a mão dentro do paletó. — Quero um cigarro.

— Mantenha as mãos onde eu possa vê-las — ordenou Jace.

Davis suspirou fundo. — Coisa de amador.

— Exato — disse Jace. — Amador faz besteira. Fica nervoso. Puxa o gatilho mesmo sem querer.

Mais uma vez, aquele sorriso se alastrou pela cara larga de Davis. — Você está com tanta vontade de me matar que já sente até o gostinho. Talvez tenha futuro no meu ramo.

Jace não falou. Aquele verme tentava engambelá-lo, distraí-lo. Seus braços estavam ficando cansados de segurar a arma na sua frente. Onde estava o cara com o dinheiro?

Um relance de faróis balançando. Ele quase cometeu o erro de se virar para olhar.

O ar circundante parecia denso como o mar. Difícil de respirar. O único som que dava para ouvir era o ronco do negro no banco da praça.

— Aí vem o dinheiro, meu querido — disse Davis.

Parker esperou o novo integrante da trupe aparecer. Ao receber o aviso de Tyler, sua sensibilidade a todos os estímulos aumentou até um nível quase insuportável. Os barulhos pareciam mais altos. A sensação do ar noturno na pele era excessiva. Ele estava mais ciente de sua respiração e de seus batimentos cardíacos, agora mais acelerados.

A sua aposta ia para Phillip Crowne.

Embora a filha de Tricia, Caroline, pudesse ter seus motivos, Parker não conseguia imaginar que uma garota daquela idade fosse capaz de fazer aquilo: mandar matar a mãe, convencer o amante a assumir a culpa e manter sigilo sobre tudo. Não. O que prevalecia em mulheres jovens apaixonadas era a paixão, o drama e desmesuradas demonstrações de ambas as coisas.

De mais a mais, Rob Cole não teria assumido a culpa por ela. Gente como Cole não se responsabiliza por seus próprios atos, muito menos pelos de outras pessoas. Se achasse que Caroline tinha assassinado a mãe, Rob Cole teria botado a boca no trombone até se esgoelar.

Para Parker, aquilo era coisa de irmão. Segundo Andi Kelly, Phillip Crowne fora visto jantando com a irmã na noite em que ela foi morta. E tinha sido uma conversa séria. Phillip garantia que Tricia falara sobre sua intenção de divorciar-se de Cole, mas a discussão também podia ter ocorrido porque ela queria denunciar o irmão por surrupiar dinheiro do fundo de caridade.

Ninguém conseguira provar que Phillip estava desviando dinheiro, mas o fato é que todo mundo estava empenhado em botar a corda no pescoço de Rob Cole. O escândalo de uma celebridade era bem mais interessante que um simples e banal desvio de fundos. Não havia nada sexy nem excitante em Phillip Crowne, ao passo que ir ao encalço de Rob Cole tinha todos os ingredientes do passatempo favorito dos americanos: arrasar ídolos.

Além disso, Rob Cole tinha motivo, meios e oportunidade. Ele estava na cena do crime no momento exato. Não tinha nenhum álibi viável para a hora do assassinato. Parker tinha quase certeza de que a Roubos e Homicídios atentara para Phillip Crowne apenas superficialmente, quando muito. Também contara a favor dele o fato de ser o filho de um dos homens mais influentes da cidade. Norman Crowne apoiava o promotor público. Phillip Crowne e Tony Giradello conheciam-se desde os tempos da faculdade de direito.

Seria forçar a barra imaginar que Phillip, vendo-se extorquido por Eddie Davis e Lenny Lowell, tivesse procurado seu velho chapa Giradello para pedir um favor? Parker não achava tão difícil assim imaginar que Giradello estivesse vendendo a justiça a Crowne. Não havia no mundo alguém mais ambicioso e cheio de cobiça que Anthony Giradello.

Tudo aquilo se encaixava direitinho, como as peças pesadas e lustrosas de um quebra-cabeça muito caro. Giradello não podia deixar que dois bobalhões como Davis e Lowell humilhassem seu colega abastado, nem que estragassem o julgamento que poria seu nome na boca do povo. Se ele enviara Bradley Kyle e Moose Roddick, que também se beneficiariam com a condenação de Rob Cole, certamente poderia manipular a situação e fazer com que acabasse conforme desejava.

Parker sentiu o sangue gelar ao pensar que talvez Kyle realmente tivesse a intenção de acertar todas as pessoas nas quais atirara na Pershing Square. Davis era uma ponta de novelo solta muito importante. Jace Damon tinha os negativos. Abby Lowell era um fator imprevisível.

Ele queria um caso que lhe permitisse reabilitar-se. Este era uma constrangedora confusão de ricaços escandalosos e tragédia humana. Pensando em Eta Fitzgerald e seus quatro filhos órfãos, ele desejou ser capaz de mudar tudo para trazê-la de volta à vida. Mas o melhor que podia fazer era prender seu assassino e as pessoas cujas ações haviam sido o catalisador do crime.

Uma figura caminhava para a praça em direção a Davis e Damon. O momento da verdade estava chegando.

Parker levantou seu binóculo, fez foco em... e o mundo estremeceu sob seus pés.

49

Jace não reconheceu a pessoa que vinha em direção a eles atrás de Eddie. A iluminação era muito fraca e não permitia enxergar nada a distância. Conforme a pessoa se aproximava, Jace via apenas relances esporádicos por cima do ombro de Davis.

— É melhor que esse cara aí esteja com o dinheiro — disse ele.

Davis olhou por cima do ombro. Jace continuou a apontar para ele com o .22 engatilhado, mas recolheu o braço e manteve a arma na altura da cintura.

Davis mudou de posição, virando um pouco para poder ver seu benfeitor sem deixar de ver Jace pelo rabo do olho.

A outra pessoa falou: — Onde estão os negativos?

— Onde está o dinheiro? — perguntou Jace, dando-se apenas um segundo para tomar ciência do fato de que a terceira pessoa no grupo deles era uma mulher.

Ela olhou para Davis. — Quem é ele?

— Um intermediário — respondeu Davis.

— Será que você não consegue fazer nada certo?

— Eu fiz tudo certinho ao matar Tricia Cole para você.

— E eu lhe paguei por isso, e é só o que tenho feito desde então — disse ela, com voz tensa, trêmula e furiosa. — Pagar, pagar e pagar.

— Pois é — disse Davis. — Quem quer entrar na dança tem que dançar, docinho. Não é como mandar um serviçal matar uma cobra no seu quintal. Você bateu forte em alguém. Isso traz conseqüências.

— Não posso mais fazer isso — disse ela, engolindo as lágrimas. — Isso precisa parar. Eu quero que pare. Nunca pensei que tudo isso fosse acontecer. Eu só queria que ele pagasse. Mas quando é que *eu* vou parar de pagar?

— Agora — disse Davis. — É isso aqui. Deus do céu, pare com a choradeira! O garoto tem os negativos. Você lhe paga cinco mil, paga minha taxa pela localização e aí acaba tudo. Cole vai ser julgado semana que vem. Você fez a sua parte garantindo que ele não tenha um álibi. Giradello mal pode esperar para botar a corda no pescoço dele.

— Cadê o dinheiro? — perguntou Jace, impaciente e nervoso.

A mulher trazia uma bolsa esportiva de náilon preto na mão esquerda. Ela balançou a bolsa para o lado e soltou a alça. A bolsa caiu no chão a pouco mais de um metro.

Jace deu uma olhada. Depois, acenou para Davis com a arma. — Veja o que tem dentro dela.

Davis foi até a bolsa, acocorou-se e abriu o zíper. — Aqui está, garoto. Veja você mesmo.

Jace deu um passo para o lado e tentou ver o interior da bolsa sem se abaixar.

Aquilo aconteceu tão rápido que ele mal teve tempo de reparar no cintilar da luz na lâmina quando Davis veio para cima dele e enterrou a faca na sua barriga.

Parker gritou no microfone: — Vá, vá logo, vá! — Jogando o binóculo de lado, ele saiu correndo do esconderijo.

No mesmo instante em que ele gritava "Polícia!", Diane Nicholson puxou uma arma e atirou na cabeça de Eddie Davis.

Dan Metheny rolou para fora do banco da praça já de arma na mão e gritou: — Não se mexa, filha-da-puta!

Mas Diane já estava correndo e não parou quando Metheny atirou cinco vezes seguidas.

Parker gritou para ele: — Não atire! Não atire!

Ele apontou para o chão ao passar e gritou para Metheny: — Mantenha esse cara vivo!

Ele correu atrás de Diane tanto quanto suas pernas permitiam, gritando o nome dela.

Ela estava vinte metros à frente dele. Sendo ágil e de porte atlético, ela conseguiria chegar até seu carro.

Depois de contornar o Lexus escorregando, ela abriu a porta e entrou. O motor pegou quando Parker se aproximava e logo o carro estava vindo para cima dele.

Parker jogou-se sobre o capô e perdeu a arma tentando segurar-se quando Diane virou o volante rapidamente. A brusca mudança de direção jogou Parker para o lado como um touro num rodeio.

Ele bateu no chão, deslizou e rolou até voltar a ficar de pé.

No entanto, o Lexus não chegou a percorrer cem metros. A radiopatrulha de Jimmy Chewalski veio cantando pneus em sentido contrário e freou derrapando, bloqueando-lhe a passagem.

Ofegante, Parker alcançou a traseira do carro quando Diane se jogava para fora dele. Ela cambaleou, caiu de joelhos, levantou-se de novo e virou para ficar cara a cara com Parker. Havia uma arma em sua mão.

— Diane, pelo amor de Deus, largue a arma — disse Parker.

Chewalski e seu parceiro, de arma na mão, gritavam.

Impasse.

Diane olhou primeiro para eles, depois para Parker. A sua expressão era de angústia e de um tipo de sofrimento que Parker jamais imaginara. Ele pensou que o rosto dela espelhava as emoções que o dilaceravam naquele momento.

— Diane, por favor — ele implorou. — Largue a arma.

* * *

Diane teve a sensação de estar fora de seu corpo, vendo aquilo acontecer a outra pessoa.

Ela segurava uma arma. Havia policiais apontando suas armas para ela.

Ela acabara de dar um tiro na cabeça de um homem.

Pagara para que um homem matasse a mulher de seu ex-amante.

Não fazia a menor idéia de quem era essa pessoa, a pessoa dentro dela que era capaz de fazer tais coisas.

A sua necessidade do amor dele transformara-a em algo que ela odiava. Dissera-lhe mais de uma vez que faria qualquer coisa por ele: matar, morrer, dominar seu orgulho, abrir mão de tudo que tinha. Sentiu náuseas ao pensar nisso.

— Diane, por favor — disse Parker, estendendo-lhe a mão. A emoção refletida no rosto dele partiu seu coração. — Abaixe a arma.

Como pude fazer isso?, ela se perguntou. *Como pude chegar a esse ponto?*

Era tarde demais para buscar respostas. Era tarde demais para mudar algo nisso. Era tarde demais...

50

Tyler sentiu seu sangue gelar quando o tiroteio começou.

— Jace! — ele gritou, pegando o rádio e pressionando o botão. — Escoteiro para Líder! Escoteiro para Líder!

Ele se virou para Andi Kelly. Os olhos dela estavam tão arregalados quanto os dele.

A pessoa que havia chegado no Lexus saiu correndo da praça em direção ao carro, que ficara a boa distância deles. Alguém a perseguia e estava aproximando-se dela. Essa pessoa passou muito rápido sob a luz de uma lâmpada da rua. Era Parker.

— Jace! Jace! — Tyler gritou o nome do irmão várias vezes. Ele abriu a porta do carro e saiu correndo para a praça com toda a velocidade que suas pernas permitiam.

— Tyler! — chamou Andi Kelly.

Ela o pegou por trás, segurando-o pelo braço. Tyler esperneou, chutou e tentou escapulir sem parar de gritar: — Me solte! Me solte!

Mas a mulher não o soltou. Puxando-o contra si, ela o abraçou com força. Os gritos do menino viraram choro e ele amoleceu nos braços dela.

* * *

Chamam isso de "suicidar-se usando a polícia". Alguém quer morrer, mas não tem coragem de pôr o cano da pistola na boca e puxar o gatilho, então força a polícia a fazê-lo. Se a pessoa realmente quer isso, não há como detê-la. Tudo que ela tem a fazer é apontar a arma para os policiais e começar a atirar.

Com o coração na boca, Parker estendeu a mão para Diane. — Diane, querida, por favor, deixe a arma no chão.

O desespero no rosto dela era terrível de se ver. Ela estava desistindo diante dos olhos de Parker. Ele avançou mais um pouco.

Atrás dele, Jimmy Chew recomendou: — Kev, não se aproxime. — Chew receava que Diane virasse a arma para Parker.

Parker deu mais um passo.

A luz da rua refletiu-se nas lágrimas que escorriam pelas bochechas de Diane. Ela olhou para ele e disse: — Sinto muito. Sinto muito, muito mesmo...

Ele deu mais um passo.

Estremecendo, enfraquecida, ela tentou apontar a arma contra si mesma. A arma tremeu em sua mão como um pássaro moribundo.

— Está tudo bem — murmurou Parker. Que bobagem! O que podia estar bem naquilo? O que ia estar bem depois que aquele momento passasse? Nada. Mesmo assim, ele tornou a dizer: — Está tudo bem, querida. Está tudo bem.

A arma caiu da mão frouxa e ela, chorando, refugiou-se nos braços dele. Parker a abraçou com toda a sua força. Tremendo e com os olhos ardendo em lágrimas, ele a segurou e balançou.

Às suas costas, ele ouviu o chiado do rádio vindo da radiopatrulha. O parceiro de Chew estava chamando reforços, pedindo a presença de um supervisor e de detetives.

Parker esperou que não fosse Ruiz nem Kray.

A sirene de uma ambulância já soava no outro lado da praça. Metheny também devia ter pedido reforço e a presença de detetives e de um supervisor. Logo a praça estaria repleta de holofotes e de gente. Parker desejou ser capaz de fazer aquilo tudo recuar e ir embora. Não queria que ninguém visse Diane naquele momento. Ela era uma pessoa orgulhosa, reservada, e certamente não iria querer que a vissem naquele estado.

Parker supunha que era estranho pensar nisso. Ela dera um tiro na cabeça de um homem. Praticamente confessara ter pago para que Eddie Davis matasse Tricia Crowne-Cole. Mas ele não conhecia a pessoa que tinha feito tais coisas. Mas conhecia sim a mulher que agora estava abraçando. Desejou conhecê-la melhor.

Jimmy Chew pôs a mão no ombro dele. — Kev, o pessoal está chegando — disse-lhe com a voz baixa.

Parker levou Diane para a radiopatrulha e a fez sentar no banco traseiro. Chew lhe deu um cobertor que havia tirado do porta-malas. Parker agasalhou-a e a beijou na bochecha, murmurando-lhe algo que nem sequer ele entendeu.

Ao sair do carro, ele virou para Chewalski. — Jimmy, bem... será que você pode conseguir que ninguém a incomode? Eu... eu tenho de ir lá...

— Claro, Kev.

Parker balançou a cabeça e tentou dizer obrigado, mas sua voz não saiu. Ele deu alguns passos, esfregou o rosto com as mãos, inspirou fundo e soltou o ar. Tinha trabalho a fazer. Só por isso ele não ia sofrer um colapso nervoso.

Afastou-se do carro sem olhar para trás e voltou à praça, onde Metheny, ajoelhado no chão, segurava a cabeça de Eddie Davis com suas mãos enormes.

— Ele está vivo? — perguntou Parker.

— Por enquanto.

Metheny pressionava com seus polegares os dois buracos de bala, um de cada lado da testa de Davis. O tiro de Diane entrara por um lado e saíra pelo outro, atravessando os lobos frontais. Davis parecia surpreso, mas Parker não soube ao certo se ele estava consciente. No entanto, aquele homem respirava.

Metheny olhou para ele. — Estou que nem o garotinho holandês tapando o furo no dique. Se eu tirar meus polegares, os miolos desse cara aqui vão escorrer.

— Eddie, você está ouvindo? — perguntou Parker, aproximando-se dele. Davis não respondeu. — Droga!

— Cara, essa moça foi uma absoluta surpresa — disse Metheny. — Você tinha previsto isso?

— Não, não tinha — disse Parker.

— Eu não a vi direito. Você sabe quem ela é?

Parker não respondeu. Não soube o que dizer.

Ele passou por cima de Davis e foi ver Jace Damon. O garoto estava deitado de costas, olhando para cima.

— Ficou sem fôlego, não é mesmo? — perguntou Parker.

O garoto balançou a cabeça afirmativamente.

Parker ajoelhou-se para ajudá-lo a se levantar. Ainda ofegante, Jace sentou-se sobre os calcanhares.

— Você não deveria ter chegado tão perto dele — disse Parker. — Eu avisei que não era para se aproximar. Dei a arma para que você ficasse longe dele. Estava descarregada, claro...

Damon virou para ele e olhou com raiva, reagindo indignado: — Como é que é?

— Ora, eu nunca daria uma arma carregada a uma pessoa que não é da polícia. Acabaria no olho da rua — resmungou Parker. — Não que isso não vá acontecer de qualquer maneira. Você tinha a cobertura de Metheny.

O garoto conseguira recuperar o fôlego. — Quem é esse Metheny?

Parker acenou com a cabeça em direção a seu ex-parceiro. — Eu não quis que você soubesse que ele estava ali. Não quis que você ficasse olhando para ele, pois Davis ia perceber.

— Claro, obrigado por pensar em mim — disse Jace. Ele esforçou-se para respirar fundo. — Acho que estou com uma costela quebrada.

Erguendo-se mais um pouco sobre os calcanhares e abrindo o casaco, ele deixou à vista o colete de Kevlar de cor clara que Parker afivelara no seu torso. *Ainda bem*, pensou Parker. O garoto recebera toda a força do golpe de Davis com a faca e era bem provável que tivesse fraturado uma costela, mas a lâmina não tinha furado o material do colete, que era cinco vezes mais resistente que o aço.

— Agora fique quieto e tente relaxar — disse-lhe Parker quando a ambulância já aparecia. — O serviço de emergência médica vai dar uma olhada em você assim que tiver cuidado de seu amigo aí.

Ele pôs a mão no ombro de Jace. — E preciso ter muita coragem para fazer o que você fez.

— Foi por Eta — disse Jace. — Ao menos em parte.

Parker concordou: — Eu sei. Mas você não teve culpa na morte dela. Foi Davis quem a matou. Escolha e decisão dele.

— Mas se eu tivesse me apresentado...

— E se Davis e Lowell não tivessem tramado o plano da chantagem? E se nada disso tivesse acontecido? E se todos pudéssemos fugir para Marte e começar de novo? Há uma lista de muita coisa que poderia ter sido diferente antes de chegar a você.

O garoto concordou, mas continuou com o olhar fixo no chão, ainda sentindo o peso da culpa.

— Jace, você não me conhece — disse Parker. — Você não sabe que não há apenas merda em mim. Mas o que posso lhe dizer é que você fez o que acreditou que devia fazer nessa história toda. Não o que era mais fácil ou melhor para você. Fez o que fez e assumiu a responsabilidade por isso. Francamente, eu não conheço dez homens com coragem suficiente para fazer algo assim.

— Jace!

O grito agudo e excitado chegou uma fração de segundo antes de Tyler se jogar nos braços do irmão.

Parker remexeu o cabelo do menino. — Bom trabalho, Escoteiro!

Tyler sorriu para ele. — Eu e Andi esvaziamos os pneus daquele Lexus!

Parker virou-se para Andi, que levantou os ombros e fez uma careta, esperando que ele lhe desse uma bronca. No entanto, ele afastou-se um pouco dos garotos e pôs as mãos na cintura.

— Pois é, isso tudo é uma tremenda confusão — disse ele.

Com a ponderação de um juiz, Kelly estudou o rosto dele. — Quem está ali naquele carro, Kev? É Phillip?

— Diane Nicholson.

— O quê? Não estou entendendo.

— Ótimo, então somos dois — disse Parker. Ele olhou para o outro lado da praça, no momento em que uma ambulância chegava e o pessoal da emergência médica descia. — Parece que ela contratou o Davis para matar Tricia e armou tudo para incriminar Rob Cole.

— Meu Deus! Diane Nicholson da medicina legal?
— Sim.
— Por quê?

Ele sacudiu a cabeça. Os paramédicos se amontoaram ao redor de Eddie Davis.

— O que é que houve? — perguntou um deles. — Foi um furador de gelo? Dois furadores de gelo?

— Foi uma bala — disse Metheny. — Entrou e saiu.

O paramédico virou a cabeça de Davis de um lado para outro. — O coitado está lobotomizado.

— Ele nem vai notar a diferença — disse Metheny. — Não costumava usar mesmo essa parte do corpo.

Parker bem que poderia ter dito algo sobre aquilo, mas o humor negro usado por todos os policiais que ele conhecia para aliviar a tensão não o acompanhava naquele momento. Um certo torpor começara a instalar-se nele. Graças a Deus.

Kelly tocou sua mão. — Kev? Você está bem?

— Não, não estou — murmurou.

Em seguida, deu meia-volta e se afastou.

51

Ruiz pegou a chamada para o tiroteio. Ela apareceu de terninho branco e sandálias de tiras. Parker, sentado no capô de uma radiopatrulha, não teve energia suficiente para fazer comentários.

Ela ia em direção a ele, sacudindo a cabeça com impaciência. — Posso saber onde é que você estava com a cabeça?

— Cale a boca.

— O que você disse?

— Eu disse cale a boca — repetiu Parker com calma. — Ruiz, não preciso ouvir você falar um monte de besteiras.

Diante do genuíno sarcasmo do tom de voz dele, ela deu um passo para trás.

— Você pôs um civil em situação de perigo — disse ela.

— Ele não vai entrar com uma ação contra o governo da cidade, se é com isso que você está preocupada — disse Parker. — O garoto tinha interesse nisso. Ele queria fazer isso por Eta. Apesar de todas as recentes provas em contrário, ainda há gente no mundo que sabe o significado de palavras como honra e dever.

— Não me venha com críticas, Parker — ela debochou. — Talvez você tenha extorquido aquele assassino riquinho. Pelo que sabemos, você bem que pode ter enchido os bolsos com dinheiro do tráfico de drogas.

— O que você sabe não é grande coisa, ou é? — disse ele. — Diga-me, o Kyle estava lá quando você ligou e me deu a dica sobre a Pershing Square? Bem ali, pertinho, tanto que você desligou o telefone, virou a cabeça e fez um boquete nele?

Ela não respondeu, mas seu silêncio falou muito.

— Quem avisou Kyle?

Ruiz abriu sua bolsa, tirou um cigarro e acendeu. — Fui eu — disse ela com uma baforada de fumaça azul. — Damon ligou mesmo para você.

— E você falou com Davis, para que a Roubos e Homicídios pudesse armar tudo — disse Parker. — Num parque público em hora de muito movimento. Uma situação incontrolável num local incontrolável. Eu diria que isso ganha do que eu fiz.

Ele estendeu o braço e arrancou o cigarro dos lábios dela. — Não fume na cena de um crime, Ruiz. Eu não lhe ensinei nada?

Ele pisou no cigarro com o bico do sapato, recolheu-o e foi jogá-lo numa lixeira.

— Parker! Eu não acabei de falar com você! — disse ela, correndo nos saltos altos para alcançá-lo. — Necessito de seu depoimento para dar entrada no relatório preliminar.

Parker olhou para a moça como se ela fedesse. — Não deu para eles mandarem um detetive de verdade?

— Estou no revezamento até minha papelada da corregedoria chegar.

— Isso é problema seu. Eu já disse tudo que tenho a lhe dizer.

Ele já ia andando novamente, mas parou. — Na verdade, não é bem assim.

Ruiz esperou, preparando-se para enfrentar outra tirada.

— Eu faço adaptação de roteiros para Matt Connors.

Ele tanto podia ter dito que era hermafrodita. A expressão dela teria sido a mesma. — O quê?

— Meu grande segredo — disse Parker. — Eu faço adaptação de roteiros e trabalho como consultor técnico para Matt Connors.

— O cara dos filmes?

— Sim. O cara dos filmes.

— Deus do céu! — Ela respirou fundo. — Por que você não nos disse?

Sorrindo com gesto mordaz e zombeteiro, Parker foi embora sacudindo a cabeça. Na sua cidade, era provável que ele arranjasse uma promoção se contasse que tinha contatos na indústria cinematográfica. Tinha preferido não chamar a atenção. Tudo que ele queria do Departamento de Polícia de Los Angeles era uma oportunidade de voltar do purgatório, e fazer isso com seu trabalho e sua capacidade intelectual.

De nada teria adiantado explicar isso a Renee Ruiz mil vezes, porque ela não entenderia.

A ironia mais triste naquilo era que, ao lutar pelo seu próprio ressurgimento, ele acabara por revelar a ruína de uma mulher com quem se importava. *Yin* e *yang*. Tudo na vida tem um preço.

— Quero meu dinheiro de volta — murmurou Parker ao chegar perto de Bradley Kyle.

Kyle estava em meio a uma pequena floresta de sinais de provas, tentando dar ordens a um dos agentes da Divisão de Investigações Especiais. Ele virou-se para Parker e sorriu com petulância. — Desta vez você fodeu tudo pra valer, Parker... ou será que essa escolha de palavras não é rica o bastante? Estou sabendo que você e Nicholson...

O cruzado de direita de Parker foi tão forte que Kyle deu meia-volta antes de cair. Todo mundo parou com o que estava fazendo, mas ninguém sequer tentou se aproximar dele.

Parker se virou para Moose Roddick. — Toda a papelada sobre o homicídio de Lowell está no porta-malas do meu carro. Venha e pegue tudo.

Os furgões dos programas de notícias tinham chegado. Havia helicópteros sobrevoando o local. Estavam na hora certa para entrar ao vivo nos noticiários das onze da noite. Entretanto, eles não teriam o relato do que estava por trás do acontecido naquela praça. Essa merda só bateria no ventilador no dia seguinte, quando a frenética caçada à informação começaria.

Rob Cole estava prestes a ganhar mais quinze minutos de fama. O Homem Bom Injustamente Acusado ficaria em liberdade. Ou então, de um ponto de vista mais cínico, alguém idiota demais para impedir que o incriminassem falsamente por assassinato estava prestes a ser autorizado a voltar ao repertório genético.

O próprio Parker não sabia todos os detalhes da história, mas teria apostado que Rob Cole não era o herói e estava certo de que não haveria um final feliz.

Voltando para seu carro, ele ligou seu telefone celular e apertou a tecla da caixa postal. Ito avisava que a foto estava pronta.

52

Diana estava sentada numa cadeira num canto da frente da sala de interrogatório, abraçando as pernas encolhidas e apoiando a bochecha nos joelhos. Nada de maquiagem, nenhuma falsa aparência de autocontrole. Parker jamais tinha visto alguém que parecesse tão vulnerável. Não com a vulnerabilidade de uma criança que confia, mas com a de uma mulher adulta que sabe das coisas, mas já não tem defesa alguma.

Parker fechou a porta depois de entrar e sentou-se na beira da mesa.

— Oi.

— Oi — disse ela com voz tão baixa e débil que parecia ter vindo de outra sala.

Ela esticara as mangas de seu suéter preto, deixando apenas as pontas dos dedos à mostra, e usava uma das mangas para enxugar as lágrimas. Seu olhar ia de um ponto a outro da pequena sala branca, sem se fixar em nada por mais do que uns segundos e sem passar pelo rosto de Parker.

— Você está com frio? — ele perguntou, já tirando o paletó.

Não teria importância se ela dissesse que não. Ele queria o pretexto para tocá-la. Pôs o paletó sobre os ombros dela e tocou-lhe a bochecha com as pontas dos dedos.

— Quem está assistindo? — perguntou ela, olhando para o falso espelho colocado na parede do lado oposto.

— Ninguém. Só nós dois. Você tem advogado?

Ela sacudiu a cabeça negativamente.

— Vou cuidar disso.

— Kev, você não precisa...

— Está feito.

Ela suspirou e olhou para outro lado. — Obrigada.

— Então... você contratou Eddie Davis para matar Tricia Crowne-Cole e fez com que Rob Cole ficasse com a culpa — disse Parker. Também exausto, ele teve a sensação de não ser capaz de projetar sua voz para além da cadeira mais próxima. — É uma punição bem severa para um cara casado por dar uma cantada em você.

Ela virou o rosto e fechou os olhos. O único som na sala era o zumbido maçante da iluminação fluorescente. Parker conseguira que ela fosse encaminhada à Divisão Central antes que a Roubos e Homicídios pudesse tomar alguma providência. A disputa territorial tinha ficado para a manhã seguinte. Tanto fazia passar a noite num calabouço ou noutro. E ninguém ia interrogá-la sem a presença de um advogado.

— Estamos sozinhos, Diane — disse ele. — Não estou aqui como policial. Ora, é bem provável que eu nem mais seja policial amanhã a esta hora. Estou aqui a título pessoal, como seu amigo.

— Eu revejo tudo mentalmente — ela murmurou. — Não sou eu. Não posso acreditar que seja eu quem está no que lembro. Sou inteligente demais, cínica demais. Sou dura demais ao julgar o caráter das pessoas. Já escutei amigas reclamarem dos homens, das promessas que eles faziam e das justificativas que as mulheres improvisavam para encobrir quando nada disso acontecia. Aí eu pensava: *O que acontece com elas? Como podem ser tão bobas? Como uma mulher que se respeita tolera isso? Como podem ser tão patéticas?*

— Então eu me dei conta. Isso é uma espécie de insanidade. A intensidade, a paixão, a alegria incontida. É como uma droga.

— O que *é isso?* — perguntou Parker.

— O amor. Do tipo sobre o qual se escreve, mas no qual ninguém acredita de verdade. Eu sempre quis saber como era sentir isso, ter alguém que sentisse isso por mim.

— Cole lhe disse que sentia.

— *"Nunca na vida alguém me fez sentir o que você me faz sentir. Ninguém me compreendeu como você me compreende. Nunca amei alguém como a amo."* — Ela torceu a boca num sorriso amargo. — Eu sei. Eu sei. *O que acontece com elas? Como podem ser tão bobas?* Agora eu relembro e digo o mesmo. *Como posso ser tão patética?* Mas acreditei em tudo que ele me disse porque também sentia isso. Eu dizia as mesmas coisas e falava sério. Queria acreditar que ele também falava sério. Devia ter percebido as intenções dele quando ainda estava a um quilômetro de distância.

Ela voltou a apoiar a cabeça nos joelhos, com o olhar perdido.

— Ele é ator — disse Parker. — Ele vem representando esse papel há muito tempo.

— O pobre e incompreendido garoto mau do lado pobre da cidade — disse ela. — Vítima da sua popularidade. Preso num casamento sem amor. Finalmente, ele encontrou o amor da sua vida. Se pudéssemos ficar juntos. Mas eu estava casada... e ele também... e Tricia era "frágil". E aí, de repente, eu não mais estava casada... e as coisas ficaram difíceis... e Tricia era uma suicida em potencial, segundo ele... e por isso ele tinha uma obrigação... e devia sacrificar-se... e fazer o que era certo...

Ela fechou os olhos. As luzes fluorescentes zuniam. Parker pensou que talvez ela tivesse caído no sono, mas não se importou. Não faltava muito para que tudo mudasse e ela fosse cercada por pessoas, e então acabariam os papos tarde da noite, só eles dois num quarto.

Com a voz muito baixa, ela cantarolou os versos de uma canção que ouvira certa vez no rádio: *"Nunca pensei que isso pudesse acontecer comigo. Coisas assim só acontecem com garotas bobas."*

— Por que matar Tricia? — perguntou Parker. — Por que não Cole? Ele merecia.

— Você não pode imaginar minha raiva — ela sussurrou. — Meu casamento já estava acabando quando conheci Rob. Eu estava muito vulnerável, sozinha. Ele soube tirar proveito desses sentimentos. E depois, quando Joseph morreu... A culpa foi terrível. Não que eu tivesse causado a morte dele, mas que não tinha sido uma companheira realmente boa, que o enganara e lhe fora infiel. E Rob também soube exatamente o que fazer com esses sentimentos. Eu confiei nele. Eu lhe dei tudo que eu era. Como ele se atreveu a pegar esse presente e destruí-lo?

Ela estava tremendo. Fechando bem os olhos, lutava contra uma dor que Parker sabia não ser capaz de imaginar. Ele esperou o momento passar com a triste paciência de quem sabe que nada bom vai acontecer e que nada pode fazer a esse respeito.

— Então, um dia, eu peguei um elevador no Edifício Crowne. Eu estava lá por... alguma coisa que tinha a ver com a pensão de Joseph. E lá estava Tricia. Só ela e eu subindo até os andares mais altos do edifício. E ela ficou ali, olhando-me com aquela expressão presunçosa, maldosa e arrogante no rosto.

— Ela sabia?

— Ah, sabia sim — disse ela, rindo sem graça. — Sabia de tudo. Sabia de coisas que não podia ter sabido se não tivesse visto acontecer.

Parker sentiu um frio na barriga quando teve plena consciência das implicações do que ela estava contando.

Diane torceu os lábios num sorriso amargurado. — Como você está vendo, não era só Rob Cole que brincava comigo. Os dois estavam brincando comigo.

— Oh, meu Deus — disse Parker, suspirando, sentindo-se acometido pela náusea.

Grossas lágrimas rolaram como pérolas pelas bochechas de Diane. — Então ela disse, com uma voz que eu nunca ouvira: *"Ele sempre volta para mim."* E não havia fragilidade alguma nela.

Parker pôde imaginar a cena. Diane tinha evitado demonstrar qualquer reação, pois era orgulhosa e controlada. Por dentro, porém, ela devia ter se estilhaçado como cristal.

— Poucos dias depois recebi uma encomenda pelo correio. Era um vídeo, eu e Rob na cama juntos, ele dizendo-me todas aquelas coisas que eu queria ouvir e nas quais queria acreditar. Depois, lá estavam eles, Tricia e Rob, repetindo a mesma cena linha por linha e rindo à vontade no final.

Parker sentiu o estômago virar com a crueldade daquilo.

Diane levantou-se da cadeira e começou a movimentar-se, com os braços enrolados em torno do corpo como se usasse uma camisa-de-força.

— Alguma coisa se partiu dentro de mim. Foi como se uma ferida oculta tivesse começado a supurar e a envenenar-me — disse ela. — Comecei a beber. Muito. Uma noite, eu estava num bar, chorando na frente do balconista. Havia um homem sentado num banco próximo do meu, escutando. Ele disse que podia ajudar-me se eu pagasse.

— Eddie Davis — disse Parker.

— Agora eu penso nisso e não consigo acreditar que possa ter acontecido. Não consigo acreditar que contratei um assassino, preparei um plano e o levei a cabo. Foi tudo como um pesadelo esquisito. Convidei Rob para jantar na minha casa na noite em que Tricia foi morta. Eu disse que era para conversar, para dar um jeito em tudo entre nós. Sem rancores. Ele realmente achava que podíamos continuar como amigos. Disse isso no dia em que me explicou que não podia deixar a coitada, a patética Tricia, que seus sentimentos por mim tinham mudado, que o sexo havia sido ótimo mesmo, mas tudo mais tinha acabado. Mas não podíamos continuar a ser amigos?

Ela riu disso. — Por que será que os homens acham isso possível? Que podem seduzir uma mulher, mentir-lhe, tratá-la como merda, e que no final ela ainda deveria levar tudo na esportiva? Isso é ilusório. É sociopático. É cruel.

Parker ficou calado. Não havia maneira de justificar o que Rob Cole tinha feito.

— Foi muito fácil — disse ela, com o olhar vazio ao buscar na memória e ver os fatos se desenrolarem em sua mente. — Ele bebeu demais, pois sempre bebe demais. Isso faz parte do drama de Rob, que a pressão de ser quem ele é acaba sendo tamanha, que ele precisa automedicar-se para agüentar. Eu pinguei um pouco de gama-hidroxibutirato no último copo dele. Não muito. Apenas o bastante para garantir que, quando chegasse em casa, ele estaria a ponto de desmaiar. Dirigir bêbado não era novidade para ele. Estou certa de que ele nem sequer percebeu que a droga estava fazendo efeito. Simplesmente deve ter pensado que tinha tomado umas doses a mais. Naquela noite, mais tarde, eu fui chamada para ir à cena de um crime.

— Tricia — disse Parker.

— Ela foi assassinada por Davis enquanto Rob estava na casa. Davis arrumou tudo para dar a impressão de que Rob cometera o crime.

— E Cole não tinha álibi, porque de fato estava lá e não podia dizer sem mais nem menos que estivera com uma amante desdenhada logo antes do assassinato. Nem ele seria tão idiota. Devia saber que você seria chamada como testemunha para corroborar o depoimento dele e que você o crucificaria.

Metódica, fria, esperta. Eram adjetivos que ele teria aplicado a Diane, embora nunca nesse contexto.

— Todavia, por que Tricia é que foi morta? — perguntou Parker. — Por que não Rob? Ele era o mal mais imediato, o executor direto da injúria.

— Porque morrer rapidamente não era castigo suficiente. Mas mandá-lo para a cadeia... onde teria de acordar todos os dias e enfrentar uma vida infernal, onde ser Rob Cole jamais seria uma vantagem, nem uma licença para fazer o que bem quisesse sem risco de sofrer as conseqüências...

Ela tinha razão. A pequena celebridade de Rob Cole, sua boa-pinta e sua arrogância não lhe seriam úteis num lugar como San Quentin. Ele seria um alvo e nada poderia fazer para evitá-lo.

— E a chantagem?

— Ela começou logo depois. Eu tinha dinheiro. Joseph me deixou muito bem de vida. Davis achou que merecia uma gratificação por ter feito um serviço tão primoroso. Eu paguei. Só que então ele quis mais. Mandou uma foto onde eu apareço pagando-lhe. O julgamento estava para começar. Todo mundo dizia que Giradello tinha um sucesso garantido. Davis disse que podia botar tudo a perder.

— Incriminando a si mesmo? — disse Parker.

— Ele não ligava. Disse que ia sumir, sair de circulação. Mas isso não o impediria de expor publicamente as fotografias e o caso. Ele gostava mesmo da idéia de que soubessem que ele matara Tricia e ficara impune. Achava que poderia vender sua história para o cinema e viver uma vida emocionante de intriga internacional. Eu lhe dei o Lincoln de Joseph, mas isso não foi suficiente.

Ela aproximou-se do espelho escurecido e olhou sua imagem refletida.

E depois havia o amante dela — pensou Parker —, investigando o crime, montando o quebra-cabeça dos fatos, procurando ligar dois crimes aparentemente desvinculados. O caso para seu grande ressurgimento. Ele teve vontade de vomitar.

— Eu propus que eles me vendessem definitivamente os negativos por duzentos e cinqüenta mil dólares, mas aí tudo deu errado e depois só fez piorar...

Ela continuava a olhar sua imagem no espelho, como se tentasse reconhecer alguém de quem não se lembrava bem.

— Eu só queria que ele pagasse — disse ela serenamente, com voz cansada. — Queria que os dois pagassem pelo que haviam feito comigo. Queria que Rob fosse punido. Queria que ele sofresse como eu sofro.

As últimas fibras de seu autocontrole rasgaram-se e as lágrimas brotaram copiosamente. O pranto irrefreável aflorou das profundezas da alma. Era como se alguma coisa estivesse morrendo dentro dela.

Parker fez com que ela virasse para ele e abraçou-a meigamente, como teria abraçado uma criança. Ele não conseguia ligar a mulher que conhecia ao que ela tinha feito. Como ela dissera, a pessoa que tinha cometido aqueles crimes não podia ter sido Diane. No entanto, a mulher que ele conhecia pagaria por isso, e não havia nada que ele pudesse fazer... a não ser abraçá-la e estar junto a ela no momento em que era arrasada por seus próprios demônios.

53

Parker saiu do prédio e parou por uns instantes sentindo a aragem noturna. Mais perto do amanhecer que da meia-noite, o asfalto preto das ruas vazias brilhava, molhado pela bruma do mar. Não havia ninguém nas redondezas. Ele se perguntou o que aconteceria se simplesmente fosse embora para nunca mais voltar.

Foi um pensamento passageiro. Parker não era do tipo de pessoa que foge de coisa alguma, graças a Deus. Por enquanto, o que ele sentia era apenas torpor.

Andi Kelly cochilava no banco do carona do carro dele, embrulhada num blusão aveludado que ele levava no banco de trás. Ela acordou dando um pulo como boneco de mola quando Parker destravou as portas e entrou no carro.

— Como ladra de carro você é uma ótima escritora — disse ele.

— Eu roubei a sua chavinha de emergência. Dá para abrir a porta com ela, mas não ligar o motor.

Ela virou para o lado no banco e ficou olhando para ele por um instante. Parker ligou o motor e acionou o aquecimento. O painel brilhou com suas luzes verdes.

— Tudo bem com você, Kev?

— Sem comentários.

— Fica só entre nós.

— Sem comentários. Andi, não posso falar nisso agora. Ainda está em carne viva.

— Não precisa falar — disse ela. — Eu só quis ajudar. Sou boa escutando.

— Como, se você nunca pára de falar? — ele zombou.

— Tenho múltiplos talentos. Também sei fazer um pouco de malabarismo.

— Então sempre vai ter um jeito de se virar.

— Diane Nicholson é sua amiga? — ela perguntou com cuidado.

Parker balançou a cabeça afirmativamente. Ele fixou o olhar no hodômetro — algo corriqueiro e banal —, esperando que a maré de emoção que crescia nele recuasse um pouco. Era uma dor profunda. Por Diane, e por causa dela.

— Eu sinto muito, Kev.

Ele assentiu outra vez, sentindo uma pressão aumentar na cabeça, detrás dos olhos.

Andi pegou sua bolsa no piso do carro, procurou dentro dela, tirou um cantil e o ofereceu a Parker. — Beba um golinho, como meu avô costumava dizer quando a gente era criança. O vovô era uma babá da pesada. Ele nos ensinou a jogar pôquer para poder ficar com o dinheiro da nossa mesada.

Parker riu, pegou o cantil e mandou um gole de bom uísque goela abaixo.

— Eddie Davis está consciente e falando — disse Andi. — Seu colega Metheny estava certo. Pelo visto, Davis não usava mesmo aquele lobo frontal. O cérebro é uma milagrosa maçaroca de gosma espessa e nojenta. Fontes não identificadas do hospital dizem que ele terá alta em questão de dias.

— Isso é muito ruim — disse Parker. — Ele não vale a pólvora que a gente gastaria para explodi-lo, mas sai inteiro depois de levar um tiro na cabeça. Rob Cole fode com a vida de pessoas a torto e a direito, e amanhã vai sair da cadeia, livre e desimpedido.

— Pois é, acontece que ele não matou ninguém — disse Andi.

Parker pensou que isso não era bem verdade, mas não disse nada.

— Ele vai vender sua história para um filme de televisão e insistirá em estrelar o próprio papel.

— Pare ou vou acabar achando que teria sido melhor se *eu* tivesse levado um tiro na cabeça — disse Parker. — Soube alguma coisa de Abby Lowell?

— Ela está estabilizada. Só vão saber se houve algum dano permanente depois que a inflamação em torno da medula diminuir. Dentro de um ou dois dias.

Os dois ficaram em silêncio por uns minutos. Dos alto-falantes do carro surgia a voz rouca de Diana Krall, reflexiva e triste. A trilha sonora perfeita para aquela noite.

— Estou me sentindo como se o mundo todo tivesse ido pelos ares e cada um de nós virasse um montinho de pó para espalhar-se no vento.

— Não é bem assim. Você não está sozinho, Kev — disse Andi. — Nenhum de nós está.

— Não tenho certeza de que isso seja bom.

— Você está exausto. Vá para casa. Descanse por uns dois dias. Ligue se resolver que deseja companhia — disse ela, agitando as sobrancelhas.

Parker sorriu sem vontade. — Fico contente por termos nos encontrado de novo, Andi.

— Eu também.

— Deixe-me acompanhá-la até seu carro.

— Está logo ali — disse ela, acenando para um Miata prateado, estacionado logo à frente.

Ela se inclinou para beijá-lo na bochecha e dar-lhe um abraço. — Cuide-se, Kevin.

Ele assentiu. Mas depois, enquanto dirigia pelas ruas desertas, voltando para seu apartamento em Chinatown, ele se pegou pensando que seria bom não ter de cuidar de si mesmo. Tinha vencido a batalha e perdido a guerra. Aquela era uma noite para buscar refúgio num lugar aconchegante, mas a pessoa com quem ele mais desejaria compartilhar a vitória tinha acabado. Ele a perdera. Ela se perdera. Para sempre. E nada se podia fazer, a não ser chorar.

54

Mais uma esplendorosa manhã do sul da Califórnia. Sol, engarrafamentos e sensacionalismo.

Todos os programas de notícias do início da manhã de todos os canais de televisão da cidade estavam veiculando imagens de "Perigo na Pershing Square", seguidas de "Tiroteio na Rua Olvera". Grande parte do fiasco da Pershing Square tinha sido filmada em vídeo por um estudante de cinema da USC que estava no parque fazendo um documentário sobre a equipe de filmagem que se preparava para rodar uma cena no local.

Todos os canais tinham repórteres transmitindo ao vivo dos dois lugares, onde não acontecia absolutamente nada às seis da manhã, mas ninguém tinha nada realmente importante a dizer.

— Regurgitando e reapresentando fatos imprecisos e suposições — ao vivo de [cena do crime escolhida], [nome do/da repórter] para o jornal do canal tal e tal.

Jornalismo de televisão no novo milênio.

Parker via a TV com o som desligado, lendo as legendas ocultas em busca do nome de Diane, que aparecia continuamente. Todo policial, técnico da Divisão de Investigações Especiais e paramédico na cena do crime dizia conhecê-la. Não faltou gente disposta a ficar sob os holofotes e fazer algum comentário ou externar sua surpresa. A foto do prontuário dela já estava no canto superior direito da tela de todos os canais.

Doía vê-la, ver o vazio em seus olhos, a palidez de sua pele. A mulher forte e enérgica que ele conhecia não estava ali. Esta era uma outra Diane. Era a Diane de quem ela tinha falado, uma estranha até para ela própria. Nesta Diane havia medo, fúria e o tipo de mágoa crua que induz pessoas boas a ultrapassar limites que normalmente não ultrapassariam. Esta Diane era mandante de um assassinato. Esta Diane dera um tiro na cabeça de um homem. Esta Diane idealizara e executara o plano para incriminar falsamente um homem por um delito punível com a morte.

Nesta Diane havia necessidade de amor, ânsia de ligação, vulnerabilidade de criança. Esta Diane tinha sido usada e abusada por um sociopata sexual num jogo cruel e covarde.

Parker deixou de lado a TV com tela de plasma e subiu no terraço para alongar-se, para esvaziar sua mente e praticar os movimentos que vinham ajudando-o a acalmar-se e concentrar-se todos os dias nos últimos anos. Mas nesse dia a raiva introduzia tensão na dança e a energia — o *chi* — estava bloqueada pela força das emoções.

Quando a frustração já tinha posto à prova sua paciência o bastante, ele desistiu e ficou lá um bom tempo, contemplando Chinatown, escutando os sons da cidade que despertava para o começo do dia.

Uma das coisas que ele mais amava em Los Angeles era a poderosa sensação de que cada dia era novo e repleto de possibilidades de os sonhos virarem realidade. Nesse dia, ele só sentia o contrário de esperança. Nesse dia, o mais provável era que ele perdesse a carreira que tanto lutara por reconstruir. Nesse dia, uma mulher que ele amava seria indiciada por homicídio, ao passo que um estuprador emocional desprovido de moral sairia em liberdade com um tácito aval para continuar levando a vida como se nada tivesse acontecido.

Parker suspirou com força e entrou para preparar-se e encarar aquilo tudo. Era o melhor a fazer com um dia ruim: enfrentá-lo até ele terminar e torcer para que o dia seguinte fosse melhor de alguma maneira.

Parker fez sua primeira parada do dia no hospital. Primeiro porque ainda era cedo e, portanto, menor a probabilidade de deparar-se com alguém da Roubos e Homicídios. Certamente eles iam tomar o depoimento de Abby Lowell nesse dia, mas não tinham necessidade de fazê-lo de imediato. Eddie Davis não iria a lugar nenhum. Depois, porque ele ainda tinha um distintivo, com o qual conseguiria chegar até Abby sem que ninguém perguntasse nada.

O aspecto dela era fantasmagórico sob o lençol branco; os aparelhos que monitoravam suas funções vitais eram os únicos sinais de vida. Ela olhava a televisão pendurada no teto; seu rosto estava descorado e os olhos não tinham expressão. O programa era *Today*. Um repórter da NBC estava na Pershing Square falando sobre o incidente, o vídeo do estudante de cinema estava no ar e Katie Couric parecia preocupada ao perguntar ao repórter se havia vítimas entre os transeuntes.

— Seus quinze minutos estão começando — disse Parker, batendo no mostrador de seu relógio.

O olhar dela se fixou nele. Ela não disse nada. Parker puxou um banco para perto da cama e sentou-se.

— Eu soube que seu prognóstico é bom. Você tem sensibilidade em todos os membros — disse ele.

— Não consigo mexer as pernas — disse ela.

— Mas você sabe que elas estão aí, o que é bom sinal.

Ela olhou para ele por um instante, tentando decidir o que dizer. Seus olhos fitaram a televisão fugazmente. — Obrigada por ficar comigo no parque ontem à noite. Foi muito amável da sua parte.

— De nada. — Ele sorriu com um gesto zombeteiro. — Está vendo? Não sou tão ruim assim.

— Você é muito ruim — disse ela. — Você me tratou como se eu fosse uma criminosa.

— Agora posso pedir desculpas — disse Parker. — Acontece que meu trabalho é suspeitar das pessoas. Nove em cada dez vezes acabo acertando.

— E na vez em que está errado?

— Mandarei flores.

— Você pegou o mensageiro ciclista?

— Sim. Ele não teve nada a ver com a morte de seu pai.

— Ele tentou vender-me os negativos. Achei que ele era cúmplice de Davis.

— Para que você queria esses negativos?

— Eu deveria ter um advogado presente agora? — ela perguntou.

Parker negou sacudindo a cabeça. — Não é ilegal comprar negativos. Você está neles?

— Não.

— Você teve participação no plano de chantagem? — Ele não estava certo de que ela não tivesse participado. O comportamento dela tinha sido tudo menos inocente.

— Eu descobri o que Lenny estava tramando. Jamais teria imaginado que ele pudesse surpreender-me ou decepcionar-me ainda mais, mas me enganei.

— É duro chegar a essa conclusão quando se trata de alguém com quem a gente se importa.

— Eu não queria que isso fosse verdade. Falei com ele, implorei que parasse com aquilo, como se isso pudesse mudar o fato de que era culpado de chantagem. Ele disse que faria isso. Explicou que estava preso naquela trama e que tinha medo de Eddie.

— Como foi que ele se envolveu nisso?

— Davis já era cliente. Ele foi falar com Lenny e confessou o assassinato, gabando-se do crime. Achava que Lenny não podia fazer nada por estar impedido pelo segredo profissional. Depois, ele pediu que Lenny o ajudasse com a chantagem. Precisava de alguém que não fosse dedurá-lo para tirar as fotos.

— E Lenny aceitou — disse Parker. A tentação do dinheiro tinha sido irresistível, e o fato de a proposta vir de alguém que confessava ter cometido um assassinato brutal fazia com que fosse temerário recusá-la.

Uma enfermeira entrou no quarto e, enquanto verificava a aparelhagem e observava o estado de Abby, olhou para Parker com severidade, indicando que ele saísse. O gesto de fadiga no rosto de Abby indicava que ela estava ficando exausta.

— Lenny entregou Davis à promotoria pública? Ele quis ficar com o último grande pagamento pela chantagem?

Os olhos de Abby se encheram de lágrimas. O aparelho que monitorava a freqüência cardíaca começou a apitar um pouco mais rápido. — Eu fiz isso

— ela admitiu num sussurro breve e rouco. — Pensei que, se Giradello pudesse ir atrás de Davis...

Assim, Davis teria sido preso pelo assassinato de Tricia Crowne-Cole. Apenas Davis e Diane apareciam nos negativos. Era provável que a polícia não descobrisse nada que depusesse contra Lenny, a não ser a palavra de um assassino de aluguel. Mas Davis tinha outros planos.

— Você falou com Giradello pessoalmente?

— Não, falei com o assistente dele.

— Você deu seu nome?

— Não, eu não podia.

Anthony Giradello não podia levar muito a sério uma informação anônima sobre um caso em que a condenação era líquida e certa, e que certamente deslancharia sua carreira política. Ele tinha interesse concreto em despachar Rob Cole. Era até surpreendente que ele tivesse se dado ao trabalho de mandar Kyle e Roddick investigarem.

Vendo Abby Lowell ali deitada, jovem, atemorizada e esmagada pela dor das perdas que sofrera, Parker podia vê-la aos cinco ou seis anos de idade, com essa mesma expressão, sentada num canto de alguma espelunca de jogo onde o pai a deixara, como se fosse uma bagagem que ele recolheria antes de ir embora.

Ela fechou os olhos. A enfermeira lançou um olhar mal-humorado para Parker. Ele se despediu murmurando e saiu do quarto.

55

— **Acho que o centro de auxílio** a desempregados fica em outro prédio — disse Andi Kelly quando Parker vinha em direção a ela pelo meio da multidão que esperava fora do Edifício dos Tribunais Criminais, do qual Rob Cole e sua trupe sairiam em breve para dizer ao mundo que ele era um homem livre.

Parker tinha tirado a gravata e aberto o colarinho da camisa. Depois de passar duas horas sentado numa sala de reuniões do Parker Center, seu terno estava amarrotado. — Suspensão — disse ele. — Trinta dias sem vencimento.

— Não adiantou que você tenha esclarecido três casos para eles de uma cajadada só.

— Eu não implorei por uma autorização para isso.

Na verdade, as palavras utilizadas na sala de reuniões pelo chefe da Roubos e Homicídios e por Bradley Kyle (com a máscara da equimose causada por Parker ao quebrar seu nariz na praça da Rua Olvera) tinham sido, entre outras, *insubordinado*, *perigoso* e *embusteiro*.

Parker havia levantado a questão do envolvimento pouco claro da Roubos e Homicídios na investigação do assassinato de Lenny Lowell, mas sua objeção foi rejeitada. Ele salientou que muita gente poderia ter morrido na Pershing Square. Ninguém quis ouvir falar nisso. Mencionou que Kyle atingira uma mulher pelas costas. Disseram-lhe que a corregedoria cuidaria de investigar o tiroteio. Kyle ficaria entretido nas funções burocráticas aguardando o resultado da investigação e provavelmente seria suspenso depois.

Parker teve ao menos a satisfação de saber que Bradley Kyle não progrediria na carreira. Era provável que fosse excluído da Roubos e Homicídios e rebaixado, ou mesmo demitido se o primeiro escalão pudesse contornar a reação do sindicato. E depois viria a enxurrada de ações judiciais de Abby Lowell e de pessoas que porventura tivessem estado na Pershing Square quando o tiroteio começou.

Uma vez que a punição de Parker foi decidida, o chefe de detetives perguntou-lhe se tinha algo a dizer. Pondo-se de pé, Parker perguntou diretamente a Bradley Kyle por que Giradello, já informado de que havia razão para suspeitar de Eddie Davis no homicídio de Crowne, não tinha ordenado que eles o prendessem para interrogá-lo antes que matasse outras pessoas.

Todos ficaram olhando uns para os outros, como se tentassem passar aquela batata quente por telecinesia.

Eles não tinham levado a ameaça de Eddie Davis suficientemente a sério por tratar-se de uma denúncia anônima. E certamente Tony Giradello não teria querido que se soubesse que outro suspeito estava sendo interrogado às vésperas de ele apresentar sua declaração inicial ao júri e dizer que, sem sombra de dúvida, Rob Cole era um assassino brutal.

Portanto, Kyle e Roddick tinham feito corpo mole, e muita gente pagara um preço terrível por isso.

— Eu me demiti — disse Parker a Andi. — Tirei minha arma de serviço e minha identificação, deixei tudo em cima da mesa e saí.

Kelly arregalou os olhos. — Opa! É muita firmeza.

— Isso.

— Mas você batalhou muito para voltar de cabeça erguida. Além disso, quando a irritação tiver passado, eles vão ver que...

— Andi, eu não preciso que ninguém veja coisa alguma — disse ele, sacudindo a cabeça. — Não ligo para eles. Eu achava que tinha de provar alguma coisa — e provei — a mim mesmo. Não há mais nada que eu deva provar. Posso tocar minha vida para a frente.

— Oba! Essa é uma das coisas mais sadias do ponto de vista mental que já ouvi alguém dizer! — disse ela.

A agitação começou às portas do tribunal e alastrou-se pela multidão como uma onda. As portas foram abertas e o Homem Bom Injustamente

Acusado surgiu com seu séquito. Parker teve vontade de esbofeteá-lo até acabar com aquele sorriso falso.

Rob Cole era tão merecedor de castigo como qualquer delinqüente, mas a imprensa, que o estigmatizara desde o momento da prisão até aquele dia, passaria agora a aclamá-lo como uma espécie de herói acidental. Cole não era mais herói que qualquer bobo que caísse num poço e tivesse de ser resgatado por uma vasta equipe de pessoal do condado, à custa dos contribuintes. Em ambos os casos, o bobo seria a estrela de todos os noticiários da manhã e programas de entrevistas do fim da noite. Seria entrevistado por Larry King e convidado para ser jurado do concurso Miss América.

Que país!

A entrevista coletiva foi breve e repugnante. Parker ficou atrás de Andi, num ponto excelente logo atrás de um grupo de repórteres de televisão. Depois, Cole se deslocou até um lado do palco para cumprimentar seu devotado público e dar autógrafos.

Parker ficou à margem daquela balbúrdia, vendo as mulheres se atirarem sobre Cole gritando seu nome. Aquilo dava nojo.

Ele olhou à sua direita. A pouca distância, uma mulher de cabelo curto, alta e atraente esperava sua vez sem gritar. Ela não gritava nem sorria, apenas olhava para Rob Cole com seus olhos cinza-claros frios como gelo. Uma sensação de apreensão pesou na nuca de Parker.

À sua esquerda, Andi fez um comentário e ele teve de inclinar-se e pedir que ela o repetisse.

Nessa fração de segundo, a mulher de olhos cinzentos sacou uma arma da bolsa, apontou no peito de Rob Cole e começou a atirar.

O que persistiria mais na memória de Parker seria a surpresa no rosto de Cole ao ver-se despojado de seu esplendoroso momento de vitória sem mais nem menos.

Tudo virou um caos. Gente gritando e correndo. Pelo rabo do olho, Parker viu dois assistentes do xerife vindo de arma na mão. Todas as pessoas que estavam mais perto da atiradora jogaram-se no chão.

A mulher ficou lá, de arma na mão.

Parker lançou-se sobre ela, derrubando-a uma fração de segundo antes que um dos assistentes do xerife descarregasse sua arma. A arma dela voou para longe. A mulher chorava, repetindo continuamente: — Veja o que ele fez comigo!

* * *

Uma busca posterior na casa de Rob Cole e Tricia Crowne-Cole resultou na descoberta de um tesouro de fitas de vídeo pornográfico. A maioria de Cole com outras mulheres, inclusive Diane e a morena. Nas fitas, Cole aparecia fazendo sexo e jantando com elas, dizendo a cada uma que era sua alma gêmea, que jamais sentira por ninguém o que sentia por ela e assim por diante. Fazendo promessas que não pretendia cumprir a mulheres vulneráveis e carentes.

Havia também fitas de Cole e Tricia, filmadas no quarto deles. Cole nu, Tricia com aparência grotesca, usando lingerie adequada para mulheres mais jovens e esbeltas. Tricia debochando da amante dele do momento, implorando-lhe que a amasse, que ficasse com ela. Depois, os dois rindo como um par de chacais.

Mais um escândalo veio à tona.

A imprensa quis saber por que as fitas não tinham aparecido no curso da investigação inicial do assassinato de Tricia, mas de fato não havia razão para procurá-las. Diferentemente do que os programas de televisão mostram ao público americano, os mandados de busca e apreensão determinam especificamente o que se procura. Na investigação da morte de Tricia Crowne-Cole, não havia razão para procurar coisa alguma. A polícia tinha a vítima e o principal suspeito estava na casa com ela. Rob Cole tinha motivo, meios e oportunidade. E a arma do crime ficara sobre o rosto esmigalhado da vítima. A Roubos e Homicídios não precisava de mais nada.

Assistindo ao noticiário, Parker pensou que talvez houvesse um Deus afinal, embora nada pudesse reparar o mal já feito nem restaurar as vidas que haviam sido destruídas. Ele contratou Harlan Braun, que era advogado das estrelas de cinema, para representar Diane. Uma das outras mulheres que haviam sido vítimas do casal estava entrando com uma ação civil coletiva em nome de todas, processando o espólio de Tricia Crowne-Cole pelo extremo sofrimento emocional causado.

Ela também estava aparecendo em todos os programas de entrevistas.

Aos domingos, Parker visitava Diane na prisão.

Andi Kelly estava escrevendo um livro.

Pelas leis da natureza, nada se desperdiça quando um animal morre. Rob Cole estava alimentando os necrófagos, todos ávidos por palitar os dentes com seus ossos.

Finalmente, nada restaria de Cole além de sua infâmia. Ele não merecia nada melhor.

56

Sentado numa cadeira no terraço do edifício dos Chen, Jace estava vendo Tyler e o avô Chen brincarem com dois carrinhos de controle remoto. O velho e o menino sorriam, davam gargalhadas e jogavam conversa fora em mandarim enquanto mexiam nos controles e os carros derrapavam fazendo curvas numa corrida desenfreada. Pela primeira vez no que parecia uma eternidade, um sorriso descontraído abria-se no rosto de Jace.

Era uma perfeita manhã de sábado. O sol já aquecia, dando-lhe uma sensação agradável no corpo. Depois de vários dias de repouso, as dores começavam a diminuir e parte da tensão desaparecera. Ele achava difícil justificar a preocupação com detalhes da vida estando bem ciente de que tinha a sorte de estar vivo.

No dia anterior, Parker levara-o aos escritórios da Roubos e Homicídios no Parker Center para depor sobre o que se tornara de conhecimento público naqueles poucos dias infindáveis. Jace tinha ido a contragosto, pois as garras da desconfiança e dos temores ainda persistiam. Ficou sobressaltado praticamente o tempo todo, esperando que alguém lhe perguntasse sobre Tyler e os Chen, mas isso não aconteceu.

Parker tinha dito que os detetives não estariam interessados na vida privada dele. O Departamento de Polícia de Los Angeles tinha trabalho demais para querer se meter em questões do serviço social. E o serviço social estava embaraçado demais nos próprios tentáculos para meter o bedelho no Departamento de Polícia de Los Angeles. Era assim que o sistema funcionava. Além do mais, Parker disse que, se Jace tinha dezenove, vinte e um anos ou qualquer das idades que escolhesse declarar, já era legalmente um adulto e com direito a assumir a guarda do irmão.

O objetivo da inquirição tinha sido restrito e concreto. O que tinha acontecido e quando. Apenas os fatos.

Parker ficou com Jace o tempo todo, fazendo algumas perguntas, mas também intercalando alguma piada de vez em quando para ajudá-lo a manter a calma e ficar concentrado. O detetive era uma boa pessoa, talvez até alguém que Jace gostaria de conhecer melhor e em quem confiar.

Depois Parker o levara para almoçar e dera-lhe detalhes sobre o andamento do caso. Eddie Davis era acusado de quatro homicídios, começando com o assassinato por encomenda de Tricia Crowne-Cole. Uma orgia de crimes protagonizada por apenas um homem, impulsionado pela cobiça e pelo simples prazer de matar.

Acontecia que três dessas vidas, inclusive a de Eta, poderiam ter sido poupadas se o promotor público adjunto Anthony Giradello tivesse exigido a prisão de Eddie Davis logo depois de ter recebido o telefonema de Abby Lowell dando informação sobre o envolvimento de Davis no assassinato de Tricia Crowne.

Havia uma investigação em andamento.

Para Jace, o mais importante era que estava fora daquilo e que sua pequena e peculiar família improvisada estava a salvo. Família. Ele gostava do som dessa palavra. Pensando bem, até que poderia tentar acalentar essa idéia.

Quanto a seus próximos passos dali em diante, Jace não tinha certeza. Com uma costela quebrada e outras lesões, ele teria de ficar quieto por mais alguns dias. Não pretendia continuar como mensageiro. Tyler já não agüentaria ficar constantemente preocupado com o irmão, temendo que fosse atropelado ou perseguido por alguém como Eddie Davis.

Jace talvez devesse estar aflito pensando no que o futuro poderia trazer, mas por enquanto estava contente vendo seu irmão agir como um menino. Contente por saber que os dois tinham um lar e uma família que, se não tinha muito a ver com eles no sangue, tinha tudo a ver no coração.

Parker embicou seu elegante Jaguar esportivo no beco e parou detrás do edifício dos Chen, na vaga onde o Mini Cooper de Madame Chen estava na primeira vez que ele fora lá. Madame Chen saiu de seu escritório vestindo branquíssimas calças de algodão com um cardigã preto. Seu cabelo estava perfeitamente penteado.

— Vejo que o senhor está devolvendo meu carro, detetive Parker — disse ela com um sorriso tímido. — Muito gentil da sua parte.

— Eu *vou* devolver o carro da senhora, Madame Chen — disse ele.

— E quando é que esse milagre acontecerá? Será antes que eu fique velha como meu sogro e não enxergue o suficiente para dirigir?

— Hoje — ele prometeu. — A polícia de Hollywood já terminou com seu carro. Liguei para lá para pedir que o trouxessem de volta hoje.

Ela fingiu fazer beicinho. — Mas agora gosto mais desse carro. O senhor aceitaria uma troca?

Parker riu. — A senhora sabe apreciar as coisas boas, Madame Chen.

— Claro — disse ela, piscando um olho. — Meus gostos são muito simples, detetive. Só gosto do melhor.

— Então a senhora dirá sim se eu lhe pedir que namore comigo?

As maçãs do rosto dela coraram um pouco. — Não vou dizer isso... enquanto o senhor não me levar para passear nesse carro.

Parker abraçou a mulher. Ela reclamou e tagarelou em chinês, mas quando ele se afastou estava ainda mais corada e tentando controlar-se para não dar risadinhas como uma adolescente.

— Levarei a senhora para dar uma volta pela orla um dia desses — ele prometeu. — Almoçaremos e eu tentarei assediá-la com vinho e charme. Tenho muito charme, como a senhora sabe.

Ela olhou para ele. — O senhor tem certamente muito de alguma coisa, detetive Parker.

— Kev!

O grito de Tyler veio do terraço. Meio segundo depois, o menino apareceu correndo porta afora.

— Oba! Que carro bacana!

— Você acha? — disse Parker. — Vim levar você e seu irmão para dar uma volta.

— Que legal!

Dez minutos depois eles estavam na estrada, sentindo o Jaguar rosnar embaixo deles e o vento agitar seus cabelos. Tyler e Jace iam juntos apertados no banco do carona, compartilhando o cinto de segurança.

— Isto não é proibido? — gritou Tyler.

Parker olhou para ele de relance. — Você é o quê? Um policial?

— Na certa. Agora tenho um distintivo.

Parker dera ao garoto um distintivo honorário de detetive-mirim como reconhecimento pelo serviço exemplar prestado na noite em que prenderam Eddie Davis.

Ele descobriu que gostava muito do papel de titio. Tyler Damon era uma pessoinha sensacional, e Jace também era notável. Corajoso e bom. Os dois eram realmente incríveis, levando-se em consideração as dificuldades que tinham enfrentado na vida.

Parker tinha a impressão de que Jace já tinha nascido adulto. Aos dezenove anos, ele tinha maior senso de dever e responsabilidade que noventa por cento das pessoas que Parker conhecia. Jace tinha como objetivo na vida criar e proteger o irmãozinho, fazendo o que fosse necessário para que Tyler tivesse uma vida melhor. Trabalhando em dois empregos e pegando o trem duas vezes por semana para estudar na Universidade de Pasadena e obter um diploma.

Na opinião de Parker, ninguém merecia uma chance mais que Jace Damon. E era isso o que ele pretendia oferecer-lhe.

Ele dobrou na entrada da Paramount e parou o Jaguar junto à guarita de segurança.

— Olá, Sr. Parker, é um prazer vê-lo aqui.

— Oi, Bill, como vai? Vim com meus coleguinhas aqui para ver o Sr. Connors.

— Quem é o Sr. Connors? — perguntou Tyler.

— É um amigão — disse Parker. — Matt Connors. Faço uns bicos para ele nas horas vagas.

Jace olhou-o com desconfiança. — É o diretor de cinema Matt Connors?

— Escritor, diretor, produtor. O Matt usa um monte de bonés diferentes.

— Que tipo de trabalho você faz para ele?

— Eu... dou consultoria — desconversou Parker. — Estive falando com ele ontem à noite. Ele quer conhecer você.

— Por quê?

— Porque você tem uma história fenomenal para contar — disse Parker. — Então, você bem que poderia contá-la para Matt Connors.

Ele estacionou o Jaguar e todos desceram do carro. Tendo sido avisado pelo segurança Bill, Connors foi recebê-los no estacionamento.

Matt Connors era bem-apessoado, tipo Paul Newman jovem — quarenta e cinco anos, boa-pinta o bastante para trabalhar na frente da câmera, mas também esperto o bastante para não fazê-lo. Na lista de pessoas bem-sucedidas de Hollywood, o nome de Connors não estava muito longe do de gente como Spielberg.

— Kev Parker, meu amigo e quebra-galho nos roteiros sumido há um tempão! — disse Connors alegremente, dando-lhe um abraço. Depois, ele recuou um passo e disse: — Onde estão suas observações sobre *Antecedentes Criminais*?

— Andei meio atarefado salvando a cidade da violência e da corrupção — disse Parker.

Connors fingiu impaciência. — Ah, é isso... Eles são seus assistentes? — ele perguntou, acenando para Jace e Tyler.

— Eu diria agentes secretos — disse Parker. — Este é Jace Damon, e esse é o irmão dele, Tyler. Eu falei com você sobre eles.

— Certo — disse Connors, observando-os como se já estivesse esboçando seus papéis mentalmente.

Os três cumprimentaram-se com apertos de mãos. Jace parecia desconfiado do esquema todo. Tyler estava maravilhado.

— A gente pode ver alguém fazendo efeitos especiais no computador? — perguntou Tyler. — Eu já li tudo sobre a tecnologia mais avançada em animação computadorizada, aí...

O menino continuou tagarelando feito uma enciclopédia sonora.

— O QI de Tyler é de 168 — comentou Parker.

Connors levantou as sobrancelhas. — Nossa! Ele tem mais do que você e eu juntos.

— Então, vamos dar uma olhada por aí? — perguntou Jace. Parker percebeu que ele já estava olhando e fazendo o possível para não parecer empolgado.

Connors abriu os braços. — Matt Connors, guia turístico pessoal a serviço dos cavalheiros. Vamos dar um passeio. Vou mostrar onde é que a mágica toda acontece.

Eles saíram andando pelo pátio, Parker e Connors no meio e um garoto de cada lado, com o sol da Califórnia derramando-se como ouro fundido e o mundo de sonhos desfraldando-se diante deles.

— E aí, Kev, o que você tem a propor? — disse Connors.

Parker pôs a mão no ombro de Connors. — Meu amigo, a gente tem uma história e tanto para você. E eu suponho que, por um preço generoso que lhe permita fazer sua faculdade e sua pós-graduação, o Jace aqui aceitaria contar essa história.

Connors concordou e virou-se para Jace. — O que você acha disso, garoto? Quer entrar para o negócio do cinema?

Jace olhou para ele, custando a acreditar. — Um filme? Sobre mim? Sobre o que acaba de acontecer?

— Exato — disse Connors. — Eu já tenho o título perfeito. Vai se chamar *Mate o Mensageiro*...